现代如何“拿来”

鲁迅的思想与文学论集

增订本

高远东 著

图书在版编目(CIP)数据

现代如何“拿来”：鲁迅的思想与文学论集 / 高远东著 . -- 增订本 . -- 北京：北京大学出版社，2025. 6. -- ISBN 978-7-301-36006-4

Ⅰ. I210-53

中国国家版本馆 CIP 数据核字第 2025262TX3 号

书　　名	现代如何“拿来”：鲁迅的思想与文学论集（增订本） XIANDAI RUHE “NALAI”: LUXUN DE SIXIANG YU WENXUE LUNJI(ZENGDING BEN)
著作责任者	高远东　著
责任编辑	李书雅
标准书号	ISBN 978-7-301-36006-4
出版发行	北京大学出版社
地　　址	北京市海淀区成府路205号　100871
网　　址	http://www.pup.cn　新浪微博：@ 北京大学出版社 @阅读培文
电子邮箱	编辑部 pkupw@pup.cn　总编室 zpup@pup.cn
电　　话	邮购部010-62752015　发行部010-62750672　编辑部010-62750112
印 刷 者	天津联城印刷有限公司
经 销 者	新华书店
	660 毫米 × 960 毫米　16 开本　28.5 印张　331 千字
	2025 年 6 月第 1 版　2025 年 6 月第 1 次印刷
定　　价	98.00元（精装）

目 录

鲁迅的小说及其他

小 序

王得后

我常常想，研究起来，鲁迅确实不太容易说得清楚，无论他的思想与文学，还是他这个人。即使他自己做了分明的提示，比如他的思想，20世纪20年代他说“或者是‘人道主义’与‘个人的无治主义’（公开发表时作‘个人主义’——引者）的两种思想的消长起伏罢”（1925年5月30日致许广平）；30年代又说“我大约也还是一个破落户，不过思想较新，也时常想到别人和将来，因此也**比较的不十分**（双圈原有——引者）自私自利而已”（1935年8月24日致萧军）。又如他的文学，20世纪20年代他说“我虽然已经试做，但终于自己还不能很有把握，我是否真能够写出一个现代的我们国人的魂灵来”（《俄文译本〈阿Q正传〉序》）；30年代他又说“十二年前，鲁迅作的一篇《阿Q正传》，大约是想暴露国民的弱点的，虽然没有说明自己是否也包含在里面”（《再谈保留》）。至于他这个人，自己说的也很不少。确如他所表白：“我的确时时解剖别人，然而更多的是更无情面地解剖我自己”（《写在〈坟〉后面》），这并非虚言。可是迄今研究的文字已经超过他的创作三四倍了，公认的定论有多少呢？然而，无论领会的多少、深浅，对于每一个求生存而不苟活的庄严地工作的读者，研究者自然也在内，鲁迅激发了他们多少生命力呵。至少到现在，鲁迅还是一种生命力的能源，一种推动人们前行的发动机。

我又常常想，也许是世纪末的缘故吧，人们热衷于评大师，评经典。怎样的才是大师呢？怎样的算是经典呢？其实，这无关紧要。要紧的是这个人活在人们心里，要紧的是他的创作还有人阅读，并且常读常新。鲁迅就是这样的，关于鲁迅的议论源源不断，层出不穷就是证明。

不过，鲁迅虽然可以常读常新，要做到这一点，关键还在读的人。他/她要有一点自己的智慧，自己的悟性，和肯下苦功的作为。他/她要有新的视角或视点；要掌握新的资料——或从鲁迅著作内部发现，或从鲁迅相关的外部搜集；要有新的理论与方法加以分析与整合。

1991年，高远东发表《道德与事功：鲁迅对于儒家思想的批判与承担——〈故事新编〉与中国传统思想和价值批判研究之一》，我拜读再三，惊叹、钦羡与欣喜使我兴奋不已。他跳出《故事新编》的文体的争论与研究，他跳出《故事新编》“油滑”问题的争论与研究，他发现《故事新编》对中国传统文化价值的批判与承担，这是一个新的视角新的视点，而远东对于中国传统文化典籍的攻读，对于海外文学——文化理论与批评方法新知的学习，他又有比较细腻的艺术感受力，这使他取得了新的整体性的研究成果，我看到他的潜力，也给我极大的启发。

鲁迅在《汉文学史纲要·老庄》篇中，总揽当时思想—文化状况说：

> 周室寝衰，风人辍采；故曰："王者之迹熄而诗亡。"志士欲救世弊，则穷竭神虑，举其知闻。而诸侯又方并争，厚招游学之士；或将取合世主，起行其言，乃复力斥异家，以自所执持者为要道，骋辩腾说，著作云起矣。然当时足称"显学"者，实止三家，曰道，曰儒，曰墨。

春秋战国，百家争鸣，奠定了中国传统思想、传统文化的基础；大家之作，俱为元典。孟子辟杨、墨，荀卿非十二子，韩非子称"世之显学，儒、墨也"，后之学者分儒、法，各各持之有故，言之成理。鲁迅在学术研究上以儒、墨、道为当时"显学"，当1934、1935年创作《故事新编》之《非攻》（1934年8月）、《理水》（1935年11月）、《采薇》（1935年12月）、《出关》（1935年12月）、《起死》（1935年12月）诸篇，不正是运用文学演示对它们的省察吗？我热烈地期待着远东的"之二""之三"，并不断催促他，希望他早日完成《故事新编》的专著。有时甚至放肆，倚老卖老地加以攻击。然而，远东好学多思，思想沉潜而明晰，且极具主见，不自觉竭尽全力，决不草率示人。迨1999年才又发表《论鲁迅与墨子的思想联系》，事隔八年，可谓久已乎了。现在好了，《论鲁迅对道家的拒绝——以〈故事新编〉的相关小说为中心》也已完成，足称对"显学"的三大家一一做了研究，做了判断。虽然还有《奔月》与《理水》没有写出，但已完成八分之六，也可以算是大概齐了。而从这个集子我又看到，远东的研究范围不仅比《故事新编》广阔得多，也不限于鲁迅一人；他喜欢并善于做理论探索的特长也更见充分。

远东是我可敬可畏可亲的两个年轻朋友之一。他日常待人平正和顺，行圆而智方；关键时刻气节凛然，不降志，不屈尊，不虚与委蛇而苟全。荀子以为“学莫便乎近其人”（《劝学》），研究鲁迅这个“于自己保存之外，也时时想到中国，想到将来，愿为大家出一点微力”（1934年5月22日致杨霁云）的“要改良这人生”（《我怎么做起小说来》）的战斗的思想家，处今之世，倘不自甘堕入小贩巨贾一流，这气节、志尚与尊严，也就是鲁迅“所谓生存，并不是苟活”（《北京通信》）的骨气，是不可或缺的。

远东临赴日本东京大学教学之前，要我给他的第一本“论集”写个短序，我非常高兴。我知道，远东和孙郁的鲁迅研究已经远远超过我了，要我写几句话，是不弃，是人间的温情，是对在坎坷的鲁迅研究道路上踉跄闯行的老汉的一种策励。多谢多谢。

2001年4月6日

前　言

本书所收三辑，以“现代如何‘拿来’”为贯穿的问题，探讨鲁迅的思想与文学的意义和价值。时间跨越三十年，大都为笔者置身当代社会、文化、思想等变革语境下的理解之声。

第一辑的三篇论文，以《故事新编》为对象，试图借鲁迅对中国传统思想人物的“演义”，通过比对其典籍形象与小说形象的异同，来探讨他与中国传统思想儒、墨、道之间的复杂关系，以了解他对中国传统文化的真正态度，并进一步捕捉其早期“立人”思想在其中的投影和变异。笔者以为，鲁迅通过《故事新编》的写作来褒贬儒、墨、道各家思想人物，不仅是对中国传统文化的价值重估，实际上更涉及他对一种新的“立人”构造的探索，一种在融会古今中外思想价值的基础上对人的道德与事功、信念与责任、思想与行动等连动实践之可能性的探讨，而禹和墨子一类“中国的脊梁”形象，就是这一探索的“结论性存在”。它为鲁迅贯穿一生的“立人”或“改造国民性”的思索画下了句号。

这三篇论文分别写于1989年、1997年、2006年，本为总题《论〈故事新编〉的“文明批评”》的三个部分，故也能看出其较完整的构思和所贯穿的问题意识，但20世纪80年代的问题被我拖拉进了21世纪，活像母亲时代的时髦在女儿身上重见，总难免隔代的断续、沧桑、迟暮之感。对我而言，20世纪80年代是一个做梦的年代，青春不仅饱满、充盈了人的生命，而且也会把年轻人的妄想合理化。记得当年夜读任继愈先生20世纪50年代初写的《鲁迅同中国古代伟大思想家们的关系》，之后却难掩内心的失望，故而想借《故事新编》来重新思考有关问题，这也就成了这几篇论文的“由来”。当时学界也有所谓“方法热”，一位我极佩服的学长，至于每一篇论文都要尝试一种新方法，颇获学界好评。这些种种，自己先是被裹挟其中，但时间一长，心中便激出不服来：方法当真如此万能吗？这几篇论文，便贯穿着对它的“反抗”：想以每个高中生都能掌握的“方法”，通过调查小说素材与文本的生成关系，对于体现着鲁迅深刻的思想、广博的学问和天才的艺术想象力的独特作品，做思想和美学方面老老实实的“发现”。但在写完之一《道德与事功：鲁迅对于儒家思想的批判与承担》以后，写作的动力忽然没有了，便于1991年鲁迅诞辰110周年之际发表。之二以《论鲁迅与墨子的思想联系》的面貌出现，其实已多少有点跑题。之三《论鲁迅对道家的拒绝》写作时间跨度最长，也最折磨人：先是1998年搬家时遗失了草稿，后有王得后老师不断的催促、鼓励的精神鞭子，但最终能完成，还是得归因于对郭沫若《庄子与鲁迅》的不满，没有对这篇名文论旨的抵触，也许就再也找不到写它的动力了。因此，如果读者足够细心，或许能从这几篇论文中发现“一鼓作气，再而衰，三而竭”的行事哲理也说不定。

第二辑所收八篇论文，长短不一，写作时间各异，所针对的问题则旁溢至日韩学界，因此矛盾更多分歧也可能更大。但无论如何，所有这些，却都是以鲁迅思想的意义及其价值重建的可能性为中心所做的一些思考、对话和发掘。主要集中于三个问题：一是鲁迅与“中国现代性”问题，尤其是“五四”启蒙主义在当代中国的意义和命运问题；一是对鲁迅思想中“相互主体性”（intersubjectivity，或译主体间性）意识的历史发掘；一是鲁迅的“自由”观问题，它们与当代中国思想的内在发展及自由主义者对鲁迅的批评有关。

“现代性”问题可能是当今学术最大的混沌，头绪多，思想乱，夹缠不清，尤其是在20世纪90年代中期，近代以来中国关于现代性的言说突然遭遇后现代主义的挑战，“五四”启蒙主义所代表的塑造中国社会和文化发展前景的主流思想突然遭受普遍质疑，而“新国学”运动则从另一翼，从文化保守主义的立场对“五四”以来的现代性方向提出了批判，二者分进合击，现代思想研究和文学批评领域一时狼烟四起，烽火遍地。写于1994年的《未完成的现代性——论启蒙的当代意义并纪念“五四”》便试图站在保守“五四”新传统的立场，立足近代以来“现代性”之树在中国挫折、萌芽、成长、壮大的艰难过程和文化奋起的经验，深入“质疑现代性”的西方思想和当代中国思想的内部，与其进行深入的理解和有原则和立场的论辩，以重建“五四”现代文化的价值可能性。它貌似与鲁迅思想无关，其实倒是笔者有意模仿《文化偏至论》《破恶声论》，追随其精神旨趣之作。论文最后把“五四”新文化的出路，从“拿来主义”引申至“互为主体”的世界文化的交流和创造的格局，就内含着鲁迅从“立人”到“相互主体性”的思想意识之确立、演变的某种启示。

我以为，鲁迅思想之“相互主体性”意识是非常重要的资源，是中国现代性的核心价值之一。由于它的确立，鲁迅把“个”的觉醒的“立人”问题扩展到相互关系之中，把单向的个人性主题扩展至双向乃至多向的社会领域，不仅拓展了思想的范围，而且确保了思想的质量，甚至可以说，决定了“立人”启蒙事业的成败。20世纪80年代末，经过对鲁迅反帝反封建的思想革命的信仰之后，我开始关注鲁迅启蒙的政治性，关注其中的知识–权力机制问题，以为鲁迅式启蒙的结构，仍然是一种权威主义的“开明专制”，它对于当代中国思想，不过是“依照旧语法造了个新句子”而已，表示了反思和批判以鲁迅为代表的“五四”新文化传统的倾向（参见《契约、理性与权威主义——反思“五四”启蒙主义的几个视角》）。我至今清晰记得一位老师闻此深感伤害的神情。这也促使我从某种自以为正确的政治幻觉和解构激情中惊醒，重新思考鲁迅“立人”思想的历史和价值出发点，理解鲁迅启蒙思想不同于“五四”一般思想的特征。而对其“相互主体性”意识的发现，则使我对鲁迅思想的认识进入一个新的、豁然开朗的明亮阶段。

有关思考和发现，虽然不无德国思想家尤·哈贝马斯“交流理性”论的启发，但其认识的基点却仍然建立在对鲁迅“立人”思想脉络的历史梳理和逐步把握之上。鲁迅在《文化偏至论》提出“立人”思想，主张“掊物质而张灵明，任个人而排众数”，本是基于欧洲反对资本主义现代性的“新神思宗”（通译“新浪漫主义”）等的脉络而来，其要点在批判资本主义而非封建主义——如果套用哈贝马斯关于两种现代性的说法，鲁迅“立人”思想的原点在批评资本主义的“审美现代性”，而不是在对资本主义的崛起唱赞歌、肯定资本主义精神的“文化现代性”。明确这一点很关键，它是鲁迅与近代以来一般中国思想的主要区别所在，不仅能区分鲁迅与梁启超、严复，而且能区分鲁迅与胡适等，使我们明了即使献身于强调理性价值、追求民主和科学、旨在催生中国式资本主义的“五四”新文化运动，鲁迅的启蒙也有别于胡适等“五四”一般思想。为了说明问题，我们也许可以把鲁迅的“立人”简单地比附为欧洲启蒙思想关于“人的主体性之确立”的命题，只不过，二者所依据的价值资源却迥然不同：欧洲启蒙思想在价值自觉的“理性”，鲁迅的“立人”思想却是在综合了知、情、意诸要素的“个性”和“意志”(“意力”)。在我看来，它该在现代中国的主体性建构史上占据重要位置，因为“立人”思想所欲建构的现代主体，不仅发生于、内在于世界资本主义的发展进程，而且发生于、内在于对现代资本主义文明的批判之中，内含着试图“超克”资本主义、对抗资本主义文明的一种新的、第三世界现代性的价值。也正因如此，鲁迅对中西资本主义现代性的批判和对新的文明可能性的追寻，才导致一种“相互主体性”意识的生成。《鲁迅的可能性——也从〈破恶声论〉寻找支援》一文写于2002年，本意在回应日本一位我十分尊敬和信赖的师长关于21世纪鲁迅的现代性是否还存在价值的疑问。他认为鲁迅的思想和文学植根于20世纪对现代性的追求之中，如今现代性终结，鲁迅的历史使命便也基本完成。作为一种中国现代性自我确立的手段，以大规模的社会动员和社会组织方式所做的、作为国家意志的鲁迅著作的普及阅读，也可告一段落了（大意如此）。我以为这个问题很重要，但是据我的理解，就精神旨趣和价值可能性而言，鲁迅的追求还不能说有多少真正进入了中国的现代史：其“五四”新文化运动时的追求，20世纪30年代介入中国共产主义革命时的追求，在逐渐成为“新文化的方向”的与历史互动的过程中，其丰富内涵难道不是一点一滴地在流失和异化吗？鲁迅追求的现代性并非业已历史地实现了的中国现代性，鲁迅与中国文化现实（即使在当代）之间的紧张对峙依然如故。质言之，鲁迅的可能性是一种文明的可能性，它不仅是现代的，也是批判现代的，因而也就可能是超现代的——即使在21世纪，对于中国乃至亚洲、全世界，仍然存在足资发掘、借鉴、再出发的宝贵资源。在这篇论文中，我试图通过勾勒鲁迅从《文化偏至论》到《破恶声论》所呈现的思想流动——从“主体性”到“相互主体性”的思想构图，通过认识所谓“原鲁迅”（伊藤虎丸语），来重新理解其思想和文学的出发点，以对鲁迅思想某一方面的意义做出新的阐释。不过就论文本身而言，现在看来，说《破恶声论》中存在着一个“相互主体性”的清晰构图似乎过头了，鲁迅文中对中国志士之“崇侵略”的批判，所体现的只是一种“相互主体性”意识而已。它是一个重要的价值支点，但不能说已被鲁迅赋予了清晰的、成熟的理论形态。不过尽管如此，这种“相互主体性”意识的出现仍是中国乃至第三世界现代史上了不起的重要事件：它不仅使鲁迅因此居于亚洲思想的前列，远远超越中国的梁启超严复、日本的福泽谕吉等人的思考水平，而且因了它，后发展的第三世界现代性可以站在一种新的、可超越资本主义文明的道德水准和历史高度，反省过去，走向未来，追求一种摆脱了主从关系的新文明和新社会。笔者也曾因此衷心表达“立‘人’于东亚”

（见《立“人”于东亚》一文）的希望，试图对韩日朋友热衷的近代课题——东亚现代史之“既追求现代又超克现代”的命题提出自己的解释，提供能解决该问题的思考方向。可惜的是，鲁迅的“相互主体性”意识虽历经百年，并支配、影响了他许多重要的思考，但长期以来，学界对此却习焉不察，至今缺乏有力的理解和充分的关注，“我于是以我所感到者为寂寞”。好在日本学者代田智明近年也关注到这一课题，对鲁迅思想中的“相互主体性”（日语称“间主体性”）意识有所阐发，笔者心中深感共鸣。

讨论鲁迅“自由观”的几篇其实积淀着自己的痛苦，也内含着对中国当代自由主义者的极度失望。自由和革命的问题，在20世纪80年代就开始困扰着我，20世纪90年代初苏联解体、东欧剧变，支配整个20世纪基本走向的两大现代体制——资本主义和社会主义之间的竞争似乎已水落石出：在鲁迅与胡适之间做选择，似乎是连傻瓜也能轻易做出的事。也正因此，一些胡适先生的当代信徒就真的天真成了傻瓜，往往以今日之果裁判昨日之因，借弘扬自由主义价值之名，挥舞着意识形态的利剪，再次任意地、简单地、肤浅地剪裁着现代史，结果鲁迅与胡适文化道路选择的共同性不见了，政治道路选择的差异性则被无限夸大。鲁迅与胡适的区别，在自由主义的有色眼镜中，不再是相对自由观与绝对自由观的区别，而被建构为专制与民主的区别，反自由与自由的对立，社会主义与资本主义的敌对，等等。两位各以思想之力在不同的战壕为中国的自由和解放事业而奋斗的异见战友，由于其政治选择的差异，就被自由主义者表述为对立乃至敌对的关系：温和的、妥协性的、善意批评的、肯与专制政府合作的、改良性的胡适变身为自由主义的尊神，激进的、深刻的、不妥协的、没有一点奴颜和媚骨、反专制的、从根本上追求人类解放的鲁迅却被视为中国人民追求自由和解放的障碍。我觉得诧异，也为中国当代自由主义者理解力的肤浅感到悲哀，因为他们用所选对象的属性替换了选择主体的属性，把主体的需要、价值认同等同于主体的价值本身，谬误是显而易见的——选择对象的属性并不能直接等同于选择主体的属性。鲁迅20世纪30年代的政治选择与所选政治密切相关，这是毫无疑问的，但其所选政治的问题却并非鲁迅自身的问题。中国当代的自由主义者，大都不明此理——有时我甚至怀疑，他们其实就是要故意混淆二者的区别，以行其私。《伪自由之鉴：蔡元培与鲁迅》涉及此一问题，笔者试图在鲁迅与胡适之间，在容易构成视障的二元对立的冷战思维中，重新引入蔡元培这一“元”，以拓展人们思考此问题的角度和范围，恢复鲁胡文化选择的共同性，消除中国当代自由主义魔法的蛊惑。只是苦于一时兴起（时值北京大学百周年校庆），准备不足，并未能有力回应相关思想挑战。原先打算系统讨论此问题的《建构自由的方法——以鲁迅和蔡元培的意义为讨论中心》一文，写了一半，也因时过境迁和论题的歧异、艰难，搁笔不写了。

第三辑所收十四篇论文，其实包含两部分内容。前面八篇涉及对鲁迅作品特别是小说的理解，后面六篇涉及鲁迅研究史上的一些问题，或是对鲁迅研究家的某种概观，或是对某些有影响观点的商榷，或是对其学说所具现实意义的申说。

我以为鲁迅及其作品的意义，把他（它）置于何种场所来理解是非常重要的：语境能扭曲本义，能生产出新的意义，这大概已是作品解释学上显而易见的道理了。但它非但不能成为作品阐释主观性的合理化和合法化，相反，倒该成为我们追寻其客观性的某种警示或提醒才是。其中解读鲁迅小说的几篇，如《〈祝福〉：儒道释“吃人”的寓言》《〈补天〉：中国人与文化的“缘起”寓言》《“隐士”立人与“王道”立国——〈采薇〉对儒家理想人格和理想政治的批判发微》等，就贯穿了我基于文本解读来获取作品解释的多样性和理解深度的追求，其方法是我从导师严家炎老师论丁玲《在医院中》的论文、从孙玉石老师解读鲁迅《野草》和现代诗歌的论著中学来的。它跟那些云山雾罩、隔三岔五就流行一阵的研究新法比起来，大概还属于文学研究的基本功吧，但我很看重并敬佩这种质朴无华、大智若愚的真功夫，只是自己口慕心追，难以企及而已。

丸山昇先生去世后，有感于他对于我们的启示，我写了《记念丸山昇先生——关于他及当代中国思想》一文，就其作为一个鲁迅研究家，作为一个长期关注中国社会变革的社会主义者，作为一个有独立精神品格、富于批判性的左翼思想家的意义发表感慨和意见。现在想来，把他卷入我对当代中国的几种思想——特别是对自由主义和“新左派”的批判性思考中，或许难逃利用之嫌。但我总觉得，他或许得之于鲁迅、相通于鲁迅的方法，对于当代中国的一些思想争论，确实颇具精神坐标的意义——这一点我从钱理群、王富仁等先生写的纪念文章（参见《鲁迅研究月刊》2007年第2期）中，也感受到了——在当代中国，我们需要自由主义，但也需要提升、完善自由主义；我们需要左翼思想，但更需要深化、发展左翼思想，而鲁迅、丸山昇们的存在，就可同时在两个方面和两个方向给我们以教益和启示。

《故事新编》研究

鲁迅对于儒家的批判与承担

——《故事新编》与鲁迅对中国传统思想和价值的批判之一

鲁迅曾把《故事新编》的写作描述得极为偶然，其实这里面有必然性：当一个作家对现实的批判达到一定深度时，其笔端必然伸向历史。尽管对历史的批判可以采取多种方式，但对于鲁迅这样一个注重思想启蒙和思想革命，热衷于进行“社会批评”和“文明批评”[1]，以彻底改造国民性和重建中国文化的伟大思想家，直接进入神话和历史，直接进入模塑中国文化性格的那个强大的传统，“对于根深蒂固的所谓旧文明，施行袭击，令其动摇”[2]，毕竟更简捷有力。从

[1] “文明批评”一词首见于《两地书·十七》（1925年4月28日）：“中国现今文坛（？）的状况……最缺少的是‘文明批评’和‘社会批评’”；《〈出了象牙之塔〉后记》（1925年12月3日）所引厨川白村的话，也提到英国作家“无论是雪莱，裴伦，是斯温班，或是梅垒迪斯，哈兑，都是带着社会改造的理想的文明批评家”。“社会批评”一词则首见于《拳术与拳匪》（1919年3月2日），《〈饥馑〉译者附记》提到俄国作家萨尔蒂珂夫（Michail Saltykov，笔名通译谢德林）的作品“富于社会批评的要素”，《〈伪自由书〉后记》更把这一批评的意义做了概括总结。一般以为鲁迅杂文的批评即所谓“文明批评”和“社会批评”。

[2] 《两地书·八》（1925年3月31日）披露的，其实就是鲁迅“改造国民性”从“社会批评”而至于“文明批评”的“改造”思路。

鲁迅《〈故事新编〉序言》所说的1922年写《不周山》“是想从古代和现代都采取题材，来做短篇小说”到1935年1月14日致萧军、萧红信中所说的想“把那些坏种的祖坟刨一下”，不难看出《故事新编》正是鲁迅所一贯坚持的“社会批评”和“文明批评”的一部分。没有这样一个执着的动机，要使时间跨度长达十三年的创作在风格、情调和文体精神上保持基本统一恐怕是难以做到的[1]。对于《故事新编》与20世纪二三十年代中国社会、政治、文化现实之间的联系即所谓“社会批评”的部分，不少研究者已做过大量索隐发微的工作，它自然不再是本文的中心。我所感兴趣的是鲁迅在文化批判时与传统思想和价值之间的微妙联系，它牵涉如何准确地理解小说本文，探讨其隐秘未示的思想结构和变化着的历史观念。之所以基本抛开鲁迅的杂文而主要通过解读小说来实现自己的企图，不仅因为《故事新编》写了为传统文化提供思想和价值资源、形成中国文化心理结构的“卡理斯玛”（Charisma）[2]型人物，我们可以通过鲁迅有意的变形了解其情感、态度和评价，而且因为小说较之杂文更能暴露作者真实的世界观，更容易表现其对传统文化之认识的复杂性和矛

[1] 细究起来，《故事新编》的“文明批评”大致可分为三种情况：《补天》的写作，鲁迅本意在“取了弗罗特说来解释创造——人和文学的——的缘起”（《〈故事新编〉序言》）；《奔月》和《铸剑》，则更多是鲁迅个人某种心境思虑的寄托，“文明批评”的意味并不太浓厚；只有20世纪30年代写的《理水》《采薇》《出关》《非攻》《起死》五篇，才是最完整、明确、具体地体现鲁迅的“文明批评”意识之作。

[2] “卡理斯玛”（Charisma）是早期基督教的词语。马克斯·韦伯（Max Weber）在论述各种权威时将它的含义引申并赋予新义，用它来指有创新精神的人具有天赋的神圣权力，能同宇宙或社会中最主要、最强大、最有权威之人或物保持联系，进而居于社会秩序、符号秩序、信仰和价值的中心。它是统治社会的真正力量。参见林毓生《中国意识的危机——“五四”时期激烈的反传统主义》，贵州人民出版社，1986年，第38、39页。本文所用含义亦不越以上定义的雷池一步。

盾性。

我发现，在《故事新编》中隐含着一个轮廓清晰的文化批判的思想图式，除了《补天》可视为一种解释中国“人与文化的缘起”的溯源式文化批判总论，《奔月》更多涉及个人，其余小说则都与对所谓周季三大显学儒、墨、道[1]的思想价值的处理有关，鲁迅对它们既有所拒绝又有所承担。其文化批判则反映着他试图通过清理传统而从中寻找创造力的源泉，决心完成其“立人”或改造国民性，探寻人与社会、与自我、与历史的某种有意义的联系方式，实现中国文化从传统向现代的创造性转化的价值取向。可以说，《故事新编》对于儒、墨、道各家学说的褒贬，一方面植根于它们在形成中国传统文化过程中的巨大作用，另一方面则由于它们积淀着中国智慧中关于人生、社会、文化的最初感悟和基本结构。因此，对于鲁迅而言，或者赋予这些传统思想和价值以现代解释，剥离“被流行的历史编纂学弄得模糊”的真实含义，或者打碎神话——把“神话”改造为“寓言”[2]，把无意识的集体梦幻改造为有意识的文学创作（文化批判），就成为与前期思想既联系又有所变异的文化心理再造，一种更积极的建设。反映在组织小说的艺术方法上，则在进行文化批判与处理材料的独特方法之间产生了一种价值对应性。正是小说文本

---

[1] 《奔月》虽然也有处理儒家所谓“师道”的内容，但若将其全体纳入我的思路仍有困难，故不论。另外，周季三大显学为儒、墨、道，乃鲁迅在《汉文学史纲要》中的看法，学界一般沿用《韩非子·显学》的观点，认为当时只有儒、墨并称显学。

[2] 冯雪峰在《中国文学中从古典现实主义到无产阶级现实主义的发展的一个轮廓》中提出《故事新编》是“寓言式的短篇小说”，此说虽屡受学者批评，笔者仍采之。这里的寓言指一种独特的意识结构，它不同于神话思维的无意识性、混沌性和转喻性，是明晰的直接意识的产物，其意义经过理性的澄清，既丰富又确定。

与文献典籍之间思想价值的相同或差异，或者小说形象与人物原型之间的符合或不符，为我们提供了考察鲁迅对传统思想和价值的拒绝或承担，以及他对中国传统文化的真正态度的机会。差不多可以说，《故事新编》中小说人物与史籍原型的符合程度与鲁迅对中国传统思想和价值的承担程度大致是成正比的。

本文是笔者就鲁迅《故事新编》与儒、墨、道思想人物之间的关系所写的系列论文之一，主要围绕他一贯关心的“立人”即人的价值确立、实现及最终完成的主题[1]展开论述，企图在关于鲁迅与儒、墨、道各家关系的一般认识之外，揭示其较不易为人察觉的隐秘内容及复杂纠葛，以使我们的有关描述和研究更接近真实。

一 《出关》与“孔胜老败”

显而易见，在鲁迅笔下有两种不同的儒家思想：一种是杂文与早期小说中涉及的作为价值和共时现实而参与社会文化进程的儒家观念，由于其正统的意识形态性质，它已成为社会进步的桎梏；一种是《中国小说史略》《汉文学史纲要》等学术著作中涉及的作为

---

[1] 鲁迅的“立人”思想与儒家类似主题的缘源关系一直未得到学界重视。事实上，“立人”一词即出自《论语》，是典型的儒家词语。孔子讲“己欲立而立人，己欲达而达人”，“三十而立”；鲁迅讲“人立而后凡事举；若其道术，乃必尊个性而张精神”（《文化偏至论》），其理论预设、基本价值取向、以人的修养或思想的根本改变为根本改变等特征却是共同的，尤其是所谓鲁迅“借思想文化以解决问题”的启蒙主义方法与儒家的伦理教育学一脉相承。王得后先生把鲁迅的思想概括为一个以“立人”为目的和中心，以实践为基础，以批判“根深蒂固的所谓旧文明”（1925年3月31日致许广平）为手段的关于现代中国人的哲学，或者说是关于现代中国人及其社会如何改造的思想体系，笔者深以为然。在文中则把它与鲁迅“一要生存，二要温饱，三要发展”（《突然想到》）的观点相连，并突出了人的发展的意义，把“立人”基本等同于人的价值确立、实现和最后完成。

文化事实的儒学，它是历史的产物，由于已丧失了发生作用的时代、环境、对象等条件，它仅仅作为一种“过去时的文本”和纯粹的思想史现象而存在着。对于前者，鲁迅表示了不妥协的坚拒态度，如对于“仁”“义”“礼”“孝”“忠”“恕”“节烈”“中庸”等儒家价值的批判和抨击就属此类；而对于后者，鲁迅则表现了充分的敬意和深入理解的趋向，并在不同程度上对其内在精神有所承担。《故事新编》中涉及儒家思想和价值的小说主要有两篇：《采薇》（1935年12月）全面清理了儒家的人性化（“立人”）理想即“内圣”“外王”的价值内涵，重估了道德与事功、王道与霸道等多重价值，为我们提供了一个轮廓清晰的处理儒家思想的模式。但由于《出关》（1935年12月）能给出鲁迅承担儒家思想和价值的最明显例证，因此我对于鲁迅与儒家的关系的考察将先从分析他解释《出关》主题的一段话开始。

在《〈出关〉的“关”》中，鲁迅这样解释《出关》的主题——关于“孔老相争，孔胜老败”的思想：

> 老子的西出函谷，为了孔子的几句话，并非我的发见或创造，是三十年前，在东京从太炎先生口头听来的，后来他写在《诸子学略说》中，但我也并不信为一定的事实。至于孔老相争，孔胜老败，却是我的意见：老，是尚柔的；“儒者，柔也”，孔也尚柔，但孔以柔进取，而老却以柔退走。这关键，即在孔子为“知其不可而为之”的事无大小，均不放松的实行者，老则是“无为而无不为”的一事不做，徒作大言的空谈家。

这里，鲁迅对于孔子及儒家的态度再清楚不过，与他早期的“绝望于孔夫子和他的之徒”[1]不同，他表述清晰地肯定了儒家“尚柔”即孔子“以柔进取”“知其不可而为之”的行为与价值取向。不过，令人疑惑的是，鲁迅上述对于儒家价值的肯定乃至承担，却建立在对于“儒者，柔也”的字义的误解或引申之上。这句话全文为“儒，柔也，术士之称。从人需声。”是《说文解字》中关于“儒”字的释义。“柔”为表语形容词，段玉裁注为：“柔也。以叠韵为训。郑目录云：儒行者以其记有道德所行。儒之言优也，柔也，能安人，能服人。又儒者，濡也，以先王之道能濡其身。”章太炎也认为：“柔者，受教育而驯扰之谓，非谓儒以柔为美也。受教育而驯扰，不惟儒家为然；道家、墨家未尝不然。”[2]可见《说文解字》中“柔”的本义只是形容人接受教化而脱离蒙昧和野蛮之后一种温文尔雅的风度，并非如《吕氏春秋·不二》篇“老聃贵柔”之“柔”为一种价值[3]。但鲁迅却不但把儒者之“柔”视为一种价值，而且依此展开其关于“孔老相争”的思想交锋图景，最终把老子送出函谷关，使孔子代表的儒家价值取得了胜利。这或许因为，尽管“柔”作为一种儒家价值很可疑，但在《论语·宪问》中仍可以找到隐者晨门对孔子“知其不可而为之”的批判性言辞，而鲁迅关于孔子“事无大小，均不放松”的实行者的判断亦与它基本同义，因此，把它作为一种

[1] 鲁迅《且介亭杂文二集·在现代中国的孔夫子》。

[2] 章太炎《诸子学略说》。这是学界的一般意见，即“柔乃儒之通训，术士乃儒之别解”（钱穆语，见冯友兰《原儒墨》）。

[3] 其实《吕氏春秋·不二》对于诸子的排列就隐含着这种观点，即“老聃贵柔，孔子贵仁，墨翟贵廉，关尹贵清……”并不认为“柔”为一种儒家价值。

表示坚韧、顽强、执着精神的价值看待，大致上仍讲得过去。事实上，鲁迅不惜误解“柔”的字义，有意让“孔胜老败”，其实是为了强调一种指向社会的道德态度，肯定一种积极进取的人生观。如果剥离对于孔老之“上朝廷”和“走流沙”的情感褒贬色彩，那么鲁迅否定脱离社会事功而单纯强调个人思想成就的“无为而无不为”的“徒作大言”的空谈家，肯定在社会事功中寻求道德完成即强调个体人格追求与群体责任感使命感相统一的实行者，就成为他承担儒家价值的独特方式，把“柔”视为一种道德的勇气和品质，一种类似在《娜拉走后怎样》中描述的具有“韧性”的“无赖精神”，通过改造“以柔进取”的命题赋予孔子“韧”的特征，实际反映着一种深刻的儒家实践理性的精神，一种注重从社会责任和使命的承担中实现道德和思想抱负的修治之道。这意味着，无论消化、改造、超越儒家价值，还是积极参与中国社会、政治、文化生活，在鲁迅与传统思想的复杂关系中，类似马克斯·韦伯所谓“责任伦理”和“信念伦理”[1]的不同价值取向始终清晰地贯穿于全过程，与传统的道德与事功的伦理分野遥相呼应。鲁迅强调“责任伦理”，把儒家的道德召唤和实践理性转到文化价值判断的层面上来，或许是企图为其“改造国民性”思想开辟另一思路，或许只是他作为思想者在探讨如何重建中国文化心理结构时所做的必然选择而已。

[1] 韦伯认为，一切以伦理为取向的行动，都可以概括为两种准则：一是责任伦理，一是信念伦理。信念伦理属于主观的价值认定，行动者只把保持信念的纯洁性视为责任；责任伦理则要求对客观世界及其规律性的认识，行动者要审时度势做出选择，因为他要对后果负责。以上内容见于苏国勋《理性化及其限制——韦伯思想引论》，上海人民出版社，1988年，第74、75页。

二　对儒家“圣王”[1]理想的批判

既然并非顾全于儒家命运的“为承担而承担”，那么与鲁迅之行为价值的外在取向相联系，小说《采薇》则为我们提供了他处理儒家价值的另一种模式。它既不同于早期杂文中的“全盘拒绝”，也迥异于以上分析的“部分承担”，而是一种在拒绝中承担或在承担中拒绝的辩证批判过程。他把儒家代表“内圣”路线的“圣人”伯夷、叔齐的道德实践，和代表“外王”路线的楷模周武王、姜尚的事功成就改造为一个充满“油滑”人物的嘲弄、调侃——它自然隐含着作者的态度和评价——的文化批判寓言，艺术地就夷齐故事和周武王故事反映的儒家人性化——“立人”主题表示了态度。根据《出关》中“孔胜老败”的描写可知，关于人的价值确立、实现和终极完成，鲁迅不但反对老子那种“无为而无不为”的“徒作大言”——立言，而且反对夷齐的纯粹个体道德完成方式——立德，对周武王、姜尚代表的外在事功完成方式——立功也有相当保留。我们知道，立德、立功、立言分别代表着儒家关于道德、事业、思想三大方面的人生成就，与其成人、成王、成圣的终极目的关系密切。鲁迅要“立人”或改造国民性，必须首先打碎包括立德、立功、立言在内的儒家关于人的发展与完成的一整套设计，才能为它的真正实

---

[1]　“内圣外王”一词首见于《庄子·天下》篇，他把“内圣外王之道”视为古之道术对人的完整性的理想的表达，“圣有所生，王有所成，皆原于一。”可惜后来“天下大乱，圣贤不明，道德不一，天下多得一察焉以自好。”“是故内圣外王之道，暗而不明，郁而不发，天下之人各为其所欲焉，以自为方。”庄子著名的“道术将为天下裂”指的就是“内圣外王之道”的分崩离析。儒家后来强调和发展的“内圣外王之道”，则多指一种“成圣”“成王”的方法，与庄子的原意略有不同。不过，就这一命题的开发而言，老庄当然不及孔孟，道家当然不如儒家了。

现铺平道路。由于立德为立人之本的儒家观点，尤其是伯夷叔齐的道德成就，使之成为儒家根据个人的内在资源而完成自我从而获致人生价值和道德尊严的“内圣”神话的主角，为脱离社会仍可实现道德抱负的思想取向提供了貌似有理的论证。甚至直到现代，一些知识分子仍难以打破这种道德神话造成的幻觉。因此，清理夷齐在儒家“成人”寓言中的意义，打碎儒家的“内圣”神话，肯定一条合乎现代化要求的、消除了道德与事功的紧张关系的人的完成路线，就成为鲁迅在《采薇》中处理儒家思想的基本关注。

本来，在儒家早期思想中，道德与事功、修身与治国、内圣与外王等范畴在其“立人”设计中是融和统一的，“成人”“成王”“成圣”之间的关系只是道德和人生多样追求的自然延伸，其内涵有不少重合之处。从孔子对管仲“相桓公，霸诸侯，一匡天下，民到于今受其赐”[1]的赫赫事功的神往中，甚至能引申出“客观功业的‘圣’本高于主体自觉的‘仁’。‘仁’只是达到‘圣’的必要前提”[2]这样的意思。孔子还说过，“微管仲，吾其被发左衽矣”。这就是说，事功成就完全可与“正天下”的教化、道德相通。然而随着以后“儒分而为八”，曾子、子思、孟子一脉侧重“内圣”“体仁”之学成为正统，特别是其强调道的内在性的倾向经过宋儒的片面发挥，“‘内’却不仅日益成为支配、主宰和发生源泉，而且甚至成为唯一的理论内容了。”[3]鲁迅对宋明理学鄙视事功、空谈性理、满足于内在修养的“为道德而道德”的消极性显然有深刻的理解，曾在杂文中屡屡抨击

[1] 孔子《论语·宪问》。

[2] 李泽厚《经世观念随笔》，《中国古代思想史论》，人民出版社，1986年，第268页。

[3] 同上书，第269页。

夸大道德作用的“民气论”和“平时袖手谈心性，临危一死报君王”式的截然分割道德与事功的伪气节[1]。由于夷齐在儒学或传统文化结构中的意义主要依据儒家的“内圣”背景支持，因此当鲁迅在儒经等思想文献中频频出没时，我们实际被他带进了一个远比小说世界更宽广深厚的儒家价值领域。这里既有严格针对儒经关于夷齐之道德意义的事实的辨证，又有着眼于现代中国文化心理再造之前途的对儒家“内圣”价值的批判。伯夷叔齐的意义由于其行为的实在功能与儒家伦理的抵牾而被鲁迅逐渐消解了，儒家精心炮制的“圣之清者”也因其道德事实与价值指向的不符而丧失了道德和人格上的力量。具体而言，鲁迅充分利用儒家价值的含混性和矛盾性，把夷齐的行为与所负载的价值之间本有的距离推衍到极致，这样，儒家“圣人”的粉饰一旦剥落，其完美人格便暴露了小说人物小丙君所谓“通体都是矛盾”的真面目。

三 “通体都是矛盾”的“圣人”夷齐

作为展现鲁迅对于儒家“立人”设计之相关价值矛盾性的关注以及对道德与事功这一价值选择的艺术过程，小说中他对夷齐在儒家学说中的意义之清理主要由作者的议论、“油滑”人物的调侃和嘲弄，以及对儒家价值的有意“变形”等方式完成。

伯夷曾被孟子称为“圣之清者”，被韩愈奉为“万世之标准”，

[1] 如《忽然想到（十）》《补白（一）》《“寻开心”》《登错的文章》等从1925年到1936年的杂文均有如上内容。

与叔齐一道，几乎承担着与儒家“立人”理想有关的所有价值。其中既有孔子所谓“求仁而得仁”之“仁”，“义不食周粟”之“义”，“不念旧恶”之“恕”，又有朱熹所谓“以父命为尊”之“孝”和“以天伦为重”之“悌”[1]。但主要地，却在于其人格内含的道德力量能够赋予“礼”——儒家关于长幼、男女、尊卑、君臣的秩序——以道德的尊严。儒家认为其行为“皆求所以合乎天理之正，而即乎人心之安”[2]。正是这种沟通“天理”和“人心”的道德实践，为儒家的人性化亦即“立人”设计提供了一个既连结内在的“道”，又充分肯定现实的社会伦理秩序和体现“人心”的自然趋势的绝好榜样。然而在鲁迅笔下，夷齐之超社会的“信念伦理”与鲁迅干预社会的“责任伦理”之间却产生了某种碰撞，夷齐的道德不仅未能反映道德规范的普遍性，相反在其行为与规范所承担的儒家伦理之间，也就是《礼记》所谓“儒行”与“儒效”之间，还产生了许多矛盾和紧张。由于“仁”“孝”“忠”“恕”四种价值对于儒家“成人”“成圣”目标的重要性，鲁迅在小说中或隐或显地相应给出了事实和价值的启示，使夷齐的行动成为受制于儒家伦理、当时政治、人事纠纷的矛盾过程。那么，鲁迅是如何具体展开夷齐与儒家伦理的四种矛盾和紧张，他对于儒家价值批判和改造的特征究竟如何呢？

首先看夷齐的“礼让逊国”与儒家“仁”的观念之间的矛盾和紧张。毫无疑问，尽管儒经中对“仁”缺乏一个明晰的界定，但一般都把它视为有关个人道德的观念，一种人之所以为人的德性。它

[1] 朱熹撰《四书章句集注》，中华书局，1983年，第97页。

[2] 朱熹语。同上。

对儒家人性化目标的意义，主要在于能为它奠定一个内在资源的基础。杜维明认为它“基本上是与个人的自我更新、自我完善和自我完成的过程相联系的”[1]，人生是否有意义首先就取决于能否自觉地实践“仁”，夷齐对于儒家“成人”过程的意义也正在这里。但是每个人在道义和责任上对“仁”的承担又因其在“礼”的秩序中的不同位置和等级而各有差别。孔子讲“克己复礼为仁”，就是指每个人应该依照“礼”的本分去做道德上的“应该”，通过激发内在之“仁”，使自身在不断的实践中臻于完善。鲁迅在小说《狂人日记》中曾揭示“仁义道德”就是“吃人”，对“礼教”的批判相当尖锐。但在《采薇》的伯夷叔齐批判中，却展现了另一种思路另一些内容。在他看来，伯夷和叔齐的“礼让逊国”与其对社会使命的承担之间是存在严重问题的。一般而言，伯夷叔齐作为自然程序和法定程序的诸侯王继承人，“仁”对于他们而言，首先应体现为他们对天、地、人所承担的责任和义务，其所求之“仁”并不在克己的“礼让逊国”，相反在于社会事功方面的经济之道和“复礼”，而所谓“礼让逊国”倒意味着他们对其所承担责任和义务的一种逃避和拒绝。所以当叔齐在武王伐纣时指责其“臣子要杀主子”的行为不符合“仁”时，鲁迅却揭示了夷齐的“礼让逊国”与商纣王“自弃其先祖肆祀不答，昏弃其家国，遗其王父母弟不用”的行为在道德功能和社会效应上的相似性。小说中引用《泰誓》中“毁坏其三正，离逷其王父母弟”等语，正是指控商纣王毁坏了天、地、人的正道，抛弃他的祖辈和

[1] 〔美〕杜维明《作为人性化过程的“礼”》，《人性与自我修养》，胡军、于民雄译，中国和平出版社，1988年，第15页。

兄弟不用的意思，而它偏偏又“断章取义，却好像很伤了自己（即伯夷——引者）的心”。鲁迅为什么这样写？我想，其深意不但在于指明儒家“圣人”与商纣王这样公认的暴君在道德功能和社会效应上的相似，把儒家的理想行为和价值引入窘境，而且还在于揭示儒家“仁”的观念由抽象概念转化到社会关系层面的“礼”的艰难性和不可能，以彻底动摇儒家人性化设计——“成人”的人的内在资源基础，也为最终摧毁其“内圣”神话清除了重要的价值障碍。

其次是小丙君所谓“撇下祖业”与儒家“孝（悌）”观念之间的矛盾和紧张。如前所述，儒家的“仁”不仅指道德修养，而且指精神的转化。内在道德的“仁”只有转化为社会关系的“礼”才能保证其人性化过程的正常运作，而作为这一过程的“礼”必然在人伦关系上有所反映。既然儒家认定自我修养（修身）离不开人伦关系，那么在家庭中的道德表现（齐家）也就成为整个“成人”设计的重要内容。鲁迅在《我们现在怎样做父亲》《魏晋风度及文章与药及酒的关系》等文中曾揭露过“孝”及“以孝治天下”的虚伪性。个人范畴的“孝”竟然延伸到社会范畴的“治天下”的层面，基本上依赖于一厢情愿的修齐治平那一套逻辑。与上段的分析相联系，如果说鲁迅描写“礼让逊国”与“仁”的矛盾是为了揭示“仁”的虚妄和修身的无效，那么强调“撇下祖业”与“孝（悌）”之间矛盾的矛头则指向了齐家；如果说夷齐“求仁而得仁”的行为指向与价值内涵的矛盾仅仅表现在价值层面，关于“仁”向“礼”的转化尚可给出另一种解释，那么他们与“孝”的冲突则透过价值层面潜入逻辑关系之中：伯夷“以父命为尊”之“孝”与叔齐“以天伦为重”之“悌”正好构成一种悖论关系。这就是说，不但“撇下祖业”作为其道德行为的共同后果，而且伯夷之“孝”与叔齐之“悌”相互以否定对方的道德成就作为其成就的条件，其危机显得更严重。尽管夷齐指责周武王“父亲死了不葬，倒来动兵”不符合“孝”是纯粹的儒家观点，但其“撇下祖业”同样违背了儒家关于“孝”的实践规范。一般而言，“孝”主要有两个部分，一是对于长辈的遵从，一是事亲即报答养育之恩。《孝经》讲“身体发肤，受之父母，不敢毁伤，孝之始也”，而夷齐的“撇下祖业”不仅意味着对父亲孤竹君的忤逆——叔齐还把“天伦”置于“父命”之上——而且最终丧失了事亲的根本。反过来说，虽然一般来说儒家也并不单纯把“以父命为尊”视为孝行，《孝经》有所谓“当不义则子不可不争于父，臣不可不争于君……从父之令，又焉得为孝乎？”但夷齐的行为却完全反映不出这些内容，无论对于“父之过”还是商纣王的“君之过”，他们只是一味消极逃避，甚至就维护儒家的道统而言，其表现也很难为儒家伦理提供足够的支持和力量，因此，说夷齐难以承担儒家赋予的“孝”，恐怕已是小说题旨的应有之义。至于叔齐之“悌”，透过小说中夷齐相濡以沫的手足之情的表面，兄弟之间的内在紧张往往通过一些对他们不敬的噱头或隐或显地传达出来，如伯夷自己怕冷而“坐在阶沿上晒太阳”，却要叔齐每天去练太极拳；吃薇菜也要多吃两撮，“因为他是大哥”；当叔齐怪伯夷多嘴而透露其“逊国”和“不食周粟”的原委时，也“在心里想：父亲不肯把位传给他，可也不能不说很有些眼力”。这些虽缺乏文献根据但却符合生活常理的虚构，无疑代表着鲁迅真正的态度和评价。正是凭借鲁迅的揭示，儒家“孝（悌）”的价值最终由于不堪承担先王之道与人情物理及内在逻辑冲突的重负而自行崩溃。

第三是夷齐之“扣马之谏”和“不食周粟”与儒家“忠（义）”价值之间的矛盾和紧张。它反映的是儒家关于人在社会领域即与政府、国家关系的特定形式——君臣关系上的道德承担的内容，人作为社会（政治）人的意义主要就通过实践它来取得。由于夷齐的“扣马之谏”和“不食周粟”介于政治与道德之间，因而与他们承担“仁”“孝”价值时的不负责任不同，其行为始终充满一种道德干预和政治参与的积极意向。尽管它涉及的儒家价值仍不出“礼”的范围，但其行为却在商纣王是否应该讨伐的问题上与正统儒经中的观点形成某种对立。这不仅影响着他们道德承担的质量和强度，而且对于儒家的人性化目标（“立人”）也至关重要：对于重大历史事件——尤其是承担儒家价值的政治与道德本事——我们难以想象儒家的道德楷模竟然持有与儒经观点相左的意见。昏君纣是否该讨伐?《孟子》早已给出肯定的答复。当齐宣王问及如汤放桀、武王伐纣那样“臣弑其君”的行为是否道德时，孟子说:“贼仁者为之贼，贼义者谓之残，贼残之人谓之一夫。闻诛一夫纣矣，未闻弑君也。”根据儒家的观点，长幼、男女、君臣等关系的伦理指向是双向的，讲究父慈子孝、兄友弟恭等，臣不仅要守臣道，君主也要恪守君道，这样才能保证社会的政治、道德、文化秩序的安全。这种双向性特征其实也正是其革命性和保守性的共同根源：一方面，它可以为古代知识分子限制君权提供思想资源；另一方面，又可以为皇权的合理性提供论证，关键在于这一条价值链不能有一个环节出问题。因此，每当历史的转折关头，儒家伦理总是陷于其内在矛盾难以为人们的政治选择指明方向。对于鲁迅所处理的夷齐“扣马之谏”的愚忠与儒家关于武王伐纣的正义性之间的矛盾，传统儒者往往以一种暧昧的多元论观点进行统一。他们从孟子称伯夷、(姜)太公为“天下之大老”出发解释“及武王伐纣，一佐之，一扣马而谏”的不同反应，认为其道“并行不相悖也。太公处东海之滨，进而以功业济世；伯夷处北海之滨，退而以名节励世……故各为世间办一大事，可谓无负文王所养矣。”[1]鲁迅却唤出儒家代表事功路线的典型姜太公，还原、激活了其本有的矛盾，在让代表“事功”立人路线的姜太公表现出宽厚、强大和开明的同时，由夷齐代表的“内圣”立人路线却处于前所未有的窘境，甚至其道德实践的真诚性一点也不能抵消场面的揶揄和嘲弄所带来的毁灭性力量。所谓“忠(义)”仅仅作为昏君贼残暴行的某种价值帮凶而存在。其“扣马之谏”与“不食周粟”的行为与其说肯定的是儒家关于君臣之道的规范，毋宁说干脆是由于机能僵化导致的价值自戕和反讽。尤其是在传统儒者眼中显得圣洁和悲壮的“不食周粟”，其“儒效”充其量不过为看客们增加一点笑料和谈资而已。我们知道，这是一种最富于鲁迅特色的否定性评价。通过还原和激活夷齐与儒经之间的矛盾，其难以承担儒家“忠(义)”价值的真相终于也被揭示了出来。

最后，其矛盾和紧张还表现在小丙君所谓《采薇》诗的“怨而骂”和阿金讲述的“鹿奶”故事中叔齐的“以怨报德”与儒家价值“恕”的背离之间。我们知道，儒家的“恕”并非一般意义上的宽容，而是一种有严格内涵的实行“仁”的方法。在孔子刻意塑造的伯夷“无怨”的形象背后，“恕”对于儒家“成人”乃至“成圣”的终极目的的重要性无形中透露了出来。其中似乎隐含着这样的逻辑：

[1] 《鹤林玉露》卷十二“伯夷太公”条。

一个人内心充满怨恨，不但妨碍其精神的和谐，而且是他无法发掘内在之“仁”的证据。根据儒家的观点，一个人固然无法脱离社会，与人交往却是为了自我实现，其人格的真实性有赖于体现为精神价值的现实性。“如果他不以某种颇有意味的方法与他人往来，那么他就不仅是粗暴地对待他的社会关系，并且粗暴地践踏了自身的真实自我。”[1]因此，当鲁迅把儒家的这种逻辑融进小说背景，伯夷是否有“怨”的问题也就转化为“恕”这种价值是否真实和有意义的问题。鲁迅成功地利用了孔孟关于伯夷的不同描述，为伯夷叔齐有违“恕”道的狭隘性格奠定了文献的基础。本来，伯夷对父亲的“欲立叔齐”和“于嗟徂兮”的命运、叔齐对兄长的不通时务和被一步步拖至“及饿且死”的境地是否有怨，乃是一个有趣的心理问题，难怪子贡也要就此问难于老师[2]、司马迁要借此抒发愤懑了[3]。固然，孔子是情愿伯夷“无怨”的，他认为“求仁而得仁，又何怨？”[4]“伯夷、叔齐不念旧恶，怨是用希”[5]；但孟子却为我们提供了伯夷“非其君不事，非其友不友。不立于恶人之朝，不与恶人言”的生动表现：“推恶恶之心，思与乡人立，其冠不正，望望然去之，若将浼焉”[6]，并批评伯夷之“隘”为“君子不由也”[7]；朱熹也认为伯夷有“宜若无所容”[8]

---

[1] 〔美〕杜维明《人性与自我修养》，第25页。

[2] 见《论语·述而》。

[3] 见《史记·伯夷列传》。

[4] 《论语·述而》，注引孔安国曰：“夷齐让国远去，终于饿死，故问怨邪。以让为仁，岂有怨乎？”

[5] 《论语·公冶长第五》。

[6] 《孟子·公孙丑章句上》。

[7] 同上。

[8] 朱熹撰《四书章句集注》，第82页。

的耿介性格。应该说，从心胸狭隘到“有怨”是符合伯夷的性格逻辑的。司马迁、李贽等都表示过与孔子相左的意见，李贽甚至认为司马迁“翻不怨以为怨，文为至精至妙也。何以怨？怨以暴易暴，怨虞夏之不作，怨适归之无从，怨周土之薇之不可食，遂含怨而饿死，此怨曷可少也？”[1]鲁迅借小丙君之口引《采薇》诗为证说伯夷“有怨”，显然可以得到孟子、司马迁、李贽等人意见的支持。大家知道，儒家本不排斥诗歌的“兴观群怨”，也主张“诗可以怨”，但强调唯有“怨而不怒”才符合“温柔敦厚”的诗教，才是行化解怨愤、积极向“仁”的“恕”之道，而伯夷的“有怨”则使孔子“不念旧恶”的道德判断成为一厢情愿的虚饰。这样，在鲁迅的笔下，儒家的道德偶像一旦显露本相，不但作为“仁”的实行方法的“恕”道难以为人接受，其未及一般意义上的宽容的事实更危及儒家价值的信誉。由于鲁迅消除了儒家强加在个人与社会关系之“恕”上面的不合理假设，儒家关于个人进入社会的方法势必陷入困境。实际在杂文中，鲁迅始终把“恕”与“纵恶”及道德主体的“怯弱”相联系，对所谓“犯而勿校”“不念旧恶”明确表示不信任。小说结尾他更把刘向《列士传》中的“鹿奶”故事原封搬来，表现叔齐内心的“以怨报德”，尽管其心理和行为仍被包裹在传说的虚拟形式中，但由于儒家“恕”对于其“立人”目标的虚假合理性已被捅破，鲁迅的真正用心便得以明示，而叔齐与所谓“躬行”“仁恕”的道学先生如“给无告的官妓吃板子”的大哲朱子等的微妙联系也就凸现了出来。

[1] 李贽《焚书·卷五·读史·伯夷传》，中华书局，1974年，第585页。

在这种对夷齐“通体都是矛盾”的人格的批判性呈现中，我发现，伦理事实与价值背景的差异其实正是制约鲁迅笔下的夷齐与儒经中夷齐形象之差异的基本因素，而植根于这种差异的内在矛盾和紧张则成为儒家实现其“成人”“成圣”目标的巨大价值障碍。其中有关“仁”“孝”“忠”“恕”的矛盾和紧张分别覆盖着与抽象的人和具体的人子、人臣相关的哲学、宗教、伦理和政治诸方面的内容，已经相当深入地触及儒家人性化理想“成人”“成圣”的根本。可以说，随着鲁迅对夷齐及其在儒家世界的价值和意义的清理，儒家人性化设计的谬误——圣贤人格的非现实性与实践的强迫性特征终于被揭示了出来。鲁迅显然对儒家道德“立人”路线持否定态度，增田涉曾指出“鲁迅憎恶中国儒家的‘完人’思想。那是对人求完全的强制想法，由这种想法对现实的人用既成道德给以拘束、限制。”[1]这种由外铄的“礼”制约内在之“仁”的方法其实隐含着不可解决的矛盾，鲁迅通过突出儒家“礼”的规范在其“成人”“成圣”过程中的抑制作用以及由自然人性发出的些许反抗，为我们描绘了夷齐的人格为不同指向的“礼”而撕裂和陷于“仁”和“礼”的矛盾而臻于崩溃的道德困境。它既是鲁迅对儒家的批判，也是对儒家的一种选择。

值得注意的是，鲁迅的出入经典和接近儒家，虽然含有寻找其“成人”“成圣”的道德神话违背事实的权宜成分，但他在小说中对儒家某些观点和材料的借重和利用仍然非同寻常，如前面分析过的

[1] 〔日〕增田涉《鲁迅讨厌儒家所谓“完人”的思想》，《鲁迅的印象》，北京师范大学中文系内部资料，1976年，第31页。

“扣马之谏”场面的描写，实际隐含着传统儒者关于孟子称颂伯夷和姜尚同为“天下之大老”所指示的道德与事功两条不同“成人”路线的交锋；而小说中关于伯夷《采薇》诗是否有怨的处理，则是倾向鲜明的对儒家非正统或异端的意见的采纳[1]。所有这些，似乎说明鲁迅与一个更大的儒家传统即构成中国文化基本精神的那部分发生着联系，它甚至包括非正统派和异端以外而只在潜意识层面上与之相联的那些思想。事实上，与《出关》中鲁迅对孔子的肯定相一致，《采薇》中鲁迅对夷齐的批判和对儒家不同思想材料和观点的变形和利用，是可以视为别一形式的“孔老相争”的，只不过肯定儒家的内容作为前提掩映在进行批判的背景中而已。我们知道，在《采薇》中无论对儒家道德偶像的矛盾人格的揭示，还是对儒家伦理混淆事实与价值的整体论思维在“成人”过程所起作用的否定，都不及对夷齐真诚的道德实践的毁灭——由道德的空疏、迂阔、僵化和无用而导致的戏谑、嘲讽的喜剧境地予人更深刻印象，被孔子称为“不降其志、不辱其身”的“义士”，在鲁迅笔下却不过是超责任超义务，无益于社会、国家、人生的所谓“无益之臣”[2]。这一价值变形的原则贯穿于鲁迅与儒家对话的整个过程。通过强调夷齐所代表的

---

[1] 没有材料证明鲁迅接受过柳识《吊夷齐文》的影响，但《采薇》对夷齐“二分法”的处理有点像柳文观点的现代化。

[2] “无益之臣”的说法出自《韩非子·奸劫弑臣》：“古有伯夷叔齐者，武王让以天下而弗受，二人饿死首阳之陵。若此臣者，不畏重诛，不利重赏，不可以罚禁也，不可以赏使也。此之谓无益之臣也，吾所少而去也，而世主之所多而求也。”尽管未发现鲁迅接触这一段话的直接证据，但鲁迅说他“中过庄周韩非之毒”可为旁证，小说对夷齐的处理也体现了上述精神。有意思的是，毛泽东也持有相同意见，他认为伯夷只是“一个对自己国家的人民不负责任、开小差逃跑，由反对武王领导的当时的人民解放战争、颇有些‘民主个人主义’思想的人”（《别了，司徒雷登》）。

“内圣”路线在儒学发展中对外在“事功”路线的排斥，鲁迅对其由过分强调“道”的内在性而必然导致的脱离社会、超越责任的“离心”倾向，以及日益陷于空疏、迂阔、无用之可能性的揭示，就可以视为他对外在“事功”路线强调道德与事功的相互转化的价值和行为取向的肯定。而且，正是在关于道德与事功的相互转化的可能性的探讨中，我们发现了夷齐与小说中另一人物周武王的价值联结点，找到了进入鲁迅思想的另一方面——对儒家的“外王”完成方式和价值结构进行考察的途径。

四 “王道的祖师而且专家”的周朝（武王）

这一部分内容往往为论者所忽略，主要反映在鲁迅对周武王及相关儒家观念“王道”“霸道”所做的价值重估中。固然，强调道德与事功、内圣与外王、王道与霸道的统一是早期儒家的思想特征，当其内在联系被后儒割断，强调建立事功的“外王”的内容便只能栖身于非正统派或异端思想之中，或者仅仅作为一种遥远的梦想和伤感的感喟残留在历代儒者的内心，其思想身躯的发育早已停滞。正如夷齐在儒家的“道德神话”中作为理想人格和纯洁象征一样，周武王在其“事功神话”中也是一个近乎完美的理想君主和个人成就楷模。二者的联系深深植根于儒家的“成人”“成圣”“成王”的逻辑之中。这就是说，儒家关于人的发展的设计，其由内在“体仁”的正心诚意修身齐家进入外在事功的治国平天下，是合目的的必然衔接。根据这种逻辑，夷齐和周武王作为个人在价值深处就有了相通之处，鲁迅对周武王的批判也就成为对夷齐批判的继续。

这种批判主要借助于一系列历史事件诸如“扣马之谏”“血流漂杵”“归马于华山之阳”的描写来进行。鲁迅描写的科学性在于，他充分顾及武王伐纣作为历史事件和道德事件的不同含义和复杂性。作为历史性事件，当它与夷齐的“扣马之谏”处于同一价值天平时，鲁迅调侃和嘲弄了夷齐的迂腐和螳臂当车，突出其“以暴易暴”的历史进步性和正义性，艺术地肯定了隐含在“恶”的形式中的历史意志；作为道德性事件，当它摇身一变为儒家的理想政治“王道”的体现者时，鲁迅则对“王道的祖师而且专家”(《关于中国的两三件事》)的周武王采取了明显的批判态度，通过“血流漂杵”和“归马于华山之阳”的讽谕性场面对比，艺术地揭示其“先诈力而后仁义”(孟子语)的“霸道”实质。与儒家强调人的道德使命向“己立立人、己达达人”式的社会政治参与相联系，鲁迅对周武王的批判可视为其“孔老相争，孔胜老败”思想的深化，也可视为他对儒家道德—事功的“立人”思维模式的超越。

“王道”是典型的儒家用语，但并非简单的外王之道。它是事功，但却得体现出纯粹道德的意义；它要求把人的客观功业转换为一种有明确道德目的的社会结构，其实质是儒家“内圣”路线的“事功”形态或“事功”路线的“内圣”形态，其要害是以道德代政治。我们知道，“王道”背后隐藏着儒家“圣人最宜于作王”的观念[1]，而它与支持夷齐的整个“内圣”背景一脉相承。这种事功的道德化倾向其实也是儒家人性化“立人”逻辑演绎的必然结果，而揭示儒家“成人”“成圣”目标的最高实现——“内圣外王”的价

[1] 可参看汤一介为《人性与自我修养》一书作的序。

值结构的内在矛盾，就成为鲁迅处理儒家“圣王”理想的主要考虑了。当然，“圣王”观念来源极古，老子的“圣人”一词就常常指“天下”的理想统治者，即普遍君主[1]；孔子称道尧舜，其弟子则有了完整的“圣人最宜于作王”的思想，所谓“上圣立为天子，其次立为卿大夫”者[2]；历代统治者吹捧孔子，加封的许多“阔的可怕的头衔”也多是“大成至圣文宣王”之类。不过，正如鲁迅在《且介亭杂文·关于中国的两三件事》所指出的，这类“圣王”在中国历史上根本不存在，因为它包含着两种相左的行为价值取向，政治人格与道德人格本来就如同水火。这段几乎完全符合《采薇》中作者对周武王这个“有意味人物”批判精神的原话是：

> 在中国的王道，看去虽然好像是和霸道对立的东西，其实却是兄弟，这之前和之后，一定要有霸道跑来的。
>
> ……孔子和孟子确曾大大的宣传过那王道……然而，看起别的记载来，却虽是那王道的祖师而且专家的周朝，当讨伐之初，也有伯夷和叔齐扣马而谏，非拖开不可；纣的军队也加反抗，非使他们的血流到漂杵不可。接着是殷民又造了反，虽然特别称之曰‘顽民’，从王道天下的人民中除开，但总之，似乎究竟有了一种什么破绽似的。好个王道，只消一个顽民，便将它弄得毫无根据了。

[1] 林毓生《中国意识的危机——“五四”时期激烈的反传统主义》，第34页。

[2] 《墨子·公孟》有如下记载：“公孟子谓墨子曰：‘昔者圣王之列也，上圣立为天子，其次立为卿大夫。今孔子博于诗书，察于礼乐，详于万物，若使孔子当圣王，则岂不以孔子为天下哉？’”

> 儒士和方士，是中国特产的名物。方士的最高理想是仙道，儒士的便是王道。但可惜的是这两件在中国终于都没有。

鲁迅关注于“王道”与“霸道”的辩证对立关系，强调它在政治运作中（倘若它不与如申韩之学着重的“霸术”相结合）事实上的不可能，既是开启儒家“圣王”要求的思维误区的一把钥匙，又是解析其“成人（圣）”目标混淆事实与价值的精确视角。透过周武王带有的整个“圣王”结构，鲁迅相当清晰地扫描了现代启蒙理性与儒家实践理性在“立人”问题上的不同投影。由于儒家的“成人（圣）”思路在泛道德化的政治选择中迷失了方向，往往妨碍对于人与政治、道德、文化关系的本质认识，因而鲁迅强调人之所以为人的特征不再依赖于其道德（信仰）方面的成就，使儒家的“道德至上”的判断让位于行为价值自主的现代思维，从而在思想领域为人的自由选择和发展开辟了广阔的道路。而且，在揭示“王道”的空想性的背后，这种价值取向其实还进一步包含了近代思想的基本要求，即政治、经济、文化等价值体系与道德（宗教）相脱离而获得独立性和科学形态等内容。

总之，无论《出关》中对于孔子的抽象肯定，还是《采薇》中对于夷齐和周武王代表的儒家理想人格“圣王”结构的批判，鲁迅与儒家的关系始终围绕人与社会、人与自我、人与人即所谓“个人与社会的关系，他作为人的最终可能性，怎样最好地实现这种可能性”[1]的问题展开。通过对夷齐和周武王体现的儒家“内圣外王”的“立人”路线的考察，鲁迅试图在个人道德的完整性和社会责任感之间建立一种相互依存的关系，在个人的内在自由与适应社会使命承担的召唤之间找到统一点，它实际处于鲁迅处理包括道德与事功、内圣与外王、王道与霸道等相关儒家价值的核心。与儒家对这一问题的伦理主义式回答不同，鲁迅否定道德判断的先验性和唯一性，把人的价值确立和实现的最终可能性问题视为一种人作为历史主体参与社会、政治、文化进程的实践结构：只有不回避个人的社会责任和道德使命的承担，才能确认人的道德完整性的实质，为人的价值确立和实现的各种可能性奠定其现实的基础。不管鲁迅对儒家关于人生立德、立功、立言三种成就的设计持有何种观点，他对伯夷叔齐、周武王、老子这三个“成就典型”的拒绝仍坐实了上述看法。作为难以规避的复杂的思想遗产，鲁迅对儒家关于人的基本价值尤其是道德主体性问题的批判深深影响了他的“立人”思想的概念、预设和方法，“立”什么和如何“立”的问题不可分割地植根于诸如人的最终发展的可能性这类命题中。尽管鲁迅对儒家隐秘的关注越过其“五四”意识形态而在超越性层面上与之汇通，但倘若认定鲁迅与儒家思想对话的充分的建设性仍然是轻率的，比如在人如何根据内在资源完成自我这种儒家意味极浓的问题上，即使它代表儒家思想适应现代生活最富独创性的方面，也不能满足鲁迅“立人”思

[1] 罗纳德·G.丁柏格语，转引自〔美〕杜维明《人性与自我修养》，第163页。这些问题使我们重新回到青年鲁迅留日时期的有关思考上来，许寿裳在《亡友鲁迅印象记》中的转述已广为人知，即：一、怎样才是最理想的人性？二、中国国民性中最缺乏的是什么？三、它的病根何在？本文展示的内容或可视为鲁迅在晚年对其基本的“人性论”主题（伊藤虎丸语，参见《〈故事新编〉的哲学》）的某种回应？

想旨在“改造国民性”的社会性努力与他为消除其反动性消极性而对它实施批判的强度和深度。经过鲁迅批判理性的过滤，儒家思想之于“立人”正反两方面的作用更加清晰与明确，一种抽象继承这份更多负载着传统的罪恶和负担的思想遗产的道路似乎已为鲁迅指出。然而，在《故事新编》中，当鲁迅企图在西方文化之外另外寻找新文化的创造力量和价值源泉时，他实际更经常地把目光转向墨家而非儒家。这似乎说明，作为中国文化的两种精神，儒墨之间的某种根本差异已为鲁迅所察觉和明确认识。如果说鲁迅的接近儒家带有较多被动性和权宜成分，那么他对墨家的强烈兴趣则预示了其“立人”思想的新思路，一种在融会古今中外思想价值基础上进行的对于理想人格结构和现代伦理精神的崭新探讨。

1989年至1991年8月断续写成
2008年3月底改定
（原题《道德与事功：鲁迅对于儒家思想的批判与承担
——〈故事新编〉与中国传统思想和价值批判研究之一》，
《鲁迅研究月刊》1991年第10、11期连载）

鲁迅与墨家的思想联系

——《故事新编》与鲁迅对中国传统思想和价值的批判之二

鲁迅与中国传统文化的关系在学界素称难治。所难者，不仅在于鲁迅之人与文，其思想与作品以道德的热情和巨大的雄辩力“表达了对中国文化危机的极度痛苦”和绝望，集现代中国反传统意识形态之大成；而且在中国传统文化，在于所谓传统文化者，乃中国古代思想、语言、文物、典章、制度等一切的总和。学者既难穷一生之力尽其皮毛，也难在此基础上建立科学的概念、范畴和运用确切的方法分析评价之，以其昏昏，殊难使人昭昭，故难免知者不为之讥。20世纪80年代以来，林毓生《中国意识的危机——“五四”时期激烈的反传统主义》专注于中国“五四”时期知识界领袖的“全盘性反传统主义”（totalistic），其关于鲁迅之于传统与现代、中与西、旧与新之意识复杂性的分析，提供了一种可超越国内的辩证二分法和约瑟夫·列文森（Joseph Levenson）分析梁启超思想时建立的“历史–价值”二分法的分析方法。他认为鲁迅意识的特征在于一种深刻而未获解决的冲突：一方面是激烈的反传统，另一方面却从知识和道德立场献身于一些中国传统价值（如“念旧”）。但这种立场并未导致他去寻求创造性地转化中国传统的可能性，由此造成了其思想、道德、意识各方面的复杂性。笔者在许多方面赞赏和钦佩林氏的分析，然而，由于视野所限，他完全忽略了鲁迅专事传统思想批判，以寻求创造性地转化中国传统的专集——历史小说集《故事新编》。因此，笔者不顾学浅识陋，试图在其他中国思想孔孟、庄周、韩非之外，以鲁迅和墨子的思想联系为中心，就鲁迅寻求创造性地转化传统的立场、途径和方法进行简略考察。

《故事新编》中涉及墨家思想人物的小说有三篇：《铸剑》（1927年4月[1]）、《非攻》（1934年8月）、《理水》（1935年11月）。在这些小说中，鲁迅对于墨家人物的态度与他之前对儒家和道家思想人物有了明显区别。如果说，鲁迅在《采薇》中对伯夷叔齐、在《出关》《起死》中对老子庄子的批判主要还立足于批判、否定的话，那么，他对墨家人物的描写则改变为一种寄托着主观理想价值的热烈肯定。质言之，即在人所熟知的鲁迅关于中国文化之“吃人”的定性和立论中，在他同时进行的对中国传统儒、墨、道思想人物的价值重估和重建的写作中，崛起了一种作为其“立人”或“改造国民性”之正题的墨家英雄——“中国的脊梁”。在我看来，这类人物的出现是耐人寻味的，它应该比林毓生《中国意识的危机——“五四”时期激烈的反传统主义》中分析的鲁迅对于“念旧”[2]之类价值的承担、比小说《出关》

---

[1] 据鲁迅日记，《铸剑》完成于1927年4月3日，小说末尾所署“1926年10月作”是收入集子时补记的，或有误差。

[2] 见《中国意识的危机——“五四”时期激烈的反传统主义》“鲁迅意识的复杂性”一章中第五节对吕纬甫（《在酒楼上》中人物）行为的分析，第229—232页。

中对孔子“知其不可而为之”的“实行者”精神的肯定等等更能表现他寻求中国传统之创造性转化的积极本质。大致而言，鲁迅之接近墨子，对墨家思想人物之意义的探寻仍是在其一向关注的“立人”（乃至“立国”）的脉络中进行的；对墨家价值的某种肯定，则是在对儒家和道家思想人物的批判中对照性地确立的。如果说，鲁迅之批判或承担儒家思想价值，乃以关注道德与事功的矛盾分裂为特征；而拒绝道家思想价值，又以思想与行动的联动整合为指归；那么，他承担墨家思想价值，则以信念与责任的结合为思考的重点。

一　近代墨学复兴的思想史背景与鲁迅

我们知道，儒墨在战国时并称显学，鲁迅《汉文学史纲要》亦谓“当时足称显学者”，实止儒墨道三家。就儒墨的关系而言，两家相互攻讦驳难甚烈。孟子甚至说：“（杨氏为我，是无君也；）墨子兼爱，是无父也；无父无君，是禽兽也。”[1]《墨子》中亦专辟《非儒》一章，管孔子叫孔某，对儒家义理主张详加剥析。鲁迅在《非攻》中写子夏之徒公孙高与墨子的辩难，虽然墨子说公孙高“你不懂我的意思”，但较之战国时其他学说，二者学旨显然更为接近。《淮南子·要略训》谓墨出于儒[2]，这是非常可能的。二者最大的相同，在于均为用世之学，都强调个人对社会国家之政治、经济、教化诸方面的积极作为；对于取得个人成就的方法，都强调道德与事

---

[1]　《孟子·滕文公下》。

[2]　《淮南子·要略训》云：“墨子学儒者之业，受孔子之术，以为其礼烦扰而不悦，厚葬靡财而贫民，久服伤生而害事，故背周道而用夏政。”

功、思想与行动的统一，所谓“圣哲之治，栖栖遑遑；孔席不暖，墨突不黔”[1]；一些概念、术语二者也都在相同意义上使用[2]。所不同者，则在于二者为战国时期不同阶级意识的反映，正如李泽厚所指出的：“儒墨两家原都以古代氏族传统为背景，他们对氏族制度这一社会体制和秩序都是基本肯定的，对人生世事、政治经济也都采取积极作为的态度，都讲父慈子孝、兄友弟恭，都讲任贤使能。只是一个从氏族贵族立场出发，所以强调等级差别，重视礼乐文化和个体价值，强调维护‘周制’；一个从下层生产者立场出发，反对奢侈生活，抨击、排斥任何非生产性的消费，强调集体互助，幻想博爱世界，主张行‘夏政’。但他们同道家彻底否定氏族制度，要求回到最古老的动物式世界里去，从而否定任何文明、秩序，对人生世事采取虚无消极的态度，则大不相同。”[3]较之其他思想学派，儒、墨、道三家确实在基本关注、价值取向及学理上构成一种既矛盾对立又互补自足的微妙关系，《孟子·尽心》谓“逃墨必归于杨，逃杨必归于儒”。这种错综关系也正是鲁迅《故事新编》对中国传统思想和价值进行批判、择取的坐标。

鲁迅以“尚夏道，兼爱，尚同，非古之礼乐，亦非儒”[4]寥寥数语概括墨学主旨，学界一般认为它包括十大方面，即尚贤、尚同、节

---

[1] 班固《答宾戏》。

[2] 《韩昌黎集·读墨子》如此议论：“儒讥墨，以尚同兼爱尚贤明鬼。而孔子畏大人，居其邦不非其大夫；春秋讥专臣，不尚同哉？孔子泛爱亲仁以博施济众为圣，不兼爱哉？孔子贤贤，以四科进褒弟子，疾没世而名不称，不尚贤哉？孔子祭如在，讥祭如不祭者，不明鬼哉？儒墨同是尧舜，同非桀纣，同修身正心以治天下国家，奚不相悦如是哉……孔子必用墨子，墨子必用孔子。”这有点夸大其辞，似可视为墨学消亡后儒者的一种同情之论。

[3] 李泽厚《墨家初探本》，《中国古代思想史论》，第69页。

[4] 《汉文学史纲要·老庄》。

用、节葬、非乐、非命、天志、明鬼、兼爱、非攻。虽貌似有体系，其实乃墨家对于政治实践中不同问题的对策而已[1]。抛开道家不论，墨家与儒家的最大不同，我以为在于其对于人、社会、国家之本质的认识。墨子很少像儒家那样从道德、礼乐、教化方面关注社会政治秩序，他最关心的是“欲国家之富，人民之众，刑政之治”[2]的事功。在他的大同理想中，人的本质在于劳动，劳动及交换关系的扩大构成了社会，决定着社会政治、法律、道德、风俗制度及意识形态的属性。因此，一方面满足社会成员的基本物质需要是社会的基本目的，故其强调发展商品生产，抑制不必要的消费，重视科学技术对于社会生活的作用；另一方面，社会的政治、道德、文化秩序又完全建立在现实功利的基础上，讲求人与人之间的互助、互爱、互利，强调以共同的信仰来协助稳定这种秩序。毫无疑问，这种思想具有某种“空想社会主义”的意味。但墨家给人深刻印象的并非其思想本身，而在于其对思想的落实方法及所表现的精神风貌，正是它促成了鲁迅“立人”思想的新思路，使他的关注从儒家“知其不可而为之”的实行精神走向墨家，走向一种兼具儒家“知其不可而为之”和为“兴天下之利”而“摩顶放踵”“赴汤蹈火”的宗教式献身。

墨者的行为方式和精神风貌具有如下特征：首先，墨家不仅是一个思想学派，而且是一个注重实践、纪律严格的武装集团，因此文献典籍中的墨者，都是具有极高尚的理想、又能身体力行之的“志士”型人物。其旨虽被荀子讥为“役夫之道”，但“墨子服

---

[1] 《墨子·鲁问》中有墨子与学生魏越的对话，足证此说不谬。

[2] 《墨子·尚贤》。

役者百八十人，皆可使赴火蹈刃，死不还踵[1]”，具有清教徒式“以自苦为极”、“虽枯槁不舍”的气质；其次，墨家虽具有某种宗教的意味，如其强调“尚同”（统一意志、信仰）、“天志”、“明鬼”（上帝人格神的主宰）等，但绝少追求内在超越，与儒道等中国学问大异其趣。《墨子》中有《修身》章，其中少有儒家“吾日三省吾身”之“内省”功夫，相反却充满如何通过“力事”来体现内在修养的教诲，如“士虽有学，而行为本焉”等。这种行为价值取向正是鲁迅在探讨儒家道德与事功之转化的可能性、批判道家“徒作大言”而“一事不做”的消极、守雌倾向时更多靠近墨家的原因。第三，墨家特别强调源于信仰的人的精神意志力量。庄子曾讥评“其生也勤，其死也薄，其道大觳。使人忧，使人悲，其行难为也，恐其不可以为圣人之道”[2]。荀子则认为，“墨子大有天下，小有一国，将蹙然衣粗食恶，忧戚而非乐，若是则瘠，瘠则不足欲，不足欲则赏不行……”[3]尽管如此，墨家却“使徒众”，能成为显学，这恰好反证了墨者具有超乎常人的精神意志力。他们景仰大禹治水之功和“形劳天下”的精神，“使后世之墨者，多以裘褐为衣，以跂蹻为服，日夜不休，以自苦为极。曰：‘不能如此，非禹之道也，不足为墨。’”[4]在这里，无论其清教徒式的“以自苦为极”，还是为天下之利而“摩顶放踵”“赴汤蹈火”的宗教式献身，还是注重道德与事功、信仰与责任、思想与行动之转化的实践，在“禹之道”或“墨之道”中无

[1] 《淮南子·泰族训》。
[2] 《庄子·天下》。
[3] 《荀子·富国》。
[4] 《庄子·天下》。

疑贯穿着一条高扬人的主体意志力量的主线，在《故事新编》中与鲁迅早期思想中对于“新神思宗”、尼采之“超人”、摩罗诗人的神往，晚年对于中国共产党人和红军的现实感受遥相呼应，凝结为一种创造性地转化墨家思想和价值，在融会古今中外价值的基础上对于理想人格和现代伦理精神的崭新探讨。

那么，鲁迅接近墨学的大致途径是什么呢？我们知道，墨家虽然在战国初为显学，但到了战国末期，其思想已无传人，所谓墨家，已不是作为学派而是作为武装集团而存在。鲁迅曾尝试解释过墨家的消亡，他认为，“孔墨都不满于现状，要加以改革，但那第一步，是在说动人主，而那用以压服人主的家伙，则都是‘天’”，“孔子之徒为儒，墨子之徒为侠。‘儒者，柔也’，当然不会危险的。惟侠老实，所以墨者的末流，至于以‘死’为终极目的。到后来，真老实的逐渐死完，止留下取巧的侠，汉的大侠，就已和公侯权贵相馈赠，以备危急时来作护符之用了。”[1]这其实是指明老实的“墨”“侠”向取巧的“道”的蜕变。郭沫若《十批判书》认为秦汉时墨家与法家合流，导致墨家以后湮没不闻，其实儒家与法家也有合流的。墨家思想为什么会消失？这是中国思想史上的一个谜。我想大概原因有三：一是春秋战国时自由的社会、政治、思想土壤不存在了。秦以后由封建走向帝国，手工业生产者作为一个阶层在其后的重农主义氛围中丧失了独立性，其政治、思想要求不可能再独立地得到反映、保存和发展。二是墨学陈义太高，其可实行者又大多为儒、法所吸收，墨学自然不再有存在的余地。三是墨学极类似西方思想，

[1] 《三闲集·流氓的变迁》。

如重物质文明、重科学技术、重逻辑、讲博爱、类宗教等等，经由战国以后的思想融合，秦汉时中国文化已形成了自己的特质，墨学成了异端，其思想不可能再进一步发扬光大。事实上，墨学由显而隐，在历史上仅仅在某些异端思想家、秘密会社、民间宗教那里部分地栖身。但到了清乾隆、嘉庆年间，随着清代学术由经学到子学的转变，墨子的著作在湮没尘封数千年后开始为汪中、王念孙、王引之等学者所学术性地整理；光绪年间则有孙诒让、俞樾等倡导墨学，称墨子为“勤生薄死而务国家之事”的“仁人”，褒扬他“用心笃厚，勇于振世救弊”。西学东渐之后，墨子学说更为众人青睐，并被改造为适应时代的新的意识形态。根据李泽厚的描述[1]，《民报》第一期撇开孔孟老庄，把墨子奉为“平等博爱”的中国宗师，刊登了臆想的墨子画像。梁启超在《新民丛报》也呼吁：“杨学遂亡中国，今欲救亡，厥惟学墨。”[2]当时及以后，从各种不同角度治墨学和服膺墨子者盛极一时，从清末附会声光化电来解墨学到孙诒让的力作《墨子闲诂》，直到无产阶级革命家的“墨者杜老”（杜守素）[3]，近代许多学者都有关于墨子的论述；而颁发给墨子的“伟大的平民思想家”“劳动阶级的哲学代表”之类美称也络绎不绝，以至于有人称之为“墨学之复兴”[4]。鲁迅生长和生活在这样的时代，绍兴又被视为夏禹遗泽之地，自然能酝酿对于墨家的好感。早在1912年所作《〈越铎〉出世辞》中，他对绍兴“其民复存大禹卓苦勤劳之风，同

[1] 参见李泽厚《中国古代思想史论 · 墨家初探本》。
[2] 《子墨子学说》。
[3] 参见郭沫若《十批判书》后记。
[4] 方授楚《墨学源流》。

勾践坚确慷慨之志，力作治生，绰然足以自理”[1]的风俗有自豪的肯定。但最主要的途径仍然来自章太炎。章太炎对孔孟不敬，从《菿汉微言》看也不一定喜欢墨子，但其《訄书》却是尊颜的，而颜元正被学者称为“在表面看来好像是儒学，而实际上则是墨子学术的复活。”[2]章太炎提出的“用宗教发起信心，增进国民的道德”的主张也颇具墨家色彩。鲁迅在留日时期曾师从章太炎，其早期思想中从“任个人而排众数，掊物质而张灵明”的主张，到综合“新神思宗”、尼采之“超人”和“摩罗诗人”而寻求“精神界之战士”的理想，再到其从“立人”到“立国”的文化建国方略，都鲜明地隐伏着一条近乎墨学的脉络。到晚年，他对墨子的爱好更加剧了，致使学者称《故事新编》也带上了“墨家色彩”。

二 《铸剑》中复仇人格的墨家意味

当然，鲁迅之接近墨家有其内在的思想途径，这就是基于“立人”逻辑对于“最理想的人性”[3]的追求。倘若说其早期文言论文为之勾勒了大致的轮廓，《呐喊》《彷徨》重在揭示中国现实的“非人”形态，可视为“立人”思想的反题，那么到了《故事新编》，则出现了作为“立人”思想之正题的诸如大禹（《理水》）、墨子（《非攻》）这样的墨家英雄。

---

[1] 《集外集拾遗补编·〈越铎〉出世辞》。

[2] 侯外庐主编《中国思想通史》第5卷，人民出版社，1980年，第347页。

[3] 语见许寿裳《亡友鲁迅印象记》。他转述鲁迅留日时期最关注三个问题：一、怎样才是最理想的人性？二、中国国民性中最缺乏的是什么？三、它的病根何在？事实上，鲁迅晚年接近墨子，强调其认真、实干、“兼爱”等特点，仍然与寻求这三个问题的答案有关。

把《铸剑》(1926)与鲁迅对于墨家思想的承担联系起来看似奇怪，学界一般认为它表现了鲁迅的复仇哲学。当然这种“以眼还眼，以牙还牙”的复仇哲学可视为对儒家“犯而勿校”之“恕”道和“中庸”思想、道家之无是非观和“以柔退却”的消极主义的批判，但说它体现了墨家价值却比较费解。事实上，较之《非攻》(1934)和《理水》(1935),《铸剑》中的有关表现确乎相当隐晦和复杂。尽管如此，它还是深刻地影响和制约着小说的题材、主题和对人物的处理，具体而言，它所承担的墨家价值鲜明地表现在小说题材的处理方式、人物的精神结构及复仇哲学的多重内涵上。

《铸剑》被誉为《故事新编》中技巧最高、召唤力最强的篇章[1]，从忠实于同时又创造性地改写原有传统材料的意义上来说，它确实最具艺术真实性和文献的真实性。鲁迅从《列异传》中勾辑出“干将莫邪”故事，在古代志怪的脉络中创造了一幅充满象征和寓意的独特视象，尤其是通过对眉间尺和“黑色人”宴之敖者的刻画，表现了他衷心喜爱的主题——复仇。

应该说，与《野草》中的《复仇》类似,《铸剑》表现的绝对是一种思辨的主题。它与墨家除了“墨子之徒为侠”的表面关系，“侠”之伦理可能与其价值相通外，似乎只在复仇意志的形成和复仇人格的升华方面依稀带有墨者高扬人的主体力量的意味。小说首先写的人物是眉间尺，其优柔寡断、不冷不热的性格和软弱的意志状况，显然意味着他与日常生活割不断的联系；其平庸和凡俗，对于所要从事的复仇事业显然是一种障碍。但鲁迅却用一种高度写意的

[1] 李欧梵《铁屋中的呐喊》，尹慧珉译，香港三联书店，1991年，第34页。

方式表现其复仇意志的确立和精神的升华。他并不给出现实心理的理由，只用一个宗教仪式般的瞬间，就使之幡然自立：先是母亲的一席话，使懵懵懂懂的眉间尺瞬时成人；然后路遇黑色人，通过理解其费解的助他复仇的动机，眉间尺的精神境界再获提升，以大信大勇的奇行，断然自屠；到他在王殿金鼎的沸水中第三次出现，高歌着的他已然与黑色人的境界融为一体，我你他不分，已超越为父报仇的个人的狭隘性，最终完成其复仇人格。这种处理方式与作者注重人的主体意志的作用是有价值对应性的。把强大的精神意志视为人之价值完成乃至人类进步的本源力量，是鲁迅留日时期就形成的看法[1]，似也可视为墨子“强力”思想的隐蔽形态或亲和的桥梁。墨子有所谓“志不强者智不达，言不行者行不果”的说法，把意志、行动视为比知识、言论更重要的人的价值确立和实现的条件。所谓“意力”（见《文化偏至论》《摩罗诗力说》），也应属进化之力，若不纳入它，人类的进化就会等同于动物，只能在“天择”中消极地适应，不能具备积极本质，无法取得进步，故而“人得是力，乃以发生，乃以蔓衍，乃以上征，乃至于力所能至之极点”[2]。何谓“力所能至之极点”？在《铸剑》中，我以为它就隐藏在眉间尺精神的成长和完成复仇大业的过程和形态中。

可是，《铸剑》之复仇哲学的体现者和墨家价值的承担者并非眉间尺，而是“黑色人”宴之敖者。这个宗教仪式般的人物虽然存在于、但又似乎从未真正进入过小说，其精神和行为在小说中只是抽

[1] 如《文化偏至论》就把“崇奉主观”和“张皇意力”视为能矫治19世纪文明之弊的基本精神力量，“二十世纪之新精神，殆将立狂风怒浪之间，恃意力以辟生路者也。”

[2] 《坟·摩罗诗力说》。

象地存在着，像影子一般，令人难以捉摸。正如李欧梵所说，“他复仇的动机和眉间尺的目的没有任何关系，也不是由于可解释的价值观”，其自述复仇动机的话“只是表现了相当含混的愤世情绪，难以引起读者的共鸣。他的嗜好复仇似乎并无理性的根据，也并非指向哪一个特定的对象。他的精神愤怒只能寓意地理解，却难说有什么意思。”[1]不过，这个超现实的人物是否真的不可理解？其嗜好复仇是否真的没有“理性的根据”？其复仇动机中是否真的找不到“可解释的价值观”？我以为，倘若从体现鲁迅主体精神和承担墨家价值的角度理解它，结论就会全然不同。

这个黑色的复仇者，热到发冷、疏远世界的入世者，从《列异传》“干将莫邪”故事中“随意点染”出的侠客，其实乃杂糅了尼采、摩罗诗人拜伦、墨家“兼者”[2]的内容而寄寓着鲁迅主体理想的人物。大致而言，其愤激、虚无的情感方式是尼采式的，而助人复仇的行为方式则类似拜伦之援希腊：“自尊而怜人之为奴，制人而援人之独立，无惧于狂涛而大儆于乘马……遇敌无所宽假，而于累囚之苦，有同情焉。”[3]但其复仇的意义却植根于墨家价值之中，是在对墨家价值的承担中建立起来的，尽管尼采式的反论结构对它有扭曲，有遮蔽，有变形，使人不易理解。理由有三：首先，鲁迅是把他作为墨家人物来写的。小说称之为“黑色人”，赋予他“黑须黑眼睛，瘦得如铁”“乞丐似的男子”的外貌，这正是典型的墨者的特征。墨者，《广雅》曰“黑也”，本为古代五刑之一，故有刑徒贱役之意。

[1] 李欧梵《铁屋中的呐喊》，第36页。

[2] 《墨子·兼爱下》有“兼士”“兼者”之称，即“行兼之士”“行兼者”之义。

[3] 《坟·摩罗诗力说》。

由于墨子“以自苦为极”“以绳墨自矫”，致面目黧黑，形容枯槁，《墨子·贵义》有日者谓墨子“先生之色黑”云云，所以荀子以“瘠墨”称之。《吕氏春秋》高诱注谓墨子“以墨道闻”，恰与儒服儒行之士，与“王公大人面目姣好者”不同。博考《故事新编》中墨家人物，如《理水》之禹和随员，鲁迅描写其为“一群乞丐似的大汉，面目黧黑，衣服破旧”，“一排黑瘦的乞丐似的东西，不动、不言、不笑，像铁铸的一样”。而《非攻》之墨子，则“像一个乞丐。三十来岁，高个子，乌黑的脸……”，这确实是“言必有据”的，也是黑色人在为“侠”以外，为墨者之确证[1]。其次，他助眉间尺复仇的动机并非没有“理性的根据”和“可解释的价值观”，而是确确实实建立于墨家之“义”和“兼爱”等价值之上，其意义正有赖于墨家价值的赋予。当然从黑色人那里，我们首先感知的是所谓“尼采式强者”的特征，即鲁迅在《译了〈工人绥惠略夫〉之后》中所指出的，“用了力量和意志的全副，终身战争，就是用了炸弹和手枪，反抗而且沦灭”；也如其在评价向培良小说《我离开十字街头》时，从那不知名的反抗者自述的憎恶中所听出来的尼采的声音，即以强有力的爱为内涵的对社会痛切的憎恨，为实现某种意志不屈地反抗，但其反抗又带有虚无的性质等内容。不过一旦剥离“黑色人”身上的现代尼采式外衣，彰显的却是地道的墨家货色。黑色人拒绝承担世俗价值，反对眉间尺以“仗义、同情”这些“受了污辱的名称”推测其动机。他说：

---

[1] 有趣的是，鲁迅作品中凡有主体精神投射的人物，其外貌皆类墨，如《过客》之过客，《孤独者》之魏连殳。鲁迅自己就曾因外貌类墨而被电梯司机拒载，如同藤野先生在火车上被疑为小偷一样。

> 我一向认识你父亲，也如一向认识你一样。但我要报仇，却并不为此……你的就是我的；他也就是我。我的灵魂上是有这么多的，人我所加的伤，我已经憎恶了我自己！

这与鲁迅所谓尼采的声音何其相似！但是，何谓“你的就是我的；他也就是我”？这其实就是墨家概念“兼”的形象化表达。我们知道，墨家在社会关系上强调“兼”，即视人己为一体，我你他不分；反对“别”，即区别，如儒家“爱有等差”者，认为“别非兼是”，主张“兼以易别”[1]。黑色人助眉间尺复仇，既非为“义”名，也非出于对孤儿寡母的“同情”，也不是由于认识眉间尺父亲的“情谊”，而只是为了“兼爱”——一种“你的就是我的；他也就是我”的爱。虽然这种我你他不分的“爱”受尼采式愤世情绪的扭曲是以反论的结构表达的，其“除天下之害”的“义”也因痛恨名实不符而拒绝承认，但其基于墨家价值而帮助眉间尺复仇的事实却是非常清楚的。至于其复仇行为所包含的“殉道与牺牲”的主题，似乎可从墨者为了实现理想而“赴火蹈刃”“死不还踵”的殉道伦理方面去考察。鲁迅说老实的侠，“至于以‘死’为终极目的”（《流氓的变迁》），个中原因，颇耐人寻味。

总之，《铸剑》之复仇哲学的内涵绝非单纯的“反抗强暴”的形态，鲁迅在融会古今中外价值的基础上，综合尼采、摩罗诗人拜伦和墨家“兼者”的思想气质，创造了自己的“复仇之神”，一种复仇观念的抽象。他一方面把复仇提到近乎宗教的高度，另一方面又调

---

[1] 《墨子·兼爱下》。

侃、质疑乃至嘲弄它。在这种处理中，墨家意味还比较隐蔽，不仅时受尼采式思想情感的扭曲，人物的内在精神也带着浓厚的愤世嫉俗、怀疑主义乃至虚无主义的色彩，这一切都是由1926年前后鲁迅思想的性质所决定的。但到了《非攻》(1934）和《理水》(1935)，鲁迅与墨子的思想联系由于出现所谓“中国的脊梁”而进一步明朗化了。经过漫长的对“立人”之路的求索，墨翟、禹等形象成为其追求“理想人性”结论性的存在。这到底意味着什么呢？

三 “中国的脊梁”问题及其他

“中国的脊梁”问题是鲁迅完成《非攻》一个月后在《中国人失掉自信力了吗》(1934年9月）中提出的，学界一般认为它反映了鲁迅历史观的变化：

> 中国人现在是在发展着“自欺力”。
>
> ……然而，在这笼罩之下，我们有并不失掉自信力的中国人在。
>
> 我们从古以来，就有埋头苦干的人，有拼命硬干的人，有为民请命的人，有舍身求法的人……虽是等于为帝王将相作家谱的所谓“正史”，也往往掩不住他们的光耀，这就是中国的脊梁。
>
> 这一类的人们，就是现在也何尝少呢？他们有确信，不自欺；他们在前仆后继的战斗，不过一面总在被摧残，被抹杀，消灭于黑暗中，不能为大家所知道罢了。说中国

> 人失掉了自信力，用以指一部分人则可，倘若加于全体，那简直是诬蔑。
>
> 要论中国人，必须不被搽在表面的自欺欺人的脂粉所诓骗，却看看他的筋骨和脊梁。自信力的有无，状元宰相的文章是不足为据的，要自己去看地底下。[1]

这段话对于认识鲁迅思想的“不片面”是非常重要的：在历经对中国传统的绝望之后，鲁迅不仅从历史上，而且在现实中发现了“中国的脊梁”，这确实够令人振奋的。虽然他早已接受了马克思主义，能以一种全新的目光看待历史；虽然我们不应脱离当时意识形态斗争的背景而抽象地理解这段话，但把它视为《非攻》《理水》的思想外景却是可信的。它所透露的消息和提出的问题在于，鲁迅对于“理想人性”的追寻，不再像早期思想凭空虚构某种理念，而是从历史和现实中进行提炼、总结乃至升华。所谓“中国的脊梁”，不仅指古代英雄，而且指“有确信，不自欺”，“在前仆后继的战斗”的现代人——武装的中国共产党人。即使对于古代英雄，鲁迅的认识也显现出全新的特征：其中既有近于墨家的“埋头苦干”和“拼命硬干”者，也有近于儒家的“为民请命”者和近于佛家的“舍身求法”者。这说明此时鲁迅已摈弃了“五四”时期的紧张，正以充分放松的心态来寻求中国传统的积极本质，并在“状元宰相的文章”之外，注目被压抑在“地底下”的潜流。这类理想人格在《故事新编》中自然以《理水》之禹、《非攻》之墨子为代表。倘若把它纳入鲁迅寻

[1] 鲁迅《且介亭杂文·中国人失掉自信力了吗》。

求创造性地转化中国传统的思路，那么这类主要由墨家思想背景支持、为“兴天下之利，除天下之害”而积极奔走、一心为公、为大众、为民族利益而献身的高尚人物，就超越了由儒道之思想文书织成的国民根性，在有关人的完成问题上，不再囿于道德与事功、信仰与责任、思想与行动的难局，而提供了一种新的可能。也就是说，鲁迅“把人的价值确立和实现的最终可能性问题视为一种人作为历史主体参与社会、政治、文化进程的实践结构”[1]，在墨家人物身上，找到了个人道德的完整性和社会责任感、个人的内在自由和社会使命承担之间的统一点，通过其对社会和历史使命的承担，沟通了群众和英雄、愚民和圣贤，将其融会成一种新的伦理精神。但问题在于，为什么鲁迅之“立人”理想会由早期具有19世纪西方思想背景的“精神界之战士”走向带有墨家气息的“中国的脊梁”呢？其中的演变又预示着什么问题呢？

说《非攻》和《理水》这两篇小说体现着墨家价值似乎是不言而喻的。对于墨子和禹这两个人物，鲁迅只予铺排，不加改动，完全遵循文献典籍的精神塑造之，而且其处理不同于对孔老（《出关》）、庄子（《起死》）、夷齐（《采薇》）的调侃和批评，而是饱含敬意，将其作为民族英雄来大力肯定和讴歌，这说明鲁迅完全接受由禹和墨子代表的传统精神价值。

可是，墨子和禹究竟体现着什么样的价值呢？就《非攻》而论，尽管20世纪三四十年代不少人认为它是《故事新编》中最好的小说

[1] 参见本书《鲁迅对于儒家的批判与承担——〈故事新编〉与鲁迅对中国传统思想和价值的批判之一》一文。

之一，但后来学者却往往批评其“过分拘泥于原来的文献材料”，“引用这些材料时，缺乏必要的现实主义的想象和虚构，缺乏对于人物的深入的心理分析”，“因此可以说墨子的形象只具有表面形态上的清晰性，他在大体上给读者留下了印象，却不很具备内在的清晰性”[1]。这种“内在的清晰性”在《采薇》和《出关》等篇是存在的，但《非攻》《理水》则不然，这多少会影响我们从内部探讨鲁迅与墨家思想的联系，但也从另一个角度促使我们思考他处理其心仪的理想英雄的方式，为什么他对墨子和禹的塑造会不同于笔下那些更具否定性的人物，如夷齐、老庄、孔子，而更多地侧重于对其外在行动的表现。

本来，在墨子思想中，“兼爱”和“非攻”互为表里，《墨子·鲁问》谓“国家务夺侵凌，即语之兼爱非攻”。鲁迅作《非攻》，显然有感于20世纪30年代日本帝国主义对中国的“务夺侵凌”，也不满中国社会弥漫的基于理学立场之赴国难的态度，曾在小说中将其缩影为曹公子的“民气论”予以讥嘲[2]。应该说，通过内在资源的

[1] 林非《论〈非攻〉和〈理水〉》，《河北师院学报（哲学社会科学版）》1983年第5期。

[2] 通过曹公子的演说，鲁迅对国人基于理学立场的处国难的态度进行了讽刺。1931年“九一八”事变以来，中国社会上弥漫着“必须痛哭怒号，摩拳擦掌”以献身国难的矫虚气氛，如“民族主义文学”中充斥着诸如“快起来奋斗，战死是我们生路”（沙珊《学生军》）、“朋友呦，准备着我们的头颅去给敌人砍掉”（给之津《伟大的死》）之类诗句，如1933年1月21日《申报》时评《国难中之民气》皆属此类。鲁迅作《“民族主义文学”的任务和运命》（收《二心集》）等文进行批评。关于“民气”，有不少人视其为爱国精神的表现，1925年“五卅”运动发生时，鲁迅曾引《顺天时报》的社论对此进行分析，“大概两三年前，正值一种爱国运动的时候罢，偶见一篇它的社论，大意说，一国当衰弊之际，总有两种意见不同的人。一是民气论者，侧重国民的气概，一是民力论者，专重国民的实力。前者多则国家终亦渐弱，后者多则渐强。我想，这是很不错的；而且我们应该时时记得的。”“可惜中国历来就独多民气论者，到现在还如此。……所以在不得已而空手鼓舞民气时，尤必须同时设法增长国民的实力，还要永远这样的干下去。”“但足以破灭这运动的持续的危机，在目下就有三样：一是日夜偏注（转下页）

"兼爱"，本不难赋予墨子行为以"内在的清晰性"，但鲁迅并未这样做，而是遵循墨家的逻辑，将"兼爱"这一内在道德资源外化于弱肉强食的国际政治关系之中，由人之应"兼相爱"而至于"阻楚伐宋"的政治事功——国与国之间的"非攻"。对于实施这一行动的主体墨子，则从生活细节、事功经验、外交智慧、精神品质等内外各方面作传神的"速写"，刻画其"为万民兴利除害"、制止不义的侵略战争、"勇于振世救弊"的仁、智、勇、信的形象。小说先是渲染墨子的平凡，写他穿破鞋，背破包袱，像一个乞丐；吃的是窝窝头和盐渍藜菜干，要喝水就到井边汲水喝。但他与子夏之徒公孙高和学生阿廉的辩诘，却从容而锐利，能洞察事物的本质；对于曹公子的"民气论"，墨子所持观点也与鲁迅在《采薇》及杂文中对儒家的批判不谋而合；尤其是与同乡公输般的辩难和说服工作，更显出其不仅道德的而且逻辑的力量。不过，尽管墨子有"遍从人而说之"的救世热情和高超的"以理服人"的手段，但小说中还是以积极奔走、"信身而从事"的实干给人以更深印象。因此，鲁迅之采用"外在"方式来刻画墨子，未尝不是一种对墨子思想行为的独特肯

(接上页)于表面的宣传，鄙弃他事；二是对同类太操切，便呼之为国贼，为洋奴；三是有许多巧人，反利用机会，来猎取自己目前的利益。"(《华盖集·忽然想到十》。不过《顺天时报》1923年4月4日社论原文与鲁迅所引有异，其中说"凡一国中兴之际，照例发生充实民力论及伸张国权论两派。试就中国之现状而论，亦明明有此二说可观。……国权论者常多为感情所支配，……民力论者理智之头脑，……故国权论者，可以投好广漠之爱国心；民力论者。必为多数人所不悦。于是高唱国权论容易。主张民力论甚难。"这是需要注意的。此外，鲁迅在同时写作的《杂忆》中也有类似意见："总之，我以为国民倘没有智，没有勇，而单靠一种所谓'气'，实在是非常危险的。现在，应该更进而着手于较为坚实的工作了。"1935年12月19日致曹靖华信也说："青年之遭惨遇，我已目睹数次……那结果，是反使有一些人可以邀功，一面又向外夸称'民气'。"反"民气论"而主张"民力论"，似也可为鲁迅倾心于墨家"埋头苦干"精神之一例。

定：较之《采薇》，墨子的言行在道德上不似夷齐的空虚无益，专心“立德”；在事功上也不同于周武王这个“王道的祖师而且专家”的表里不一，巧言“立功”；较之《出关》《起死》，墨子的言行则更不同于老子的“徒作大言”和“以柔退却”，以及庄周“欲并有无修短黑白而一之，以大归于‘混沌’”的“不谴是非”“外死生”“无始终”[1]的“立言”，而是把道德与事功、信仰与责任、思想与行动，把“立德”“立功”“立言”三者完美地统一了起来。也就是说，在墨子那里，其道德能体现于具体的事功，思想会转化为自觉的行动，信念可落实到社会责任的承担，充分体现墨家所谓“仁人之所以为事者，必兴天下之利，除天下之害”“君子以身戴（载）行者也”“言必行，行必果，使言行之合犹合符节也”（《墨子》）等思想的价值。可以说，《非攻》中墨子所体现的“埋头苦干”和“拼命硬干”的精神，其注重道德与事功、信仰与责任、思想与行动之统一的行为价值取向，较之儒家的割裂道德与事功、道家的割裂思想与行动，显然更能为鲁迅的文化选择提供支持和启示。

那么，鲁迅从墨家伦理中到底感受到什么，哪些墨家价值为鲁迅乐于承担，并进行创造性的转化呢？《理水》似乎透露出更多信息。与《非攻》之忠实于《墨子》的事迹不同，《理水》之同样忠实于史籍精神的禹的治水业绩和精神风貌是被鲁迅置于现代文化的讽喻性思想图景中来表现的，并且特别突出了文化山上学者之半殖民地半封建的思想背景。诸如“好杜有图”“古貌林”“OK”“咕噜几里”之类言谈分明是在强调殖民主义的外来文化价值与本土文化

[1] 鲁迅《汉文学史纲要·老庄》。

事实的差异和隔膜；而乡下人与学者、大员的对立更表现了唯物史观关于历史英雄的信念，这些内容在鲁迅的前期作品中很少见；当然小说中仍有对不觉悟的群众的尖锐嘲讽（如求写“老实堂”的那位）和对于腐败大员的抨击……而大禹的圣绩和精神正在这种背景下作为对文化山上学者们所讨论的学术、艺术、政治、经济、文化问题的一种回答而出场了。小说中禹的出场被写得有声有色，一群乞丐似的大汉冲破交通线，引起一阵喧嚷，卫兵的阻拦，禹太太泼辣的咒骂都是为了突出墨家伦理的独特性，以便为它建立一个意识形态斗争的坐标。在鲁迅笔下，禹的精神完全是墨家的：《庄子·天下》等篇记载墨子称道大禹，“禹亲自操稿耜，而九杂天下之川，腓无胈，胫无毛，沐甚雨，栉疾风，置万国。禹大圣也，而形劳天下也如此。”《韩非子·五蠹》也说，“禹之王天下也，身执耒臿以为民先，股无胈，胫不生毛，虽臣虏之劳不苦于此矣。”我们知道，禹的“理水”救世功业是中国文化中博施济众的典范作业，在春秋战国诸子那里，禹是圣王，其功业是受到众口一词的肯定的，连“拔一毛利天下而不为”的杨朱也不例外。惟有墨家，不但肯定其功业，而且肯定其成就功业的方法。这种“方法”即鲁迅所谓“中国的脊梁”的伦理，包括“务兴天下之利，除天下之害”的救世精神，“以自苦为极”“虽臣虏之劳不苦于此”的禁欲主义，“埋头苦干，拼命硬干，为民请命，舍身求法”的实行主义和牺牲精神。而行“夏道”，就是鲁迅与墨家思想价值的连接点。

如果把鲁迅在《采薇》《出关》《起死》中对儒道的批判与在《非攻》《理水》中对墨家的承担联系起来，我们会发现他承担墨家价值、倾心于墨家伦理、赞赏行“夏道”的清晰思路。在对儒道的接近和清理中，鲁迅肯定孔子的“以柔进取”和“知其不可而为之”，否定老子的“以柔退却”和“徒作大言”的空谈，更反对夷齐专事“立德”的“内圣”路线和庄子的道教化，其思想视野或古或今，领域旁涉道德、政治、知识、宗教，焦点却始终凝聚在道德与事功、信仰与责任、思想与行动的连带整合上，而这一切又与其贯穿一生的兴趣——寻求“立人”乃至“立国”的方法直接相关。而所谓“中国的脊梁”和“夏道”，就成为鲁迅后期思想中重要的人性和社会的形象。正是通过它的确立，鲁迅才解决了儒家囿于道德与事功的难局而无法解决的道德合理性问题，解决了道家囿于思想和行动的难局而无法解决的知行合一问题，解决了早期思想就一直关注的信念与责任的连动、转化问题，才为其追寻“立人”或“改造国民性”提供了一个正面的、更加切实的答案。应该说，鲁迅的理想人格从“精神界之战士”变为“中国的脊梁”，不仅由于时间和空间的变化，而且体现着他对“人”和中国问题的理解的变化。正如其“精神界之战士”为“新神思宗”、尼采乃至嵇康的某种结合一样，其后期思想中出现的“中国的脊梁”形象无疑可视为墨家价值与唯物史观的结合。鲁迅之承担墨家价值、倾心于墨家伦理、赞赏行“夏道”，虽不无某种性情、气质、风度的趋同作用，但与他同中国共产主义者的接近却具有更深刻直接的关联。王瑶先生曾指出，鲁迅笔下的大禹和墨翟是劳动人民的形象，具有劳动者的特征和优点[1]。这自然不错，但其救世精神、牺牲精神和禁欲主义却绝对远离了劳动者朴素的精神世界，具有一种精英主义的、超越性的、形而

[1] 王瑶《〈故事新编〉散论》，《鲁迅作品论集》，人民文学出版社，1984年。

上献身的意味。他们其实既是知识者也是劳动者，既是英雄也是群众，既是圣贤也是“愚民”，乃《呐喊》《彷徨》中“独异个人”和“庸众”两种对立形象的合一。假如鲁迅未与中国共产主义者在精神上相遇，如此处理人物是令人难以想象的。在某些方面，鲁迅笔下的墨家人物似乎很传统，很民粹，我们难以割断他与中国的联系；但他同时也很“西化”，很现代。我以为墨家伦理与韦伯（Max Web）所研究的新教伦理就很相像，似可从这方面理解中国近代的墨学复兴。但墨家伦理与中国共产主义革命道德的关系显然更为微妙，如其“有确信”的尚同，基于“确信”的同志爱（同志间、阶级内部的“兼爱”），赴汤蹈火、不怕牺牲、为人民服务的救世精神，以及生活上的禁欲主义和清教徒气质。我想，鲁迅扬弃早期思想中“精神界之战士”的理念，转而从历史上的英雄和现实中的志士那里塑造其“中国的脊梁”的理想，与他对墨家价值的重新发现和对中国革命的现实感受是分不开的。因此，其“立人”理想中有关“人”的设计从西方思想转向中国传统，转向现实的中国革命，仍然是在融会古今中外价值基础上所做的一种创造性地转化中国传统的积极努力。

1997年5月完成、1999年二稿
2008年3月底改定
（原题《论鲁迅与墨子的思想联系》，
《中国现代文学研究丛刊》1999年第2期）

鲁迅对于道家的拒绝

——《故事新编》与鲁迅对中国传统思想和价值的批判之三

较之儒家和墨家，鲁迅与道家的关系显然更为复杂。对于儒家，鲁迅早已“绝望于孔夫子和他的之徒”[1]，自谓“孔孟的书”虽然“读得最早，最熟，然而倒似乎和我不相干”[2]。小说《出关》虽表达了鲁迅对孔子“以柔进取”和“知其不可为而为之”的肯定，但这只是相对于老子的“以柔退却”而言，未必更具积极意义。实际上，鲁迅对孔子的肯定完全可以消化于他对墨子的肯定和偏爱之中，在某种意义上，他对儒家价值的承担只是他承担墨家价值的一种特殊形式而已。我们知道，墨可能出于儒，二者较之先秦诸子同多异少，都是“欲救世弊”之法，但作为一种可资改造利用的思想资源，儒墨之中鲁迅明确选择的却是墨，不是儒。不过，尽管鲁迅对墨家多有肯定和偏爱，但它似乎只表现于显意识层面，是其思想中支柱性、

---

[1] 《且介亭杂文二集·在现代中国的孔夫子》。
[2] 《坟·写在〈坟〉后面》。

“脊梁”式的存在，不像道家那样曾深入其骨髓、化为血肉——“中过庄周、韩非的毒”[1]。事实上，鲁迅与道家发生关系的广度、深度乃至曲折度，是其较具积极评价的“儒墨”远远不能比的。这也表明了他批评道家思想人物的复杂性：其情感的喜爱、沉耽与理智的峻拒恰为一对矛盾。后来，鲁迅虽然以拒绝的方式最终结束了与道家的纠葛，但这种拒绝却是通过自我的内部交战进行的，表现为一种“排毒”的努力，因而往往不免于心智的某种撕扯和分裂。

其中涉及道家思想人物的作品有两篇：《出关》（1935年12月）关切于老子思想的出路，《起死》（1935年12月）着眼于庄子哲学的困境。就写作手法而言，《出关》比较遵循经典，对老子其人“只予铺排，不加改动”；《起死》则对典籍文本进行了强烈变形，庄子成为一个被“只取一点因由，随意点染”[2]出的漫画人物。这种差异——“循规蹈矩”和“恣意改写”的两极表现——在鲁迅批评儒墨两家思想人物时是不曾有过的。那么，我们该怎样理解鲁迅处理老子和庄子的不同？我们能说他对老子较多认同而对庄子较多排斥吗？我注意到，在《出关》和《起死》中，鲁迅笔下的老子和庄子，无论其变形程度如何，在作家的主观命意与作品的客观效果之间，在小说人物与小说原型之间，都存在着某种距离。这一现象是意味深长的，我想，它可能反映了鲁迅意识深处自我交战的本质，以及他评估道家思想人物的两难，但也可能涉及他从中国传统中寻求新的“立人”构图——探讨一种关涉道德与事功、信念与责

[1] 《坟·写在〈坟〉后面》。

[2] 《故事新编·序言》。

任、思想与行动之连动可能性的实践构造——所遭遇的特殊问题和矛盾。

笔者仍想从这两篇作品的解读入手，揭示鲁迅与道家思想人物的复杂关系及对它的真实态度，捕捉并扫描贯穿其一生的“立人”探索在其中的投影。我以为，在《故事新编》中，道家人物的活动如同儒墨人物的活动一样，同样体现为一种人作为社会历史之主体进行价值确立和实现的有意味的方法，蕴含着鲁迅对人与社会、人与人、人与自我之关系的观点和思考，其中思想与行动如何转化以及相互支援是问题的焦点，是鲁迅批评老庄思想、重估道家价值的入口和平台。

一 《出关》的“关”

1935年12月，鲁迅同时创作了《出关》和《起死》[1]，对道家思想人物及其价值进行集中清算。

可是，1936年1月《出关》发表后评论界的反应却出乎鲁迅的意料，它或者被视为“斥人”，或者被看成“自况”，鲁迅不得不直言小说“其实是我对于老子思想的批评”[2]，并专写《〈出关〉的“关”》

---

[1] 同时创作的还有《采薇》，处理所谓“隐士”思想。一般而言，隐逸义涉出世，多与道家精神相近；但伯夷、叔齐的作为，旨在维护“礼”的秩序，其意义和贡献却多是儒家的，所以鲁迅置其于儒家思想的脉络中进行处理。

[2] 1936年2月21日致徐懋庸。信中鲁迅肯定“《大公报》的一点介绍，他是看出了作者的用意的”，这是指1936年2月21日天津《大公报·文艺》第97期上常风的书评《〈故事新编〉》。常文以为鲁迅写《采薇》《出关》是“在讽讪几种表现在这几位圣贤行为中的传统德性”，并以为《故事新编》体现了作者“借古人以立言的深意”。

（1936年4月30日）一文，就“作者的本意”进行解释：

> 至于孔老相争，孔胜老败，却是我的意见：老，是尚柔的；“儒者，柔也”，孔也尚柔，但孔以柔进取，而老却以柔退走。这关键，即在孔子为“知其不可为而为之”的事无大小，均不放松的实行者，老则是“无为而无不为”的一事不做，徒作大言的空谈家。要无所不为，就只好一无所为，因为一有所为，就有了界限，不能算是“无不为”了。我同意于关尹子的嘲笑：他是连老婆也娶不成的。于是加以漫画化，送他出了关，毫无爱惜……

但是，我自己阅读这篇小说，对“自况说”（批评家邱韵铎的感受）却也深有同感，尤其是如下表述：

> ……至于读了之后，留在脑海里的影子，就只一个全身心都浸淫着孤独感的老人的身影。我真切地感觉着读者是会堕入孤独和悲哀去，跟着我们的作者。[1]

我们知道，鲁迅是明确反对“自况说”的。这是因为，如果把老子当作鲁迅自己思想情绪的寄托者，会使读者把批评者的价值观与批评对象的价值观混同，从而遮蔽其批评老子思想的“本意”。因此鲁迅在此后致徐懋庸信（1936年2月21日）和《〈出关〉的“关”》

---

[1] 邱韶（韵）铎《〈海燕〉读后记》，1936年2月21日《时事新报·每周文学》第21期。

中，不断强调他对老子的“毫无爱惜”和“对于他并无同情”[1]。但为什么一篇旨在批评老子思想的小说会被人不断地“误”为寄托了作者的“同情”的自况呢？或者说，为什么“一个全身心都浸淫着孤独感的老人的身影”会比代表鲁迅“本意”的“结末关尹子的几句话”给读者留下更深印象呢？笔者再三考较小说原文、鲁迅的解说以及为他所不满的邱韵铎、徐懋庸等人的批评，仍感无法将所谓“自况”的内容排除于小说之外。其原因并非如鲁迅自己的反省，“这大约一定因为我的漫画化还不足够的缘故了”或“是我的文字坏，不够分明的传出‘本意’的缘故”[2]，我以为主要有两点：一、小说选材与作者的立意之间存在结构性的矛盾；二、作者创作时对老子无意识的主体情感投射。下面分别说明。

《出关》是由孔子“问礼于老子”和老子“西出函谷”这两个故事构成的，其本事前者来自《庄子》的《田子方》《天运》《庚桑楚》诸篇，后者采自《史记》的《老子韩非列传》，但其直接来源却是鲁迅在东京留学时“从章太炎先生口头听来”“后来他写在《诸子学略说》中”[3]的观点。章太炎不尊孔子，在《诸子学略说》中曾

[1] 鲁迅在致徐懋庸信中的解释与《〈出关〉的“关”》中的解释几乎一模一样。前者是：“我对于他并无同情，描写上也加以漫画化，将他送出去。”后者是：“于是加以漫画化，送他出了关，毫无爱惜。”

[2] 《〈出关〉的“关”》。

[3] 鲁迅在东京听章太炎讲课，一般认为始于1908年7月。据周作人回忆，“听章太炎先生讲《说文》，是一九〇八至九年的事，大约继续了有一年少的光景。”（《知堂回想录》，香港三育图书有限公司，1980年，第215页）但章氏《诸子学略说》早在1906年就已发表，因此鲁迅所谓“后来他写在《诸子学略说》中”的“后来”可能是误记。此外，“从章太炎先生口头听来”一句也所指不明，不知是否指听讲章氏的《说文》课，只是在《说文》课上听到其对诸子的批评似乎有点奇怪。据周作人回忆说，“《说文解字》讲完以后，似乎还讲过庄子，不过这不大记得了。”若是指在此时，那时间就更对不上了。我想也许是在他们听讲《说文》之前，当时章太炎在东京一面主持同盟会的机关报《民报》，一面办国学讲习会，在留学界（转下页）

将孔子“心术忌刻”的一面尽情揭发[1]，鲁迅虽然也“并不信为一定的事实”，但仍把章氏“为了孔子的几句话”，作为《出关》中老子“西出函谷”的理由。这样，其饱含肯定性价值的“孔老相争，孔胜老败”的思想图景，就建基于章太炎否定性的“非孔”观点之上了，小说的选材与立意自然也就呈现出某种矛盾或分裂——“非孔”的事实却被用来表现对孔子行为的肯定，有利于老子的事实却被用来作“无利于老子”[2]的思想批评，这如何能不让邱韵铎等“起了有利于老子的心思”[3]呢？而且，在小说对孔子的居心叵测和咄咄逼人的“以柔进取”中，老子的“以柔退走”和“西出函谷”，是无论如何都要激起读者的同情弱者之心的。倘若无视小说选材与立意方面存在的结构性矛盾，仅仅因袭鲁迅的解说而把《出关》视为“无利于老子的具象的作品”[4]，我以为是不能令人信服的。

《出关》“有利于老子”之处不仅在选材，还在于作者创作时无意识的主体情感投射——这也正是所谓“自况说”的由来。老子这

（接上页）很有影响。但即使如此，似也不可能早于1906年。

[1] 章太炎《诸子学略说》（《国粹学报》第二年第四册，第20期，1906年）谓“孔子问礼老聃，卒以删定六艺，而儒家亦自萌芽……”“虽然老子以其权术授之孔子，而征藏故书，亦悉为孔子诈取。孔子之权术，乃有过于老子者。孔学本出于老，以儒道之形式有异，不欲崇奉以为本师……而惧老子发其覆也，于是说老子曰：乌鹊孺，鱼傅沫，细要者化，有弟而兄啼……（意谓已述六经，学皆出于老子，吾书先成，子名将夺，无可如何也。）老子胆怯，不得不屈从其请。逢蒙杀羿之事，又其素所怵惕也。胸有不平欲一举发，而孔氏之徒遍布东夏，吾言朝出，首领可以夕断。于是西出函谷，知秦地之无儒，而孔氏之无如我何，则始著《道德经》，以发其覆。借令其书早出，则老子必不免于杀身，如少正卯在鲁，与孔子并，孔氏之门，三盈三虚，犹以争名致戮，而况老子之凌驾其上者乎？呜呼！观其师徒之际，忌刻如此，则其心术可知，其流毒之中人亦可知也。”

[2] 《〈出关〉的“关”》。

[3] 同上。

[4] 同上。

个道家人物，确实会给人留下某种“全身心都浸淫着孤独感的老人”的印象，带着鲜明的鲁迅式气质和命运的特征。这是为什么呢？我想原因可能在于以老子为中心组织起来的人物关系：无论与孔子的学派“相争”，还是与学生庚桑楚的解颐答问，还是在函谷关与关众的无奈纠葛，都与鲁迅的个人生活太过于相似，使他在刻画老子时无意识地动用了较多主体经验。比如通过孔子问礼，小说再一次回旋着《奔月》中“逢蒙杀羿”的主题，让人联想到高长虹及其他青年与鲁迅这个“导师”之间的恩怨纠葛；其中孔子的外柔内险、貌恭心倨以及隐然以“孔氏之徒遍布东夏”的实力相威胁的手段，以及老子的学生庚桑楚们动辄“我们就和他干一下”的神态口吻，也不免令人走入鲁迅的日记和书信，与20世纪30年代的文坛政治发生联想；即使到了函谷关之后，老子与关尹喜、巡警、书记、账房等一干人的关系，也延续着其小说中“独异个人”被“庸众”包围却相互隔膜、不得理解的模式；甚至如其中“优待老作家”“发牢骚、闹脾气”之类噱头，也令人感知鲁迅的个人经验在老子身上的投射。这些内容，或者凝聚为谨严的结构，或者内化为老子的心理动作，或者作为制约性的活动环境，或者被刻意强调，或者是信笔讽刺，遍及于小说的组织肌理，而至于小说终篇，读者感受到的不只是“对于老子思想的批评”，而且变为“一个全身心都浸淫着孤独感的老人的身影”的特写镜头了。这难道是鲁迅小说的失败吗？

我以为，在更深的意义上，《出关》的效果与鲁迅的“本意”之间的距离或矛盾，其实反映了鲁迅思想和意识深处自我的某种对峙。在鲁迅笔下，“孔老相争”中的孔子和老子，分别代表着两种不同的有关思想与行动转化的方法。通过老子其人，鲁迅一方面突出与

“实行者”孔子“知其不可为而为之”“事无大小，均不放松”的对照，一方面批判其“无为而无不为”“一事不做，徒作大言”的“空谈家”特征，在“孔老相争”时让“孔胜老败”，这是他基于原则的理性选择。但在情感上，鲁迅深切感知的却是老子的内心，而与他所肯定的孔子距离甚远[1]。虽然他最后试图通过关尹喜们的议论和嘲笑对老子思想进行批判，但由于其无意识的主体情感投射在前，有意识的批评责难在后，其效果便不免大大地打了折扣。这从小说本意在讽刺，但实际效果却不免于抒情中也可得到印证。

那么，这是否就一定不利于鲁迅对于老子思想的批评呢？当然不是。因为即使把老子看成一个“全身心都浸淫着孤独感的老人”，把他置于鲁迅小说“孤独者”——所谓“把自己也烧在这里面”的人物队列中，我们也仍然能够感知他对老子的真正批判。只不过这种批判不是《故事新编》式的否定，而是近于《在酒楼上》《孤独者》乃至《奔月》的自我批判和寄托而已。理解这些内容不必一定要联想到《呐喊》《彷徨》中的狂人、夏瑜、吕纬甫、魏连殳等形象，单与《故事新编》中的女娲（《补天》）、羿（《奔月》）、黑色人（《铸剑》）等肯定性形象相比较，我们也能知道老子的问题出在哪里：其作为社会历史主体之能动性的匮乏——所谓“一事不做，徒作大言”“空谈”“以柔退走”等等——正是以“立言”为要事和能事的中国知识人的通病。因此，尽管鲁迅对他有同情，有内在的体认，甚至于无意识地主体投射至近乎“自况”的程度，但其“以自

[1] 木山英雄也认为《出关》中鲁迅“在叙述孔子的言行时是对孔子和儒家持反感态度的，其中的厌恶情绪溢于言表”。见〔日〕木山英雄《“庄周韩非的毒”》，程麻译，《鲁迅研究》1984年第6期。

隐无名为务"[1]的治学乃至自足于"作大言"而不涉行动的"清虚以自守，卑弱以自持"的倾向，仍促使鲁迅对这种将"一事不作"合理化的"无为"思想进行批判，对只满足于"立言"的"徒作大言"的传统"立人"路线进行揭发。

《呐喊》《彷徨》中的"孤独者"其实是现代版的"欲救世弊"的"志士"[2]，其"行动与主张"是高度统一的：他们一旦有了觉悟，便立刻要"劝转了别人"，"改变旧有的'吃人'心思"（如狂人）；或者被捕之后仍鼓动牢头造反（如夏瑜）；或者有志难酬，在社会不断碰壁之后陷入对"敷敷衍衍"生活的懊悔无奈和颓唐之中（如吕纬甫）；或者连维持自我、维持内心的独立和完整——做一个"独头茧"都不能，最后只能自戕、堕落（如魏连殳）……但无论他们的人生轨迹如何，这些人的"行动"都是对其"主张"的落实，其思想与行动不仅连带着而且连动着。倘若有人竟"躬行先前所憎恶，所反对的一切"，出现思想与行动的分离或反动，那便成为深沉的、具有丰富社会和心理内涵的悲剧（如吕纬甫、魏连殳）。在他们那里，什么"一事不做，徒作大言"的"空谈"，什么"以柔退走""无为而无不为"，统统是没有的。他们的思想与行动体现为一种"救世"的积极作为和言行一致的能动结构，或者慷慨牺牲，或者激愤抗议，或者消沉自责，或者被迫堕落……无论结果如何，较之老子将"以柔退走"合理化为"无为而无不为"的"守雌"哲学，却恰为鲜明对照。在《故事新编》中，与老庄等否定性人物形成对

[1] 《史记·老子韩非列传》。
[2] 《汉文学史纲要·老庄》。

照的肯定性人物，其实不只是《出关》中“以柔进取”“知其不可为而为之”的“实行者”孔子，更重要的还有如禹（《理水》）、墨子（《非攻》）以及黑色人“宴之敖者”（《铸剑》）之类墨家人物。他们才是鲁迅衷心喜爱、真正心仪的行动英雄。

那么，对鲁迅批判老子究竟该怎样看，我们能否把它视为鲁迅对自己的一种批判呢？我想，作为一种思想的可能性和矛盾性结构，不管是思想价值取向相反的“孔老”，还是行为与价值取向比较接近、积极作为的“儒墨”，它们在鲁迅的精神中一直就存在着：它有时叫“庄子和韩非”（“随便”和“峻急”[1]），有时叫“人道主义与个人主义这两种思想的消长起伏”[2]，有时叫“战斗”和“休息”……木山英雄曾分析鲁迅“说到自己时那种对偶的形式”，进而发现“通观他的一生，到处可以见到这种两极性的东西以及摇摆于两极之间的精神运动”[3]。其中还特别提到蛰伏于其精神深处的墨子和老子——“前进与回顾”“积极行动和超脱通达的两种欲望的对立”：

> 我觉得通过杨朱与墨子、庄周与韩非等相对照，除表现了鲁迅思想中前进与回顾之间的矛盾之外，也似乎不断地反映出他的精神上还有积极行动和超脱通达的两种欲望的对立。借用《故事新编》中的形象来说，其中真诚的到处奔波的非战论者墨子（《非攻》，1935年）和在孔子的

[1] 《坟·写在〈坟〉后面》有：“就是思想上，也何尝不中些庄周韩非的毒，时而很随便，时而很峻急。”

[2] 《两地书·二四》。

[3] 〔日〕木山英雄《“庄周韩非的毒”》，程麻译，《鲁迅研究》1984年第6期。

"伪诈"面前无可奈何地逃遁的老子(《出关》,1935年)形成了鲜明的对照。

这种为道家所发扬光大的消极的精神,在鲁迅那里是一种"体验性"的存在,因此说老子和墨子一样,作为鲁迅自我(之消极性/积极性)的或一代表,各居于其行动之轴的一端该是毫无疑问的。有学者更认为,老子"失败主义"的行动取向虽然"站在和墨子相对的位置上",但他"并没有失去行动者的面目",其选择"走流沙"也可视为一种"不走官途的积极意志的反响"[1]。老子的"走流沙"和"无为",在《出关》中虽遭到鲁迅强烈的否定,但透视其精神的"根柢",我们却会发现,二者因共享一个出发点而相互缠绕、矛盾地共生于鲁迅自我的深处。假如我们可以把孔墨和老庄的对峙视为植根于鲁迅内心的行动哲学的两极化,那么木山英雄关于"孔老相争"中老子"退却"之意义的分析就不能不是一针见血的:

> 胜利的可能性,在由精神的原理发出的韧性的战斗中。原来感到无望,缺乏信心是实情。反抗的第一声就是最初胜利的起点,换句话说,就是不得不达到从百分之百失败的点出发的状态……
>
> 他(指老子——笔者注)的战斗特点是:一是由于在自己孤立失败的痛苦中坚持,所以就把这种精神作为战斗

[1] 〔日〕尾上兼英《鲁迅与尼采》(原载日本《中国学会报》1961年第13集),李庆国译,《鲁迅研究》1984年第6期。

的根据和原动力；二是由于片刻的踌躇和退却也很有可能导致完全崩溃，所以必须毅然决然地切断退路，维持这种紧张的局势。[1]

由于老子的退却仍保持了对“相争”这一紧张局势的坚持，因而在精神原理的层面上，“彻底失败的积极性的老子和以胜利为目标完全胜利的墨子”，就呈现出类同的特质，“战斗从两个相对的方面被完全地展示出来。言行一致是鲁迅文学出发点的希望，然而这一愿望却被墨子、老子适应了。”[2]因此，老子和孔墨之争，就思想与行动的连动转化而言，其差异与其说表现在“说”与“做”的层面，不如说体现在“说什么”和“怎么做”的层面。当鲁迅无比深刻地对它们进行“省察”的时候，老子和孔墨的矛盾其实已经内化为鲁迅自己的矛盾，成为其思想中结构性紧张的来源之一。在这个意义上，进取性的孔墨固然可作鲁迅“韧性”相争的价值载体，退却性的老子却也积极维持了“相争”局面的紧张性：如果把进取性的“相争”视为战略，把“以柔退却”视作一种战术，二者其实是可以交互配合运用的。从鲁迅自述的“战斗”和“休息”、“峻急”和“随便”等“相争”话语中，我们也能体会到二者“矛盾地共生”的特点。

我想，既然我们无法把二者从鲁迅的思想中分离，那么，把《出关》对老子思想的批判视为鲁迅自己的某种独特的“自我批判”，

[1] 〔日〕木山英雄《〈出关〉杂谈》，日本《鲁迅研究》29号第3页。转引自〔日〕尾上兼英《鲁迅与尼采》。

[2] 同上。

在逻辑上还是可以成立的。

二 两个庄子

不过，尽管老子可视为鲁迅的某种不自觉的内在自我，但对其“以柔退却”和“徒作大言”的“空谈”，鲁迅毕竟是明确拒绝的，这一倾向发展到极致，就成了鲁迅对庄子哲学的批判——措辞更严厉，姿态更决绝，手法更漫画化。

在《出关》中，老子其人较之典籍中的形象其实还算比较贴近，这似乎表明，当鲁迅把老子“无价值的撕破给人看”时，他对老子的价值判定是否为完全无意义还不能做出简单的断语，但在《起死》中，鲁迅批评老子思想时所表现的理性认知和情感认同之间的矛盾消失了，至少在表面上，庄子——这个道家学派的二号人物被刻意改写为一个道士、彻底“漫画化”了。这样一来，固然避免了像《出关》发表后所遭遇的“误解”，但同时也使鲁迅与庄子本来复杂的关系变得过于简单了：他中过“庄周、韩非的毒”，对庄子的喜爱和了解更甚于老子，但《起死》却并未充分体现出这些内容。

事实上，如同有两个不同的孔子一样，鲁迅笔下也有两个不同的庄子：一个是《汉文学史纲要》等学术著作涉及的作为历史人物存在的庄子，那个“其文则汪洋辟阖，仪态万方，晚周诸子之作，莫能先也”[1]以及“蔑诗礼，贵虚无，尤以文辞，陵轹诸子”[2]的“超

[1] 鲁迅《汉文学史纲要·老庄》。
[2] 鲁迅《汉文学史纲要·屈原及宋玉》。

世抗俗”的先秦哲人；一个则是作为共时现实参与社会文化进程、与中国国民劣根性有着深刻因果关系、堪称现代“伪士”鼻祖的负面思想形象。

对于《起死》中的“庄子”与典籍中的庄子的不同，以及《起死》中鲁迅对《庄子》文本意义的故意曲解，钱碧湘在《鲁迅笔下的两个庄子》中曾做过细致精当的辨析，认为鲁迅史笔下的庄子与文笔下的庄子，“那精神的相距之远，更甚于叭儿之于老聃”[1]。事实确实如此，《起死》中的庄子不过是一个身披道袍、混杂道家/方士思想、以“上朝廷”求取功名为荣、能把一切思想、学说、主义、名目变得合于私利的“伪士”形象而已。

比如，对于庄子其人，《庄子》中有很多讲述庄子不“上朝廷”，不执着于政治理想的实现而注重个体价值的内在超越、傲对帝王、蔑视权贵的故事。从《庄子·应帝王》篇看，庄子当然不是没有自己的政治理想和抱负，但他搞的是在野的个人政治、人民政治、批判性政治，无须孔子那样“上朝廷”依附帝王，所以是绝不出仕的[2]，所谓“终身不仕以快吾志”（《史记》）。像《秋水》篇写楚王使大夫二人往见庄子，“愿以境内累矣”，庄子回以“吾将曳尾于涂中”；《列御寇》篇写“或聘于庄子”，庄子则以不愿做“牺牛”来应对；在“惠施相梁，庄子往见”（《秋水》）的著名故事中，庄子更把自己比作“非梧桐不止，非练食不食，非醴泉不饮”的“鹓鶵”，

[1] 鲁迅《且介亭杂文二集·文人相轻》。

[2] 郭沫若甚至以为《史记·老子韩非列传》中“尝为漆园吏”的说法也不足信，只说他是个“织屦”（打草鞋）的。见《庄子与鲁迅》，《中苏文化》（半月刊）第8卷3、4期合刊，1941年4月20日。

而把惠施相梁比作“鸱得腐鼠”，说明他根本无意于世俗功名富贵的追求。《山木》篇也记有庄子穿着打补丁的“大布之衣”见魏王的故事。魏王见他衣敝履穿，便问他“何先生之惫邪？”庄子并不因此自惭形秽，反而对魏王所谓“惫”大发议论，趁机把“昏上乱相”的时政痛斥一番。这些都说明了庄子傲视帝王、不苟且、有明确的是非、内外一致的高尚人格。小说《起死》的原型《至乐》篇所讲的骷髅托梦寓言，本意也是借骷髅之口宣讲死之“南面王乐”胜过“人间之劳”，寄托着庄子的严肃的人生价值观。但这样一个“蔑诗礼，贵虚无”的高尚人物，在《起死》中却被鲁迅写得与其典籍形象全然不同：听说楚王召见，便屁颠儿屁颠儿地奔波数十里去“运动”，欲谋一个好前程。在同司命大神、鬼魂、汉子等的对话中，也满口世俗价值，一会儿神气地抬出楚王的圣旨吓唬要跟他过不去的鬼魂；一会儿以为“旌表了孝子，确也是一件大事”；一会儿又招来巡士装腔作势，狐假虎威。他虽然穿的是破旧道袍，却要尽量维持体面，对由他造成的汉子的困境毫无同情体察之心，对要他赏件衣服给汉子遮羞的建议无动于衷，对代表执法权力的巡士则尽力敷衍利用，说东说西，尽是些利己主义的、郭沫若后来改称的所谓“滑头哲学”[1]的道理。“这个经由鲁迅再行创造的庄子显然成了一个

[1] 郭沫若《十批判书·庄子的批判》曾梳理庄子由“悲愤的极端”流为“油滑的开始”的思想过程，说他从“知其不可奈何而安之若命”，苟全生命于乱世而游戏人间：“他的处世哲学结果是一套滑头主义，随便到底——‘彼且为婴儿，亦与之为婴儿；彼且为无町畦，亦与之为无町畦；彼且为无崖，亦与之为无崖。’（《庄子·人间世》）”因此，“两千多年来的滑头主义哲学”，“事实上却是庄老夫子这一派所培植出来的”。见《郭沫若全集》（历史编）第2卷，人民出版社，1982年，第204、206页。按郭沫若《十批判书》的庄子观迥然异于他五四时期的认识，我怀疑乃是受了鲁迅的影响之故。

尊重权势、热衷政治，而对贫贱者缺乏起码的同情心的小人，与鲁迅所褒扬的先秦哲学家庄子大相径庭。”[1]

再如，就庄子思想的表现而言，《起死》的相关处理也是故意扭曲的。《汉文学史纲要·老庄》（1926年）中本有鲁迅关于庄子思想文章最完整的表述。除了文学方面对庄子的充分肯定外，在思想上，鲁迅把庄子视为中国“出世”之说的代表，所谓“故自史迁以来，均谓周之要本，归于老子之言。然老子尚欲言有无，别修短，知白黑，而措意于天下；周则欲并有无修短白黑而一之，以大归于‘混沌’，其‘不谴是非’，‘外死生’，‘无终始’，胥此意也。中国出世之说，至此乃始圆备。”他对庄子思想的所有批评实际上都是从这一认识出发的。不过，尽管鲁迅对庄子思想的消极性否定意味明显，但也理解这是时代使然：“迨庄周生于宋，则且以‘天下沉浊不可与庄语’，自无为入于虚无。”鲁迅理解庄子“入于虚无”背后巨大的精神痛苦，对他的思想——认识论、生死观、世界观等——自然并无半点轻薄之意。但在《起死》中，不仅庄子其人被改写、被漫画化了，庄子的思想同样也被篡改、歪曲，被庸俗化了。像著名的“庄周梦蝶”故事，本来表达的是人凭感官认识、把握世界的不确定感和相对性——这种不确定感和相对性的存在，使得认识主体和认识对象也变得不确定和相对化了，“不知周之梦为蝴蝶与？蝴蝶之梦为周与？”但虽然如此，庄子以为构成相对认识关系的双方却是非常确定的，是不能被相对化的——故事的结论非常明确：“周与蝴蝶则必有分矣。此之谓物化。”这样深奥、机敏的哲理在《起

[1] 钱碧湘《鲁迅笔下的两个庄子》，《鲁迅研究》第13辑，中国社会科学出版社，1988年。

死》中却被歪曲得不成样子，庄子明明说“周与蝴蝶则必有分矣”，《起死》中却说成了“究竟是庄周做梦变了蝴蝶呢，还是蝴蝶做梦变了庄周呢，可是到现在也没有弄明白”。代表中国认识论之重要一章的庄子的相对主义哲学的一些命题，如《齐物论》“是亦彼也，彼亦是也。彼亦一是非，此亦一是非”等等，在《起死》中也变成了日常生活中纯粹利己主义、胡搅蛮缠的诡辩，什么“要知道活就是死，死就是活呀，奴才也就是主人公”“也许是有衣服对，也许是没有衣服对”等等，完全没有在庄子思想本有的意义上加以表现，而是把这些生动、睿智的哲学命题给庸俗化了。

鲁迅这样写庄子其人及思想当然是故意的。但我们也知道，在现代中国，庄子一般被看成是“独与天地精神往来”“抗俗超世”的大思想家，郭沫若更把他视为体现五四精神的“个性解放”的象征，其特立“抗俗”的一面——所谓“蔑诗礼，贵虚无”——不仅与鲁迅心仪的嵇康阮籍之类魏晋人物有着精神血缘，而且与鲁迅早期的“立人”建构——对所谓“精神界之战士”（尼采、易卜生、克耳凯郭尔）、“摩罗诗人”（拜伦）等的肯定也存在着价值的类同，鲁迅在《起死》中为什么对庄子思想的积极方面视而不见[1]，而偏偏要揪住其

[1] 田刚《〈庄子〉与鲁迅早期思想》（《鲁迅研究月刊》2003年第4期）对庄子与鲁迅早期思想的关系提出了不少积极、有价值的看法，认为庄子的命题与青年鲁迅之间存在“同构”关系，“正是以《庄子》作为思想因子，鲁迅与西方‘新神思宗’的代表人物卢梭、叔本华、尼采、克耳凯郭尔、施蒂纳等思想家之间产生了深切的精神回应”，其“立人”思想体系——具体在“掊物质而张灵明”与庄子“沉于物，溺于德”的反知主义倾向之间、在鲁迅“任个人而排众数”与庄子“任其性命之情”的个性解放思想之间存在着对应关系。笔者认为，鲁迅留日时期确实借助庄子的一些概念、命题表达西方思想，但这只是借用而已，不宜把它视为直接的建构性的影响。原因很简单，鲁迅对西方资源的接受是自觉的，对庄子语词的借用则是不自觉的，并无价值利用的主观意愿。

消极方面——借一个道士化的庄子形象大做文章呢?

我以为，这可能与两个问题有关：一是鲁迅曾深入“虚无”及“无为”这一曾困扰过庄子的问题，并以自己的痛苦体验和思考，做出了不同于庄子的回答[1]，这可以解释鲁迅留日时期的“立人”构图中为什么会无视庄子思想的积极作用；一是与鲁迅对道家思想——尤其是庄子思想的负面作用持独特看法有关，这可以解释鲁迅为什么会那么重视庄子思想的消极作用。由于第一个问题将在后面展开讨论，所以，我想先讨论第二个问题。

一般而言，统称为道家的知识大致包括三方面内容：一是老子强调的统治方略和处世术，一是庄子追求的获取个体内在自由、追求内在超越的方法，一是从老庄思想中生发出来的由“善生”“养生”而至于“外死生”“成仙”的道教迷信。三者虽然同源，但差异也是非常明显的。尤其是道教迷信，作为道家思想的庸俗化和宗教形态，它以民众的信仰为通道，以感性蛊惑为诉求，潜移默化地影响和塑造着中国人的生活态度，与普通中国人的精神发生着联系。早在留日时期思考“改造国民劣根性”问题时，鲁迅就觉悟“中国根柢全在道教”[2]，主张关切“道士（方士）”思想对于中国国民根性的影响。后来，他更把现代中国人的种种问题——诸如阿Q之“精神胜利法”(《阿Q正传》)、方玄绰之“差不多”说(《端午节》)、“无是非观”“无特操”的“伪士”现象、“把一切当成戏剧”看的

[1] 我以为《过客》一篇形象地演绎了这一回答，其中老人的达观代表着老庄哲学的世俗见解，但过客同意老人的意见却拒绝其“回转去”和“休息一会”的劝告，体现了鲁迅与老庄不同的行动取向。

[2] 1918年8月20日致许寿裳。

"看客"现象、游戏人生的人生态度等等，都与道家思想的负作用联系起来思考。20世纪30年代他对林语堂等《论语》派小品文"玩玩闹闹，寻开心"本质的批评，以及进行《庄子》与《文选》的论战等，都隐含着他对道家的"峻急"和不"随便"。《故事新编》中，《补天》这篇关于中国文明"缘起"的寓言，也涉及对口吐"金玉的粉末"之"学仙的"道士以及秦皇汉武希冀"长生"的道教信仰的讽刺。在学理上，鲁迅当然明白道家思想与道教的不同，也了解道家思想与道士（方士）思想的差异[1]，但在社会生活中，鲁迅又体认到道士（方士）思想其实就是庄子思想的世俗形态，现代中国人精神、日常生活中的几乎一切消极现象都与它有关，因而在旨在展现庄子哲学困境的《起死》中，鲁迅便把庄子"道士化"[2]了。这也就是《起死》中庄子形象的由来。

因此，《起死》中鲁迅对"庄子"的拒绝实际上只是对道士（方士）思想的拒绝，对"庄子"哲学的批判实际上只是对道士（方士）思想的批判。鲁迅笔下的庄子只是一个被功能化了的、被世俗利用的思想形象而已，既非真实客观的学术性形象，更非忠于古代典籍的历史形象。郭沫若《庄子与鲁迅》[3]不懂这一点，还津津乐道于指

---

[1] 1926年7月4日《马上支日记》主张研究"道士思想（不是道教，是方士）与历史上大事件的关系，在现今社会上的势力"，如"孔教徒怎样使'圣道'变得和自己的无所不为相宜；战国游士说动人主的所谓'利''害'是怎样的，和现今的政客有无不同……"等等。

[2] 《汉文学史纲要·老庄》中表达"方士思想"的《天下》篇引文，虽然"胡适谓非庄周作"，但它在历史上一直作为庄子著作传布，因而并不妨碍鲁迅从挖掘"国民劣根性""祖坟"的角度将它作为庄子思想来批判。另外，庄子被道士化，不仅见于鲁迅的《起死》，明传奇《蝴蝶梦》以来如《庄子试妻》《大劈棺》等剧，都把庄子处理为道士模样，这说明《起死》的处理不仅含有鲁迅主观批判的用意，而且也是有民间认识作为客观基础的，并非作者任意为之。

[3] 见郭沫若《庄子与鲁迅》，《中苏文化》（半月刊）第8卷3、4期合刊，1941年4月20日。

出鲁迅描写庄子的不合原文，其实我看鲁迅倒是有意为之的。因为他处理的并非庄子思想的事实，而是庄子思想的世俗价值。

那么，这个“道士化”的庄子与鲁迅自我的联系如何呢？

前面曾提过，鲁迅与道家的纠葛主要是在自我的内部发生的，他对道家的拒绝主要表现为一种“排毒”的努力。较之《出关》之写作动机与作品效果之间的距离，《起死》的写作动机和客观效果似乎是高度统一的，鲁迅并未给我们以任何做文章的“漏洞”。这种批判的严谨性似乎意味着鲁迅对庄子“排毒”的成功。即使小说中庄子由“黄瘦面皮”变为“黑瘦面皮”[1]——我们知道，这类“黑瘦”人物的出现往往意味着鲁迅在作品中较多的主体情感、际遇、思想的投入，如“过客”(《过客》)、魏连殳（《孤独者》)、禹（《理水》)、黑色人（《铸剑》、墨翟（《非攻》）等形象——我们无法把鲁迅的自我在庄子这个人物身上某种程度的投射完全排除，但它的情况与《出关》中鲁迅对老子无意识的主体投射却并不相同。如果因此像郑家建那样从知识者与民众的关系方面把握庄子形象的意义[2]，甚至试图从庄子与汉子的对立中看到鲁迅与“庸众”的对立，那么，我以为其思维是否过于蒙太奇一点、眼睛是否有点聚不住焦了呢？我想，《起死》艺术上的成功，那种批判动机与批判效果的高度同一，也许只是意味着鲁迅对庄子区隔的成功而已：他在庄子之“毒”中间建

---

[1] 郭沫若以为《庄子·列御寇》篇透露着庄子相貌的信息。宋人曹商为宋王使秦，得了不少好东西，便到庄子那里夸耀。其中曹商挖苦的“夫处穷闾陋巷，困窘织屦，槁项黄馘者”，郭氏以为“一定是庄子的写照无疑”，因此认为庄子的职业是打草鞋的，认为鲁迅《起死》把庄子写成“黑瘦面皮”“多少是失却根据”（见《庄子与鲁迅》)。我以为，庄子的相貌或许确实是瘦长脖子和黄瘦面孔，但郭氏对鲁迅《起死》的批评却是只知其一不知其二。

[2] 郑家建《被照亮的世界——〈故事新编〉诗学研究》，福建教育出版社，2001年。

立了数道防火墙，在区隔了庄子的思想事实与世俗利用的同时，他难道还会像前期那样隐身于知识者（庄周）与民众（汉子）对峙的紧张之中彰显其启蒙主义的自负吗？他在努力排出“时而随便”的“毒”的同时，是否还在心中保留了一个“去毒”后的庄子呢？这个庄子或许隐藏在鲁迅的文章辞藻中，或许流露在鲁迅的超越性和执着性相扭结的精神气质中……也许，这才是庄子与鲁迅的自我继续发生关联之处吧？总之，无论如何，仅仅文学方面的赞辞是不足以道尽鲁迅跟庄子的积极联系，甚至鲁迅自己的判断也未必就能穷尽其与庄子关系的全部内容的。

其实，鲁迅与庄子联系最深沉之处并不在对道士（方士）思想的批判，而在于他对“虚无”问题的探讨——正是这个“黑暗”的领域跨越几千年把鲁迅的自我、生命、哲学跟庄子的思想对接了起来。

三　如何行动：“自无为而入于虚无”问题

对于庄子的“虚无”，鲁迅有所谓“自无为而入于虚无”[1]的说法，把它与老子的“无为”（“徒作大言，一事不做”）联系起来思考，说明他是着眼于思想与行动的连动问题来估价其意义的。

此外，还有更费解的对庄子思想的评价，也就是前面曾提到的鲁迅把庄子视为“中国出世思想”的“圆备者”，以及说庄子“欲并有无修短白黑而一之，以大归于‘混沌’”、“‘不谴是非’、‘外死生’、

[1] 《汉文学史纲要·老庄》。

‘无终始’”[1]等等。

这些看法都是鲁迅在学术著作中表达的，与《起死》借道士化的庄子对其思想功能的批判自不可同日而语。实际上，比对一下鲁迅批判庄子所引的引文就可知道，不管是在小说《起死》还是《汉文学史纲要·老庄》等学术著作中，鲁迅对庄子所持异议多集中在《齐物论》几篇。看来庄子是否主张“出世”、道家思想会否走向道教，不一定就是鲁迅最看重的问题。如果联系到鲁迅早年有“伪士当去，迷信可存”的想法，后来更把道家智慧视为现代“伪士”之源的话，与其说鲁迅的拒绝道家就是拒绝道教，就是拒绝道家的道教化，毋宁说他真正拒绝的其实是道教思想的世俗化。鲁迅评价庄子思想的某种过分“峻急”，也许该纳入这一思路来思考才对。那么，鲁迅的庄子观究竟怎样？我们该如何完整、客观、充分地理解其问题呢？

如前所述，鲁迅独特而完整的庄子观主要反映在《汉文学史纲要·老庄》部分，尤其是文中的几段引文。一般人往往只注意鲁迅评述庄子的言辞，对其直接引述的《庄子》原文反而不够重视。实际上，对《庄子》原文的直接引述，也就是对庄子思想的一种择要（所谓“以见大概”），内含着鲁迅关注庄子的独特眼光和价值侧重。书中所摘引的《内篇》三段文字，虽意在举例说明庄子散文的特点，其实却代表了鲁迅把握庄子思想的三点重要关注：其一，是《齐物论》第二中表达的趋利避害、不谴是非乃至相对主义的认识论；其二，是《大宗师》第六中“与其誉尧而非桀也，不如两忘而化其道”

---

[1] 《汉文学史纲要·老庄》。

的“善生死”观；其三，是《应帝王》第七中借“七日而混沌死”寓言传达的反智论倾向；此外若再加上第四点，即《天下》篇中表达的“上与造物者游，而下与外死生无终始者为友”的“出世”思想（“方士思想”），就共同构成了鲁迅独特而有系统的庄子观，规定着鲁迅对庄子思想的基本评价。

《起死》写的虽是庄子哲学的漫画形象，这几个方面倒也大致都涉及覆盖到了。不过，令人感到疑惑的是，就庄子及老子的史实和学术形象而言，鲁迅的相关把握并非没有问题。比如，庄子固然“自无为而入于虚无”，发展了老子的消极面，但老子的“无为”一般多指政治统治术，并非如鲁迅所理解的是指关涉人的行动的“徒作大言，一事不做”[1]；庄子的“虚无”则主要指向超越性的精神自由领域，也并非如鲁迅所理解的是指关涉人的社会行为的“价值虚无”，并不一定必然导致利己主义的“无特操”“做戏的虚无党”等精神痼疾的出现[2]。再如，庄子“欲并有无修短白黑而一之，以大归于‘混沌’”，也并非要泯灭人间的善恶是非标准，混淆黑白，致人类于蒙昧的黑夜——所谓“一之”，其实只是要把业已分崩离析的人类生活的完整性追寻回来而已。至于说庄子“趋利避害”“不谴是非”，恐怕就更是误解了：庄子这个人，不仅对所生活时代的社会、政治、思想问题处处发言，表现了鲜明的爱憎和热烈的针砭，而且对所奉所信，绝不苟且，其善恶是非标准是非常明确的，没有半点

---

[1] 鲁迅完全理解“无为”在老子思想中的本义。《摩罗诗力说》说：“老子书五千语……则必先自致槁木之心，立无为之治；以无为之为化社会，而世即于太平。其术善也。”（着重号为引者所加）

[2] 鲁迅的相关论述参见《马上支日记》。

含糊暧昧。他的思想行为方式虽不同于孔墨的积极用世，但也不同于当时谋求隐逸“出世”、逃避社会责任的隐士如长沮、桀溺、荷篨丈人等[1]——他只是把孔墨的“外在救世”变为执着个人价值、注重精神自由的“内在救赎”而已。就追求人类理想社会和理想生活而言，庄子“欲救世弊”的精神是一点也不输于孔墨的，否则他也用不着发展一个道家学派坚固其价值[2]，而对当时的社会、政治、思想的种种问题进行批判了——如果每一个“己”都能因庄子的设想而得救，难道能说他对人类没有像孔墨那样的大仁爱大贡献吗？

因此，鲁迅故意撇开人们对庄老的一般认识，把他们的思想置于人该如何行动的脉络中来把握其意义，症结恐怕仍在“入于虚无”问题对鲁迅的自我、生命、哲学构成的沉醉与挑战：他在全力“排毒”、不断把庄子异己化（道士化）的同时，也进行着一个深刻的自我救赎、自我更新、自我革命的脱胎换骨的过程，并在与孔墨积极作为的对照中寻求一种新的“立人”理想和价值景观。

在鲁迅的笔下，老子和庄子，“无为”和“虚无”，都是在思考思想和行动的连动时发生联系的。“虚无”一词，不同时期的鲁迅著作中其思想内涵和情感色彩并不完全相同：其学术性著作多用为本义的客观指涉（如《摩罗诗力说》《汉文学史纲要》《魏晋风度及文

[1] 不仅如此，庄子还批评过此类消极避世的隐士，他心中真正心仪的乃是“身在江海之上，心居乎魏阙之下”（《让王》）的另一类“古之所谓隐士”（《缮性》）。

[2] 郭沫若《十批判书·庄子的批判》说得很对，“道家本身如没有庄子的出现，可能已经归于消灭了”。因为庄子的时代，老子之学分而为三：“宋钘、尹文一派发展而为名家，田骈、慎到一派发展而为法家，关尹一派发展而为术家”，庄子从这“稷下三派”吸收了精华，维系并发展了老子的正统，“从此便与儒、墨两家鼎足而三了。”［见《郭沫若全集》（历史编）第2卷，第201页。］

章与药及酒之关系》)；其文学作品前中期则多指寄托深沉感情、表现作者内心苦闷的肯定性形象（如《中国新文学大系·〈小说二集〉序》所指狂飙社及工人绥惠略夫的“虚无的反抗”、《野草·求乞者》所谓“我将用无所为和沉默求乞……我至少将得到虚无”、《两地书·四》中所谓“惟‘黑暗与虚无’乃是‘实有’”等），到中后期则多指那些被作者强烈批判的否定性形象，此时“虚无”则被鲁迅理解为关涉人的社会行为的“价值虚无”，被他作为“趋利避害、不谴是非”的“无特操”现象的原因看待了（如《知识即罪恶》所提到的“虚无派哲学家”、《马上支日记》描述的“做戏的虚无党”“虚无主义者”“虚无思想者”等）……综合分析这一过程的蛛丝马迹，“虚无”问题和情绪在鲁迅身心的运动轨迹似乎已经清晰地自动显示出来：它由内而外（由生命体验而创作）、由客观而主观（由思想、学术性著作而到虚构性的文学作品）、由主观肯定到主观否定（对“虚无”的价值由接纳到批判和拒绝）——它难道不也就是鲁迅从尼采、俄国虚无主义乃至“庄周的毒”的沉醉中惊醒、排毒、脱出的那个自我更新、自我改造乃至自我革命的精神蜕变过程吗？

从庄子到鲁迅，“虚无”问题的重要性是不言而喻的。作为超越性价值的消极一极，它透视而且洞穿着古往今来生生不息的生命，没有对它的深沉体验，无论庄子还是鲁迅，大概都不会入于人类思想的深邃、超拔、通透之境吧。不过尽管如此，我这里强调的，却并非鲁迅对“虚无”的体认、深入及无奈、痛苦、绝望这些跟庄子相通的地方，而是鲁迅对“虚无”的脱出——正是它，区分了鲁迅与庄子。

为什么鲁迅体验了“惟‘黑暗与虚无’乃是‘实有’”，却并不像庄子、克耳凯郭尔那样因此就安于虚无之境而乐不思蜀呢？

我想，这是因为鲁迅体内不仅有老庄为血肉，更有孔墨做骨骼；虽然他的生命的痛感、虚无情绪会通于庄老，但他的人生目标及实际作为却与孔墨相连。他要行动——不仅作为孤独个人行动，因而会入于现代世界和现代人精神的黑暗深处；而且要作为合历史进程的社会人来行动，以致中国和中国人至于文明、进步、解放、自由之境。因此他对“虚无”的脱出，无论作为其自我更新、自我革命的“排毒”疗程，还是作为他对“立人”理想和价值的不懈追寻，都需要尽量抑制老庄的活跃，或者不再将它们视为与孔墨“矛盾地共生”的生命体，干脆作为毒素完全排除出去。

如同屈从和反抗、主人和奴隶一样，犹疑和行动也是鲁迅生命哲学中普遍存在的一种对偶式选项，不仅受制于思想的“知”，而且受制于情感的矛盾，受制于意志的抑扬（是否颓唐消沉）。如何行动的问题，如果说在“五四”高潮中矛盾还并不尖锐的话，那么到“五四”落潮后的《彷徨》《野草》时期，鲁迅却陷入“无地彷徨”、丧失行动目标的困境之中。他左冲右突，其思想既为“黑暗与虚无”充满，其行动复不能获得方向感和目的性——他虽宣称“我将用无所为和沉默求乞……我至少将得到虚无”，但最终的结果却是：“我终于不能证实：惟黑暗与虚无乃是实有。”这是他观念上的收获。但在具体可感的情感、生命领域，鲁迅的“虚无”感却植根于他的“绝望感”“彷徨感”这些关涉行动的情绪之中。一方面，他在努力求证“绝望之为虚妄，正与希望相同”的是非真伪，去除怀疑主义；另一方面，其行动的“无为”、无意义却在加深着他的“绝望”和“彷徨”，强化着怀疑主义。是安于“虚无”还是走出“虚无”？是停于“绝望”还是反抗“绝望”？正是执着于人得“走出”、得“反抗”、得不断行动——不仅作为思想主体而且作为意志主体、作为合历史目的的行动主体而行动的观念本身，才使鲁迅最终有别于庄子。

同样面临存在主义式的生命绝境和人生悖论，在庄子是由反抗绝望而至于“齐物论”和“逍遥游”，把人生苦相对化或转化为一种对精神愉悦和精神自由的追求，取得一场特殊意义上的“精神胜利”；在鲁迅却是由思想的苦恼转向强固其精神意志、转向寻求更切实的行动：当鲁迅体内的庄子要带他“入于虚无”之时，他体内的墨子就会被适时激活而让他停留于血肉淋漓的“非攻”人生。显然，鲁迅终于明白，救赎的希望不可能在思想自身内部寻求，也不能因生命意志的持续反抗而自我消灭，而必须转向行动，转向某种为思想支援的革命实践。到他晚年写作《起死》时，“虚无”问题早已不再是他思想的主轴和基本苦恼，其有思想支援的“行动”早已因为与中国共产主义革命的联系而获得了方向和历史。此时鲁迅对庄子的观照，因此就充满一种告别了“旧我”的明快和自信：他不仅成功地区隔了庄子的思想事实和世俗价值，而且能以过来人的视点反观庄子的“虚无”问题——最终我们发现，连接着庄子与鲁迅的那条思想脐带已经通过其自我更新而脱落。与此相对应的，则是在鲁迅一向关注的“立人”精神脉络中，另外出现了像禹（《理水》）、墨子（《非攻》）等“中国的脊梁”这类重意志力量和实干精神更甚于思想论辩的庄子哲学的反题人物，他们以跟庄子毫不相干的“埋头苦干”和“拼命硬干”，救正着根源于道家智慧的趋利避害、不谴是非、不讲原则、徒作大言等等国民劣根性，映照着鲁迅自我的另一种昂扬的面貌，从而与“出世”导向的道家价值观绝然而别。

鲁迅对道家的拒绝是明确的，也是复杂的。之所以如此，不仅因为它与鲁迅“文明批评”的使命承担有关，而且与鲁迅内在的自我更新、自我改造以及自我革命有关。老庄与鲁迅，不只像与孔墨那样涉及道德与事功、信念与责任方面的思想纠葛，而且涉及身心、思想与行动的连带问题。通过《出关》和《起死》，鲁迅清理了老子和庄子的价值，把他们置于思想与行动的连带关系中褒贬取舍，既确立了一种新的关于人的价值实现和完成的理想景观，同时也跟道家的关系做了了断。《故事新编》中，鲁迅拒绝老庄是与肯定孔墨同时进行的，涉及其新“立人”建构中道德与事功、信念与责任、思想与行动之连动可能性的问题——儒、墨、道思想人物分别对应其中，是因为他们作为中国思想或中国问题之源，带有方法的意义。鲁迅清理它们，既是清理中国的历史、文化，也是清理曾负担着这一传统之一切黑暗和光亮的自我，同时也为我们奠定了现代中国人和中国文化再出发的新基点。

2006年10月初稿、12月二稿

2008年4月底改定

（原题《论鲁迅对道家的拒绝——以〈故事新编〉的相关小说为中心》，《中国现代文学研究丛刊》2007年第1期）

鲁迅与中国现代性问题

鲁迅的可能性*

——也从《破恶声论》寻找支援

一　问题的提出

鲁迅的思想和文学具备什么可能性？这一问题在近百年来随着时代的变化不断被不同的人提及，并经由不同的落实，或结晶为某种思想果实，或化身为历史的某种支撑结构，或者被政治利用，或者作为社会良知存在……在这一过程中，人们根据自己的立场、观点、利益设问，再以自己的政治、学术、道德实践作答，因此这一自问自答之间，鲁迅的可能性往往已经变成了不可能性——说到底，谈论鲁迅毕竟是我们自己的建构工作，是我们自己的思想史、学术史甚至政治史的一部分，建构的成败并非取决于鲁迅，而是取决于建构主体的我们而已。

现在之所以再次提出这一问题，当然主要还是因为时代变了，

---

*　谨以此文纪念伊藤虎丸先生。

变得不仅与鲁迅生活的当时、与“二战”之后、与“文革”时期、与20世纪八九十年代不同，而且很可能与产生鲁迅问题的原始条件——因应近代以降来自西方的全面挑战——不同了，这样，鲁迅的意义和价值就显出了局限性，变得可疑起来。在不少人的语汇中，以现代性为主要诉求目标的鲁迅业已油尽灯枯，其可能性问题不过是其可能性是否仍存在的一个疑问而已。那么，这一切是如何发生的？我们能否把随时代变动的已然事实等同于一种思想的必然？如果可能，那么如何解释历史与逻辑的分裂？如果不能，那么如何看待二者的同一性？事实上，任何一种体制或思想秩序都自有其历史的宿命，而每一种新的现实也有其理应遵循的因果，如果不去追究这种变动的表象背后的物质和精神的动因，而仅仅满足于事后诸葛式的智慧，把已然当必然，而据为真理标准，恐怕难合学究之义。

鲁迅的思想和文学一直没有如他所愿地“速朽”，对它所做的解释——无论意识形态的利用或反利用，还是思想性的阐发和学术性的整理——一直构成着近代以来“中国意识”的重要内容（近年韩国学界也像日本学界一样热衷于建构“亚洲主义”，探寻“新的文明原理”，也有人把鲁迅作为资源），这自然是因为鲁迅的问题诸如“立人”“立国”之类与传统中国/东亚社会文化转型之间的深刻连结，以及在批判性地审视这一传统方面表现的深入性和透彻性，乃至其中内涵的一种人之为人、文化之为文化的独特方法。在后来的历史时期，尽管其批判性的、革命的本质一度被体制性地改造或抑制，因而呈现为一种极其矛盾的存在，但一旦遭遇社会生活的变革活水，它总能与有准备的思想结合，焕发蓬勃的生命力。因而在20世纪的中国，鲁迅的思想和文学具有说不尽的、常读常新的特点，其可能性似乎是无限广延的。即使在今天，处于社会体制转型的巨变过程中、为应付各种问题的挑战而焦头烂额的中国思想界，依然常有人要到鲁迅的思想和经验中汲取灵感和启示。听说在当今日本，经济发展处于表面停滞的高原期，社会文化呈现着后现代的图景，但人们对未来前途却感到渺茫，而鲁迅——这个未尝自外于日本、曾经给日本的现代反省提供过某种借鉴和方向感的异国作家，其意义因此也与战后不同，《鲁迅文集》卖不过《柏拉图式的性》和小林善纪，早在书店绝版且不能再称之为公共读物；其思想和文学也只是作为学界怀旧的对象，不再具有前瞻性和引导性。这种种情形可能与鲁迅存在的前提——追求现代性——不再存在有关，可以视为理所当然。不过，尽管如此，与此相关的当今种种现实，像人们常提及的所谓现代的终结、全球化和冷战结束之类，并不足以构成终结20世纪人类的思想、文化、道德等种种所得的理由。事实上，我们的生活仍在延续，世界也仍受制于现代历史发展的种种矛盾之中，因此，与其把包括鲁迅在内的现代成果视为要扬弃的包袱，倒不如把它视为一种再出发，一种凝结着一个世纪的历史丰富性的可能性的再出发。

那么，鲁迅的思想和文学——这一凝结着20世纪中国/亚洲历史的丰富性、具有内在精神深度的独特诉求，对于21世纪的可能性何在呢？

二　鲁迅的可能性

鲁迅的可能性是历史地存在的，长期以来，作为中国文化革命的意识形态，它深植在中国的现代文化建构之中。其思想和文学不断被朝野利用改造、援为资源，其意义和价值也被不断地生产着，围绕着它的问题点又派生出一系列问题，进而成为现代“中国意识”的基本组织。因此，我们要讨论其可能性，先得弄清鲁迅与我们的“连带点”何在，与我们连带的“问题性”何在。也就是说，我们在什么情况下、遇到什么问题时才会想到他，才会从他那里寻求启示和支援。

鲁迅把其杂文的写作称为“社会批评”和“文明批评”，这既可视为他对其思想和文学性格的基本定位，也让我们因此回溯而得知其问题的基点。事实上，尽管鲁迅一生从事过多种求知的、实践的、创造的事业，但贯穿其始终的关心却在于探究一种关于人、社会、文明的病理，并寻求积极的治疗与改造。这是触及人类生活“本根”[1]的问题，也应该是他在不同时代、不同地域都能具备丰富的可能性而与后人发生关系、让我们产生“连带感”的重要原因。

鲁迅关于人、社会、文明的基本思想是在留学日本（1902年3月—1909年7月）时形成的，其早期五篇文言论文——尤其是《文化偏至论》（1907年）、《摩罗诗力说》（1907年）和《破恶声论》（1908年）三篇——奠定了他的思想的基础，确立了鲁迅之为鲁迅的特质。虽然其思想和文学在他回国后才真正展开，但却是多以反题的方式展开的，其思想的正题诸如“立人”和“立国”之类，只能折射在像应该如何“救孩子”“做父亲”和解放女性，如何“改造国民劣根性”，如何追求合理的生活和社会等所谓“反帝反封建”

---

[1] 鲁迅《破恶声论》劈首第一句就是“本根剥丧，神气旁皇”。

的内容之中。也就是说，它们在思想现实化的同时，也为现实的思想所制约，其可能性是辩证地受到了局限的。比如在阿Q这样的否定性形象中，我们如何体会其“立人”的崇高思想旨趣；在“鲁镇”“未庄”乃至“S城”那样的中国社会里，我们如何理解其“尊个性而张精神”的“人国”境界，恐怕所得有限。既然鲁迅思想的原创点在其早期论文之中，那我们或许就不该舍近求远，而到正与“无物之阵”肉搏血战的中后期鲁迅那里，去寻找那些业已实现、因而也就有所局限了的可能性。

在上述几篇论文中，我要特别引《破恶声论》中的思想作为支援，较之《文化偏至论》和《摩罗诗力说》，这篇七千字的论文长期以来得不到学界的足够重视——在我个人的印象中，其意义是经过伊藤虎丸先生多年来的独特阐释和发现[1]之后，才逐渐为人所知、所重的——它刊登于1908年12月《河南》第8期，虽然尚未写完，却是鲁迅留日期间所发表的最后一篇论文，可视为他七年留学的心得集成和思想总结。

《破恶声论》探讨的依然是贯穿于《文化偏至论》《摩罗诗力说》通篇的文明再造的原理性问题。鲁迅外承19世纪末到20世纪初以尼

---

[1] 笔者接触的伊藤虎丸先生有关研究的中文文献为，《早期鲁迅的宗教观——“迷信”与“科学”之关系》（《鲁迅研究月刊》1989年第11期）；《亚洲的“近代”与“现代”——关于中国近现代文学史的分期问题》（《二十一世纪》1992年12月号，总第14期，香港中文大学中国文化研究所）；《鲁迅的“生命”与“鬼”——鲁迅之生命论与终末论》（《文学评论》2000年第1期）；《鲁迅与日本人——亚洲的近代与“个”的思想》（李冬木译，河北教育出版社，2000年）。除此以外，乐黛云《鲁迅的〈破恶声论〉及其现代性》（《中国文化研究》1999年春之卷，总第23期），张承志《再致先生》（《读书》1999年第7期），尾崎文昭《21世纪里鲁迅是否还值得继续读？》（韩国中语中文学会2002年会议发表论文）诸文，都有对鲁迅“伪士当去，迷信可存”一语的激赏，可视为与伊藤先生的某种呼应。

采、克耳凯郭尔、施蒂纳为代表的欧洲质疑现代性的新思潮，内接章太炎有关“个体”“自性”之于民族、社会、政府、国家等现代建制的否定关系的思考[1]，有所扬弃地深入个人观念的诸层面，就此一根本与晚清时中国追求现代性的种种表现，进行病理的描述和分析。由于大家对其中内容早就耳熟能详，因此我不再就鲁迅此文的具体结论进行讨论，而是企图透视、提炼其中内涵的方法，关注其中一些概念、范畴、命题的开发价值。

我以为，《破恶声论》以“朕归于我”“人各有己”等观念为中心，确立了以“内曜”“自性”为资源，以“自觉”[2]为方法的“立人”构造，并以此为基础，寻求肯定其精神旨趣——“掊物质而张灵明，任个人而排众数”[3]的社会和文明目标。其中尤其重要者，不仅在于破“破迷信”的“恶声”时肯定“迷信”具有的价值，给我们展示其宗教观的或一特质，而且在于剖析“崇侵略”的帝国主义

---

[1] 1906年6月29日，章太炎刑满出狱后东渡日本，主持《民报》笔政。在1906年9月5日至1908年10月10日的两年间（1908年10月《民报》被封），发表了大量政论及哲学和宗教学论文，一方面批判康有为、梁启超、严复等人的社会政治主张，一方面想重构一个以“公”“群”和“进化”观念为基础的反现代世界的世界观，其核心观念之一就是“个体”及“自性”。他用个体、自性等相关话语攻击国家、政府、家族、社会以至人类自身，同时又试图以此建立新的宗教、革命的道德。这时的章氏思想被认为最为复杂难解，不仅因为他为文古奥，常用难解的佛教词语表述其社会思想，还因为他以自性、个性为肯定概念的思想体系与其所从事的社会目标之间的关系颇具悖论色彩。有关研究请参看汪晖《个人观念的起源与中国的现代认同》之二《章太炎：个体、自性及其对“公”的世界观的批判（1906年—1910年间的思想）》（《汪晖自选集》，广西师范大学出版社，1997年）。鲁迅此时正处于“弃医从文”后思想跃进的质变期，章氏对他的影响不仅表现在文风上，而且反映在对其一些概念、命题的直接沿用和发挥上。

[2] “自觉”一词，首先见于《文化偏至论》：“外之既不后于世界之思潮，内之仍弗失固有之血脉，取今复古，别立新宗，人生意义，致之深邃，则国人之自觉至，个性张，沙聚之邦，由是转为人国。”《破恶声论》中则有“今者古国胜民，素为吾志士所鄙夷不屑道者，则咸入自觉之境矣”等语，它与“立人”思想的关系是显而易见的。

[3] 借用《文化偏至论》中的提法。

动物“古性”时，指出了依靠“反诸己”的“自省”，把“立人”的主体化建构发展到相互关系领域，从而克制“兽性”/“奴子之性”、确立“相互主体性”（intersubjectivity）[1]的可能性。

三 从“主体性”到“相互主体性”的构图

毫无疑问，《破恶声论》中“朕归于我”“人各有己”所蕴含的“个人”觉醒的内容，与中国传统思想中儒道释的“内省”“齐物”“我执”等观念背后的能动资源不同，“个人”由一个自然人的单位指称，而成为民族、社会、国家的结构部件（“个体”），再进而从中独立出来，确立自足的归属性和主权，让人可以理直气壮地说“我属于我自己”，可以拒绝任何人或社会建制的干涉，这当然是一个十足现代的事件。它在亚洲/中国的出现，当然不会止于鲁迅早期有师承的三篇论文，不会止于《破恶声论》中的名言警句，其实早在人类的思想、诗歌、宗教的经验中，“个人”的自我归属性就一直作为前提而存在着，就是说，人只有先属于自己，才能再进一步建立他与世界、语言、上帝等等对象物的关系，因而它不仅在创造性领域“古已有之”，在人类的文明实践中，事实上也是不可或缺的一个条件。不过，作为人之为人的属性，它事实上的存在是一回事，对它的意识又是一回事。“个人”只有被“自觉”才可能作为“个人”而存在，才有可能跨越古代而成为现代“主体”之一员。为

[1] Intersubjectivity一词，也有人译为“主体间性”，还不如日语译为“间主体性”意思清楚，故不用。

什么“自觉”——自我作为主体的意识——如此重要呢？这当然涉及现代的本质，涉及现代社会、现代文明的本质。鲁迅《破恶声论》的意义，及其与《文化偏至论》和《摩罗诗力说》既联系又区别之处，我以为就在于它不仅强调了伊藤虎丸先生所看重的“个”（个人）的自觉，而且把“自觉”视为一种确立人的主体性——也就是所谓“立人”的方法。个人只有先“自觉”，才能进一步建立其与自我、与他人和社会（“群”）、与民族国家等等的关系，才能具备诸如思想、诗歌、宗教等有深度的“主观之内面精神”生活的可能性。因此，“自觉”的问题在鲁迅的“立人”思想中有着根本的重要性，也是体现其尚未完全展开的可能性的重要侧面。

那么，“自觉”在鲁迅那里到底意味着什么？其精神机制又如何？这一具有心理体验意味的“主体”确立法又如何进入与他人、与社会的关系而求得发展，进而实现其社会的、文明的目标呢？

我们知道，《破恶声论》是在晚清康有为、梁启超与章太炎思想政争的背景下展开论述的，鲁迅又“站在章炳麟的阵营里发言”[1]，因而其“自觉”的“立人”方法与章太炎1906年至1908年主笔《民报》时期的思想密切相关，其与佛教、心学的改造取舍关系应该是存在的，因此，“自觉”一词自然地带有中国传统智慧的意味。但我们也知道，《破恶声论》又具有审视“十九世纪文明之通弊”和追求“二十世纪新文明”的大背景，其关于“个人”的思想与《文化偏至论》《摩罗诗力说》中的西方资源有着更加直接的转合关系，是其

[1] 〔日〕今村与志雄《鲁迅思想之形成》，《讲座·近代亚洲思想史·中国编》，弘文堂，昭和三十五年（1960年）。

“立人”思想的进一步展开和深化，因而其欧洲来源或许更值得重视。事实上，“自觉”作为一种确立人的主体性的方法，在鲁迅那里是与“怀疑”这一近代理性精神相联系的。虽然其“立人”思想表现了更多的“信”的一面，但若不能联系鲁迅后来对它的反证，即在《呐喊》《彷徨》中对“老中国的儿女”（茅盾语）种种愚昧、不觉悟、非“人”的精神病态的描写，以及《野草》中对自己意识深处种种矛盾、怀疑的深刻表现等等内容，恐怕就难以明白二者的联系，从而对这一思想的性质做出误断。

“自觉”一词，并非首见于《破恶声论》，早在《文化偏至论》中，鲁迅就把它与“立人”问题联系起来思考。他先指出“立人”对于“生存两间，角逐列国是务”的重要性，然后设想其“道术”——手段或方法——“乃必尊个性而张精神”。那么，这“个性”该怎样“尊”，“精神”该怎样“张”呢？鲁迅取法尼采的“超人”、易卜生的“孤独个人”、施蒂纳的独异自在的“唯一者”等代表“二十世纪之新精神”的资源，在抨击19世纪文明“重物质”之弊的同时，强调了人的精神生活——“主观与自觉之生活”对它的意义。鲁迅的原话如下：

> 意者文化常进于幽深，人心不安于固定，二十世纪之文明，当必沉邃庄严，至与十九世纪之文明异趣。新生一作，虚伪道消，内部之生活，其将愈深且强欤？精神生活之光耀，将愈兴起而发扬欤？成然以觉，出客观梦幻之世界，而主观与自觉之生活，将由是而益张欤？内部之生活强，则人生之意义亦愈邃，个人尊严之旨趣亦愈明，

二十世纪之新精神，殆将立狂风怒浪之间，恃意力以辟生路者也。[1]

这其实就是鲁迅的文明论的主题。其中三个设问，层层递进地给出了一种由“新生一作”“虚伪道消”与“成然以觉，出客观梦幻之世界”而来的“二十世纪之文明”的远景，像“愈深且强”的“内部之生活”，“愈兴起而发扬”的“精神生活之光耀”，乃至“由是而益张”的“主观与自觉之生活”等等，可使“人生之意义亦愈邃，个人之尊严之旨亦愈明”，而这实际上也就成为其使“个性尊而精神张”的方法。不过，更值得注意的是其中“成然以觉，出客观梦幻之世界”这句话的意思，“觉”与“自觉”两个词先后在句中出现，它们到底意味着什么？鲁迅为什么不说“主观梦幻世界”而偏要极端“主观唯心”地说“客观梦幻世界”，并把“出客观梦幻之世界”看成一种“觉”呢？我以为，这实际上正是鲁迅思想的锋芒之所在，正是表现其思想独特性的地方。我们知道，在鲁迅的“立人”和“立国”思路中，如何“恃意力”在亚洲/中国传统和19世纪欧洲文明之外开辟新的精神“生路”，乃是其重要的主题之一，一个人倘若不能认识“客观世界”的“梦幻性”，他就无法超越其任由“活身之术”支配的物质性，也就无法确立精神的自我，取得独立和主权，而具有所谓“主观与自觉之生活”的可能性。

因此说，“自觉”的生活就是“主观”的生活，“自觉”的机制就是“主观”的机制，二者不能分割。而“主观”——对人的能动

[1] 《鲁迅全集》第1卷，人民文学出版社，1981年，第55—56页。

资源的内在观照与坚持——在鲁迅的“立人”构图中就具有了方法论的意味，其精神机制也就带上了某种悖论性。也就是说，一个人在其追求精神自立的“自觉”过程中，“内曜”“自性”既是“自觉”的内在资源，又是其外在对象，完全脱离了对客观世界的依赖，其“个体的精神发展不是在主客关系中展开，而是在个体与自身的关系中展开”[1]，这如何可能呢？因此我们发现，鲁迅的“自觉”——这一使人主体化的方法，在诉诸人的有限理性的同时，更多地却指向人的情感、意志、直觉等非理性部分，其“个人”的“自立”即“自觉”的过程往往是内证的、天启的、带神秘意味的，对它的表达也往往不是概念逻辑的，而是形象诗性的，更多依据人的主观心理体验来确认。比如他对觉悟状态的描述：

> 荣华在中，厄于肃杀，婴以外物，勃焉怒生。于是苏古掇新，精神闿彻，自既大自我于无意，又复时返顾其旧乡，披厥心而成声，殷若雷霆之起物。梦者自梦，觉者是之……

比如他对由“立人”而“立国”之转变的描述：

> 故今之所贵所望，在有不和众嚣，独具我见之士，洞瞩幽隐，评骘文明，弗与妄惑者同其是非，惟所信是

[1] 汪晖《个人观念的起源与中国的现代认同》之三《鲁迅（上）：个人、自我、及其对启蒙主义历史观的否定与确认（1903年—1924年间的思想）》，《汪晖自选集》，第135页。

诣……则庶几烛幽暗以天光，发国人之内曜，人各有己，不随风波，而中国亦已立。

这其实是一个分水岭。一边是欧洲18、19世纪以来以启蒙主义为代表的理性化的主体性构造，另一边是后起的以叔本华、尼采、克耳凯郭尔、施蒂纳等为代表的强调情感、意志、直觉的主体化构造；一边是以严复、康有为、梁启超为代表的中国现代之路，另一边是由章太炎代表的反现代的现代之路，因而若从鲁迅的思想亲缘来看，带有神秘意味的"自觉"成为内含着其独特主体化价值的"立人"方法，也就并非不能理解的现象；而《破恶声论》中把清末中国理性主义者的浅薄、幼稚之声——"汝其为国民"说和"汝其为世界人"说[1]斥为六种"恶声"而进行讨伐，并特别肯定启蒙主义者要破除的"迷信"具有"非信无以立"的"向上"价值，也就是理所当然的事了。

由于"主观""自觉"状态的内在性，鲁迅的"立人"构图与康德所描述的启蒙方法，即通过培养其"运用理性"的能力和勇气来消除"未经他人引导就不能摆脱的不成熟状态"有所不同，除了所动用、激发的资源有差异外，这一主体化构造似乎难以进入与他人、与社会、与国家的关系而得到发展，难以成为一种"将真理的进步

[1] "国民"概念是由梁启超提出的，可能来自日语。1905年，汪兆铭在甫创刊的《民报》第1期就曾发表《民族的国民》一文，鼓吹"立宪"救国。因此"汝其为国民"说代表了当时中国民族民主革命的主流见解。而"汝其为世界人"说则由吴稚晖、李石曾等无政府主义者在1907年6月提出，当时他们在巴黎创办《新世纪》宣传其主张，1908年章太炎在《民报》曾予以反击。

与自由的历史直接拉上关系的事业”[1]——看来遭遇某种难局是不可避免的了，但鲁迅却在处理“崇侵略”这一社会达尔文主义的问题时，出人意料地把“立人”的主体化构造提高到一个新的认识水平，这就是他发现了“自省”（“内省”“反省”）的意义，通过它，不仅找到了进入与社会、国家乃至国际等相互关系领域的入口和通道，而且把自足的“立人”构造发展为一种开放的、关涉社会、国家关系的“相互主体性”格局。

前面曾提到，《破恶声论》重在批判晚清中国思想界关于“人”的两种设计，一是被“慑以不如是则亡中国”的“国民说”，鲁迅以“破迷信”“崇侵略”“尽义务”三者概括其问题，乃是“立宪派”乃至“革命派”的主张；一是被“慑以不如是则畔文明”的“世界人说”，鲁迅以“同文字”“弃祖国”“尚齐一”三者概括其问题，它代表早期中国无政府主义者的主张。二者合起来即六种所谓“恶声”，构成了鲁迅要“破”的靶子。鲁迅只完成了对前两种“恶声”即“破迷信”和“崇侵略”的批判。而在这两部分中，学界似对其批判“破迷信”的思想较为重视，像伊藤虎丸先生对“伪士当去，迷信可存”等命题的阐释就颇具说服力，但对另一部分——批判“崇侵略”的部分则缺乏足够注意，其价值似未得到有深度的开发。我以为就鲁迅由“立人”而“立国”的思路而言，其对“崇侵略”思想的批判无疑居于要津之点：在这里，鲁迅不仅思考人与社会、国家的关系，而且思考社会、国家与人的关系，而且思考国家与国家

[1] 借用福柯语，见《论何谓启蒙》中译文，《思想》（联经思想集刊1），台北联经出版公司，1988年。“福柯”台湾惯译为“傅柯”，今从大陆通例改之，以后不再一一注明。

的关系——在应该如何克制和消灭“兽性”和“奴子之性”的脉络中，鲁迅完全超越社会达尔文主义的逻辑，把“主观”“自觉”发展为“反诸己”的“自省”，把“立人”的主体化构造发展为包括“群之大觉”、“立国”在内的“相互主体性”格局，从而给出了一种迥异于19世纪西方殖民/帝国主义的世界观和文明观。

我不知道鲁迅的批判除了针对晚清中国立宪派的“国民说”外，是否也包含着对明治时期日本思想的某种观察在内，那时的日本刚经历了日清、日俄两大战争，但之前思想界就忙于“脱亚入欧”，把西方殖民/帝国主义的逻辑合法化，像福泽谕吉从“民权论”到“国权论”的转向就是一个例子；而战败的中国一方，甚至包括革命党人等“中国志士”在内，羡慕“欧西”的强大和日本弱肉强食的成功，不惜接受社会达尔文主义的文明逻辑，以西欧、日本为师以图民族自强[1]。这种情况其实代表着亚洲/中国与西方之“现代”相遇的残酷现实：殖民/帝国主义不仅属于殖民者，而且也成为被殖民者的意识形态；不仅被殖民者用来进行征服，而且也被被殖民者用来进行反征服——处于主从关系之中的主从双方竟**享有同一种价值**。鲁迅发现了这一点，其思考因而也得以在完全不同的思想平台——如何消除主从关系——之上进行，他不仅关心反侵略、反奴役、反

[1] 此类论述，例如宋教仁《汉族侵略史叙列》把黄帝以来的中国历史肯定为七次大的侵略扩张史；梁启超《中国殖民八大伟人传》把东南亚的开发视为中国殖民之功等等。刘师培（光汉）《醒后之中国》则对中国20世纪之“霸”业蓝图有更具体的设想：“吾所敢言者，则中国之在二十世纪必醒，醒必霸天下。地球终无统一之日则已耳，有之，则尽此天职者，必中国人也。”“值二十世纪之初幂，而亲身临其舞台，自然倚柱长啸……举头于阿尔泰之高山，濯足于太平洋之横流，觉中国既醒后之现象，历历如在目前……中国其既醒乎，则必尽复侵地，北尽西伯利亚，南尽于海。建强大之海军，以复南洋群岛中国固有之殖民地。迁都于陕西，以陆军略欧罗巴，而澳美最后亡。”此类“肉攫之鸣”，怕连希特勒都要甘拜下风了。

殖民，而且关心侵略、奴役、殖民的思想机制的生产，关心怎样从根本上消除侵略、奴役和殖民机制的再生产问题。作为一个“受侵略之国”的青年思想者，鲁迅对“崇侵略”思想的批判完全不同于“彼可取而代之”的反抗逻辑，完全超越了当时亚洲/中国思想关于人、社会、国家、世界之关系的理解水平。

在鲁迅看来，“崇侵略者类有机，兽性其上也，最有奴子性”，它源于人类进化中“自虫蛆虎豹猿狖以至今日”潜伏下来的“古性”，以及相应的“间恤人言，则造作诸美名以自盖”将其合理化和合法化的思想制度。他以19世纪侵略扩张最野蛮的“一切斯拉夫主义”[1]为例，剖析其“不以艺文思理，足为人类荣华者是尚，惟援甲兵剑戟之精锐，获地杀人之众多，喋喋为宗国晖光”的要害，批判不少中国/亚洲人也认同的“嗜杀戮攻夺，思廓其国威于天下者”的“兽性之爱国”：

> 盖兽性爱国之士，必生于强大之邦，势力盛强，威足以凌天下，则孤尊自国，蔑视异方，执进化留良之言，攻小弱以逞欲，非混一寰宇，异种悉为其臣仆不慊也。

这里值得注意的是，所谓“兽性之爱国”，其外表现为“势力盛强，威足以凌天下”，其内表现为“孤尊自国，蔑视异方”且“执进化留良之言”的文化优越感，自以为占据着文明“进步”的制高点，实

[1] 即泛斯拉夫主义，19世纪30年代形成，主张各斯拉夫民族尽皆统一于沙皇制度，由沙俄政府提倡。

质却在于“攻小弱以逞欲，非混一寰宇，异种悉为其臣仆”的种种征服。鲁迅不满于19世纪西方殖民/帝国主义表现于国际政治、经济、军事、文化关系上的野蛮征服和主从逻辑，对中国“崇侵略”思想的批判也基于同样思路展开。不过鲁迅指出，中国的所谓“云爱国”“崇武士”“托体文化，口则作肉攫之鸣”者还不能称为“兽性爱国者”，除了其弱国被奴役的地位外，它还有两种表现与之不同：一是“崇强国”，所谓“举世滔滔，颂美侵略，暴俄强德，向往之如慕乐园”；一是“侮胜民”，所谓“至受厄无告如印度波兰之民，则以冰寒之言嘲其陨落”——鲁迅以为，“波兰印度，乃华土同病之邦”，中国志士本该本着“人不乐为皂隶”之心而“眷慕悲悼之”——可表现的却是相反的“艳羡强暴之心”，这是为什么呢？他想到了被奴役被殖民的文化后果问题：

> 岂其屡蒙兵火，久匍伏于强暴者之足下，则旧性失，同情漓，灵台之中，满以势利，因迷谬亡识而为此与？故总度今日佳兵之士，自屈于强暴久，因渐成奴子之性，忘本来而崇侵略者最下，人云亦云，不持自见者上也。

因此，“兽性”和“奴子之性”实际正是殖民/帝国主义——中国“佳兵之士”的意识形态——根性的一体之两面：当它处于强势地位时，所张扬的乃是“兽性”；当处于弱势地位时，所表现的则是“奴子之性”，二者都是主从关系的产物，是19世纪的西欧文明和亚洲旧传统的问题之所在。那么，怎样才能消灭“兽性”和“奴子之性”，从主从关系中走出呢？鲁迅的答案是，本着“人不乐为皂隶之心”、作将心比心、“反诸己”的“自省”[1]：

> 不尚侵略者何？曰反诸己也，兽性者之敌也。

为什么“反诸己”的“自省”能成为“兽性者之敌”呢？我想其道理在于，所谓“反诸己”的“自省”，意味着主体进入与他人、与异己者的关系再返回自身而产生的某种觉悟，它虽然与前述“自觉”“主观”一样仍为内在的活动，但由于必须在与他人、与异己者的关系中落实和体会“人不乐为皂隶之心”，其反侵略、反奴役、反殖民的取向也就必然不能是单向的，而必然是双向的和开放的。它不仅针对着“兽性者”，而且主要针对着由“兽性者”和“奴子之性”者共同结成的主从关系。主体只有在“反诸己”的“自省”——再“自觉”之中，才能通过关系中的互动，使自己得到真正的锤炼和改造，由单一关系的存在而发展为一种相互关系的平等存在。“兽性者”只知自己“不乐为皂隶”而不管他人意愿；“奴子之性”者则或者屈服于“兽性者”的淫威，或者梦想有一天取而代之。二者彼此间虽然也存在着紧张和变化，却不过是主从双方的轮替或循环而已。（这一主题在鲁迅后来的小说、杂文中仍多有表现，如对阿Q式革命的剖析及对所谓“旧式觉悟”的批判和警惕，都贯穿着这种认识思路，但其发源则应从《破恶声论》算起。）因此我以为，鲁迅“反诸己”思想的贡献，不仅在于使其“自觉”的“立人”法克服了自我肯定的“自闭症”倾向，而且在于其对与异己者（他人、社会、

[1] 《破恶声论》最后一句为：“乌乎，吾华土亦一受侵略之国也，而不自省也乎！”

文化、国家）关系的相互性的发现。只有在相互关系中，“兽性者”才有可能思考、关注他人的“不乐为皂隶”问题；只有进行“反诸己”的“自省”，“兽性者”与“奴子之性”者才可能在与他人、与异己者的关系中产生“觉悟”，最终出脱主从关系。这种由执着观点的相互性而来的变化，不仅表现在人与人的关系上，而且还表现在人与社会、人与国家，乃至社会与社会、社会与国家、国家与国家的诸种关系上，正因为把握了这一关键，鲁迅“立人”的主体化构造才最终进入了“人各有己”“群之大觉”的相互主体的格局，其“立人”的“主体性”也才发展为“群”“国”关系上的“相互主体性”。通过执着彼此的相互性，鲁迅实际上已经触及其早期思想中某些语焉不详的命题的展开渠道，比如“立人”和“立国”的关系问题——如何把个人觉醒的“自觉”发展为社会觉醒的“群之大觉”，如何由“群之大觉”而至于建立现代民族国家——“人国”等等，就可循此而找到路径。

以“反诸己”的“自省”来抵抗“尚侵略”的“兽性”/“奴子之性”，其中隐含着鲁迅回应中国/亚洲之“现代”的重要方法，毛泽东说鲁迅“没有丝毫的奴颜和媚骨，这是殖民地半殖民地人民最可宝贵的性格”(《新民主主义论》)，竹内好则以“回心”说肯定鲁迅的做法代表着东亚进入现代世界史的主体的真实性，我以为都可视为对此特质的一种把握。作为其“立人”“立国”思想的重要基础之一，“反省”(“内省”“自省”)的问题虽早在留日时期就已提出并初步建构，但它更充分的展开却仍在回国之后，像散文集《野草》的某些主题，《狂人日记》中狂人从被“吃”的恐惧到产生“将来容不得吃人的人”的觉悟，再到发现不仅大哥、连自己也可能“吃过”妹子、“有四千年‘吃人’履历”的反省等，其思路就与《破恶声论》中有关“自觉”、“反诸已”的“自省”等内容如出一辙。这说明它乃是鲁迅思想的基本方法之一，其中“反诸已”的想法当为其精髓：“反诸已”一词并非鲁迅的专属，儒家“修身齐家治国平天下”的思想中也寓有此一精神，但鲁迅所强调的“自省”并非儒家式的“内省”“自修”，而是在相互关系中的主体的精神“再自觉”；其触角不仅指向自我，而且指向社会、国家，指向一切相互关系。也正因如此，它才可以克服单向主体化方案的弊端，通过执着相互性而给人以消灭主从关系的希望。单纯“立人”的主体化构造虽然可导致主体的产生，但却不一定能够消灭主从关系，因为在主从关系中也可存在一个主体，而另一个却是从属或奴隶。只有把“主体”发展为“相互主体”，把“主体性”发展为“相互主体性”，才能从根本上杜绝主从关系的生产和再生产，完全消灭主从关系，而“群之大觉”后“雄厉无前，屹然独见于天下”的“人国”远景才不会是纸上的空谈。

四　结语

从“主体性”到“相互主体性”的构图是《破恶声论》重要的理论贡献之一，它虽然并未完成，但已完成的部分已呈现出骨骼清晰的轮廓，具有丰富的开发价值。表面上，鲁迅是在探讨中国的现代之路如何走，实际上其思想已经触及对19世纪西欧文明和亚洲/中国传统的批判和反省，他对“破迷信”和“崇侵略”两种“转向”式的中国/亚洲的现代回应方法的批判，表明他已在探寻一种新的

“现代”方法和文明的可能性，而“相互主体性”的思维则为其“掊物质而张灵明，任个人而排众数”的社会文明目标奠定了全新的方法论基础。到后来的“五四”时期和20世纪30年代，鲁迅施行“社会批评”和“文明批评”的目标虽有变化，比如由初期的对西方思想和中国传统并重变成主要针对中国传统和现实，但其思想方法却一以贯之，尤其是从《文化偏至论》和《破恶声论》开始的对中国的现代变革力量——所谓“中国志士”及“伪士”、“辁才小慧之徒”等——的批判，后来更由于介入中国共产 主义革命而给我们提供了更多思考空间。比如说，鲁迅本着对消灭主从关系的“第三样社会”的向往接近了苏联及其意识形态，但在与“左联”领袖的工作经验中却发现了其“革命工头”“奴隶总管”的内容，这些肩负创造新的社会、文化乃至文明可能性的革命者，居然与阿Q一样充满着旧意识旧觉悟，沦落于主从关系的轮回之中而不自知。过去人们多强调鲁迅之对中国“传统”的批判，而忽略他同时也在进行的对中国之“现代”的批判，其实相对于前者，后者或许更能给我们以深刻启示。

2002年12月21日改毕于东京

（原载《鲁迅研究月刊》2003年第7期）

立“人”于东亚

是“立人”于东亚，还是立“人”于东亚？选择的结果是把话题定为后者，这自然是有区别的。

“立人”是青年鲁迅在早期文言论文《文化偏至论》中提出的思想，一种植根于鸦片战争以来近代中国历史进程、关于中国人如何获得人和国家的现代本质的思想答案；而立“人”，则是一个历史课题，一个如何把“人”作为基本价值并使之在知识、道德、政治、经济、艺术、社会等领域扎根的使命。把它与东亚拉扯到一起，是因为笔者感到立“人”与东亚社会之间的联系，既关涉历史，也涉及现在和将来。

东亚旧称“东洋”，依日韩的语义，乃指与“西洋”相对而包括中国在内的东方地域；但依中国语义，东西洋之“洋”，不仅为空间地域概念，而且是与现代进程有关的价值概念，所以国人指称“东洋”仅为日本一国而已。但从文化上看，东亚同处儒教文化圈，同时遭遇西欧强加的现代问题和感受文化蜕变的痛楚，其高度目的性的现代史都是在西方价值与儒教等传统价值的矛盾对立中建立的，也就是说，其“立人”乃至“立国”的理性化进程始终困扰于西方价值与儒教价值对于人和国家本质的不同规范，其现代性是在与儒教等本土价值的不断搏斗中才逐渐确立的。时至20世纪末，东亚地区经济奇迹渐次发生，文化面貌也发生巨大变化，以至于有“21世纪是东方的世纪”及“儒家资本主义”时代之说。然而重新检讨东亚社会的现代化史及各项成就，关注其思想、制度和文化精神的伸张，就会在巨变下面发现沉潜于深层的痼疾公式。

其实，仍然是有关建立“人”的文化的问题，这也正是鲁迅“立人”思想与“立人”的历史课题之间的联结点。依我个人之见，虽然东亚作为一个文化圈已遭受现代国际政治的分割，但其文化特性仍带有某种统一性，尤其是问题的统一性。表面上看，“私于一国”的民族主义，以人情为重的交往伦理及利益表现，社会关系中的“攘夷论”、消费行为的“忠诚”倾向、政府在社会进步方面的主导权、等级尊卑意识和政治腐败现象虽好似各不相干，且各国程度、范围亦有不同，但它们其实都深刻地受制于文化深层的儒教精神，与其形式上的“西化”成就形成有趣的对照。问题在于，值此世界范围的民族主义回潮之际，日韩学界均有对所谓“东亚性”的关注，而构成东亚基本精神的儒家价值则对内影响社会进步，对外规范着国家间的相互关系，如何对待之，需要做出良知的回答。

东亚思想的本质是什么？现在探讨这一问题似乎有点可笑，但历史地看，儒教价值的中心地位是不言而喻的。中国自不必说，朝鲜王朝把儒家性理学作为立国思想，而儒教和神道教的对立统一则正是日本文化的特征。可以说，其“立人”和“立国”的思想基础正由儒教所奠定，东亚思想的本质也是在与儒教的纠葛中历史地形成的。当今新儒家试图以发掘“仁”学来建构新的儒教“人”学图景，以兼容现代政治成果。不过，就儒教思想的内在逻辑而言，其“立人”与“立国”的思路大有问题。在儒教思想中，正如不少启蒙思想家所揭发的，人不过是由“三纲五常”等“礼”的秩序束缚的不自由的“主体”而已，社会的组织不是由于契约而是由于血缘人情，所以“君臣父子男女长幼尊卑”的秩序不断生产出一种不平等的奴役关系，一种主从关系。表现在人与国家的关系上，则国家为要求个体顺从的政治客体，而个人则为奉献、义务、忠诚的服役对象。由于不存在能够主权的人，自主性的社会也难以结成，在国际关系上则难以出现互尊主权的交往。在明清时代，以中华帝国为中心与诸小国的朝贡关系正是这种不平等关系的反映；在近代，日本的“亚洲主义”“大陆政策”的驱动也植根于这种主奴逻辑；而在当代东亚，在国际劳工、两性关系以及日常生活领域，基于儒教价值而产生的不平等现象和问题仍程度不同地普遍存在着。东亚社会的进步和发展，理想的人与人、国与国的交往，都有赖一种真正“人”的文化的建立，一种消除了主从关系的文化的建立。这是鲁迅基于中国近代化经验的认识，相信也是日韩有良心的思想者的共识。

不过，福泽谕吉的思想演变充分表现了历史的复杂性，可作为一面镜子以资借鉴。当东亚被迫开始向现代的转向，福泽氏首先感到儒教价值与西方现代文明的矛盾，强调以树立人的主体自由和释放自由意志为特征的“立人”和“立国”之路；基于独立自尊的“人”的出现，“人”的社会和“人国”亦自然出现，进而可以期望扩展为新的国际关系。“人国”既现，东亚诸国自然可以比诸西洋，建立主权，共图文明。这种图景的出现确实是思想史上“幸福的一瞬间”（丸山真男语），无奈国际间弱肉强食的兽性政治，尤其是西方帝国主义对非西方国家的掠夺和侵略，使福泽氏在成为能够“主权”的人和国家之后产生错误想法，现代性逻辑中的“先进—后进”图式也渐渐与儒教“华夷之别”思想即关于文明和野蛮的意识融化，使之从“自由民权论”转向谋求民族霸权的“国权论”。由于不能消除根深蒂固的主从关系，福泽谕吉——这个“日本的伏尔泰”，最终不过是一个当上了婆婆的儿媳而已，而日本帝国主义对亚洲诸国的侵略和奴役，也为其思想作了具有讽刺意味的注解。

如何消除广泛存在于思想、制度、文化等领域的主从关系，停止奴役关系的再生产？鲁迅在现代东亚的存在是非常耐人寻味的。作为中国文化革命的主将和新文化的代表，鲁迅的意义和价值或许正体现在这里。无论其旨在谋求人类尊严生活和探索精神发展可能性的“立人”思想，还是对中国传统文化之“吃人性”的揭示，还是对“精神胜利法”等国民劣根性的批判，以及对现代觉悟者——“独异个人”命运的关注乃至对中国共产主义革命的接近，我们都可以看到他苦心寻觅的身影。倘若把“立人”视为鲁迅思想的正题，而对一切奴役人的思想、制度、文化的批判，则构成其思想的反题，这也是他一生执着的事业。毛泽东说鲁迅“没有丝毫的奴颜和媚骨”，体现了“殖民地半殖民地人民最可宝贵的性格”（《新民主主义论》）；张学良说“鲁迅是每一个不愿意作奴隶的中国人的鲁迅”。这确实道出了鲁迅精神的生命之所在。那么，基于“尊个性而张精神”的“立人”“道术”，东亚之“生存两间，角逐列国”的和平竞争如何实现，基于儒家价值的主从关系如何消除呢？以下是我对鲁迅思想的演绎：

所谓“立人”，所谓确立人的主体性或树立自我的主权，从而获得自由和解放，这一课题不能单独依靠自己来实现，也不能单向地解决，必须将它延伸到相互关系中。因为在主从关系中也能存在一个主人，但另一个却是奴隶。只有相互主体性（intersubjectivity）的确立才是个人、社会、民族国家建立主权的正道，才能克制主从关系，从根本上消灭一切奴役和压迫。

（原载《方法》1997年第10期；
《鲁迅研究月刊》1998年第2期）

鲁迅“相互主体性”意识的当代意义

“相互主体性”意识是我在2002年写的论文《鲁迅的可能性——也从〈破恶声论〉寻找支援》[1]对鲁迅思想某一方面的概括。鲁迅思想中存在“相互主体性”意识，在20世纪90年代以来不少人（如汪晖）都有所感觉，但大都语焉不详，对其出处、作用和意义无所追究。我在1989年写的一篇短文也曾借以批评五四启蒙主义对异己思想缺乏一种“相互主观性”的体认。在1994年的《未完成的现代性——论启蒙的当代意义并纪念“五四”》和1997年写的《立“人”于东亚》中，也都把“相互主体性”思想作为鲁迅思想的核心价值来理解。但直到2002年通过解读1908年鲁迅留日期间写的未竟论文《破恶声论》，我才发现“相互主体性”意识在鲁迅思想之基础性、支柱性和结构性意义，也得到如代田智明[2]等学者

[1] 见《鲁迅研究月刊》2003年第7期（或日本《中国研究月报》2003年3月号日文版）。

[2] 如〔日〕代田智明《全球化·鲁迅·相互主体性》，李明军译，《内蒙古民族大学学报（社会科学版）》2008年第1期。

的开发和呼应。

那么，鲁迅之“相互主体性”意识为什么如此重要呢？说到鲁迅的思想，学界有各种各样的概括命名：个人主义、超人思想、进化论、阶级论、爱国主义等等；复杂点的，则有这样的说法，诸如托尼学说魏晋文章、个人主义与人道主义之消长、“反抗绝望”的生命哲学……但不管如何表述，大家都认可鲁迅为“精神界之战士”“个人主义之至雄桀者”，具有张皇意力、英雄崇拜、蔑视庸众、接近尼采“超人”思想的一面，有人更因《文化偏至论》中的思想，认定鲁迅是“反民主”的。但在更多人笔下，鲁迅又是近代以来“第一次以感同身受的态度写农民、写普通人的苦难和痛苦”（严家炎语）、体现民主主义精神的作家。这些相互差异甚至相互矛盾的思想倾向都属于鲁迅吗？如果它们是真实的，又是如何悖论式地共存于鲁迅的思想结构之中呢？

我觉得对鲁迅思想最切实的表达，是1981年王得后概括提炼的“立人”思想：它是鲁迅思想的正面表述，可纠正长期以来单凭鲁迅的文学作品所形成的否定性思想者的印象。而“立人”思想和“相互主体性”意识正好构成鲁迅思想的两面：“立人”思想是鲁迅思想的原点和正题，实乃关于人如何确立或人的主体性如何确立问题的回答；而“相互主体性”意识则把“立人”命题扩展到相互关系领域，使单向度的“立人”问题社会化，使其从“立人”到“立国”的建构完成了最关键一环。

“相互主体性”（intersubjectivity）一词现通译为“主体间性”，错译得很明显：主体性（subjectivity）一词是不能分拆组词的。日语“间主体性”的译名都比“主体间性”好到不知哪里去了。

因此，本文不采流行的译名，实际也关系到对鲁迅思想内涵的准确理解。

就鲁迅思想的特征而言，在“立人”思想之内，日本伊藤虎丸所强调的“个”之觉醒，最能代表鲁迅思想的精髓和他对中国及东亚思想之现代性的贡献。“个”的觉醒是现代思想的原点，鲁迅则是近代以来东亚和中国思想触及此点最深处的思想家——其对“人”的问题的理解，其对20世纪文明之“主观与自觉”新精神的追求，其对中国旧文明之“吃人”病理的揭示……都受这个思想基本点的制约。但植根于这个思想基本点的现代性逻辑是存在问题的，也就是说，单向度的“立人”或主体性确立的课题，必须进入相互关系领域去展开，才能导致所设想的“人”的局面的出现。以现代思想所致力的主奴关系克服而言，单向度的人之为人、主体之为主体并不能消灭主奴关系，因为在主奴关系中也存在一个主人，而另一个却是奴隶。只有把这一命题延伸到相互关系领域，主体才能成为“相互主体”，社会才能成为人人为人的社会，真正消灭了主奴关系的现代主体化的新文明才可能出现。

鲁迅的思想中出现“相互主体性”意识是中国和亚洲思想现代化进程中非常值得捕捉的一瞬：它不仅是鲁迅对中国旧文明整体批判的结果，也是鲁迅对西方现代文明进行批判的结果，更是鲁迅对中国近代以来追求现代新文明进行批判的结果。它使鲁迅能够立足在新的思想高度、广度和厚度上俯瞰古往今来东西方的一切思想、文化和社会体制，重估一切价值——鲁迅思想的深刻性、准确性、全面性、超越性和先进性，都植根于这种“相互主体性”意识与其“立人”思想相互关联的思想结构。纵观环顾一下就能发现，实际上20世纪世界精神文明的关键也是在这里：现代世界人类几乎所有的思想、文化和社会问题，其症结并不在不允许有人做主人，而在只允许一方做主人，这也是以欧洲思想牵头发展的现代文明能把“人”的内核与殖民主义扩张合为一体的原因。现代文明不是致力于独立、民主、自由和解放的进程吗，怎么结果反而是出现新的奴役呢？我以为根源就在这里，而且它是由鲁迅为我们所揭示的。

关注“立人”的相互性，注重在相互关系中确立“人”的主权及追求这种主权的实现，以及把这种“人”的主权延伸到民族国家的“人国”范畴之内追求国际之间的永续和平，这一关于人、社会、民族、国家以及国际的文明论仍旧占据着现代价值观的制高点。在鲁迅是通过由己及人的“反求诸己”，通过批判“中国志士”“慕暴强，侮胜民”的奴隶性，通过批判如“一切斯拉夫主义”（即泛斯拉夫主义）之类帝国主义思维来实现的。对波兰印度朝鲜等弱小民族和社会弱势群体的苦难是否具有感同身受的能力，对压迫者“暴俄强德”是艳羡而谋求“取而代之”，还是致力于消灭这种不平等的主从压迫关系，这确实是衡量中国和亚洲后起现代性的一个分水岭：是陷于由列强所塑造的社会达尔文主义的丛林秩序，还是能够超克欧洲现代文明的病理。鲁迅对中国旧文明的批判和对现代新文明的求索，无论对于国之内外，还是人之群己，其价值尺度始终是一致的和高道德水准的。

值得指出的是，鲁迅的“立人”思想和“相互主体性”意识，虽然具有欧洲尤其是德语思想（如新浪漫主义即鲁迅所谓新神思宗、尼采）的渊源，但也是有中国思想做内应的，是外援和内应一起才合成其思想内核。即以“相互主体性”意识而言，鲁迅的“立人”即关于主体性确立的思想来自西方，来自欧洲19世纪中叶浪漫主义思想对启蒙主义现代性的批判，但其“相互”意识却并非如一般人想象的是把启蒙思想哈贝马斯化，而是确实来自中国思想。《破恶声论》中鲁迅强调“反诸己”的自省，把激发“人不乐为皂隶”之心作为产生“相互主体性”意识的方法，呈现着类似儒家“己所不欲，勿施于人”之类将心比心的相互性思维。另外，大家都知道鲁迅喜爱墨子，在其进行“文明批判”的历史小说《故事新编》中不惜把感染墨家气质的人物如墨子、禹等正面表达成“中国的脊梁”，但墨子的“兼爱”不就是相互性的爱吗？从爱己到爱人，从爱人到兼爱，无论儒墨，其问题意识都是广涉个体性和相互性的不同领域的。鲁迅的“立人”和“相互主体性”意识，从《文化偏至论》到《破恶声论》，分明也隐现从儒到墨、从个体性到相互性的一线伏脉（当然，中国最深耕个体性领域的思想家是庄子，并非儒家）。

那么，既然鲁迅的“相互主体性”意识如此重要，它对于我们认识鲁迅、实践鲁迅，到底有什么价值和意义呢？

我想，首先在认识鲁迅方面，其“相互主体性”意识的存在可以有力反驳所谓鲁迅“反民主”[1]的疑问。鲁迅反对民主暴政——多数人凌虐少数人，反对以民主名义实施的反自由，反对以公众名义对个人权利的侵犯……这是毫无疑问的。他的《文化偏至论》高揭“掊物质而张灵明，任个人而排众数”的旗帜，对19世纪欧洲文明

[1] 参见汪晖《鲁迅研究的历史批判》，《文学评论》1988年第6期。

之“物质”“众数”两面，对代表“众数”文明的“立宪国会”制度和法国大革命展开了批判。诸如“见异己者兴，必借众以凌寡，托言众治，压制尤烈于暴君”“同是者是，独是者非，以多数凌天下”之类言论，表面上是在批评民主政治制度，但其实却是在强调民主建设的完整性：所谓民主，不仅要少数服从多数，还得多数保护少数，二者合起来才是真正完整的民主。鲁迅绝不会把个人权利的主张变为对他人权利的剥夺，其“相互主体性”意识既保证自己的政治权利和思想言论权利，也保证社会上其他人的政治、思想言论权利——这才是所谓“反民主”的真相，也是启蒙者鲁迅对不觉悟者的批判能够“哀其不幸，怒其不争”的原因。实际上，鲁迅立足于“个人”觉醒的“立人”思想和“相互主体性”意识，是我所见到和所能理解的对个人民主和社会民主之正当性的最坚实论证：人人为人的社会，消灭了主从关系的关系，还有什么比这更符合民主和自由定义的设想吗？

其次在实践鲁迅方面，“立人”思想和“相互主体性”意识占据着中国和东亚现代文明的价值制高点，具有深层开发的可能性。尤其是其“相互主体性”意识所体现的思想方法，有助于解决和消除长期以来由亚洲历史上的帝国统治、朝贡体系以及近代殖民主义和冷战格局所造成的各民族国家间政治、文化、经济、社会发展的不平等、不信任和不理解。进入现代世界百年来，东亚地区现在首次呈现出再造有别于欧美旧文明的现代新文明的可能性。我觉得在这世界未来的第三极上，无论孔子之儒教价值，还是西方之普世教条，还是政党政教之核心价值，都不足以作为东亚国家间思想、价值和文化联合的最大公约数。只有鲁迅的“立人”思想尤其是“相互主体性”意识，或许才足堪承担21世纪中国和东亚崛起的思想和价值出发点。今天世界各大小民族、工农士商各不同阶级、各不同信仰者一律平等的规定，中国外交领域长期实践的“和平共处”五原则，改革开放四十年以来经济开发中的“双赢”思路及相互性的取利原则……这些注重平等性的种种诉求，其实都植根于“相互主体性”式思维逻辑之上。不仅如此，鲁迅的“相互主体性”意识，对于克制当今中国市场资本主义愈演愈烈的赢者通吃、一家独大的零和游戏式法则，克服社会利益配置中的普遍不公，对于寻求真正具有“人”之自觉的文明基础的“中国道路”，甚至也是极好的“批判的武器”。

第三，鲁迅的“相互主体性”意识还具有超越现代、致现代于更高级文明的可能性。具体而言，除了对主奴关系构成批判，它还对二元对立思维构成解构。事实上我们思考现代性，都是通过二元对立关系来建构和思考的，如文明/野蛮、进步/落后、东方/西方、资本主义/社会主义、主体/屈从、主人/奴隶、奴役/解放、个体/整体、人/非人、社会/自然……这种二元的异质性对立本是基于客观实际的认知，通过把握它尤其是通过把握这种对立的矛盾性来理解和把握事物的关系和事物的本质，确实是认识世界的捷径。但是，这一认识模式也可能是刻板的和简单化的，无法体现现代世界、现代社会和文化的多样性和复杂性，因而难以成为现代性的理想的认识基础。鲁迅“相互主体性”意识之“相互性”思维，树立了多元而非二元和对立的维度，对于我们反思现代性问题有重要启示。坚持它，隐含在二元对立思维模式背后的主从性能够得到揭示和修正。所以，今天我们有关现代性的各种思考，无论东洋西洋论，还是亚洲主义的视野，还是全盘西化论或现代超克论，都可借由“相互主体性”思维展开批判。鲁迅之“相互主体性”意识，足以成为建构现代世界更高级新文明的价值基点之一。

2016年8月定稿

2019年12月修改

（原载《探索与争鸣》，2016年第7期）

未完成的现代性

——论启蒙的当代意义并纪念“五四”

20世纪90年代以来，中国的社会、价值、文化经历着深刻的转型。20世纪80年代的三大思想主题即反封建、人道主义和异化问题、主体性问题及“文化热”随着市场逻辑的渗透、消费文化价值的形成和文化民族主义的勃兴成为明日黄花，而“新儒学”、对五四运动的批判，乃至如福柯、德里达、詹姆逊等西方“后现代”理论的引进适逢其会，早已脱略过时的“国粹”和“西化”形迹，以一种新的包装形象出现。其中，“新国学”运动[1]和“后现代”言论构成了质

[1] “新国学”运动指兴起于20世纪90年代的文化保守主义思潮，兼有学术研究和意识形态建设的不同内涵。早在20世纪80年代后期季羡林、张岱年等人即有复兴中国文化的保守主义言论，但直到20世纪90年代其意见在学界和政府意识形态主管部门才得到响应和认可，北京大学中国传统文化研究中心的建立和《国学研究》的创刊可谓其标志。从其思想谱系看，它可视为“五四”时期“学衡派”、20世纪30年代的“中国本位文化”派、20世纪40年代中后期的“新理学”及20世纪50年代台港学者徐复观、牟宗三、唐君毅、张君劢等人的精神后裔，与启蒙主义（包括自由主义和激进主义）、马克思主义等“西化”思潮的价值取向针锋相对；但从知识谱系看，我认为其自认“五四”新文化之“整理国故”、20世纪30年代清华国学研究院为学术圭臬是有道理的，仍是地道的现代学术精神。本文议论的是作为意识形态而非学术的“国学”，二者的精神价值和社会功能有所不同。

疑“五四”及其传人——20世纪80年代启蒙主义思潮的两极，其价值取向或者以“五四”新文化为反题，或者强调由“五四”奠基的中国现代性的困境——鲁迅的思想和作品则往往成为其有的放矢的靶子——“重估现代性”[1]作为对当代西方思想的本土呼应与新文化自身的问题纠结到一起，成为包括鲁迅研究、“五四”新文化研究在内的有关中国现代性问题研究中难以绕开的话题。

然而，无论“新国学”运动还是“后现代”言论，其对于“五四”的批评、对现代性的质疑、对启蒙之精英主义的清算却挣不脱自身学术利益与知识逻辑的局限，我以为，不见得是20世纪90年代中国发展得极不平衡的文化现实，而是卷土重来的世界范围的文化保守主义思潮、福柯的知识-权力的解构政治学、詹姆逊的“后马克思主义”、方兴未艾的后殖民主义文化批评等驳杂的当代西方理论为它们提供了价值保障和思想支援。“重估现代性”的要求以现代性的尊严形象遭受嘲弄甚至亵渎的方式提出，启蒙的崇高内涵被揭示为居心叵测的权谋，尤其是，在一个现代性尚未有效地建立的社会，消费社会的文化逻辑却已实质性地销蚀其生命力——启蒙主

[1] 顾名思义，“现代性”即现代之为现代的本质。但何谓“现代”?一般认为有两层含义：从时间上看，它指从16世纪意大利文艺复兴开始，经由17、18世纪法国启蒙运动和18、19世纪德国古典哲学奠基，直到20世纪80年代至今仍在发展中国家延续的漫长历史时期；从性质上看，它指针对中世纪宗教神学的思想解放及主体性原则在知识、道德、审美领域的确立，亦即以启蒙主义为核心的文化合理性工程，工业化和民主制度是它主要的社会政治目标。在我国，由建立现代民族国家导致的启蒙和救亡工程是基本内容。另外，在笔者所触及的中国文献中，“现代性”一词最早见于1918年1月《新青年》第4卷第1期，乃周作人对于英文“modernity”的译意。在周译英国W. B. Trites《陀思妥夫斯奇之小说》中，作者认为较之狄更斯，陀氏小说有“非常明显的现代性”。“重估现代性”的口号由中国的“后现代”言论提出，但笔者把20世纪80年代启蒙主义思潮对于“五四”的反省和对于十七年社会主义经验及“文革”的批判视为其主要事实之一。

义的组织原则。这一切促使人们思考，譬如说，“现代性危机”的知识、社会、文化依据问题，它在什么意义上可视为一种知识学的警告而非现实的颠覆？“重估现代性”应基于什么立场？是历史／现实的、知识／社会的、批判／建设的，还是现代／后现代式朝代更迭的？笔者无力全面回答所谓“后启蒙”或“后现代”的问题，仅仅想就不断遭受市场文化逻辑和文化民族主义困扰的启蒙的意义提出意见，回应当代思想对于启蒙精神——当然包括“五四”精神——的批评和质疑，以期重建现代性。

上篇　问题的背景与描述

“重估现代性”的问题和实践源于下列事件：20世纪80年代末对于“五四”启蒙主义的反思和20世纪90年代才蔚然成风的“后现代”理论的引进。前者植根于近代以来中国的现代化历史及思想困境，后者不啻一次对于消费社会文化逻辑冲击现代性的理论呼应，而多元化和中心离散的“后现代”召唤则使文化民族主义的“新国学”运动成为塑造20世纪90年代文化新精神、替代由“五四”思想完成的启蒙叙事的某种现代性反动。

以1989年纪念五四运动的各种形式的讨论会为高潮的关于“五四”思想的反思，基本围绕林毓生提出的所谓“全盘性反传统主义”暨“借思想文化以解决问题”的“整体论”方法、“五四”与“文革”的关系、“五四”启蒙精神的历史异化等问题展开，强化并深化“五四”民主和科学的现代性取向是其主要特征。对于多数人来说，始于20世纪70年代末的思想解放运动，20世纪80年代初关于人道主义和异化问题的讨论，乃至后来蔚为大观的主体性问题讨论，都不只是对于新中国成立后十七年的独特现代化路线的简单接续，更是对于未完成的伟大的“五四”启蒙计划的追溯。尽管其思想氛围大致由李泽厚的“启蒙—救亡”说、海外学人林毓生的“全盘性反传统主义”、杜维明的“新儒学”言论等营造，社会文化病症的明朗同时也促进了问题表述的清晰，它对“五四”的各种思想形态诸如激进主义、自由主义、保守主义等的审视具有了新的收获，这就是把如“学衡派”“东方文化主义”（梁漱溟）及20世纪40年代的“新理学”等文化保守主义重新纳入现代性的范畴，但在现代性逻辑内反思中国的现代性问题，毕竟难以触及“五四”思想的前提——现代性何以成立与确立的途径等根本，容易在更新与传统的关系时陷于独断和盲目。在这种意义上，“后现代”理论坐标的设立不无其辩证的积极作用。无论其作为一种文化资源和思想体系对于当代文化建设存在多少问题，至少它展示了知识的另一种可能，使我们在呈示自身的同时能预及过去、现在、将来三种“时态”的存在本质，自觉启蒙的限度。

与20世纪90年代强调知识方法、思想规范的学术性反思不同，20世纪80年代“重估现代性”的实践主要在历史批判的范围内进行，属于启蒙传人的自我批判。我们知道，尽管始于文艺复兴、成形于17世纪末法国启蒙主义的现代性运动，基于从哥白尼和笛卡儿以来的“现代”自然科学和哲学的成果难免在优越感中顾盼往昔，但从文艺复兴、法国启蒙运动、德国古典哲学到尼采、马克思，再到韦伯及法兰克福学派，再到福柯、哈贝马斯、利奥塔德的近四百年中，现代性的形成史也就是对它的质疑史，或者换句话说，在不断的自我否定中更新自己与既往时代的关系并形成自我意识正是现代性的特征之一，其以“发展客观科学、普遍化道德与法律以及自律的艺术”为指归，通过人的理性控制不仅达到对自然的有效利用，还企图“促进对世界、自我、道德、进步、机构的公正性甚至人类幸福的理解”[1]的现代性计划正是经过不断质疑的提纯。中国的现代性进程虽是被动的，始于中西知识的交通和西方炮舰背后资本扩张的合力作用，其自我更新的意志仍强烈地表现在对现代民族国家的向往上——引进西方现代文化和批判阻挠这一进程的固有文化只是问题的两个方面。就20世纪80年代“重估现代性”视景中的“五四”新文化运动而言，这场中国语言、价值、社会和知识范式的成功革命，无疑提供了中国现代性较成熟的思想资源，其成体系的启蒙计划不仅隐寓着近代以来国人对于现代性从“船坚炮利”的物质文明到“商估国会”的社会经济政治制度，再到以“科学和民主”为代表的现代思想文化观念之层层深入的认识，而且体现了一种清醒的文化觉悟——对于自我的客观认识，真正代表了中国文化对于现代性的主体回应。其内含的问题诸如“全盘性反传统主义”的文化态度、权威主义的启蒙精神、救亡压倒启蒙的历史抉择乃至后来“文革”的非理性革命都植根于旨在完成现代社会转型和建立民族国家的中国现代性的独特历程。在20世纪80年代的历史反省中，由不同思想力量汇合而成的“五四”的文化统一性重新得到强调，曾被各种历史力量“车裂”的激进主义、自由主义、保守主义等不同取向

[1] 〔德〕尤尔根·哈贝马斯《论现代性》，王岳川、尚水编《后现代主义文化与美学》，北京大学出版社，1992年，第17页。

的共性在超脱历史恩怨的背景下被凸显了出来，其差异则随时过境迁而隐入纯知识的记录。只有传统向现代的转化及随之而来的文化自我认知问题为论者所特别重视：在一种普遍具有的目的论的历史观和世界观的烛照下，启蒙计划与历史实践的矛盾、现代性的普遍精神与中国特性之间的问题，合乎逻辑地被理解为普遍价值与特殊规则之间的对抗，这种特殊性既内在于文化又内在于历史，因此现代性的确立就意味着对于文化特性——至少是受制于时代的那部分特性——的扬弃。在不同的反思者那里，中国特性具有广延的特点：社会制度、价值结构、知识体系、语言艺术等等，几乎涵盖中国文化的所有方面。围绕这令人头疼的中国特性，人们自然不乏形形色色的改造方案，“五四”启蒙主义——尤其是以鲁迅和胡适分别代表的激进主义和自由主义与20世纪40年代中后期成形、光大于中国台湾和新加坡经济起飞时期的“新儒学”，被奉为主体再造的不同思想资源，无论“中国特色社会主义”的官方文件、“儒家资本主义”的参考样板，还是如“基督教文化救国论”（刘小枫）乃至“三百年殖民地说”等极端言论，其实都难以摆脱现代性建设中扬弃特性和保存国粹的思想拔河。好在启蒙的逻辑与从“五四”到“文革”的历史教训终于取得某种统一性，使20世纪80年代的启蒙思想挣脱“国粹派”和“西化派”的死结，对“五四”以来激进主义、自由主义、文化保守主义进行了一定程度的综合，从“中体西用”的历史现实走向“西体中用”[1]的新现实——一种在技术理性

[1] 李泽厚认为，“中国现代化的进程既要求根本改变经济政治文化的传统面貌，又仍然需要保存传统中有生命力的合理东西。没有后者，前者不可能成功；没有前者，后者即成为枷锁。其实这就是我们今天讲的‘马克思主义中国化’‘中国化的社会主义道路’；如果硬要（转下页）

指导下强调优先发展经济并以此为基础协调其他社会文化指标，进而确立中国价值的权利的实用主义意识形态。

李泽厚的思想演变可视为这一转向的一个缩影。作为当代最有影响的思想家，他从20世纪80年代初就高扬主体性哲学和美学以清算“文革”的封建主义遗毒和呼唤人的解放；80年代中期重入中国现代思想领域以反省肇始于“五四”的中国现代性，以“启蒙与救亡的二重变奏”来解释启蒙精神的失落；20世纪80年代后期则专注于传统思想的现代阐释，对原始儒家、宋明理学、庄子和禅宗做出了富有创意的理解，直到参照所谓“儒家资本主义”的经验为中国现代性道路开出了“西体中用”的药方。值得注意的是，李泽厚是带着中国的现实问题去反省中国的现代性传统，并深入西方现代性的最重要奠基者康德思想和中国特性之源——中国古代思想中寻求答案的，其知识素养、问题意识、思想才能使他无愧于20世纪80年代中国现代性的杰出阐释者，也使这一审慎的抉择不同寻常。我认为，尽管把现代性问题置于“体用”模式内思考既不新鲜也无法指望中国特性有更好的待遇，但由于转化或融汇问题的复杂性，与其把这种转向视为回归传统的保守举动，毋宁说它在强调“体用”模式内含的问题仍然未变，是一种既着重全面现代化又寻求民族归属感的特殊折中方案。事实上，20世纪90年代的社会转型正在证实这一方案的可行：在思想上，呼唤现代化、思想解放和人的主体性的

（接上页）讲中西，似可说是‘西体中用’。所谓‘西体’就是现代化，就是马克思主义，它是社会存在的本体和本体意识。……所谓‘中用’，就是说这个由马克思主义指导的现代化进程仍然必需通过结合中国的实际（其中也包括中国传统意识形态的实际）才能真正实现。这也就是以现代化为‘体’，以民族化为‘用’”。（《试谈中国的智慧》，见《中国古代思想史论》，第317、318页。）这可算有关“西体中用”的较早解释。

启蒙思想重心从人文领域转向政治、经济、法律等社会科学领域，意识形态化的“主义”已转化为更多亟待解决的“问题”，所谓“借思想文化以解决问题”的“整体论”途径已经日渐遭受专业化、个人化的分离；在实践上，中国的现代性基础渐渐与全球化的资本主义进程相一致，而包括经济、政治、文化在内的社会行为亦深刻地受制于资本的活动，在这一过程中，文化民族主义的兴起成为确立中国价值的权利的象征。看来，时代已在夹缠不清而又众口难调的思想纷争中自行做出了选择。

20世纪80年代“重估现代性”的问题背景具有近代史的丰富和复杂性，新中国成立以来社会主义建设的教训和记忆犹新的“文革”创痛及文化灾难，不仅使“五四”启蒙思想中的问题更加清晰和明朗，而且在有限文化选择空间内进一步促使人们向它认同，比如把“十七年”的社会主义经验（一种第三世界的现代性形式）与封建主义的历史传统并为一谈，把“文革”不是视为简单的“与传统文化的断裂”而是“与‘五四’新文化的断裂”，就可隐约见出其典型的“五四”式思路，一种强调现代性的普遍本质的启蒙定见。“重估现代性”很大程度上被理解为世界文化和现代文明的普遍准则与民族特性的结合，或者如白鲁恂所说，“现代化的本质是糅合地方文化价值与世界文化的普遍标准”[1]，那么较之“五四”，它关于“糅合”普遍准则与特殊价值的现代性本土化过程的思考则大大深入了。一方面，包括政治制度、经济组织、历史文化及毛泽东时代的社会主义

[1] 白鲁恂《中国民族主义与现代化》，《二十一世纪》1992年2月号，总第9期，香港中文大学中国文化研究所。

在内的中国特性与科学、民主、法制等现代价值之间仍存在着紧张；另一方面，由于所谓“儒家资本主义”的兴起，传统思想与现代性之间不再势不两立，其促生的可能性反而得到过分关注。在20世纪80年代后期，“重估现代性”的历史反思呈现如下特征：中西文化或传统和现代之间的关系由简单的“取代”转向切实的“转化”或融汇，现代性中共性和个性的矛盾被纳入“体用”的结构中化解，思想从原则性思考转为技术性操作规范……虽然饱受头绪纷繁的“文化热”的冲击，某种转型的信息仍意味深长地透露出来：20世纪80年代对于启蒙主义的自我反思，在“重估一切价值”后耐心等待水落石出的结果。

20世纪90年代的变化为人们始料未及，尽管通俗文化的崛起、市场文化逻辑点滴而不容置疑地渗入以人文文化为资源的社会价值体系可宽容地看成20世纪80年代启蒙主义思潮的逻辑结果，其直接以“五四”以来建立的意识形态和制度为价值敌手的指向仍使人们吃惊。就20世纪80年代启蒙主义而言，其深入社会转型实践与表面价值的失落形成鲜明的反差：一方面，由它奠定的改革的舆论基础已成为一种强大的转型力量，与政治权力的价值结盟和利益共识在某些层面上使之无辱于自己的使命——至少在有关经贸制度、司法方面成功地完成了“与国际惯例接轨”的理解和价值转换；另一方面，其精英文化的价值取向和理想主义姿态不仅受到金钱的质疑，而且受到自身的逆子——“中国后现代主义”的挑战。如果说通俗文化的崛起意味着现代化过程中市民空间的形成和精英文化的合理分流，其气势汹汹的出场虽足以眩人耳目却无法撼动精英文化的根基，那么脱胎于20世纪80年代极端反传统的虚无主义倾向的“后现代”言论从内部的质疑却令人担心现代性计划的颠覆和启蒙价值的崩溃。我以为，它与西方对发达资本主义或称后工业社会的文化矛盾进行批判，进而质疑其根基——以启蒙主义为中心的文化合理性工程所确立的现代性——的知识革命的“后现代思潮”不同，不但没有类似的对消费社会文化问题的质疑，反而充满快乐的理论呼应，尽管它那实用主义的理论武器五花八门，其实剥离其解构主义、后现代主义、后马克思主义、后殖民主义的标签，倒是可以暴露其市场文化意识形态的本质：它是一种兼具文化虚无主义和文化民族主义的现代性特殊形态。

其“重估现代性”的基本前提是20世纪90年代中国社会和文化转型的价值无序、中心缺失、文化失范、欲望的无限生产等经验，对20世纪80年代后期出现的先锋派文学和艺术的解读，及西方“后现代”镜子映照的“中国现代性”的光怪幻象。从“后现代”立场质疑现代性到确立文化民族主义的“中华性”是它迄今所走的思想历程[1]，“重估现代性”被呈现为一个“五四”至20世纪80年代以来同启蒙主义建立的意识形态和思想制度遭遇市场文化逻辑或消费社会的文化逻辑冲击后自行崩溃的过程。在它看来，受商业逻辑支配的通俗文化意味着一个中性的、不受任何意识形态支配、自由狂欢的“后现代”空间，在这里，欲望的主体替代了启蒙主义的“理性主体”（笛卡儿、康德、黑格尔）和质疑启蒙精神的“意志主体”（叔本华、尼采）及批判资本主义的“社会主体”（马克思、法兰克

[1] 参见张法、张颐武、王一川《从“现代性”到“中华性”》，赵剑英主编《世纪之交的中国文化》，广西人民出版社，1994年。

福学派）；以利润为宗旨的文化产业在制造商品的同时也在制造着自己的消费者和意识形态，并在与精英文化的对峙中，逐渐把量的优势转化为质的优势，促使官方意识形态与之合流，从而占据中国当代意识形态的主导地位；而丧失社会和文化价值阐释权的启蒙知识分子只能无可奈何地从中心走向边缘，思考被描绘为劣于感觉的反自然状态，人们不再幻想用文化来救赎现代生活，文化成为纯粹个人的职业，娱乐和宣泄甚至成为比创造更合时宜的选择。在这一欲望释放的过程中，启蒙的目标及其深入社会和文化问题的实现方式被抛弃，建基于理性的现代知识不是与宗教、政治专制抗衡的合理权威而成为一种文化霸权……通过抛弃由启蒙思想确立的现代性计划实现方式，不仅不堪重负的社会、道德、历史承担被轻松地卸掉，"反权威、反文化、反主体、反历史"[1]的取向还使它在"重估现代性"之后走向虚无的荒原。

不过，欲望的主体性不可能在文化废墟上实现。在拒绝了据称是西方话语的现代性目标和现代化方式之后，走向民族主义的第三世界立场——确切地说，应该是与一直自信而寂寞地坚守"国学"阵地的"国粹派"传人的思想合流——就成为一种必然。但较之它对于启蒙主义思潮的批判，其价值转换的依据仍是不充分的。比如说，从"反权威、反文化、反主体、反历史"的"后现代"式虚无主义转向仍属现代性范畴的"新国学"和"新保守主义"，是否由于自身逻辑的内在运动？在"后现代"空间中，难道先前为之雀跃欢

[1] 语见陈晓明《填平鸿沟，划清界线——"精英"与"大众"殊途同归的当代潮流》，《文艺研究》1994年第1期。

呼的通俗文化与精英文化的对立现在就不再存在？要知道，强调依靠民族文化资源而非外来文化以完成多元共生时代的文化主体再造的“新国学”运动，不仅幻想以传统文化来拯救现代生活，还企图使之成为“21世纪”的主导文化，重返中心。既然如此，在肯定文化民族主义和批判启蒙主义之间，就应该给出令人信服的理由。实际上，正是作为西方“向后现代过渡时期的文化政治”的后殖民主义批判理论为它提供了价值依据。后殖民主义文化批判本属当代西方文化内部对于“欧洲中心主义”——一种占据世界中心的文化霸权的自我意识——的质疑和批评，但在20世纪90年代的中国语境中，中国后现代主义者，却直接把其对西方“文化殖民主义”的批判改造成一种论证中国文化重返中心的民族主义话语。西方文化的问题被直接等同于中国启蒙主义的问题，启蒙主义成为西方文化霸权控制世界的思想基础，启蒙知识分子再次被指为熟悉的“西方外来形态”的代理人，地缘政治学与地缘文化学被混为一谈。这确实反映了“后现代”言论无能力理解和消化中国的问题，不能真正进入中国历史的先天不足，其弱点正如论者所指出的：“没有一位中国的后殖民主义者采取边缘立场对中国的汉族中心主义进行分析，而按照后殖民主义的理论逻辑，这倒是题中应有之义。具有讽刺意味的是，有些中国后现代主义者利用后现代理论对西方中心主义进行批判，论证的却是中国重返中心的可能性和他们所谓中华性的建立。”[1]从“后现代”幻象到“新国学”图景，其“重估现代性”的历程既像是某种启示录又仿佛一幅讽刺画。

---

[1] 汪晖《当代中国的思想状况与现代性问题》，韩国《创作与批评》1995年春季号。

“后现代”言论的贡献在于对20世纪90年代社会转型时期各种文化矛盾、纷繁的世相、价值变故等复杂现象的传神记录，对于先锋派文学和艺术的会心领悟和意义的阐发，以及歪打正着的对“五四”以来权威主义启蒙方式的修正，但当它试图把“后现代”知识远景和先锋派的艺术乌托邦扩展为针对启蒙主义思潮的历史批判时，其“反权威、反文化、反主体、反历史”的价值取向却根本无法找到与启蒙主义对话的渠道和进入启蒙主义的问题，其“重估现代性”的解构实践很大程度上是在描述社会和文化转型现象的同时用一种新的理论语言复述20世纪80年代启蒙主义的自我批判，只是立场和观点更加中立和悬浮，对中国现实和历史的理解更加抽象，对“文革”之类民族浩劫的理解到了无关痛痒的程度。由于“理性主体”为感受性的“欲望主体”取代，感受的长处和短处成为其思想的长处和短处，对大众传媒和商业广告中拼贴风格的绝妙模仿使其思想呈现为一幅泡沫丰富的图景：他们乐于以命名来代替思考，对不断涌现的新事物、新现象的不断命名几乎是其命题延展的唯一动力，而随生随灭也就成为某种宿命。其思想看上去既像宣言或广告，又仿佛文化先锋沙龙传出的语声喧哗，独语的嘟哝和对白的嘈杂响成一片，在不断的语声重复中意义的制造和灌输得以完成。在这个通货膨胀和消费热的时代，“五四”式论战的、独白式的、导师式的启蒙作风和20世纪80年代反省的、思辨的、批判的、演说式的、引经据典的、注重沟通的思想风貌与时代的反差愈来愈鲜明地扩大，或许只有它与走向“新国学”才能填补苍白的思想空间？

下篇　回答对于启蒙的几种质疑

倘若不仅把启蒙视为发生于18世纪西欧奠定现代性基础的思想运动，而且视为一种从西方向全球扩张之脱离传统进入现代的思想动力，一个不同地域文化难以避免的“西方化”过程，那么，像康德那样把启蒙解释为一个“通过运用自己的理性而获致成熟性”[1]的普遍教育和训练计划，或者泛指把人类从迷信、恐惧中解放出来和确立其主权的“最一般意义上的进步思想”[2]，乃至如“五四”时期中国现代性的奠基者普遍具有的信念——脱离蒙昧、走向文明的中西文化融会的脱胎换骨过程，以及树立民主、科学、法治的权威的文化革命，现在看来，仍未能曲尽其全部内容。启蒙的问题，正如福柯所言，“标示近代哲学没有能力解决但也没有办法摆脱的一个问题在深思之中进入了思想史”[3]，不论其发生于何时何地，亦不论其答案之是与否，在其所思所行中难免显示与现代性的纠葛，现代性和反现代性的对峙，其实很大程度上可视为对于启蒙问题的个性解答。

在20世纪90年代的中国思想中，追问启蒙的意义可能是最严重的主题之一，国外有关思想资源如韦伯、法兰克福学派、福柯、后现代理论、后殖民主义批判理论的引进被戏称为最具颠覆性的“外资”引进项目。这些多来自当代西方的思想展现了一幅迥异于

[1]　〔德〕康德《答复这个问题：什么是启蒙运动？》，《历史理性批判文集》，何兆武译，商务印书馆，1990年，第22页。引文参酌其他译本，文字略有不同。

[2]　参见〔德〕马克斯·霍克海默、〔德〕特奥多·阿多诺《启蒙辩证法》中译本序，洪佩郁、蔺月峰译，重庆出版社，1990年。

[3]　〔法〕福柯《论何谓启蒙》。

“五四”思想先驱和20世纪80年代启蒙主义思潮的现代性“末日”图景：韦伯通过揭示理性的分裂及工具理性与价值理性之间难以通约和相互敌对所造成的社会后果，批判了现代性的根本；霍克海默和阿多诺则把法西斯纳粹制度的起源追踪到启蒙精神的自我摧毁，在历史领域反省哲学问题，把启蒙的辩证法呈示为一个理性、主体日渐神话化的过程，最终的结果是理性变为非理性、启蒙走向蒙昧；福柯关于知识与权力的解构政治学用来揭示启蒙计划背后的权力关系尤为适宜，以“反现代”为宗旨的“后现代”理论（如利奥塔德）则从质疑启蒙叙事入手质疑一切现代知识形式及其法则，现代性危机被明确为知识的合法性危机；而激进的后殖民主义批判更直言启蒙的文化侵略内含，启蒙计划被逻辑地理解为对西方文化霸权的确认，启蒙知识分子成为其文化控制的工具和通道，重建本土文化的价值和尊严成为近乎必然的选择。在这一图景中，诸如理性、主体、知识、进步等观念不再是启蒙殿堂巍然耸立的柱石，而是作为现代化不良后果的原因频频受到拷问，启蒙及其问题与现代性建立以来“各种社会变化的成分、各型政治制度、各种知识形式、各种把知识与行为加以理性化的计划，以及各种技术突变”[1]的难题之间处于一种夹缠不清的状态，被撤去了界标和柱石的现代性不再是具有诱惑性的知识前景，而成为可资争论的思想遗产。中国“后现代”言论和“新国学”运动追问启蒙的意义，其知识、社会、文化依据主要即由它所提供。这种对启蒙的质疑与中国现代性之间的纠葛可解析为四个问题，即理性－主体神话的破灭、启蒙设计中的知识－权力

[1] 〔法〕福柯《论何谓启蒙》。

关系、文化等级与进步的观念及交流沟通与文化归属之间的悖论，分别关涉启蒙的资源、方法、实践、作用等内容，有待我们围绕这四个方面就启蒙的意义做出辨析。

理性—主体神话的破灭　我们知道，在知识、道德、美学、历史、自然等领域确立人的主体性以对抗中世纪的神权统治和宗教迷信，是启蒙思想的基本特征之一，而人的主体性又主要是指理性的主体性。理性不仅能够自立权威，确立知识、伦理、法律、科学等法则，提供人对抗上帝的资源和掌握自然的命运，而且能够掌握自身的命运，使人类历史走向一个正义、自由、平等、进步的和谐终端——“理性千年福祉王国”。尽管这一过于乐观的设计曾一路遭受质疑启蒙精神的如尼采、克耳凯郭尔、施蒂纳等鲁迅所谓“新神思宗”和青年黑格尔派、马克思、法兰克福学派的两面夹攻，战争、灾害、暴政等天灾人祸也为启蒙以来的历史作了相反的注释，但它“作为一种将真理的进步与自由的历史拉上直接关系的事业”[1]，其内含的创造激情、人道魅力和知识远景仍能加固对自己的信仰，尤其当它从一件欧洲社会事件演变为一个“将整个人类都卷入”的复杂历史过程时，情况更是这样：在“五四”版和20世纪80年代版的中国现代性拷贝中，理性及基于理性的主体，无疑居于价值的中心，一切现代知识形式及其法则都被奉为思想和学术圭臬，复杂的文化和社会转型问题在“借思想文化解决问题”的整体论逻辑中被组织成为一项严密的合理化工程。

---

[1] 〔法〕福柯《论何谓启蒙》。

把对启蒙的批判置换为对理性－主体的质疑，中国当代思想最早援引的是如尼采一类强调生命直觉、感性立场的非理性主义的意志主体性理论，它在20世纪80年代后期与李泽厚的论争，就具有尼采和康德的不同思想背景，但由于指涉对象的不同，这类批判虽能深入文化的根本，直面人自身的问题，尤其是内部精神生活的问题，却无法汇入其关于社会和文化合理性基础的沟通和建构实践，仅仅从身心分裂的角度质疑理性，把人的物化设定为主体的死亡，并不具有说服力。由于源各有自，其以意志主体性替代理性主体性的救赎现代文化的方案，实在是启蒙的修正和补充而非颠覆。理性－主体的观念从思想到具备真正的历史内容，当然有赖于启蒙以来各种知识、社会、文化的实践，这种观念根植于这些实践的程度，必将其具体存在化为一种深刻的历史诘问，而产生能够真正撼动其根基的力量。我以为，源自启蒙时代理性主义传统的马克思、韦伯、法兰克福学派等将主体社会化的思想庶几近之，尤其是霍克海默和阿多诺，以启蒙的逻辑质问启蒙，以理性的力量锤炼理性，以对主体的信仰宣判主体的消亡，使启蒙自身的问题逃无可逃，也使其对启蒙意义的追问更加显得严重。

声称“对现代性仍然深信不疑”[1]的霍克海默和阿多诺是从追踪纳粹制度的精神缘起进入对启蒙的批判的，其思想和结论深刻地影响了20世纪80年代末至20世纪90年代初中国反省现代性的言论。把纳粹制度及各种极权形式、由科学工具化所造成的技术与社会的脱离现象、思想商品化、蒙蔽理性之光的文化工业等发达资本主义的

[1] 《导言》，〔德〕马克斯·霍克海默、〔德〕特奥多·阿多诺《启蒙辩证法》，第1页。

社会病症作为启蒙的结果，以考察“这种思想的概念，以及这种思想错综交织在其中的社会的具体的历史形式、机制”[1]，令人感触其内在的锋芒，它被展示为一种启蒙精神自我摧毁——理性成为神话、主体沦为个体的过程。在他们看来，启蒙最大的问题在于对一种使人类统治自然的知识形式的追求，它带来两方面的后果：一方面，理性作为“用主体的设想来解释自然界”[2]的神话的解毒剂出现；另一方面，理性又借助各种知识形式把主体的暴力施加到自然界身上，“以他们与行使权力的对象的异化，换来了自己权力的增大”[3]，成为一种新式神话。科学与对象的关系、启蒙精神与事物的关系被类同于独裁者与人民的关系。这样，科学和逻辑的意义都成了问题。尤为严重的是，这种统治形式还随人类对自然的支配日益渗入人类社会，理性的统一性和形式逻辑的简约在社会领域演化为极权主义，而启蒙最工具性的形式——文化工业的出现则带来更大的问题：操纵技术的权力（一种主体性方式）日益为商业利益和意识形态让步，批量生产远离真实的伪知识、伪文化产品，对它们的不断消费导致批判能力的丧失和陷入新的愚昧，理性的普遍主体被分割为无数互不相干、无个性、物化的个体，启蒙的精神沦为欺骗群众、操纵大众意识、扼杀个性和自由的当代资本主义的极权形式。

启蒙最终被自身的逻辑和机制所摧毁，理性呈现为非理性，主体的统一性遭受分割和宰制，零散为碎片，“人类不是进入真正合乎

[1] 《导言》，〔德〕马克斯·霍克海默、〔德〕特奥多·阿多诺《启蒙辩证法》，第1页。
[2] 《启蒙的概念》，〔德〕马克斯·霍克海默、〔德〕特奥多·阿多诺《启蒙辩证法》，第4页。
[3] 同上书，第7页。

人性的状况，而是堕落到一种新的野蛮状态”[1]，这就是理性—主体神话破灭后的现实。应该说，这种基于启蒙逻辑的批判，及其注重思想与历史实践、现实状况的因果关系的考察具有一种致命的力量，但如果广义地把它也理解为启蒙思想的成果，启蒙的精神就不能说完全被自己摧毁了或必然被摧毁，其贡献和问题的尖锐性都来自将启蒙的思想与实践、崇高的动机与最恶劣的后果并置之“以果责因”的决定论方法：它把启蒙的问题揭示得深入而准确，却有赖于把其最坏的实践当成全部实践的误认。在其意识中，现代性的基础、整个西方文明的基础与法西斯主义制度的基础被完全混同了，似乎启蒙的逻辑及机制驱使自身从条条大路通向罗马——一种法西斯主义的政治、社会和文化的必然性。其实，尽管纳粹制度与启蒙精神不无某种联系，可视其为启蒙实践中现代民族国家的一种形式，但毕竟还存在与启蒙精神联系更紧密、更符合启蒙设计的其他政治、社会和文化形式。况且，既然启蒙是现代文明的共同基础，纳粹之为纳粹的原因就不可能在于共性，而必须到启蒙思想以外的个性文化中寻找。事实上，纳粹的意识形态与启蒙思想并不一致，倒是利用了质疑启蒙的如尼采一类反理性的意志主体性理论及反动的种族主义、反犹主义等资源。霍克海默和阿多诺在1969年再版《启蒙辩证法》时曾含蓄地说他们当时（1940—1944年）未“非常准确地估计到向有秩序世界的过渡”，启蒙之“全面协调一致的发展过程被打断了，但并非断绝了”[2]，默认其夸大了纳粹精神的普遍性。其中所谓

[1] 《导言》，〔德〕马克斯·霍克海默、〔德〕特奥多·阿多诺《启蒙辩证法》，第1页。
[2] 《新版说明》，〔德〕马克斯·霍克海默、〔德〕特奥多·阿多诺《启蒙辩证法》，第1页。

“有秩序世界”，我理解就是接近于启蒙精神的世界。另外，纳粹制度及其他极权制度的逐渐消亡也可反证启蒙精神并未自我摧毁，而是处于自我完善、自我更新的新陈代谢过程之中[1]。

霍克海默和阿多诺的真正遗产并非对于启蒙的辩证法的揭示，而在于对现代性的发达形态——当代资本主义的激进批判，尤其是对于工具化的理性形式——技术文明在社会各个领域的制约机制及其束缚、分离主体的趋向的分析，以及对于启蒙实践中的知识的生产不单是理性的意识而是现实的意识形态的发现，这些思想深刻地影响了人们后来对现代性问题的认识，构成了20世纪六七十年代兴起的“后现代”理论的经典问题，并引发新一轮对整个现代制度进行追问的需求，像福柯针对西方知识—思想史的批判解构理论，就充满源自它和尼采这两种不同思想路数的灵感。在福柯那里，类似霍氏和阿氏那种对于主体、本质、整体性、规律等整套理性主义传统的信仰没有了，相反却质疑构成主体的规则和条件，追寻隐伏于知识生产过程中的权力关系，主体和真理位于复杂的生产和意指关系之中，植根于笛卡儿和康德的普遍主体之理性的运作早已让位于对欲望、禁令、惩罚等不同主体形式的探讨，法兰克福式理性—主体神话的破灭主题经由阿尔都塞被倒置组织为对现代文明制度的批判：围绕所谓知识之轴、权力之轴、伦理之轴，福柯试图通过反抗使个体变为主体的权力形式——现代国家。“通过反抗这种强加于

[1] 国内外学界常有人把发生两次世界大战、出现纳粹制度和斯大林式极权体制视为现代性的失败，如瑞士汉斯·昆《神学：走向后现代之路》认为“由于两次世界大战，现代的大厦至少在法西斯主义和斯大林主义中已从根基上摧毁”，这种看法混淆了思想的必然性和历史的“结局”，简单地把历史的直接等同于逻辑的，值得注意。

我们头上好几个世纪的个体性，来推动新的主体性形式的产生。”[1]福柯的主体—知识—权力理论无疑是把我们导入“后现代”理论视野的最佳途径，也使启蒙的问题更富于研究的意味。

启蒙设计中的知识－权力关系 尽管20世纪80年代中国的启蒙主义思潮在一定程度上仿佛在追求一种西方业已实现的现代性，福柯对于西方现代文明制度的批判与20世纪90年代中国的追随者对于“五四”以来至20世纪80年代建立的现代性基础的挖掘仍然非常不同，其差异极类似福柯自己与所谓“反思想家”的关系：“他们基于人类主体是由能指的任意运作而构成的空洞愿望这一非历史理论，把严肃性彻底打入冷宫并坚持每个人都应该毫不留情地进行冷嘲热讽”[2]。中国的追随者是在把20世纪90年代社会和文化转型期的文化失范、价值无序、中心缺失等不适与西方理性—主体神话破灭后的“合法性”危机混为一谈的基础上同福柯的思想进行会通的。他们把当代精英文化地位的衰落、主体与历史的迷失及由此而来的“中心化”价值解体的文化情境归因于启蒙地位——居于社会和文化中心的价值、符号系统的创造者和阐释者——的失落，并把这一时刻描绘为“一个混乱如巴赫金意义上的文化狂欢节”[3]：启蒙的话语，“那些教化式的呼喊有如老式唱机发出的声音”；而理想主义的姿态，也

[1] 〔法〕福柯《主体与权力》，见〔美〕德雷福斯、〔美〕拉比诺《傅柯：超越结构主义和阐释学》跋，钱俊译，台湾桂冠图书公司，1992年，第227页。

[2] 〔美〕德雷福斯、〔美〕拉比诺《何谓成熟？论哈伯玛斯和傅柯答“何谓启蒙”之争》，同上书，第359页。

[3] 陈晓明《填平鸿沟，划清界线——“精英”与“大众”殊途同归的当代潮流》，《文艺研究》1994年第1期。

因不合时宜成为“堂吉诃德式的狂舞”。不过，其中一些比较认真的思考，则能够套用福柯的主体–知识–权力理论，揭示启蒙设计中内含的知识–权力关系，把有关启蒙的质疑推向深入。

一般而言，启蒙的问题广义地涉及三个方面：人、知识、社会，福柯的思想虽不是专对启蒙而来，但其问题却深深植根于启蒙以来的主体性、知识、社会机构的实践之中，甚至更远[1]。对于人的问题，福柯重在考察把人变成主体的不同客观化方式，把主体性拆解为处于生产、意指和权力关系中的元素组合；对于知识的问题，福柯通过判明由知识、权力、语言三方面因素合成的“话语形成”，瓦解启蒙以来在主体观念支配下的认知传统，把真理的规范相对化、条件化；对于社会的问题，福柯特别关注合理化实践建立的机构与权力之间的关系，通过对监狱制度及监控技术的历史考察，理清了其中知识–机构–主体之间的制约关系，并把它发展为对西方社会制度的质疑。对他而言，把个体化技术同整体化程序结合于同一政治结构中的现代国家形式，无异于对社会的全景监控，其中既充满科技进步和理性统治的内容，又意味着自由的失落和非人性的恐怖。福柯曾把启蒙理解为“就是修正意志、权威及理性运用之间的原有关系”[2]，其对于整个现代文明制度的批判，也可视为对启蒙的全面质疑，一种对发达的现代性之中合理化与权力之间的关系的拷问。

---

[1] 在《主体与权力》中，福柯曾写道：“即使启蒙运动在我们的历史和政治技术的发展中是一个非常重要的时期，我仍觉得如果想要弄清为什么我们会掉入我们自己的历史的陷阱，我们还应考虑更遥远的历程”。

[2] 〔法〕福柯《论何谓启蒙》。

福柯之“知识的政体（régime du savoir）”的概念包含着丰富的意思。对于启蒙而言，既然知识的意志就是理性的意志，那么理性的统治必然表现为合理化的进程。这一发生于人、知识和社会领域的合理化运动围绕某种主体化形式而进行：人的合理化是助人摆脱不成熟状态并“影响人性构成因素的变迁”[1]；知识的合理化是使之通向真理的唯一途径；社会的合理化则必然走向现代民族国家——一种福柯高度警惕的权力形式。为了理顺这一进程中意志、权威、理性运用之间的原有关系，康德在《答何谓启蒙》中的经典答疑可谓旨在确立启蒙内部之主体化机制的审慎而艰苦的努力。对于康德来说，人成为主体已囊括了关涉启蒙的大部分问题：在应该运用理性的领域和时刻敢于运用理性去求知；经由理性的批判——界定理性运用之合法性的程序——确立各种权威；能够正确区分私人的理性运用和公共的理性运用的不同，即能区别作为社会个体和作为普遍主体的不同理性运用方式。消除了意志、权威和理性运用之间的失衡，并建立起保证其比例协调的机制，不仅意味着主体化的完成和臻于成熟之境，而且是合理化的完成和获致自由的标志。但福柯并不认为康德这一强调合理化进程和主体化进程的统一的答案构成了启蒙的充分描述，对他来说，它始终未能圆满地解决一个问题，即“理性的运用如何获致它所需要的公共形式，以及在个体尽量谨慎服从的同时，如何能在光天化日下发挥求知的勇气”[2]。福柯根本不能相信存在一个超脱于各种私人目的的、中性的、不受权力关

[1] 〔法〕福柯《论何谓启蒙》。
[2] 同上。

系牵制的"批判主体"的知识源泉，不经过"总是依照一定程序受到控制、挑选、组织和分配的"话语生产就能使理性获致其公共形式，即使在客观、公正、纯粹的知识生产领域也是如此。因此，所谓"知识的政体"可视为一个有别于启蒙之理性知识论的知识政治学的分析领域，其中能够洞穿启蒙设计中的知识—权力关系之秘密的关键正在于对知识—权力关系的重新认识。

福柯认为，应该重新考察那种基于启蒙原理的知识论预设，即只有在权力关系暂不发生作用的地方知识才能存在，只有超越它的命令、要求和利益知识才能发展。其实知识的生产过程同其他社会过程一样充满权力的角逐，知识与权力的关系正好与之相反：

> 我们应该承认，权力产生知识（而且，权力鼓励知识并不仅仅是因为知识为权力服务，权力使用知识也并不只是因为知识有用）；**权力与知识是直接相互指涉的**；不相应地建构一种知识领域就不可能有权力关系，不预设和建构权力关系也就不会有任何知识。因此，对"权力—知识关系"的分析不应建立在一个与权力关系有关或无关的某个认识主体的基础上，相反的，认识主体、认识对象以及认识模态应该视为权力—知识的这些基本含义及其历史变化所产生的许多效果。总之，**不是认识主体的活动产生某种有助于权力或反抗权力的知识体系**，相反的，权力—知识、贯穿权力—知识和构成权力—知识的发展变化和矛盾

斗争，决定了知识的形式及其可能的领域。[1]

对于启蒙而言，“知识的政体”中知识—权力关系及其表现形式——主体化进程和合理化进程同样是统一的，但福柯显然承担着发达现代性的后果而来，经由法兰克福学派对于“启蒙的辩证”过程的演示，他已洞悉在发达资本主义社会中主体性为工具理性消损殆尽，人只能沦为整个社会机器的孤立的、物化的个体零件的现象，尤其是阿尔都塞把主体揭示为一种意识形态赋予的“自我中心”的幻觉：“大写主体（Subject）的主观意识，反过来恰恰是它被意识形态主宰的现实，即小写subject，意为‘受支配或被征服者’”[2]，使源远流长的“主体化”和“合理化”命题的含义发生了倒转：“主体化”不再意指不成熟的个体脱离蒙昧成为独立自主、不迷信权威、独特的主体，而获致自由的本质；“合理化”也不再被视为指涉人类幸福、进步、秩序的中性技术手段，而是共同促成一种“使个体变成主体”或“使个体屈从并处于隶属地位的权力形式”[3]。这种权力形式广涉人、知识、社会的统治，其核心在于融汇了一种源自基督教机构的权力技术——牧师权力（pastoral power）。

这种权力技术也就是启蒙的权力技术。在福柯眼中，以“拯救”

[1] 〔法〕福柯《规训与惩罚——监狱的诞生》，刘北成、杨远婴译，台湾桂冠图书公司，1992年，第26页。

[2] 赵一凡《福柯的话语理论》，《读书》1994年第5期。

[3] 〔法〕福柯《主体与权力》，〔美〕德雷福斯、〔美〕拉比诺《傅柯：超越结构主义和阐释学》，第272页。福柯如此解释“主体”的意思：“通过控制和依赖主从于（subject to）别人，通过良知和自我认识束缚于自己的个性。两种含义都意指一种使个体屈从并处于隶属地位的权力形式。”这显然受到阿尔都塞的影响。

为目的、乐于为群体生活和理想献身、关怀个体、包含一种良心的知识和指导它的能力的“牧师权力”是现代一系列权力形式诸如国家、家庭权力、医学权力、精神病学权力、教育权力和雇佣者权力等的原型，它虽然是一种历史现象，但伴随18世纪启蒙运动的发生，“这种几个世纪（一千多年来）一直同一确定的宗教机构联在一起的牧师型权力，突然散播到整个社会机体，并获得大量机构的支持”[1]。这一历史变革虽不能完全归因于启蒙，但福柯对它稍做归纳后就提到康德的《答何谓启蒙》一文显然是意味深长的。就启蒙内含的目的能力、沟通关系、权力关系即前述意志、理性运用、权威之间的关系而论，康德并不特别强调其关涉启蒙者和启蒙对象双方的权力的运作，而是基于对沟通中介——理性运用的公共形式的纯洁性的自信，侧重目的能力（摆脱不成熟）和沟通实践（理性交流和不迷信权威）的完成。但呈现为主体化和合理化进程的启蒙既无法摆脱这种权力关系，也不能任凭它对于目的能力和沟通关系的扭曲和篡改而没有自觉。福柯清楚地区分了这一进程中目的能力、沟通关系和权力关系之间的纠结。就康德及一般启蒙者所重的沟通关系而论，“沟通总是某种作用于他人的方法。而意义要素的产生和流通无论是作为目的或作为后果，总会在权力范围内有所反映，但后者不单单是前者的一个方面”[2]。他认为，我们不能混淆权力关系、沟通关系和目的的能力，虽然哈贝马斯也曾区分支配、沟通和最终行动，但这并非意指存在三个不同领域，即“一方面是有关事物、完善的技术、

[1] 〔美〕德雷福斯与〔美〕拉比诺《傅柯：超越结构主义和阐释学》，第276页。
[2] 同上书，第278页。

运作和转化现实的领域，另一方面是有关符征、沟通、相互性和意义产生的领域，最后是有关强制手段之支配、不平等和一些人作用于另一些人的领域”[1]，而是意指三种不同的关系：它们相互渗透、利用，并以此为手段达到某种目的；它们之间并不存在一种总的均衡，而是随时随地变换或形成其合目的的相互关系模式。像启蒙及类似的教育权力，就相对注重“能力的调节、沟通的来源和权力关系构成协调一致的系统”，其能力—沟通—权力关系的设定始终可按照一定的需求而互相调节。正是在此基础上，某种称为管制或监控的纪律被历史地建构起来。

由于权力的本质并非“共识的表现”，而是管制和支配，在某种程度上，它对于启蒙——诚如利奥塔德所言，“按照理性的双方可以达成一致意见这一观念来判断，具有真理价值的陈述在陈述者和倾听者之间导致共识的规律便能够成立：这就是启蒙叙事”[2]——便天然地包含一种颠覆的力量，尤其当它把知识内含的权力也包括在内且不与其他权力进行区别时，便必然陷入控制和解放的悖论：启蒙即反启蒙，控制即解放，受监管即自由等等。我想关键仍然在于管制或监控的纪律的确立方式：是突出权力关系、沟通关系还是目的能力，是否顾及三者的均衡或协调，其结果是完全不同的。在“知识的政体”或社会中，福柯所反抗的“主体性的屈从性”倘若意指某种权力网络的制约，或者知识的对象化，那么其对于主从关系的斗争便注定是“无政府主义的”，很难期望积极的、建设性的成

[1] 〔美〕德雷福斯与〔美〕拉比诺《傅柯：超越结构主义和阐释学》，第278页。

[2] 〔法〕让—弗朗索瓦·利奥塔德《后现代状态：关于知识的报告》，王岳川、尚水编《后现代主义文化与美学》，第25页。

果。由于福柯始终把自己作为在历史上受到启蒙并为启蒙所限的生命来分析，重在探讨所谓“必然事物在当代的限制”（contemporary limits of the necessary），对于启蒙以来建立的知识论传统的另一方面——同宗教权力施诸知识领域的暴政所进行的不懈反抗则难免会遭受忽视，当今或许只有仍时受“史前权力”骚扰的第三世界能够感受启蒙的知识论原则的生命力和建设性。事实上，为福柯所揭发的启蒙的知识论基础同样充满对权力的对抗，无论强调理性运用的公共形式之纯洁，还是真理意志的中正光大，还是什么客观、独立、中立的种种说法，都是一种为抵御权力关系的扭曲以维护其话语意志的努力。我们知道，存在各种各样的知识：真理、假说、信仰、故事……现代科学和哲学曾确立过形形色色的验收标准，亦有人以科学和意识形态、事实与价值、真理与形而上学、真伪命题区分等范畴分析这一知识学的混沌和矛盾，康德关于科学、艺术、道德（宗教）的三分法是现代知识的经典分类；其不同类属内含的权力关系绝对是不同的，像福柯那样把科学、伪科学、前科学、意识形态化的社会科学统统视为本质相同的话语群，显然存在一些问题。其对知识–权力的诘问已把问题逼到了绝境，因为任何知识都要与对象发生一种关系，即通过对象化的方式达到对于对象的控制，但它正确与否却具有完全不同的“权力效果”，只有正确的知识才会产生正当而持久的权力。当然，福柯并不期待一个不存在权力关系的领域或社会，对他而言，揭示人、知识、社会中普遍存在的支配关系或权力结构，展现并激发自由意志不屈不挠的反抗，或许真是天赋于斯人的“内在于所有社会存在的永恒的政治任务”。

文化等级与进步的观念 应该说，对于启蒙意义的追问，无论霍克海默和阿多诺的启蒙辩证法，还是福柯关于知识—权力的解构政治学，还是本文稍稍提及的“后现代”理论，也不管其对启蒙理想的坚持程度如何，是否愿意立足于重建的立场，其共同特征是把启蒙视为发生于欧洲社会或文化的“内部”事件，其对启蒙逻辑与内在机制的微观揭秘，纵然能够给非西方的启蒙工程以启迪，但也难免忽略对他们而言或许更重要的文化更迭与转型的问题。把启蒙的问题领域从时间转到空间，把福柯式的批判从西方文化内部扩展为针对不同地域文化之间的支配关系的文化政治学的宏观视野，涉及作为西方向全球进行文化扩张的机制，一种全球化的“文化霸权”，则如詹姆逊的第三世界文化理论、赛义德的“东方主义”及其引发的“后殖民主义”文化批评成为质疑中西现代性历史的利器。这些理论正是在反省“五四”及20世纪80年代启蒙主义思潮的问题的背景下，在“重估现代性”的实践中，被引入20世纪90年代的中国，在一定程度上成为文化民族主义或所谓“新保守主义”的基本价值源泉，与“新国学”运动殊途同归。

詹姆逊的第三世界文化理论、赛义德的“东方主义”及斯皮瓦克、霍米·巴巴等“后殖民主义”文化批评之间虽背景各异却存在着千丝万缕的联系，撇开时常若隐若现的马克思、福柯、德里达等人的面影不谈，其最大的相同在于均代表一种西方文化内部自我反省其“西方中心主义”的现代性扩张史的文化政治良知，其思路大致植根于“二战”以来现代性的多极发展——由民族觉醒和反殖民主义运动导致的当代世界文化、政治的多元化格局——的共识前提，即类似列维·施特劳斯的著名报告《种族与历史》中的观念：

强调文化的多元取向、各种意识形态和价值的共存；认为不同地域文化并无绝对一致的发展模式，任何价值和特性只有在一定文化“内部”得到评价，都能以其个性赋予人类文明以多样性。基于这种标志人类进步的共识，隐伏于19世纪以来现代性全球化发展的逻辑——尤其是启蒙的文化扩张机制被揭示出来，它既关系到历史地建构起来的现代世界秩序，非西方文化、政治的正当发展问题，也包括西学东渐过程中的不平等关系及由此而产生的关于东方的知识误区。

在詹姆逊特有的“马克思主义”语境中，现代化是伴随着文化征服的资本主义的世界化进程。在这一进程中，无论非洲原始部落社会，还是中国和印度的亚细亚方式，“所有第三世界的文化都不能被看作是人类学所称的独立或自主的文化”[1]，“第一世界文化帝国主义”或称现代性的统治不但未能促成类似西方社会的成果，反而导致葛兰西所谓“臣属”（subalternity）现象的出现，这种耐人寻味的意志状态令人想起康德对于“不成熟状态”的经典描述，“是指在专制的情况下必然从结构上发展的智力卑下和顺从遵守的习惯和品质，尤其存在于受到殖民化的经验之中”[2]。为什么源于启蒙的现代化进程会出现这种“从结构上发展的”必然的蒙昧？答案自然存在于“文化帝国主义”的文化政治学中。对于第一世界与第三世界或现代性的发达状态与发展状态，“黑格尔对奴隶主与奴隶的关系所做的熟

[1] 〔美〕弗雷德里克·詹姆逊《处于跨国资本主义时代中的第三世界文学》，张京媛译，《当代电影》1989年第6期。

[2] 同上。

悉的分析仍然是区别两种文化逻辑的最有效和戏剧化的分析”[1]，而第三世界的现代文化只有在“与第一世界文化帝国主义进行的生死搏斗之中”才能生存发展。奇怪的是，詹姆逊绕开主体化和合理化的“西方式”启蒙方案而单纯强调“民族主义”式的反抗，甚至连鲁迅启蒙主义性质的文化生产即所谓“对中国‘文化’和‘文化特征’的批判”也被扭曲为一种讨论“民族主义”的“复杂方式”，这就表明了其对第三世界内部推进现代性的多元取向的简单化理解和隔膜[2]。我以为，仅仅依靠所谓反抗“文化臣属”的“文化革命”与未能成为启蒙工程的有机组织的单纯“民族主义”的取向，并非解决非西方后进文化之发展问题的理想方法，反而易于陷入抱残守缺的境地，阻塞其学习、沟通和交流的途径。

作为“后殖民主义”文化批评的基石和先声，赛义德的“东方主义”似乎有助于解决詹姆逊提出的现代化过程中反而出现“从结构上发展”必然的蒙昧——无论叫它“文化臣属”还是“后殖民性”——的问题。它试图通过反省西方关于“东方”这一异己文化的知识传统和认识迷误，揭露隐蔽于其文化、学术或机构背后的权力关系以及制约着现代世界的不平等秩序的“知识的殖民体制”。在他看来，“东方主义”——西方关于东方的一整套知识体系其实是西方企图控制东方的一种政治教义，它总是有意无意地把自己主体化，把非西方文化视为客体，进而建立一种主从关系。这样在认识上就

[1] 〔美〕弗雷德里克·詹姆逊《处于跨国资本主义时代中的第三世界文学》，张京媛译，《当代电影》1989年第6期。

[2] 关于詹氏对鲁迅的理解，笔者曾写《经典的意义——鲁迅及其小说兼及弗·詹姆逊对鲁迅的理解》与之商榷，见《鲁迅研究月刊》1994年第4期。

会导致两种结果：一方面，只有当非西方文化成为异己者时，东方才会成为其知识对象（姑且不提它实属充满偏见、无知、优越想象的“东方神话”）；另一方面，其自我赋予的“中心”位置把东方永久地边缘化了，东方文化只能处于西方文化的宰制和抑制之中，即使是民族主义性质的文化反抗也无助于这一情况的改变，因为从逻辑上讲，原汁原味的“本土性”反倒只能加强其作为“中心”“主体”的幻觉。遗憾的是，由于资料所限，我尚未看到赛义德关于“东方主义”充当西方殖民主义的意识形态支柱的具体说明，但我想，其内含的殖民化、压抑与控制的机制必然就是能够有效地阻挠或破坏启蒙之“立人”和“立国”的主体化和合理化的机制，只有这样，才能保证西方即使在经济上被赶上也不会丧失其“文化霸权”。这里涉及处于同西方文化的不平等关系中非西方文化发展的悖论：只有建立“西化”的启蒙机制才能有效地抵制“殖民化”，促进本土文化的健康发展。

这样理解和阐释似乎有违赛义德的原意，但却凝聚着真正“东方”立场的思想家如严复、胡适、鲁迅乃至20世纪80年代中国启蒙思想的痛苦经验[1]，其中是否存在把西方价值普遍化的问题？是否意

[1] 关于鲁迅的西方文化取向与赛义德理论的中国版之间的紧张，张隆溪曾作过令人信服的议论；“也许五四时代的中国知识分子，尤其是鲁迅最能代表非官方的西方主义。鲁迅曾经劝中国的年轻人读外国书而不读中国书，对中国的传统文化和国粹派攻击得不遗余力。他处处把西方的先进文明与中国的愚昧落后相对照，以当代西方理论的眼光看来，可以说鲁迅完全袭取了赛义德所抨击的那套东方主义的观念和语汇。但我们读了赛义德的书，再反过来看鲁迅，是否就觉得一无是处了呢？鲁迅有不少过火偏激之处，这是不必讳言的，可是我相信，头脑正常的人大概不会说鲁迅是在为西方殖民主义或帝国主义张目，于西方当代理论无论有多少深厚修养的人，大概也不至于说鲁迅肤浅，说他对待西方文化的态度是浮躁、盲目、非理性的。事实上，如果说鲁迅和五四时代希望改变中国现状的知识分子采用了西方的概念和术语，不断追寻自由、民主、科学、进步等西方启蒙时代以来的价值观念，这恰好说明这些（转下页）

味着对于西方知识强权的“臣属”？我想，假如人们真的明白任何价值和特性只能在一定文化“内部”得到评价，或者懂得文化或理论的主体性其实可随不同的使用语境而发生转移的道理[1]，那么这类皮相的质问自然会消失。事实上，文化多元论既然成为共识，对于当代世界“后殖民主义”的病症，赛义德的医疗逻辑只能导致“民族主义”的反抗药方。也正基于此，国内拥护言论发现了所谓“西方主义”的新大陆，把从张之洞到李泽厚，从近代直到20世纪80年代末的整个中国现代性进程统统归在“西方主义”名下来考察：或者指其为“中国的学术界在西方强势文明冲击下，产生出来的一种浮躁的、盲目的、非理性的对待西方文化的态度”[2]；或者直言启蒙的扩张机制“隐含于文化中的等级制”；或者把当代中国注重沟通和交流的文化现实目为“处于发达资本主义霸权下的后殖民主义文化”[3]；或者把矛头直指“那个来自西方的、并在中国生根的‘现代性’（或现代化）理论，其中包括迄今仍被用来征服世界的意识形态，如进步、

（接上页）概念和术语本身并不是什么压迫性的；中国知识分子这样做的目的不是为了证明西方文化高明，而是想把中国由弱变强，不再受西方列强的欺侮。在这个意义上，中国知识分子的“西方主义”和赛义德所谓“东方主义”，可以说恰好是南辕北辙，背道而驰。……如果说五四以来的近代历史有不少挫折甚至失误，我们在重新审视这段历史时，是否就应当完全否定现代性本身而缅怀往古，在反思的名义下让历史的沉渣泛起呢？”见《关于几个时新题目》，《读书》1994年第5期。

[1] 最明显的例子是翻译——知识从本源语言进入译体语言，其意义不可避免地要随新语言的历史环境发生变化，在一定条件下被挪用，这时知识与权力的关系已被使用者所重构，而原有主体性也随之转移给了译体语言的使用者。见刘禾《一个现代性神话的由来——国民性话语质疑》，陈平原，陈国球主编《文学史》第1辑，北京大学出版社，1993年。

[2] 张宽《欧美人眼中的“非我族类”——从“东方主义”到“西方主义”》，《读书》1993年第9期。

[3] 陈晓明《填平鸿沟，划清界线——“精英”与“大众”殊途同归的当代潮流》，《文艺研究》1994年第1期。

权力、民族国家和目的论历史观（teleological history）”[1]。

确实，“文化中的等级制”“进步、权力、民族国家和目的论历史观”等都是现代性理论的核心观念，也是启蒙的公理预设和基本信念，由于某些不尽如人意的现代性实践，诸如纳粹制度、斯大林模式以及西方殖民主义对第三世界的掠夺和摧残，尤其是它被作为谋取政治利益的意识形态手段，所谓“文化等级”“文明程度”“进步”“目的论历史观”云云在今天多少有点声名狼藉了。但假如改换一下陈述方式或许有助于问题的澄清，譬如把“文化等级”理解为文化发展的不同程度，把“进步”的观念与文化发展之由低到高的进程相联系，就可能穿过“后殖民主义”造就的意识形态迷雾，建立讨论的较好基点。其实，“后殖民主义”文化批评所关注的非西方民族的政治模式与文化选择以及更重要的反控制问题，早在启蒙的全球化进程伊始就成为民族现代性的中心问题了，对于西方形形色色的控制策略和手段，非西方民族亦有从军事、政治、经济到文化方面的反抗，否则根本不会有当今世界现代性多极发展的格局，所以，“后殖民主义”的问题本身并不新鲜，新鲜的是，它认为基于启蒙的文化选择和反控制方式错了：首先，启蒙计划中隐含着一个等级森严的文化秩序和世界图式，难以对非西方文化一视同仁，“世界”仅仅是西方式的世界；其次，既然现代性的东方路程难免出现“东方主义”的错误，对于非西方文化而言，走同样的路未尝不会陷于“西方主义”的泥淖，丧失民族文化的根本。在中国的“后殖民主义”批评的逻辑中，这种“西方主义”自然非主张向先进文化学

[1] 刘禾《一个现代性神话的由来——国民性话语质疑》。

习的启蒙主义和民族现代性理论莫属。问题在于，难道所有文化真是等值的吗？倘若如此，文化之由低到高的发展问题应该如何理解，或者说，进步的结构究竟应该怎样构成？如何处置启蒙或现代性逻辑中所谓“文化霸权”的问题呢？

这诚然是取决于文化“内部视点”的问题，是否能够从文化自身尤其是其中最关键的人的生存和发展方面着眼，回答会完全不同。前面曾说过，“文化等级”或“文明程度”与“进步”的观念在启蒙思想中本非问题，相信历史进步、文明发展的一切学说都承认文化存在不同程度发展的事实，没有这一认识基础，现代性进程或启蒙的机制就会丧失其动力和合法性。正如论者的设问：“如果真如兰克（Leopold von Ranke）所说，所有时代和所有社会都同样靠近上帝，那么何必为更好的时代或社会而奋斗？”[1]我理解，“后殖民主义”的问题重心并非文化不同程度的发展，而在于对这一事实的确认所造成的“文化的等级制”可能给非西方文化造成文化认同的困难和归属的危机，因而其针对包括曾为马克思、鲁迅、福泽谕吉等整个现代理论所信奉的“进步”观念的质疑，其实质仍在于寻找一条解决本土文化发展之由低到高的正当途径或一种有别于启蒙的合理化和主体化的方法。

在现代性理论或启蒙设计中，这一问题即进步的结构线性地展现为一个福泽谕吉所谓“谋求文明的顺序”[2]，也就是鲁迅所谓从“立人”到“立国”，再从民族国家“终于也会扩展到各民族相互之间

[1] 〔德〕哈贝马斯、安德森《哈柏玛斯：哲学——政治写照》，《思想》（《联经思想集刊》1）。
[2] 〔日〕福泽谕吉《文明论概略》，北京编译社译，商务印书馆，1959年，第14页。

的外部关系，直至走向世界公民社会”[1]的理想进程。其中，文化更迭或转型是顺序递进的，尽管可能确实存在“一种沾沾自得、贬抑一切前代的以及与我相处的社会形式”[2]的“启蒙病”，但它从社会或文化为人的生存和发展所提供的自由和解放的可能性方面建立有关“进步”的机制与判断“文化等级”或“文明程度”的准则，较之简单地根据社会或文化的合理化程度或单纯依靠本位文化的是否舒展去理解进步的意义，显然具有更开阔的视野。进步关涉的是社会或文化的普遍结构，其陈述之不易正如哈贝马斯所说：

> 关于一个社会的发展水平的陈述，只能关涉到**单一的**向度（single dimensions）与**普遍的**结构（universal structure）；亦即，一方面关涉社会制度的反省性（reflexivity）与复杂性，一方面关涉社会生产力与社会整合的形式。一个社会在经济或管理体系的分工水平上，或在法律建制方面比另一个社会来得优越，可是我们不能因此断定这个社会的整体（As a whole），作为具体的整体、作为一种生活方式，就有更高的价值。……我们观察生活世界“进步的”（progressive）合理化趋势，但当然不是视之为定律，而是视之为历史的事实。现代社会有别于传统社会的趋势再三得到证实，例如：文化传统的反省性增加，价值与规范日益普遍化，沟通行动从种种限制规范中得到解放，社会化

[1]〔德〕康德《重提这个问题：人类是在不断朝着改善前进吗?》，《历史理性批判文集》，何兆武译，第160页。

[2]〔德〕哈贝马斯、安德森《哈柏玛斯：哲学——政治写照》，引文乃是安德森的提问。

的模型得到扩散而促进个体化（individuation）与抽象的自我认同（ego identity），等等。[1]

这正是对进步之于现代性目标之关系的绝好认识。康德在讨论该问题时也曾提到“人民的启蒙”“哲学家的任务”及“公开化”等字眼，把经由教育而达成的道德提高、消灭侵略战争、社会法治化等视为进步的检验指标[2]，令人悠然而生一种古典的人道情怀。但如上所述，当今世界乃是一种不同文化之间日渐发生广泛和深刻联系并处于不断的对话和相互作用之中的复杂现实，本土文化的发展不再存在一个自足的空间，只能在伴随着优势文化之支配关系的学习、沟通和交流实践中进行，因此，就与文化进步相关的反控制而论，强调理性双方的沟通以达成共识的启蒙式“师夷之长以制夷”的方案显然比单纯民族主义式的制造沟通障碍的反抗更为根本。

如何在强势文化的“压迫”中解决发展的问题，以何种方式建立现代的民族文化的主体性，进而与西方文化、非西方异己文化进行文明的交往、正当的对话及和平的竞争，最终走向整个人类文明的进步与繁荣？我以为，启蒙的设计仍是迄今为止负作用最小的答案。“后殖民主义”批评所关注的“文化霸权”或“文化殖民主义”等东西方文化交往中的不平等关系，“新保守主义”所号召的民族主义的反抗，均仅仅抓住了问题的一个方面，而更重要的关于文化发展或自我完善的内容，却在文化多元主义和文化相对主义的催眠声

[1] 〔德〕哈贝马斯、安德森《哈柏玛斯：哲学——政治写照》，引文乃是安德森的提问。

[2] 〔德〕康德《重提这个问题：人类是在不断朝着改善前进吗？》，《历史理性批判文集》，何兆武译，第160页，注2。

中被掩盖了，以至于否认进步的存在，陶然于“三十年河东三十年河西”的历史循环迷梦之中。“现代性”理论固然不无偏见，但它是否为西方征服世界的意识形态，世界能否为它所征服，却完全取决于非西方文化自身有无回应、转化和反控制的能力。就其所涉及的文化政治而言，能否立足于文化“内部”的观点去决定不同文化价值和特性的取舍，直接影响着反控制的资源——文化主体性的质量，而任何文化“内部”发展的需求都是比外在的“文化霸权”的影响更强大的动力。这就是说，进步的结构主要依赖于文化内部的组织而不是外来影响，外来资源只是在相似的文化情境中才能发挥作用——这或许就是张隆溪指出的鲁迅之于西方文化，可谓处处符合赛义德的理论逻辑，可事实却恰好与之南辕北辙的原因——普列汉诺夫曾讨论过不同社会和文化交往中存在不同影响模式的问题，话虽久为人熟知，但其基于文化不同发展程度即落后文化和先进文化的区分对交流或相互作用过程中权力关系的分析，隐然嵌入了一个关涉进步的图式，我想，较之时新的“后殖民主义”批评带有“水浒气”的言论，期待发展一种在相互作用和相互影响的交往条件下诞生的文化的“相互主体性”，或许并不比奢望真理——又一个来自西方的现代性话语——更远[1]。

---

[1] 普列汉诺夫的有关思想可参看《论一元论历史观之发展》第五章“现代唯物论”中讨论不同社会或文化相互影响相互作用的部分。他把社会或文化本质视为其社会、历史、文化环境的产物，由于形成环境的各种关系和因素的特殊，产生于其中的本质或主体性也永远是特殊的。外在的影响无论强弱都无法改变其对内部结构和发展需求的依赖，因而无论“文化霸权”如何强大都无法导致特性或主体性的丧失。例如文学的国际交流，虽好似在相互影响中“将有一种为全体文明人类所共有的文学”，但“一个国家的文学对于另一个国家的文学的影响是和这两个国家的社会关系的类似成正比例的。当这种类似等于零的时候，影响便完全不存在，例如非洲的黑人至今没有感受到欧洲文学的任何影响。当一个民族由于自己的落后性，（转下页）

交流沟通与文化归属之间的悖论　这种文化的“相互主体性”能否确立，很大程度上取决于理解交流沟通与文化归属之间的悖论的质量，其偏倚既可造成启蒙主义与文化民族主义的分野，其中正也可导致一种新的发展——基于融合的文化进步。

在现代性的世界化过程中，正如人们经常直观地描述的，一方面，诸如全球化的资本主义经济、国际化的劳动分工、民族国家体系、世界军事秩序乃至文化（如传媒）的全球分布，使整个人类处于前所未有的相互依赖之中，所有文化都失去了单独发展的可能，必须进入这一相互影响和相互作用之网去寻求发展的道路，共享风险和利益，因而交流沟通的要求比任何时候都强烈，寻求不同文化交往的正当途径成为文化思想的焦点之一；另一方面，随着交流沟通实践的日渐广泛和深入，不同文化在趋同的同时又会产生求异——关涉身份认证和文化归属的问题，更由于全球经济、政治、文化发展的不平衡，发达形态的文化难免把自己的规则当通则，在与发展中文化的交流沟通中形成不平等关系，尤其是经由政治的染指，有意把文化的不平等延展为利益的不平等，把不同文明价值的交流演变为谈判桌或生意场上的讨价还价，从而激起文化民族主义（或称文化保守主义）的反抗。文化民族主义在指涉民族国家、身份

（接上页）不论在形式上亦不论内容上不能给别人以任何东西的时候，这个影响是单方面的，例如前世纪的法国文学影响了俄国的文学，可是没有受到任何俄国文学的影响。最后，当由于社会关系的类似及因之文化发展的类似的结果，交换着的民族的双方，都能从另一民族取得一些东西的时候，这个影响是相互的，例如法国文学影响着英国文学，同时自身亦受到英国文学的影响。”（人民出版社，1957年，第285、286页，为便于理解，引文对博古译文语序略有变动，表示定语和中心词之间领属关系的“底”一律依现行通例改为“的”，另外，由于着重号太多使符号失去了作用亦将它一并删去了）这种着重“先进—落后”之别的文化交流和影响图式与“后殖民主义”批评展示的“压抑—反抗”的交往图式完全不同。

认证和群体归属感方面的长处使其有碍沟通交流的短处常常被掩盖，这或许就是它在现代化进程中此起彼伏的原因。因此，对于启蒙而言，既然它能把一个现代性的扩张进程转化为一个疏通交流和沟通障碍的进步，把外来资源内化为本土文化结构的发展的需求，那么，也理应对关涉身份认证和文化归属感的难题做出回答，在进步的结构中包含或容纳文化主体性的确立途径——如何通过执着于交流和沟通实践，在强势文化的压力下争取新的创造空间，以表现本土的文化和想象力。

一个例子是鲁迅的小说。在小说这种美学客体中交流和沟通的机制如何建立，权力机制怎样通过叙述（或其他修辞策略）的形成制造其主体意识，它可提供一个参照。詹姆逊曾在“第三世界文化”理论的基础上把它作为凝聚着中华民族生存经验的“民族寓言”来阅读，认为其“寓言”的形式和结构深深植根于反对“文化臣属”的第三世界文化“内部”的革命语境之中，而作为第三世界民族文化命运的表达，它最终隐含了对于西方奴隶主的成功反抗，抵消了殖民意识[1]。较之第一世界知识分子埋头于专业化的“铁屋子”中从事文化生产的困境，鲁迅式与民族的历史、道德、文化和问题发生广泛而深刻的纠结的写作方式，甚至能提供某种学习的借鉴。但詹氏把鲁迅确立文化主体性的途径民族主义化了，恰恰忽视了其更接近事实和更根本的“启蒙主义”式写作的特征，即鲁迅的小说本身就是执着于中外文化交流和沟通实践的产物，无论其思想还是艺术

[1] 〔美〕弗雷德里克·詹姆逊《处于跨国资本主义时代中的第三世界文学》，张京媛译，《当代电影》1989年第6期。

都可视为一种关涉古今中外文化价值的对话、沟通、冲突或创造性转化的文本，也就是所谓“和世界各国取得共同的思想语言的”“真正现代意义上的文学”[1]。由于本土文化的落后性，鲁迅的文化生产自然无法摆脱诸如人道主义、个性主义、进化论等西方现代性理论的“支配”，但其知识权力机制并非如赛义德所预料的制造了殖民意识，反而完全积极地参与了民族文化的现代主体性的建构，不仅提供了新文化反抗“老中国”封建宗法制度的资源，而且最终也成为第三世界反抗殖民化、半殖民地化的思想武器。鲁迅本人非常强调执着于交流沟通实践确立文化主体性的途径，在他看来，理解为文化民族主义所着重的关涉自我身份认证和群体归属感的文化特性（“国粹”）问题，不能脱离更为根本的人的问题即所谓“一要生存，二要温饱，三要发展”的内容抽象地论辩，因为只有人的价值接近于绝对价值，而其他一切价值都是相对的。“国粹”也罢，“文化霸权”“殖民工具”也罢，只有置于关涉人的发展和解放的天平上，才能掂量出它们真正的分量[2]。事实上，鲁迅在期待一个与古今中外人类优秀文化的无限交流的巨大创造空间，这就是著名的“拿来主义”——一种完全不同于“后殖民主义”和文化民族主义的选择。

另一个例子是张艺谋的电影。如果说，鲁迅的小说由于深深植根于本土的文化现实自然而然地解决了处于交流和沟通实践中的身份认证和文化归属问题，也就是通常所谓“现代性”和“民族性”的完美统一问题，且由于其现代经典地位不至于成为“后殖民

[1] 严家炎《鲁迅小说的历史地位——论〈呐喊〉〈彷徨〉对中国文学现代化的贡献》，《求实集》，北京大学出版社，1983年，第77页。

[2] 此类观点在鲁迅的著述中触目即见，恕不一一列举。

主义”批评的公开靶子，那么，以张艺谋的电影为代表的20世纪80年代以来中国大陆文学、美术、音乐、电影等文化生产方式，即强调“走向世界”的沟通和学习——由此分化产生侧重模仿、移植与着重“寻根”的两极对话手段——希望被接纳、承认以致产生强烈的“诺贝尔文学奖”（或电影奥斯卡奖、国际声乐比赛奖）等西方文化权威认证情结这种“刻意强加的面向西方文化的姿态”，受到中国“后殖民主义”批评的关注则近乎必然。在他们看来，这无疑是“处于发达资本主义霸权下的后殖民主义文化”的征象，因为

> 对于发达资本主义文化霸权的认同，并不仅在于当代商业社会制造的文化形式、种类出自对资本主义文化的抄袭；说到底，这乃是一种不自觉的认同，它是被历史之手不由自主地推着走，是现代工业化社会的伴生物，是世界经济一体化的副产品。更重要的，这种认同隐含在自觉的文化创造中，隐含在文化想象力的原始动机中，特别是渗透在对中国本土文化的自我指认中。某种意义上，“越是民族的就愈是世界的”，“中国人只能搞中国自己的东西”已经变成一个致命的悖论，这种“民族性”的自我指认，包含着对发达资本主义文化霸权的认同前提。[1]

而张艺谋的成功正好用来说明当代中国文化的本质——“后殖

[1] 陈晓明《填平鸿沟，划清界线——“精英”与“大众”殊途同归的当代潮流》，《文艺研究》1994年第1期。本篇文章有不注明出处者皆引自此文。

民”文化的意义。其作品本脱胎于中国电影“第五代”的实验化和先锋性的“西化”电影艺术语境中，早期代表作无论《一个和八个》（张军钊导演，张艺谋摄影）还是《黄土地》（陈凯歌导演，张艺谋摄影），都具有20世纪80年代中国文化显而易见的主题，前者基于人道主义立场讴歌人性与党性、阶级性与民族性在共产党人身上的完美体现；后者则集文化批判与激发中华民族的生命力和创造力的旨归于一体，唯有电影叙述语言显示了不同于“第四代”的鲜明特征。由于经历了对世界尤其是“二战”以来优秀电影艺术和思潮的广泛学习、吸收，其艺术取得了长足的进步，可以说获致与世界尤其是西方进行沟通和交流的资格和手段。但根据陈晓明的阐释，此后开始的中国电影的“走向世界”乃是一个从“民族性”到“后殖民性”的“文化臣属”的过程。在他看来，张艺谋的成功得力于对“民族性”的虚伪建构，从《红高粱》《菊豆》到《大红灯笼高高挂》，所谓“民族性”已变成十足的“后殖民性”——“第三世界文化为获得发达资本主义文化霸权的认可而刻意表现自己的所谓的‘民族性’”，“它除了表示文化上自觉的从属地位并没有表现民族的文化或生活的真正历史命运”。具体而言，《红高粱》中“具有鲜明的本土文化特征”的“中国民族的粗野、强悍、勇猛的生存性格”，在张艺谋面向世界（西方）的讲述中，“它像是在实施一次精心设计的文化拍卖”；《菊豆》中的东方情调和中国“民族性”的文化符码成为“对东方（中国）民族生存状态和文化禁忌的‘他性’展示”，尽管因此在西方世界大获成功，但“在西方文化权威的惊奇和同情的目光注视下，《菊豆》更像是第三世界文化向发达资本主义献上的一份土特产品”；而《大红灯笼高高挂》中的“民族性”则被简化为“外在的民俗仪式”，这“不仅是掩盖他对这种生活的把握有些力不从心，更主要的是大红灯笼乃是为西方世界看客挂起的文化标签，它看上去更像是第三世界向发达资本主义文化霸权挂起的白旗，而不厌其烦的民俗仪式，则是一次精心安排的‘后殖民性’朝拜典礼。”

这真是可怕的误解。张艺谋之于当代中国文化的意义完全被倒置了。倘若真的存在一种文化生产方式，确实大量制造一种旨在加强中西当代文化的交流和沟通的文本，而且由于当代资源的枯竭——对于西方的仿作——不得不从古代或民俗等边缘文化寻找与“老外”交谈的材料和话题，以至于老是顺着别人说，直到这种“交谈”成为一种“臣服的文化进贡和艺术拍卖”，丧失自己的主体性。问题的关键不在这种可能，不在于张艺谋之“走向世界”或“面向西方”的姿态本身——姑且这么认为，我相信寻求与不同文化的理解和沟通本身并非罪恶——而在于如何理解确立交流和沟通的机制对于当代中国文化生产的意义，或者说，它对于“自觉的文化创造”或“本土的文化想象力”到底是构成了抑制还是解放。在前述批评中，张艺谋从事文化生产的真实条件被大大简化了。中国“后殖民主义”批评家仿佛刚从外星上走来，在制约张艺谋的文化生产的众多条件中一眼就看出它与赛义德的理论教条之间的“似是”，而更重要也更有力量的“内部”制约——譬如电影审查制度及其意识形态化的运行机制——的“而非”却被排斥在其视野之外。人们或许愿意思索张艺谋们为争取国内生存空间比取得西方文化权威的承认花费更多时间、经历更多周折的原因。就其遭受批评的所谓“民族性”的自我指认而言，张艺谋之文化博物学的建构方式其实植根于20世纪80年代中后期“寻根文学”的趣味之中，隐含着对于从“五四”

到“文革”的某种文化观念的反拨或觉悟，并非单纯旨在取悦西方的交流和沟通手段。对于张艺谋刻意表现的中国文化，无论其态度是展览、拍卖，还是炫耀、猎奇，这都属个人的艺术选择，较之其作品中文化主体性建构的成败，是应该给予更大的自由和理解的。在张艺谋对“民族性”的自我指认中，诸如《红高粱》中的爱欲境界和酒神精神，《菊豆》中“对东方（中国）民族生存状态和文化禁忌的‘他性’展示”，《大红灯笼高高挂》中的生命隐喻，乃至被排斥于“后殖民主义”批评视野之外但对理解张艺谋文化生产的完整性却至关重要的《秋菊打官司》中的现实嬗递，其成败得失或有不同，却都能立足于本土文化的真实状况进行艺术表现。应该说，较之过去的中国电影，由于“走向世界”的交流和沟通，其自由创造的艺术空间进一步扩大了；对世界优秀文化成果的学习和交流，不是抑制了而恰恰是解放了电影艺术家的文化想象力，促进了中国电影的主体性的健康确立。可以设想一下，假如没有张艺谋、陈凯歌们的严肃而独立的工作及“走向世界”的努力，中国电影是否反而在世界影坛不居于“文化上自觉从属的地位”呢？所谓“中华民族本土的特征”本来就是在不同文化的坐标中比较性地确认的，处于世界一体化进程中的现代文化只能是“互为主体”或“互为他者”的格局，但中国“后殖民主义”者却为本土的交流资源即所谓“土特产品”感到耻辱，在把普遍的现代文化、经验、价值说成是西方文化、经验、价值的同时，偏偏又把张艺谋电影中的“民族性”指为“他性”，这难道不正是因为他们自己不具有“内部”视点，而错带西方式有色眼镜所致吗？

文化交往中的身份认证和群体归属的问题触及启蒙主义与“后

殖民主义”及文化民族主义的深刻分歧，从表面上看，前者强调置于“进步”的结构内，通过发展一种在相互影响和相互作用的交流和沟通条件下产生的不同文化的“相互主体性”来解决，而后者则注意到这种交流和沟通中的不平等关系，认为异己文化的强烈影响和作用足以导致本土价值的迷失和出现文化认同危机，从而陷于任人宰割的境地，因而坚持在与强势文化的对抗中寻求本土文化发展的道路；但实际上，更深刻的分歧在于其不同的问题立场，如前所述，前者以人为本位，认为文化是人创造的，“人不为文化而存在”[1]，因而文化的自由交往只能意味着一个开阔的创造空间和无限的可能性；而后者以文化为本位，认为文化制约着人的本质，人不能脱离自身的文化来抽象地谈发展，因而在文化交往中坚持一种文化民族主义的立场。但问题在于，不但诸如鲁迅、张艺谋的文化生产实绩足以消解文化民族主义的问题，而且其知识逻辑本身也存在许多可质疑之处，鼓励隔绝机制的产生是其一[2]；最根本者，则是误解了文化（价值、制度）的不同构成。我以为，文化虽然制约着却并非直接实现着人的本质，它乃由两部分构成：一是原则性规范，关涉文化的普遍性；一是规则性规范，关涉文化的特殊性。前者基于理性标准而相对稳定，为不同文化所共有；后者则由于约定俗成而较具变易性，往往随时代、地域、种族、传统的不同而发生变化——文化民族主义在解决文化身份认证和群体归属感的幌子下所

[1] 王得后《人类的生存困境与鲁迅的文化创新》，《鲁迅研究月刊》1995年第5期。

[2] 最有趣的例子是列宁对“爱国主义”的定义，为人所熟知的旧译是民族主义立场的理解：爱国主义是千百年来培养起来的一种极其深厚的感情。新译则是世界主义立场的理解，强调了其中隔绝机制的作用：“爱国主义是由于千百年来各自的祖国彼此隔离而形成的一种极其深厚的感情”（《列宁全集》第35卷，人民出版社，1987年，第187页）。

捍卫的其实正是这些规则性内容：把文化的可变部分当成了不变部分，“把自己所属文化的精神提升至普遍性的高度”，“但同时又把这种普遍真理与本民族的独特性联系在一起”[1]，其谬误可想而知。

说到底，交流沟通与文化归属之间的悖论其实只有一个难点，即文化身份认证和群体归属感的问题，也就是在现代化过程中如何保持民族文化特性的问题。我们知道，既然文化特性是由文化的规则性内容构成，而它又随时代、地域、种族、传统的“约定”而“俗成”，具有变易性，那么捍卫文化特性的工作便无异于让时刻在变易的东西不变，这实在是过于困难的劳作。反过来说，尽管现代化的全球进程带给了不同文化以相同的东西，正如艾恺所描述的，像理性主义、国家主义、个人主义、普遍的商业化、都市化、大机器生产、官僚化、契约原则、无所不在的法律的统治等等，导致传统社会制度、机构、价值的日益萎缩，而“这种历史趋势不受任何地理界域、意识形态和文化相对性的限制，具有真正的普遍性”[2]，但这种普遍性的实现毕竟有赖于它与不同文化特性的结合。在我看来，二者的结合既是一个在交流沟通和寻求文化归属之间的“扭行”，也是一个完美融合了文化普遍性和特殊性的新的主体性建构历程。因为归根结底，文化的存在毕竟是独特的、个别的、不可替代的、未完成的，只有在自我与“他者”的对话和沟通中才能较充分地实现其主体化的进程。也正如论者所说，文化的存在能够成为生机勃勃的进程，所依靠的正是“主体的互有”，主体与“他者”的关系应该

---

[1] 梁治平《“现代化”的代价》，《二十一世纪》1992年12月号，总第14期，香港中文大学中国文化研究所。

[2] 同上。

是也只能是你中有我、我中有你、相互影响、在发展中形成特性的多元共存格局。在此条件下，文化民族主义的勃兴既像是在演出一出向过去告别的仪式，又仿佛对这一陌生形势的感喟，当然它除了反证时代的进步外或许并不能说明什么。

1995年4—7月写于磨砖居

（原载《鲁迅研究月刊》1995年第7—9期）

现代如何“拿来”

——以中国文学现代性的确立为讨论中心

现代或现代性是一个令人感到困惑和复杂的问题，对于中国人而言，它不仅意味着时间意义上的“古今之变”，而且意味着空间意义上的“中西之争”；不仅涉及历史的事实，而且涉及制约未来取向的价值。再加上现代或现代性的历史曾多少受制于现代人自己设计的无数方案，呈现一种由人类理性地因而是自觉地创造的假象，而这些假象与事实的混合更助成了人们理解现代、思考现代性问题的种种混乱。“现代的终结”这一话题兴起虽由于20世纪70年代西方的“后现代”理论，但真正赋予其历史内容的却在于20世纪80年代末、20世纪90年代初东西冷战体制的崩溃——曾经是20世纪“现代”之核心思想、体制的资本主义和社会主义等既有意识形态减弱了领导、构筑人类社会的力量，“现代”本身从理论到实践似乎都千疮百孔，显露了严重的局限性。在中国，人们在意识上经历了20世纪80年代对现代或现代性的乐观信仰，开始卷入20世纪90年代由于社会和文化转型而形成的矛盾和问题之中，开始尝到了资本主义的文化苦果。

这一切都在促使人们重新思考“现代”问题，因为对于我们的世界而言，与其说“现代”已经完结，不如说其实正处于由它造成的矛盾的旋涡之中。当然，我所说的“现代”并非教科书中概述的纲领和教条，而是植根于“现代”固有的矛盾被历史化了的多样性的实践。现代中国文学处于“古今”断裂和“中西”交汇的复杂条件下追求现代化，其主体性的确立途径似可作为某种时代的标本，供人们考察、争论，作一种知识的探讨。

本文题目中“拿来”一词取自鲁迅的“拿来主义”，意指一种基于文化主体性立场的接受外来文化的方式，主要想探讨中国文学之现代主体性确立的条件，关注文化主权的确立方法，试图对鲁迅的“拿来主义”在全球化时代的意义进行理解。需要说明的是，我仍持一种普遍主义的“现代”观，这与目前盛行的文化民族主义的“现代”观在很多地方正好针锋相对。我以为，对于广大的第三世界，所谓“现代”仍是一个未完成的历史进程，如何确立走向“现代”的不同途径和方法，如何在追求“现代”和克服“现代”的难局中完成本土文化主体性的建构，仍是一个迫切需要解决和有待广泛借鉴的问题。

毫无疑问，正如日本竹内好《中国的近代和日本的近代——以鲁迅为线索》[1]一文所说，东洋的近代是欧洲强迫的结果。尽管早在宋代，中国已有了类似欧洲“市民社会”的现象；到明代，所谓“市民文学”已相当发达，甚至影响到日本江户时代的文学；在思想

[1] 〔日〕竹内好《中国的近代与日本的近代——以鲁迅为线索》，见《现代中国论》，河出书房，1951年。友人申正浩提供译文。

上黄宗羲、王夫之等人也产生了颇类似17、18世纪欧洲启蒙思想的成果，中国史学界也曾讨论过明代的“资本主义萌芽”问题，但无论如何也不能断定，今天东洋的局面——诸如资本主义生产方式、社会制度、文化矛盾等现代的统治根源于那段遥远的历史。也就是说，我们不能讨论东洋能否独立地发展出“现代”这个反历史的假问题。对于欧洲而言，“现代”的发生是一个近乎自然的过程，植根于其自身的社会、文化、意识之结构的运动之中，受着其内在矛盾的制约。大致来说，它与欧洲资本主义的发生是同步的，我们可以把它视为欧洲社会、文化、意识的自我解放和自我实现。尽管我们也知道，在欧洲，在不同的领域和不同的时期，被指为“现代性”的东西是极其不同甚至相互矛盾的，但它作为现代之为现代的本质仍贯穿着一种普遍的精神，具有显著的不同于以往的特征。根据竹内好的看法，“所谓近代，乃是欧洲在其从封建性中获得解放的过程中（就生产力而言是资本的自由发生，就人而言是独立平等的人格的建立）发现其不同于封建性的属性，而置于历史的记录中自我欣赏的自我认识”。根据哈贝马斯的看法，欧洲的现代性发生于中世纪宗教和形而上学的旧有世界观的崩溃，是一个M.韦伯所谓“理性化”的过程——以天赋而自足的理性为普遍依据和价值准则，旧有世界观（宗教和形而上学）逐渐分化为三个自主的领域，即科学、道德和艺术，并在18世纪启蒙主义那里获得较完善的知识形态，成为一个“包括发展客观的科学，普遍的道德和法律，具备内在逻辑的自主性的艺术”的理论“计划”（project）[1]。当然，在这一

[1] 〔德〕尤尔根·哈贝马斯《论现代性》，见王岳川、尚水编《后现代主义文化与美学》。

"计划"中，最重要的特征在于须在人类活动的不同领域统统贯彻基于理性自觉的主体的自由。为了实现这一目标，正如中国学者汪晖所描述的，"在社会领域，需要建立由法律保障的追求自己利益的合理空间；在个人领域，需要建立伦理的主体以促成道德的自我实现；在公共领域，则需要建立能够自由表示个人意见的公共文化机制，以监督社会和政治权力；在政治领域，则需要建立人参与实现政治意志形成过程的平等权利；在国际关系中，则有现代民族国家的主权的确立；在艺术领域，则有艺术的自主性的实现，等等。"[1]在这些以实现主体的自由或人的解放为特征的现代方案内部，并非处处协调一致，而是充满了矛盾和紧张，"尤其体现于资本主义的政治经济的世俗化过程与文学艺术对这个过程的尖锐批判之间"。这也就是哈贝马斯所说的两种现代性，即文化的现代性和美学的现代性。借用汪晖的说法，如果说前者表现了人们对于进步的信仰、对于科学技术的信心、对于市场机制和行政机构的信任、对于理性力量和主体自由的崇拜，那么后者却具有强烈的反资本主义世俗化的倾向，这不仅在19世纪末到20世纪的现代主义文学和艺术中，而且在早于它的19世纪欧洲浪漫主义和现实主义文学和艺术中，皆有非常特出的表现。甚至可以说，几乎伴随资本主义发展全过程的谋求改造和取代资本主义的社会主义运动，其精神与这种美学的现代性不无联系。

刚才说过，现代或现代性是伴随资本主义的发生而发生的，又伴随资本主义的扩张向全世界传播和扩散。到底是什么原因促使它

[1] 汪晖《我们是如何成为"现代"的？》，《中国现代文学研究丛刊》1996年第1期。

这样做？是资本的意志？是投机冒险心理？还是清教徒的天国使命？这且不去管它，反正与现代的性格有关。不过，当这种扩张越出了欧洲的疆域，现代的福祉性格却发生了变化：对于欧洲是自我解放和自我实现、代表着理性的胜利和进步的“现代”，对于包括东洋在内的广大非欧洲地区却成为一种灾难。这不只是因为它最初采取了殖民主义的可耻和野蛮的形式，更深刻的原因在于，它从19世纪中叶起，在广大非欧洲地区引发了一系列持续的文化主体性危机，无论中国的天朝体制还是印度的亚细亚方式，都不能再作为人类学意义上的文化独立自主地存在，只能作为西方文化的从属文化而存在，这种情况至今仍在第三世界延续着。为什么现代的福祉性格会发生变化？为什么现代的统治不但未能促成类似西方的成果，反而导致葛兰西（Gramsci）所谓“臣属”（subalternity）现象的出现，即所谓“在专制的情况下必然从结构上发展的智力卑下和顺从遵守的习惯和品质，尤其存在于受到殖民化的经验之中”，第三世界因此丧失文化创造和文化生产的能力。美国的马克思主义批评家F.詹姆逊把原因归结于“文化帝国主义”的“文化政治学”中，认为对于第一世界和第三世界的不同现代性，“黑格尔对奴隶和奴隶主的关系所作的熟悉的分析，仍然是区别两种文化逻辑的最有效和最戏剧化的分析”，而第三世界的现代文化只有在“与第一世界文化帝国主义的生死搏斗中”才能生存和发展。[1]这可能很有道理，如果仅仅把其“搏斗”的性质当作隐喻来理解的话。但若我们立足于非欧洲的第三

[1] 〔美〕弗雷德里克·詹姆逊《处于跨国资本主义时代中的第三世界文学》，张京媛译，《当代电影》1989年第6期。

世界立场，对此问题是否能够提供一种不同于欧美第一世界之自我批判良知的思路或答案呢？

当现代带着自我实现的意志来到东洋，理所当然地会遭遇到抵抗，呈现“后进文化”且战且退的尊严。这种抵抗自然既是时间的也是空间的，既是“古今之战”又是“东西之争”，相争的结果自然是东洋的败北——或者换而言之，是东洋诸国陷入了持续的文化主体性危机之中，其文化身份的认同出现了问题——而败北后的东洋自然不可避免地卷入“现代”的漩涡之中，如何重建新的文化主体、确立新的文化自我成为需要面对的问题。日本以其一贯的耿直和急性子，直截了当地从意识到制度、生产方式等方面开始其“脱亚入欧”的历程，并由于勤奋的优等生的文化性格和注重模仿的文化应变机制，在东洋各国率先完成了向现代的“转向”。据竹内好的意见，这种现代的“转向”是一种向外的、无媒介的、未经文化主体的自我否定和深刻抵抗的“奴隶”性的表现，因而日本的现代文化不是生产性的，不能体现文化自我的主权，也就是说，它不仅未曾摆脱对于欧洲的“臣属”，反而欣然傲然于“优越感和劣等感并存这种缺乏主体性的奴隶感情”中。而中国的“现代”之路则相对要艰难和复杂得多，由于长期处于东洋的中心并曾在文化上发挥一种支配性的影响，其基于强烈的主权性格而产生的文化抵抗以及这种抵抗之强烈和持久的程度，在“现代”的东渐过程中、在欧洲与非欧洲文化的交通史上都极为少见，以至于需要花费几代人的时间和生命，在不断的挫折和不断的革命中完成对于传统的破坏和扬弃。竹内好是带着肯定的意向谈论中国的这种“抵抗”的，在他看来，真正的东洋的现代只能产生于进行抵抗的文化之中，甚至如义和团运动的意义也不可低估。中国的不同“现代”方案诸如洋务派的“中体西用”、改良派的变法维新、革命派的共和制乃至后来的共产主义革命因此都带上了一种光辉，尤其是文化上的受挫和抵抗更具有了与众不同的意义。由此竹内好提到了鲁迅，在他看来“回心型”响应“现代”的中国方式的代表。

所谓“回心”，盖出于佛教用语，在现代汉语中并无确切的对应词，竹内好是把它作为“转向”的反义词来理解和应用的："转向”既然代表面临文化挑战时一种结构性的适应机制，一种外在指向的、毋须内在的自我“抵抗”的成为“现代”的方法，“回心”则指面临文化转变挑战时一种内在响应的方式，一种不断以抵抗为媒介而导致的文化自我的更新。竹内好基于批判的立场反省日本的“现代化”经验，认为日本的文化自我未曾以主体的姿态介入“现代”进程，而只是简单地把现代视为“被给予之物”而不断地弃旧取新，从而陷入了喜新厌旧的循环之中。竹内好以为，在这种情形中日本作为文化主体并未与“现代”发生真正的关系，因而也就无法借助西洋文化的冲击而形成自己的历史。但鲁迅及以鲁迅为代表的中国则不然，鲁迅式回应的最可贵之处在于代表了东洋进入世界现代史的主体的真实性。在竹内好看来，既然东洋的“现代”是后发的，那么鲁迅的“挣扎”——对于自身主体的一种否定性的固守与再造，一种主体进入而又扬弃异质文化和自我的精神革命的过程——其丰富的感受性和内在的“抵抗”就必然导致一种真正的东洋的“近代”的发生，从而铸造出真正属于自己的历史，一种伴随着深刻的精神变革内容而非简单的外在“转向”的现代史。

我要指出的是，无论是竹内好的强调在文化上反抗西方的“鲁迅论”，还是F.詹姆逊《处于跨国资本主义时代中的第三世界文学》中作为第三世界文化代表的“鲁迅论”，鲁迅的意义都被不同程度地误解了。就是说，以鲁迅为代表的“五四”启蒙主义性质的文化生产的意义被编织到一种民族主义的文化反抗逻辑中去理解，从而受到了歪曲。就竹内好的理解而言，其在欧洲与东洋的对比中基于文化本位反省现代性的视角极易掩盖一些真正的问题。我们知道，鲁迅的方向、鲁迅式的文化生产隐含着近代以来中国和西方文化交往的历史性进步，即中国人对于西方现代文明从“船坚炮利”的物质层面、到“商估国会”的制度层面、再到思想文化的意识层面之层层递进的认识，其思考完全是在诸如国际化、适者生存、进步、民族国家、科学、理性、文明等一系列西欧优越的概念中展开的，这其实也就是“现代”的展开。从文化主权的角度看，虽然接受这些价值不免于“臣属”的尴尬，但实际上它并非一个单纯的价值或权力问题，而在很大程度上涵盖着中国社会和文化进步的事实，因此才有“五四”时期的“全盘性反传统主义”的合理性。在鲁迅等人看来，“国粹”及其所体现的涉及身份认证的文化主体性，如果无涉于甚至有碍于人的生存、温饱和发展的话，其值得保存、捍卫的理由则是不充分的。也就是说，在他们的“现代”思路中，为国粹主义所重的文化身份认证问题并非最重要的，比它更重要的是人的生存、温饱和发展问题；是否抛弃传统并不重要，重要的是这种抛弃肯定了什么价值。众所周知，鲁迅在日本留学时期也曾从古洋两个方向寻找重建现代中华主体性的资源，像其用周秦古文译《域外小说集》、从异域“窃火”给中国可谓极形象的例证，但在“五四”时期乃至20世纪30年代，却一直孜孜于对传统之不遗余力的批判，极力抨击其排外的蛮性和媚外的奴性。鲁迅宁愿做一个文化战士，但把手中“抵抗”的投枪却更多指向了“国粹”而非外来现代文化——鲁迅文化生产的原则完全不是民族主义，而是超越乃至反民族主义的；不是为文化而文化的文化本位主义，而是为人的发展而文化的“人本”立场。实际上，其关于文化主体性建构的方案早为人所熟知，这就是“拿来主义”，也是现代中国文学的主体性建构原则。

那么，这种主张全面学习西方的“拿来主义”是否会因接受西方思想、文化、制度而导致对于西方的“臣属”呢？或者如近来流行思想所称，由于西方知识存在一种“殖民”体制而导致其丧失本民族的文化生产能力呢？我想，以鲁迅为代表的现代中国文学不至于支持这一论断，而是恰恰相反，表明只有全面掌握和广泛接受“西方”的现代文化，第三世界才能真正掌握自己的命运，才能抵抗剥夺本土文化主体性的殖民化。为什么面向西方的开放不一定必然导致本土文化的“臣属”，反倒可能促生真正的民族文化主体性呢？我想其中涉及文化或知识主权的确立原则及如何转移的问题。

我认为，在现代或现代性的世界化——“西学东渐”的过程中，所谓“文化的殖民体制”或“知识的殖民体制”的存在并非必然。第三世界是否会丧失文化生产的能力，现代性理论是否会成为西方征服世界的意识形态，世界能否为它所征服，这些问题主要取决于第三世界自身是否具备回应、转化和反控制的资源和能力。据我所知，文化主权的确立与近代知识主体的生成有关，而目前能够促使第三世界产生这种能力的资源仍存在于第一世界所生产的知识和文化中，倘若过于强调“现代”之属于西方地缘政治的那部分特征，并不利于非欧洲国家自己的进步。在我看来，知识或文化的主权不同于民族国家的主权，前者诉诸普遍性而后者往往为利益的诉求，前者为观念的而后者关涉实在的人，所以谁占有或掌握了它，谁就具有了运用它、支配它或让它为自己服务的权力。由于对其中道理未做深究，我无法就其中的知识–权力机制作精微的分析，只想举例说明一下。一个例子是翻译，知识从本原语言进入译体语言，其意义不可避免地要随新的语言的历史环境变化，在一定条件下被挪用，这时，其本有的知识–权力关系已被使用者所重构，而原有知识的主体性也随之转移到了译体语言的使用者那里。另一个例子是现代化的日本方式，即竹内好所谓“转向”的问题。就文化主体性的建构而言，回应“现代”到底是“回心型”好还是“转向型”好，其优劣诚然值得一辩，但即使在不加抵抗地进行一丝不苟的虚心学习、模仿的“转向型”现代化方式中，主体性的丧失似乎也是杞人忧天——当源于西方的现代之思想、文化、制度在日本生根，“现代”实践所内涵的价值及其权力也就随之发生了转移，我想今天没有人会认为日本较之西方是个缺乏文化主体性的国家吧。道理大概在于，当“现代”呈排山倒海之势而来，而你并未具备主体地进行文化“抵抗”的实力和意愿，在此时唤醒响应巨变的民族文化的应急机制——通过虚心的学习、认真的移植顺应这一变化——就不能说是一种坏的选择。也许我们更应关心“转向型”甚至“殖民化”的现代化方式之通过学习和模仿如何逐渐养成其文化创造性的问题。秘诀当然在于现代的普遍性和传统的本土性的结合，只有先成为“现代的”，才能再考虑怎样才是“自己的现代”的问题。其实“转向型”的回应“现代”方式并非仅限于日本，即使在竹内好所谓

“回心型”回应“现代”的中国，它也是非常重要的一种文化选择，也是非常强大的一种力量。在文学上，如果说鲁迅可称为“回心型”的响应“现代”的代表，那么郭沫若等创造社同人则可称为中国的“转向型”回应“现代”的代表，这是两种不同的文化精神，两者虽有深浅的差别，却并不涉及文化主权的得失问题。第三个例子是20世纪后半期的世界文学格局，当西方文学随现代扩散到世界各地，正如韩国文学批评家全炯俊所描述的，“非西洋地域国家之现代文学的形成，不论是移植西洋文学，还是采纳西洋文学，还是与西洋文学主体性的相互作用，”终于导致20世纪末世界文学的新格局，这就是“西洋文学的主导性减弱了，非西洋地域文学的地位向上，有时非西洋文学对于世界文学潮流起了主导的作用。”[1]为什么会这样？这难道不是因为非西洋国家自身的努力，通过虚心的学习而“青出于蓝而胜于蓝”，并证明了文化主权在学习中是可以转移的道理吗？其实例子还可以举出很多，譬如中国之接受马克思主义，韩国朝鲜时代之接受儒家性理学，乃至现代中国文学之向西方文学学习，恐怕都很难说从这些外来思想或文学中接受了什么“殖民体制”。

历史地看，东洋的现代或现代性之路是多元的：中国大陆的“回心型”，日本的“转向型”，韩国和中国台湾的“反殖民统治型”，中国香港的“殖民化的现代化”，分别植根于各自的历史和文化，各有其特征，这些内容正好构成了东洋现代性的丰富性，轻言哪一种方式的优劣是我所不能接受的，重要的是应着眼于自身的历史和现实。在当今的所有现实中，也许最躲不开的现实就是咄咄逼

---

[1] 〔韩〕全炯俊《“20世纪中国文学论”批判》，见韩国《中国现代文学》1996年第11期。

人的全球化问题。很多人常常误解，以为全球化只是在冷战结束后才出现，才成为值得重视的问题。其实它早在“现代”跨越欧洲疆域向其他地区挺进之时就开始了，当今世界经济的一体化既隐含着资本的意志，也受惠于现代进程中不同文化、不同价值、不同民族生活的交汇融合。只有在基本价值趋同的条件下，不同文化才能真正分享相互的差异和获致其主体的利益和尊严。当今的世界正处于一个迫切需要交流和沟通的时代，对于中国而言，“现代”的完成类似一种文化自尊与生命动力之间的跷跷板游戏，能否自主地“拿来”始终更取决于勇气和力量而非面子和智慧。当然，也曾有过以隔绝代替交流的特殊年代，像中国20世纪六七十年代“文革”时期单纯以第三世界的“反抗”为克服“现代”之压迫的方法，此举在为千万人带来尊严的同时，却丧失了解决交流、沟通乃至发展问题的基本能力。因此，经由几乎是无政府式的尊严展示后，最终还是得回到“五四”模塑的文化基础和发展方向上进行未竟的作业，以争取一种在广泛的交流和沟通基础上形成的平等、互重的文化创造空间——“拿来主义”，这也正是全球化时代文化生产的一般条件。只有在这样的国际文化关系中，才可指望哈贝马斯所谓“相互主体性”（intersubjectivity）的文化进步格局的形成。最后，我想以鲁迅《拿来主义》中的那段名言结束这篇言不及义的“中国现代论”。那时的语境宛如当今，文化创造仍由中西古今的大坐标构成基本条件，涉及传统、创造、现代人及其活动的对话性等内容。其文曰：

总之，我们要拿来，我们要或使用，或存放，或毁灭。那么，主人是新人，宅子也 就会成为新宅子，然而首先要这人沉着，勇猛，有辨别，不自私，没有拿来的，人不能成为新人，没有拿来的，文艺也不能成为新文艺。[1]

1996年12月初稿于首尔大学湖岩会馆

1999年7月10日改毕

（原载《鲁迅研究月刊》2000年第7期）

[1] 鲁迅《拿来主义》,《鲁迅全集》第6卷，人民文学出版社，1981年，第38页。

契约、理性与权威主义

——反思“五四”启蒙主义的几个视角

“五四”新文化运动不仅是现代思想而且是现代历史的滥觞，借助于以陈独秀、胡适、鲁迅、李大钊为代表的启蒙思想家所建立的支点——“科学”和“民主”，它的力量和影响像杠杆的力量一样遍及现代思想和现代社会的各个领域，无论在深度还是广度上都深刻地影响了现代历史的进程。今天，由于我们的目标较之“五四”知识分子有了不同程度的变异，使我们有可能调整自己的视角，对现代思想的主要传统之一——“五四”启蒙主义进行反思。我的思路主要建立在对当代中国历史和思想的思考之上。我发现，当代历史和思想的发展，在相当程度上背弃了“五四”的“民主”和“科学”的精神，甚至可以说当代思想发展的过程就是“五四”精神丧失的过程。尽管历史的发展有着多种原因，但这一背离“五四”精神的过程至少在形式上又与“五四”——也许是更深层的传统文化心理——具有某种血缘关系。如何解释这个现象？“五四”新文化运动是否为当今现代化建设的绝对出发点？这是不少先进知识分子不愿解答或者不能自觉的问题，也是认识“五四”传统的盲点。当不少人对鲁迅等“五四”代表人物更多地进行认同，并试图建立“价值共享”关系的同时，我却感到了一种不足和危险。今天，看来唤起“隔离的智慧”即不紧跟现实的纯知识性反思，调整我们的思想方法，重新检讨“五四”启蒙主义，乃是避免重犯历史错误的必要前提。

“缺乏契约规定和唤起理性自觉的权威主义启蒙”，是我对“五四”启蒙主义特征的基本认识。作为一种思想史现象，“五四”启蒙主义不仅提供了迄今为止中国知识分子思考民族命运的方法，而且具体贡献了重建现代人、现代社会和文化的价值理想。作为一种广义的教育，它不仅为历史发展规划了蓝图，而且直接塑造了产品。应该说，“五四”启蒙主义的思想、价值、情感和意志取向，隐含着中国历史、思想和文化的几乎全部信息，并在不同程度上决定了历史发展和选择的方向。不过尽管它在严格意义上可以归入罗素所谓“社会改造”的范畴[1]，我的思考却仍然准备抛开其启蒙思想的具体内容，而侧重于形成其思想内涵的不言而喻的逻辑前提、理论预设、影响方式等形式因素。这是因为，对于启蒙主义者而言，在这些毋须论证的“先验”形式中，或许积淀着某些更为深刻、稳定的思想“语法”；在这些自明的先验假设背后，可能隐伏着某些不可克服的历史悖论和逻辑矛盾。我甚至猜测，这些先验的思想形式或许早在启蒙初始，就埋下了鼓励背离其出发点的发展的危险根苗。我想，仅仅简单地继续“五四”启蒙思想家的思考，而拒不检讨一

[1] 参见〔英〕罗素《社会改造原理》第6章。

代英哲据以启蒙的思想和现实动因，拒绝考察形成并决定其思想内涵的历史的和逻辑的条件，是无助于我们对历史的认识并可能妨碍在时代赋予的新起点上继承“五四”前辈们的未竟事业的。

所谓启蒙（enlightenment），依康德在《什么是启蒙，对于这个问题的回答》（1784）中的经典定义，乃是指“个人摆脱了他的自我束缚的不成熟性。而不成熟性是指个人离开了权威和他人的指导，就不能运用自己的理性。因此，启蒙的口号是：聪明起来吧，要有勇气运用你自己的理性！”[1]能在理性的导引之下行使个人的独立判断，并且只按照人心中可以成为普遍立法规则的道德律行事，从而肯定理性在建立社会正义、揭示真理、确立价值和理想、批判权威和迷信上的意义和作用，是启蒙主义的基本特征，也是西方的现代观念[2]。抛开以后的发展不谈，“五四”启蒙思想家也很强调“启发人的明白的理性”（鲁迅语）的重要性，陈独秀认为于“独立自主之人格以上，一切操行，一切权利，一切信仰，惟有听命各自固有之智能，断无盲从隶属他人之理。”(《敬告青年》) 胡适认为“人不能思想，则面目虽姣好，虽能笑啼感觉，亦何足取哉？”(《文学改良刍议》) 李大钊则批评中国人“信人不信己，信力不信理”的“总是不肯用自己的理性，维持自己的生存”的可羞耻的民族性(《新旧思潮之激战》)。理性原则确实是“重估一切价值”的基础，正是理性自觉能力的觉醒赋予启蒙者以合理的世界观、价值的普遍性和崇高的道德力量。如何在启蒙对象身上重现启蒙者脱离蒙昧的过程，从而

[1] 参见〔日〕近代日本思想史研究会《近代日本思想史》第1卷，马采译，商务印书馆，1983年，第22页。

[2] 殷鼎《理性的现代课题》，《中国社会科学》1989年第1期。引文与文中文字略有不同。

建立启蒙者与启蒙对象之间进行思想交流的“合理”关系——它奠定了人与人、人与社会、人与自我的关系的和谐性和人道性——这一问题却是为“五四”启蒙思想家所忽视的，未能进入他们的理论视域。也就是说，他们在进行启蒙时，多是直接从现实中汲取灵感，在理论上缺乏对“启蒙者和启蒙对象之间的理想交流状态”的预设或假定。对他们而言，启蒙与其说意味着唤起人的理性自觉能力而摆脱中世纪的蒙昧（黑暗），不如说意味着强迫对象接受一种新文化。尽管其中包含着先驱者难言的苦衷，譬如守旧派激烈反对新文化的传播，采用此一方式是不得已而为之，是自有其历史的合理性和必然性的。但在启蒙者与启蒙对象之间并未形成一种相互尊重其思想个性，以启发理性为目的，通过探讨、说服而达到交流进而培养对象的价值自觉能力的理想关系。启蒙对象的意志状况在理论上不是被忽视就是干脆被抹杀。这种倾向的危害是不言而喻的。启蒙既然是启蒙者与启蒙对象之间进行智慧交流以达到共识的行为，那么双方就具有一种“真实的相互主观性”存在，但由于启蒙双方事实上的精神不平等，启蒙者对于对象的精神“侵略”和控制的可能性是大大存在的。因此，确立一个保证彼此的天赋权利和精神尊严不受侵犯的充分人道性的程序就不可或缺。这就是我所说的“启蒙的契约”概念。它把我们带回到人类摆脱自然状态并出让个人的部分天赋权利时对于遭受社会、国家及强有力的个人侵犯的恐惧和担心，“契约”可用来保证个人与社会、国家和群体处于一种合理关系之中。契约状态下的启蒙在本质上是对话而非独白，“每一个参与者是自律及平等的，没有任何参与者被理性以外的力量所影响。”[1]因此它所建立的真理或者道德的标准，所达到的任何共识就不会是强制和偏见的结果，而是合乎理性的。这一规定尽管是虚构的，而且只能依靠启蒙者的道德自律才能执行，但正如在不证自明的公理基础上可以演绎出几何学一样，这一公理一样的理论预设对于弘扬“民主”和“科学”精神的启蒙思想绝非可有可无。事实上，“五四”启蒙主义仅仅在批判腐朽的旧价值和用新信仰取代旧信仰上发挥了充分积极的作用，每当需要它建设性地实现其启蒙目标——如塑造理性的人、社会和国家时，其先天不足就严重地暴露了出来。把“契约”概念及整个思想方法引入启蒙理论，必然有助于启蒙者对于启蒙对象的精神侵略倾向进行自我约束，为启蒙思想由批判旧世界转向建设一个价值多元的新世界搭好桥梁。

由于“五四”启蒙主义缺乏关于“启蒙的契约”之类的理论预设，他们难以找到一条富于“民主”和“科学”精神以行使其启蒙权力、发挥其思想影响力的正确途径，其启蒙的主要方式是权威主义的，带有一定的强制性并以服从为前提和内在要求。杜维明曾这样描述其阅读“五四”时期思想著作的经验：“‘五四’以来的思想家，真正喜欢听的很少，他们多半都特别喜欢讲，并且热情洋溢，抓到你就说个不停，完全不把对方当成一个对话的对象，而仅仅当成一个接纳的对象、宣传的对象、斗争的对象，或同志之间互相鼓励以增强自信心的对象，不是在一种比较宽厚、平和的状态下进行

[1] 石元康《契约伦理与交谈伦理》，《知识分子》1988年夏季号。“启蒙的契约”概念是我对该文有关概念的仿造。

真理的探讨，智慧的交通或感情的交融。”[1]这些特征大概主要来自他们企图“用开明专制来改造国民性”[2]的启蒙主义思路。无论叫它权威主义还是开明专制，其症结主要不在于重视权威本身，而在于其“重视权威”背后的树立新偶像、崇拜强力的文化心理和对于启蒙对象的精神个性和尊严的漠视倾向。不言而喻，由于“五四”启蒙思想家在中国历史由传统向现代的转换过程中在思想、知识、政治、信仰等方面占据了“历史发展的普遍性”，从而对历史、文化、道德及人的发展问题无形中拥有了一种控制权，一种可根据需要影响他人的能力。但只有保证启蒙者不滥用这种影响力和控制权，尤其是保证他们能够持久地占有“历史发展的普遍性”，才不至于影响启蒙的质量，不至于出现“压服人的权威”（周作人语）和导致启蒙成果的异化。遗憾的是，多数启蒙思想家并未认识到这一问题的重要性和严重性，我们在现代思想史上反而频频看到启蒙者自身违背启蒙初衷、企图“用强力维护”新文化的权威主义现象。我想在“科学与玄学论战”中胡适、丁文江等科学派并不“科学”的独断论的专横态度，陈独秀等积极参加非基督教非宗教大同盟的运动，想“依靠多数的力量来干涉异己的少数者，压迫个人思想的信仰自由”[3]的悲剧性正在这里。看来不反省使思想发生作用的方式，不反省这种先验的“启蒙语法”，并无助于我们改变民族智慧中最稳定的东西，从而可能影响真正的“民主”和“科学”精神的形成。由于权

[1] 〔美〕杜维明、薛涌《传统文化与中国现实》，《九十年代月刊》1985年11月号。

[2] 这是郑太朴批评陈独秀的话，见《论中国式的安那其主义答光亮》，1921年7月17日《民国日报》副刊《觉悟》。作者还另有《质独秀先生》发挥其观点。

[3] 参见舒芜《自我·宽容·忧患·两条路》，《读书》1989年第3期。

威主义的启蒙取消了与对象的基于理性原则的对话，也就取消了通过启蒙唤起人的价值自觉能力的可能性，所以独白式的“五四”启蒙主义的客观效应不但无助于“立人”即生成富于批判精神的现代人，反而正好为自己准备了“掘墓者”——一批批新式“愚民”，正好鼓励他们形成被动接受的习惯，教他们去寻求精神导师和救世主。权威主义启蒙所唤起的理性往往是康德所谓“独断论的理性主义”（dogmatic rationalism），它不以理性维护其人格的独立和尊严，反而去论证某些教条、信念，仍旧是“神学的婢女”或意识形态的仆从，这种可能性是为以后的历史发展——如“文化大革命”——所证实了的。为什么呼唤人的觉醒和理性自觉的启蒙运动会走向反面和失败？除了历史发展本身所受物质和精神、现实和传统的“合力式”影响，除了坚持“五四”精神不够的一面，“五四”启蒙思想本身未能克服“权威主义”的局限，未建立起一种保证个人的思想、言论、信仰自由以促进社会和文化进步的机制，应该也算一个原因。

当然，“五四”启蒙思想家选择“权威主义”为主要的启蒙方式，是自有其逻辑和历史的理由作支持的。就理论的逻辑讲，权威意味着秩序和力量，可以“保证”启蒙的性质、效率和方向；就历史的需要而言，亡国灭种的恐惧直接鼓励着“公理与强权”的结合。因此真正的启蒙主题如“立人”（鲁迅）、“非使一般农民有自由判别的知能不可”（李大钊）的命题淹没在“角逐列国是务”“改善社会制度”的救亡呼声中，就不是难以理解的变化。问题仅仅在于，以救亡为本位、启蒙被降格为一种手段的“五四”启蒙主义，在建立意识形态以振兴民族上贡献了较之唤起人的理性自觉能力更多的热情和才智，是内在地以牺牲自己的价值和使命为代价的。我们知道，国家、民族的独立和解放及社会、集团的解放与真正“人”的觉醒和解放并不是一回事，正如马克思所说：“即使还没有摆脱某种限制，国家也可以摆脱这种限制，即使人不是自由人，国家也可以是共和国”[1]，因此，启蒙和救亡之间并不存在谁为手段的问题，而是互为目的：“必须唤醒人的这些自尊心，即对自由的要求”，“只有这种要求才能使社会重新成为一个人们为了达到崇高目的而团结在一起的同盟，成为一个民主的国家”[2]。由于几乎所有的“五四”思想精英都把“立人”作为民族自救的手段而非以“立人”本身为目的，所以他们在启蒙时大多重在输入信仰而非启发理性；重在使对象对于社会、民族、家庭及个人持有一定的意见而不是鼓励他们进行独立思考；重在把对象塑造成“什么”而较少关心“如何”塑造；对象仅仅被当作一种材料，而非具有价值自觉潜能的尚未“成熟”的人。到后来，当对象只能被输入一种思想或主义时，启蒙则蜕变为一种在对象身上取得权力和控制的手段。事实上，在笼罩整个现代思想的“权威主义”的启蒙气氛中，无论梁启超的“制造中国魂”，鲁迅的“改造国民性”，还是后来的“思想改造”和“文化大革命”中所谓“灵魂深处爆发革命”，都隐含着一种企图规制和影响人的精神倾向。对于他们而言，人并不享有固有的本质和天赋的权利，并不具有内在于个体生命的不可侵犯和不能改变的精神和尊严，其本质只是由历史的需要而决定，随社会关系的变化而变化的。也就是说，人只不过是可以任意——无论动机是好是坏——改造、控制的东

[1] 《马克思恩格斯全集》第1卷，第426页。
[2] 同上书，第409页。

西。这其实也就是启蒙者的哲学。尽管在鲁迅的“改造国民性”想建立现代人格与“思想改造”企图消弭知识分子的独立人格而成为“驯服工具”之间存在着巨大的差异，但在本质截然不同的思想行为中却能发现某种精神或哲学的同构，这说明即使像鲁迅这样的现代最深刻和复杂的心灵，其启蒙思想也可能仅仅是依照旧语法填造了一个新句子，有某种民族思维方式中的深层要素并未真正触及。因此，对于不以唤起人的理性自觉能力为自足目的的“五四”启蒙主义，说它带有“把人的灵魂从一种愚昧中解放出来却置于新的奴役下”[1]的危险性大概并非危言耸听。我想，对于今天的启蒙知识分子，反省“五四”启蒙主义的独特性和局限性，扬弃那种自以为占据了“历史发展的普遍性”的独断式自信，尤其是剥离其忙于输入信仰、向往强权保护中潜含的危机性内核，起码与沿着原有路线继承和发扬“民主”“科学”传统本身一样重要。

还是在19世纪末，杰出的启蒙者严复就提出了“鼓民力、开民智、新民德”[2]的中国式启蒙命题；而20世纪末，整个思想界却仍然摇摆于“强力”“理性”和“信仰”这一三角难题之间。真正富于建设性的启蒙精神是什么？新启蒙将如何回答历史遗留的问题和迎接新的挑战？恐怕是到了非做出反应不可的时候了。

1989年4月

（原载《鲁迅研究月刊》1989年第5、6合期）

---

[1] 转引自赵一凡《法兰克福学派旅美文化批评》，《读书》1989年1月。

[2] 严复《原强》。

自由与权威的失衡

——高长虹与鲁迅冲突的思想原因一解

高长虹这个名字，对于今天的读者已相当陌生，即使在治中国现代文学的专业圈内，一般人对他的了解也未必能超出《鲁迅全集》注释的范围。原因之一是关于他的资料的匮乏，在此意义上，《高长虹文集》的出版当是一件好事，值得高兴。在很长一段时间内，高长虹的名字往往由治鲁迅的学者提及，或许由于1926年下半年他与鲁迅的那一场著名的冲突，它在鲁迅的生活、思想和创作上都留下了深浅不同的印记，如鲁迅植根于进化论的关于青年的看法就由此而得以修正、深化。毫无疑问，高长虹在思想、作风及人格上都与鲁迅有过一段认同期，其第一本散文及诗的合集《心的探险》曾由鲁迅编入“乌合丛书”，他成为《莽原》周刊的主要撰稿人，也主要得之于鲁迅的提拔。但他们的关系最终还是破裂了。尽管私人友谊的破裂不一定都源于思想的冲突，但对于高长虹和鲁迅：一个是20世纪20年代名噪一时的“狂飙运动”主将，一个是开辟“五四”新文化道路的巨人和导师，仅仅从个人情感纠葛和工作摩擦方面找原因，似乎太过于皮相。我认为，作为“五四”时期的两代人，作为同样深切关注着中国现代思想文化建设和个人命运的思想者，其反目一定还有思想上的原因。事实上，高长虹与鲁迅的关系可视为现代文化主潮与其他思想选择之间冲突的一个缩影。对于我们今天的现代文化建设，这场冲突反映的一些问题仍具有相当的深刻性和现实性。我所指的主要是高长虹关心的自由与权威（包括广泛的社会权力，下同）的关系问题。正是由于对它的错误解答，才导致他与鲁迅、周作人乃至整个《新青年》同人的冲突。

如同“五四”时期的所有青年一样，高长虹的思想色彩驳杂。哲学上的怀疑主义和超人思想、社会政治思想上的无政府主义、文艺思想上的浪漫主义构成其思想的基本内容。由于其思想大多隐蔽在随感式的所谓“自由批评”的文字中，因此我的考察主要限于如《走到出版界》这样的杂文集的范围，它们记录着他关于当时政治、文化、科学、艺术、出版等状况的思索，也是他与20世纪20年代思想文化界的直接对话。这种批判性对话既涉及易卜生、尼采、马克思、克鲁泡特金、泰戈尔、歌德、莫泊桑等外国思想家和作家，也涉及章太炎、吴稚晖、鲁迅、周作人、胡适、郭沫若、郁达夫、郭任远、张竞生等当代思想家和文人，尽管他的逻辑独特，话题又或古或今、或中或洋，漫无边际，然而自由与权威的关系问题却始终闪烁在他20世纪20年代思想的全过程，贯穿于与鲁迅、周作人等冲突的整个时期。

我们知道，无政府主义的流行是从辛亥革命到“五四”以后思想界的一个主要趋向，当时社会上形形色色的社会改造运动如“新村运动”“基尔特社会主义”等都与它在社会心理上有千丝万缕的联系。他们自称“安那其主义是无政府制度的社会主义”（克鲁泡特金语），为它取了各种美丽名字诸如“无政府共产主义”（刘师复）、“新民主主义”“新社会主义”（江亢虎）等，甚至连毛泽东、蔡和森都一度“赞同许多无政府主义的主张”，认为其最后理想“列宁与他无二致”[1]。为了消除其影响，陈独秀等共产党人曾与无政府主义者展开了一场论战。这场论战虽由于年代久远逐渐为人遗忘，但其基本论题却仍常常改头换面地出现在不同时期的思想当中。它的中心内容是关于中国社会改造和人的改造的原理和方法，而自由和权威的关系作为人与社会、人与人关系的核心问题，则更成为人们乐于谈论的话题。

作为一个无政府主义者，高长虹带有时代赋予的全部优势和局限。他崇仰民主和科学，确信自由和宽容在思想和文化上的价值，向往文化的“世界化”，但他又蔑视一切权威，强调个人自由的绝对性。这一倾向往往迫使他违背自己的初衷，把思想上的论争演变为面红耳热的无聊谩骂。他的不少文章都杂夹着这一背叛其基本信念的不和谐音。众所周知，个人自由原则是无政府主义的基本价值。为了保证个人在思想、社会、经济上的自由，它同时强调思想上的宽容、反抗强权和最大多数的最大幸福及互助合作的原则。正是在此意义上，无政府主义获得了巨大的人文价值，能以“自由社会主义”的面目长期出现于国际社会主义运动中，像人类历史上第一个无产阶级政权“巴黎公社”就主要由无政府主义者发动。但是，自

[1] 参见〔美〕E. 斯诺《西行漫记》，第128页。《新民学会会员通信集》1920年9月16日蔡和森致毛泽东信。

由和权威的关系问题始终是其思想中一个不愈的伤口。尤其在中国，其反传统、反权威、反压迫的思想价值取向一旦与“五四”反封建的时代精神合流并取得其历史的合理性，它那倾向绝对自由的砝码便无情地滑向天平的一端。高长虹的情况便是如此。对他来说，自由，尤其是思想自由不啻他的生命。面对20世纪20年代思想界的“混战”，他在文章中呼吁自由和宽容精神，反对党同伐异；认为“思想上的冲突自然是免不了的，但总要维持着思想上的德谟克拉西的精神，大家都诉之于自由批评。”（《晴天的话》）而“自由批评是思想上的德谟克拉西的精神的表现。”（《请大家认清界限》）为了避免个人在思想上的不自由和拘泥于个人利益的不超脱，他甚至设想“从事科学、艺术、思想工作的人”只能是“保持住孤独者的地位如俄国‘空人’（今译多余人）那样者。”对于当时思想界一些违背言论自由精神的事件，他也往往做出异乎寻常的反应；如轰动一时的商务印书馆迫于社会上守旧势力的压力撤销宣传新思想新道德的《学生》和《妇女》杂志，并欲对《妇女》主编章锡琛起诉的事件刚发生，他就写了《咄！商务印书馆乃敢威吓言论界吗？》对商务印书馆耳提面命，上了一堂关于“言论自由”的启蒙课。可以说，在自由问题上，高长虹是忠实地体现了无政府主义的精神和风度的。

然而，一旦把自由片面地理解为反抗权威的结果，那么自由和权威的失衡就成为一种必然趋势，这也是“五四”以来中国思想的误区之一。高长虹之反鲁迅、反周作人、反《新青年》大概皆缘于此。在《1926，北京出版界形势指掌图》中，他曾写下常被用来说明与鲁迅思想分歧的文字：

于是“思想界权威者”的大广告便在民报上登出来了。我看了真觉“瘟臭”，痛惜而且呕吐。试问，中国所需要的正是自由思想的发展，岂明也这样说，鲁迅也不是不这样说，然则要权威者何用？为鲁迅计，则拥此空名，无裨实际，反增自己的怠慢，引他人的反感，利害又如何者？反对者说：青年是奴仆！自“训练”见于文字，于是思想界说：青年是奴仆！自此“权威”见于文字，于是青年自己来宣告说：我们是奴仆！我真不能不叹中华民族的心死了！

这段话含义相当丰富，其锋芒不仅指向鲁迅和周作人，而且指向以《新青年》为代表的启蒙主义思想路线。他显然把权威视为一种妨害自由而与“压迫”基本同义的东西。他在其他文章中加以抨击的“领袖主义”“曹操主义”及他不认账的“酋长思想”大概皆属这种“权威”的变种。本来，个人主义立场的反权威思想是无政府主义自由观的主要内容。萨特在《七十述怀》中自称为无政府主义者，并把无政府主义视为“一种有权无力的社会”，正是出于对它那拒绝任何权力的思想价值取向的心仪。对他们而言，权威关系成了实现“解放一切强迫，解放一切束缚”的绝对自由的最大障碍，其自由观也就成为织在权威关系四周的一道道活结。权威关系的构成是否必然以牺牲个人自由为代价？一般辞典这样规定权威关系的本质：“权威关系在本质上是主观的、心理的和道德的东西，它与采用建立在物质手段和物质胁迫的影响形式显然不同。权威在行动上也是一种自愿行为，因为每一个人自愿去服从，是因为它是应做的、正当的和合乎情理的事情。”[1]林毓生也曾区分过两种不同形态的权威——“压制性的权威”和“心安理得的权威”，二者由于能否产生新秩序并引发志愿的服膺和景从而有真伪之别。也就是说，真正的权威必然含有令人服膺的力量而排斥任何形式的强迫和压制。这个服膺权威的自愿原则非常重要，首先它尊重人的理性和价值自觉能力而有助于形成真正理想的人和文化，其次它承认人的思想和人格的神圣性平等性而避免了对个人权利的侵犯。大概正是在这种意义上，鲁迅说出了令高长虹大为不满的话：“就说权威者一语，在外国其实是很平常的！”（《1926，北京出版界形势指掌图》）高长虹把权威关系视为一种奴役关系，其谬误恐怕主要在于混淆了自愿的服膺与周作人所谓“压服”的界限，而这恰恰是最不能混淆的。

权威一词，本是外来语。“英文权威（authority）这个字，原是由拉丁文auctor（author）演化而来，意即：作品的创作或创始者，其衍生义是：创始者具有启迪别人的能力，他的看法和意见能够使人心悦诚服，使别人心甘情愿地接受他的看法与意见而受其领导。因此他的看法与意见便成了权威。”[2]可见其原始含义主要指一种影响他人的能力。因此，掩映在反权威下面的高长虹之反鲁迅、反周作人和反《新青年》的思想，主要表现为对“五四”以来的思想影响方式——权威主义启蒙的拒绝。前面引文中的“训练”一词，就是针对周作人“新青年时期的老兵有的退伍了，有的投降了，而新的还没有练好”的话而言的，而“权威”则指代具有极大影响力的鲁

[1] 〔美〕普拉诺《政治学分析辞典》，中国社会科学出版社，1986年，第10页。

[2] 林毓生《再论自由与权威的关系》，《中国传统的创造性转化》，生活·读书·新知三联书店，1988年，第78页。

迅。高长虹早在《莽原》时期就“想开始批评从《新青年》沿袭下来的思想”，除了批评“五四”人物，他还专门写有《思想上的〈新青年〉时期》对“五四”思想作概览性的总批评。这或许有20世纪20年代初无政府主义者批评“五四”思想领袖的背景，如1921年7月17日郑太朴在《民国日报》上对陈独秀“用开明专制来改造国民性”的启蒙主义“造人”路线的批判。高长虹对于周氏兄弟的批评也包含着这样的内容。作为“五四”思想的承受者，高长虹的反“五四”思想在现代思想史上是相当独特的。由反权威而至于拒绝任何外部的思想影响，其思路可能植根于对“五四”式权威主义启蒙所隐含的精神侵略倾向的警惕。他从《向导》和《醒狮》两种政治主张截然不同的刊物上看见“命令太多了，而科学太少”，认为“宣传使我们糊涂”（《〈向导〉与〈醒狮〉》）；他对20世纪中国启蒙思想漠视青年的精神自主性而仅仅把青年当作意识形态容器和获得权力的手段而痛心疾首（《领袖主义》）；他还有所针对地特别声明：“我决不敢自命在指导人，更不敢自慢去要人受我的什么影响……我只在说着关于别人的我自己的话。”（《特别声明》）而所有这些都源自他对思想的看法，他认为本于人的理性，“思想呢，则个人只是个人的思想，用之于反抗，则都有余，用之于压迫，则都不足！”（《1926，北京出版界形势指掌图》）这种关于思想的主体性的强调在现代思想史上无疑自有其意义和地位，但这一原则的绝对化倾向对于现代文化建设同样潜含着危险性。关于思想的本质，诚如高长虹所说：“思想是一个时代的苏醒，是由经验的直觉而发动的”，也就是说，思想的独特性与个体生命内容的独特性相联系，但同时又与其时代意识的普遍要求相联系，没有它赖以发生的客观的、社会的基础，没有赋予客体以理解结构的人的理性，或许人类根本就无法理解和沟通。甚至可以说，只要与“五四”思想享用着同一种语言，高长虹之拒绝外部影响就是不可能的，何况在今天人们的眼中，那种具有至上地位的价值自觉的古典理性，已为德国思想家哈贝马斯的新理性图式——交流理性所替代。理性不再是先验的、一成不变的东西，它仅仅是一个过程，一个社会交流活动中获得的“普遍共识”。因此，无论真理和道德标准，还是具有真理内容的思想，只能在讨论和辩证中确立。问题的关键还不在这里，事实上，高长虹由崇仰自由到反对权威关系，再由反对权威关系到拒绝外部的思想影响，已经形成了一条完整的竭力摆脱“五四”启蒙思想“语境”的孤立主义思想路线，而这一路线的封闭性又直接与其最初信念——对自由的信念相矛盾。在特定意义上，拒绝别人的影响也同时意味着取消了基于理性原则的交流和对话，因而也就断送了真正达到自由的可能性。前面所以特别提到高长虹的把思想批评变为谩骂，不仅由于这些内容在其文章中占有相当篇幅，而且由于他的意气用事和无节制恰恰是不能运用理性的结果，是可以视为其思想的一种自我否定的。

高长虹的反权威思想与他的怀疑主义也有关联。他曾认为“至于那个强权，它向来是同真理相冲突的，更无须说了。但是，反抗强权，也正是真理的最大的责任。对于不讲理的强权只有不讲理地反抗下去。”（《论杂交》）就是说，他把反权威与追求真理——人类理性的最高功能相提并论。由强调省察的怀疑理性而至于弘扬唯一的主体——思想者，既是其文章的清晰走向，又是其思想的逻辑延伸。在他看来，一种权威就是一种巨大的影响，它含有一种替代主体思考功能的催眠和蛊惑力量。对于“衰老的，怯弱的，懒惰的中国人”，接受其影响往往意味着理性被麻醉和解除思想武装。因此，尽管权威者代表着价值的思想源泉，但若非经过个人理性的过滤和检验，要想由它而直达真理则是不可能的，它只能作为主体的某种异己力量而存在。正是这种对权威的敌意使高长虹呼唤“自由思想的发展”，企求着一个真正独立的思想主体的出现——他有点类似笛卡儿“我思故我在”的那个“我”，具有坚强的怀疑理性和价值自觉能力，在文化建设方面具有真正的理性建构精神，其思想必然表现为对权威的创造性抗争。具体到鲁迅、周作人和《新青年》，他们无疑构成了20世纪20年代进步思想的影响源泉，高长虹要寻求“真正的个人思想的发展”，必然表现为对“五四”以来形成的关于科学、艺术、思想、文化等一整套语汇的反叛和对其启蒙主义思维模式和价值的摆脱。事实上，他的怀疑主义遍及所关注的科学、艺术、信仰、政治等各个领域，“五四”以来的各种思想和主张如国家主义、共产主义、自由主义乃至无政府主义都曾引起他的疑惑，他无法确定哪一种更具合理性，因此他强调“宽容”和“德谟克拉西”的精神，因为只有它们才能为公正的调查和理性的“检验”提供价值的保障。在一个怀疑论者看来，只有诉诸至上的理性，才能把现代思想从权威主义和迷信盲从、以信仰代科学的误区中解救出来。他甚至提出了“历史即神话”的命题(《历史即神话》)，认为历史性存在像神话一样远离理性，英雄主义的虚构无非特定意义上的对理性的哄瞒而已，从而消解了历史的意义。

实际上，高长虹强调清明的理性建构精神，执着地乃至有点歇斯底里地反权威，还植根于他对近代以来中国思想的悲剧性结局的思考。他在《1926，北京出版界形势指掌图》中曾指出一种相互以思想来控制、压迫对方，不把对方当作具有理性的人的现象："如大家都不拿人当人，则一批倒下，一批起来；一批起来，一批也仍要倒下，猴子要把戏，没有了局。所以有当年的康梁，也有今日的康梁；有当年的章太炎，也有今日的章太炎；有当年的胡适，也有今日的胡适；有当年的章士钊，也有今日的章士钊。所谓周氏兄弟者，今日如何，当有以善自处了。"这种由先进而落后、由开明而反动的思想演变轨迹，总是以失落历史的进步性为代价和特征，甚至连"提倡美感，提倡自由思想，拥护科学，而要之是主张国民运动"（高长虹语）的"五四"新文化运动，"到派别分出后，又几乎有一个相同的变革，则德谟克拉西这几个字不再看见了。"（《思想上的〈新青年〉时期》）问题的症结在哪里？高长虹认为在于权威的压迫，主要是权威关系对人的理性的控制和束缚，而反权威、强调个人的理性自觉，则可使近代思想从这一循环中摆脱出来，从而开辟一条立足于个人自由的文化和思想建设之路。这确实是一个无政府主义式的想法。问题是丧失对于自由和权威关系的辩证认识，其远景不过只是一种虚幻的海市蜃楼而已，这已由他一生的遭遇和以后的追求作了注脚和纠正，因此不再赘述。

总之，高长虹的思路独特，其谬误与真知灼见往往相互扭结着。读他的文章，我们能感受到两个截然不同的作家形象：一个是对中国文化前途有深切认知的勤勉而直觉能力较强的哲人，一个则是琐碎而神经质且常常"辞不达意"的三流作家。这种分裂常使我对其观点的把握感到困难。可以说，我更多地注意的是他的第一个形象，那种凭借天赋的理性向真理不断追索的精神，尽管他或许实际上已距真理越来越远。我想，作为一种思想史现象，高长虹的失误是深刻的，但书籍尘封和遭人诅咒毕竟是太过严厉的惩罚。无论如何，即使作为一种异端，其思想尤其是关于自由与权威之关系的思考，在另一种意义上，未必不可以视为我们今天现代文化建设的一笔财富，其独特的命题未必不能作为今天有关思考的某种出发点吧？

1989年12月

（原载《鲁迅研究月刊》1990年第5期）

伪自由之鉴：蔡元培与鲁迅

近年来，自由及其秩序问题重受学界关注。人们谈卢梭，谈福柯，谈哈耶克，也谈胡适、陈寅恪、储安平，当然也谈鲁迅。所谈话题从思想领域而至于中国历史，而至于其政治、经济的实践，不过弘扬自由主义价值的宗旨却是始终一贯的。在不少人的谈论逻辑中，尤其在苏联东欧式“社会主义”解体所引发的普遍的反思背景下，鲁迅及其代表的左翼知识分子传统自然而然遭受到非议。人们洞悉“今是昨非”后做事后诸葛，虽令人哀悯，毕竟属于其权利。左翼知识分子传统之于中国社会进步的作用是个大题目，因为它内含着中国革命——尤其是共产主义革命——的意义问题，更容易招致意识形态化的简单化批评。其实，它对于中国的现代建构如自由秩序的建构所起的作用，单凭自由主义的教条是无法做出客观判断的。因此，无论历史上的责备鲁迅“恭颂苏联德政”（王平陵），还是目前关心鲁迅之被利用（谢泳），乃至认定鲁迅式文化生产和反抗压迫的传统有碍于中国社会“公共空间”的拓展（李欧梵），这些涉及中国革命的意义和作用的话题，自然会牵动着当代社会利益之分配、社会资源之占有、社会发展方向之把握等诸多痛感神经。我想说的是，局限于“冷战”经验讨论建构自由秩序问题是不必要的。正如革命会把问题两极化绝对化一样，弘扬自由主义价值的“冷战”意向同样会犯此类错误：曾经具有统一性的“五四”遗产，至今仍被不同的社会利益力量分裂着，鲁迅和胡适分别位于这一遗产的两端，不仅差异而且矛盾了。由此我想到了蔡元培，就中国社会自由秩序的建构而言，其受思想支援的行动体现了一种高明的方法，它既不同于鲁迅，也不同于胡适，但二者却都可通向蔡元培式的言论空间，使各种差异、矛盾乃至敌对的思想各尽其言、各尽其用、各得其所。

那么，蔡元培主义——一种中西合璧的“中庸之道”——能否作为中国社会建构自由秩序的资源？它如何涵容鲁迅式的斗争性和胡适式的排他性？换句话说，蔡元培治下的“北大经验”能否推广至全国，在全社会营造一个自由思想和自由表达的“公共空间”呢？我认为，在自由及其秩序的建构课题中，无论讨论“公共空间”还是关注个人道德，在很大程度上与现代中国之政治、经济、道德、言谈等实践的反省和体验有关，并非简单的思想问题。因此我想，现代中国之自由思想的本质表达不一定存在于自由主义的教条，而是应着眼于中国社会有关公、私领域的制度建设，以及处于具体历史条件制约下人的思想、意志乃至行为的主体活动来考察的。当这种现代性活动能够遵循某种共同约定进行，结构自由的规则未被破坏时，人们可以实现其权利；当这种规则遭受破坏并且不能成为社会公约时，自由的实现便成为一句空话。在这种情况下，这一问题的实质反而可能由某些非自由主义——比如“革命”——的价值更深刻而辩证地揭示出来，正如民主的价值可以借由苏格拉底之死得到更深刻的揭示一样。

但对于中国的社会进步而言，建构自由思想和自由表达的“公共空间”是如此重要，以至于关于中国革命的是非、鲁迅式知识分子的得失都得以对它是否具有促生和拓展的积极作用来衡量、裁判。我看关键依然在于如何对待压制的问题。本来，依受天赋人权支持的革命逻辑，哪里有压迫，哪里就有反抗，这是天经地义的事。然而反抗压制的革命能够消除革命的原因而促成自由的秩序吗？它是否会形成另一种压制，从而陷于压制——革命——再压制——再革命的恶性循环呢？这似乎涉及自由秩序之建构原理的某种悖论。人们正是基于这种似是而非来质疑以鲁迅为代表的左翼知识分子的历史作用的。我想以李欧梵发表于《二十一世纪》1993年10月号的《“批判空间”的开拓——从〈申报·自由谈〉谈起》为例，讨论一下这个问题。

李欧梵是通过考察和比较近代中国最具代表性的公共论坛——《申报·自由谈》上晚清、民初和20世纪30年代鲁迅的一系列“游戏文章”的内容和形式，即谈论时政的内容和方法来关注其对于中国社会“公共言论空间”之促生和拓展的作用的。他认为，晚清《申报·自由谈》的“游戏文章”树立了一种边缘性的批判时政的模式，即“滑稽讽世”。这种以“嘲弄”为特征的文体可以形成一种连锁的社会功用：由文体的游戏而带动读者的阅读兴趣，再带动报纸的流行，从而导致“以滑稽形式发表言论”的新的“公共空间”的开创。民初一度广泛流行的那些更直接大胆的针砭时政，尤其是批评议会政治和袁世凯的言论，就可看成这种“公共空间”的开创的直接成果。然而到了20世纪30年代，国民党北伐成功后在言论上采取检查制度，却把一度扩大的自由表达的言论空间给缩小了。李欧梵关心的是，在此条件下产生的反抗压制的新模式——鲁迅式文化生产究竟具备何种社会文化功用？李氏直言不讳地提出《伪自由书》——鲁迅《申报·自由谈》（1933年1—5月）的结集文字——“是否为当时的‘公共空间’争取到一点自由？他的作品是否有助于公共空间的开拓？它和《申报·自由谈》早期的游戏文章，在社会文化的功用上有何不同”等一连串问题。在他看来，鲁迅的文章过多地为上海文坛的个人恩怨所左右，“我从文中所见到的鲁迅形象是一个心眼狭窄的老文人，他拿了一把剪刀，在报纸上寻找‘作论’的材料，然后‘以小窥大’把拼凑以后的材料作为他立论的根据。事实上他并不珍惜——也不注意——报纸本身的社会文化功用和价值，而且对于言论自由这个问题，他认为根本不存在。”总之，“鲁迅这个时期的‘说法’和所写的游戏文章（特别是和检查官做的语言捉迷藏游戏），并没有建立一个新的公共论政的模式。”李氏感到惋惜的是，“30年代的文化媒体，在物质上较晚清民初发达，都市中的中产阶级读者可能也更多，咖啡馆、戏院等公共场所也都具备，然而产生的却不是哈贝马斯式的‘公民社会’。”“原因之一可能从鲁迅的杂文中得到印证：这种两极化的心态——把光明与黑暗划为两界作强烈的对比，把好人和坏人、左翼和右翼截然区分，把语言不作为‘中介’性的媒体而作为政治宣传或个人攻击的武器和工具——逐渐导致政治上的偏激化（radicalizalion），而偏激之后也只有革命一途。”而“中国的革命特质和世界上其他过激的革命一样，在这个过程中，是不容许‘公共空间’的存在。因而这几十年的历史，这几代知识分子的努力（至少我认为），也没有为中国人民建立足够的‘公共空间’。”

老实说，李氏的高论给我一种难以言喻的失望感，不只因为它出自一位资深的鲁迅研究家，而且因为它过于主观、粗率的思想方法。我们知道，在中国社会建立一个自由思想和自由表达的“公共空间”是一个历史课题，它作为“构成公民社会的种种制度上的先决条件”之一，既涉及政治法权，也涉及个人言谈伦理，对其包括中国革命在内的形成机制的探讨理应基于求知的立场、顾及其全部历史的具体条件审慎地立论求证，其结论才可能是公允的和客观的。相反，仅仅从一种“反革命”的信念出发，无视20世纪30年代中国的法西斯式社会条件，抽象地谈论革命的负作用，不顾历史的具体条件而未审先判（我相信李氏的意见是先于研究产生的），有关鲁迅式的文化生产和反抗压制的传统对于中国社会“公共空间”的建构所具有的积极意义和作用问题，是无法得到正确揭示和评价的。营造“公共空间”的关键始终是如何消除压迫制度的问题，李氏关于晚清、民初、20世纪30年代《申报·自由谈》“游戏文章”议论时政、批评社会的不同内容和方式之于“公共空间”建设之不同作用的认识，关于现代中国的政治权利保障之制度建设与文化生产之间应具何种互动功用的考察，无视“鲁迅笔法”形成的客观原因，单单切责之，其实倒果为因了。晚清和民初相对自由的文风表达与鲁迅《伪自由书》中曲折尖锐的文风，是由当时各不相同的言论空间的性质所决定的，其差异是结果而不是原因。虽然言论本身的表达风格对于言论制度的完善不无某种互动功用，但它毕竟是被动的，是第二性的。道理很简单："公共空间"的拓展机制主要取决于公民政治权利的落实，而非在于言论表达的风格。相反，真正的"公共空间"倒是应该而且必须容纳各种不同的表达风格，即使是个人攻讦和党派批评的内容也不得排斥，否则，排斥了私人意见和党派舆论的"公共论政模式"算什么"自由表达"的"公共空间"呢？所以，李欧梵企图从鲁迅言论或文化生产方式之中寻找拓展"公共空间"的"社会文化功用"，要求他"建立一个说话的新模式"，在思想方法上就有问题。当时的中国，不是连言谈作风迥异于鲁迅的胡适等《独立评论》派的政论都不能容纳，连《申报》老板史量才都会因言论而遭暗杀吗？李先生避而不谈这种对于营造20世纪30年代中国社会的"公共空间"更为要害的条件，而申申其责鲁迅的文风和传统有碍于社会进步，会压迫"公共空间"的拓展，这种认识虽不无自由主义教条的支持，但其实并未切中20世纪30年代中国问题的症结，反而令人感到仿佛是"一个心眼狭窄的文人，他拿了一把剪刀，在鲁迅集子里寻找'作论'的材料，然后'以小窥大'，胡乱发挥，把拼凑以后的材料作为他立论的根据"，以致连《伪自由书》中鲁迅的作品和瞿秋白的作品也分不清了[1]。

革命的意义不仅对于革命者和反革命者不同，对于不同的革命者也可能是不同的，它可能是一种浪漫的诗意，也可能是恐怖和暴政，然而更可能是真正的社会进步，因而革命以及革命的逻辑并不必然地与压迫乃至取消"公共空间"画等号。鲁迅后期虽深入中国

[1] 李欧梵用来分析鲁迅问题的作品《迎头经》其实是瞿秋白的作品，参见《鲁迅全集》第5卷，人民文学出版社，1981年，第47页注。新版《瞿秋白文集》也收有此文。

共产主义革命，但却总是强调革命的目的是要人活而不是要人死，是要人解放而不是束缚，是要人自由而不是剥夺人的自由，并且同革命者内部一切言论或组织上的压制管束进行过坚决的斗争。像其从革命者中发现了“奴隶总管”和“革命工头”两种人，提示旧式革命不能打破主从关系的循环等等思想，便必须在考察鲁迅与革命的关系、反省革命的作用时予以重视。具体到“公共空间”的建设，我以为革命作为消除压迫的方法之一，仍然具有积极的意义。

革命的问题其实是如何反抗的问题。面对种种管制和监控制度——反自由的秩序，是否以革命的方式进行反抗，情况当然不能一概而论。就“公共空间”的伸缩而言，任何压制都必然会伤害它的存在和发展，然而只要压制不是太酷烈，言论表达的空隙总是可以找到的，鲁迅式杂文其实就是在严酷的压迫管制下设法寻找空隙，进行“社会批评”和“文明批评”，以发挥“报纸本身的社会文化功用”的一种反抗的方法。如果说《伪自由书》能够经由重重检查而得以发表，李欧梵关于它无助于“公共空间”的拓展的批评就不能成立。事实上，鲁迅正是借助当时的书报业制度和检查官的愚蠢，才一点一滴地逐渐“撑大”了自己表达的“言论空间”，同时也为“当时的‘公共空间’争取到一点自由。”[1]不过，当压制最烈的情况出现，比如当国民党一党的报纸成为一切报纸，蒋介石一人

[1] 另外的例证是，不管在延安时期还是文革时期，鲁迅杂文及其笔法始终是中国知识分子用来打破高压和封锁，曲折然而最大限度地自由表达的一种方法。这说明鲁迅式的“社会批评”和“文明批评”，不仅没有阻碍中国社会言论表达的“公共空间”的建构，反而成为受压制情况下尽最大可能自由表达的一种传统和模式，为中国人的自由事业做出了贡献。不妨设想一下，假如没有鲁迅式的表达传统，中国人的自由表达是会更充分呢还是会更受限制呢，答案是一目了然的。

的言论成为一切言论时，人们就只有两种选择了：或者屈服（保持沉默）或者反抗，只有在这时，以革命的方式进行反抗——彻底的“破旧立新”才是必要的和正当的；也只有在这时，人们才愿意付出牺牲进行革命。我怀疑鼓吹“告别革命”的人不懂此理：中国革命的发生是逼出来的，其“过激”的气质源于“过激”的条件。如果这种“过激”性确实妨碍中国社会的进步，那么我们首先需要查明导致“过激”的原因，这样才能真正对症下药，医治现代中国种种制度的、观念的痼疾，从而营造出真正的自由秩序，否则难免隔靴搔痒。

不过，反抗压制的革命既然不一定必然促生自由的秩序，也存在着形成另一种压制的危险，那么关注如何消除压迫制度及寻找能消除这种压迫的方法就显得非常重要。讨论必须由社会公共领域转入私人领域。无论自由秩序的组织，还是“公共空间”的营造，这一切都是为了建立一个保障人权的合理制度。离开个人权利谈论公共领域和“革命”是虚伪的，只有执着于个人权利并让它进入人与人、与社会、与种种现代建制的关系，一个社会之真正的“公共性”、真正的“公共空间”才能被建构起来。正是在这里，鲁迅作为革命者之于中国社会进步的意义才能得到正确评价，其与蔡元培、胡适乃至自由主义的价值连结点才能彰显出来。

1932年12月29日，鲁迅、蔡元培乃至稍后的胡适共同加入“中国民权保障同盟（China League for Civil Rights）”是一件意味深长的事件，“左联”领袖、北大老校长、自由主义宿将在“五四”分道扬镳之后再次汇聚于为实现中国人“结社集会自由、言论自由、出版自由诸民权”，尤其是“为国内政治犯之释放与一切酷刑及蹂躏民权之拘禁杀戮之废除”而奋斗的旗下。然而随后发生的北平监狱调查风波却显示了鲁迅与胡适的区别。倘若说鲁迅强调个性价值的“立人”思想、蔡元培强调思想自由和兼容并包的“主义”与胡适之英美自由主义共享着某种关于个性发展的价值——也就是说，具有思考中国问题的共同出发点的话，那么，其差异主要是表现在现实政治选择的层面上，鲁迅与胡适的区别是手段的不同而非目标的差异。很多人批评鲁迅憧憬苏联，其实胡适20世纪20年代也不乏此类言论，这一现象除了表明事实具有超越意识形态偏见的力量之外并不能说明别的意思。今天我们可能觉得奇怪：为什么一种无视人的个性的制度会征服崇尚自由、追求人的全面发展之路的高尚心灵呢？是由于国民党式的法西斯制度太不成样子，还是由于苏联政权的欺骗性宣传所致呢？答案当然不会如此简单。鲁迅之倾心苏联，虽然从其早年对俄国文学的喜爱上就可看出其对俄罗斯文明的信心，但吸引他的并非具体的政治、经济或社会的理论，而主要是苏维埃制度的设计理念——种全新的关于人的远景，一种全新的关于人的发展的可能性。鲁迅真诚地相信消灭奴隶生活会导致人的解放和个性的发展，也就是说，在无阶级社会，人必将发展成为一个摆脱了奴役关系的更为完善的存在。我至今仍想不出有比共产主义更合乎人的自由本质的“公共性”规定：**一个人的自由发展乃是其他人自由发展的条件，一个人的解放乃是把人的世界和人的关系还给了人自己。**今天苏联式“社会主义”——一场企图建构人的自由的新秩序的伟大实验失败了，然而它是违背设计理念的失败而非设计理念本身的失败：这种制度的失败反而更清楚地证明了其价值的胜利——反奴役、反压制的自由价值的胜利（但不一定是自由主义价值的胜利），这或许就是辩证法吧。

在一个基于儒教或什么专制教义而形成的层层制驭的等级奴役制社会中建构自由的秩序是艰难的，难就难在中国社会根本不存在像哈耶克设想的那种可以自发地生成这一秩序的机制，从人的观念、价值到风俗、文化、制度，一切建设都是外在的，一切材料都得从外部输入。革命也罢，改良也罢，所面临的问题其实只有一个，即如何在中国社会内部培养出一种能不断地生产和消费自由的机制。这不一定完全取决于中产阶级的形成、壮大以及产生政治、经济、法律等社会权利的全面要求，而首先在于全民的觉悟：只有当自由成为所有社会成员的内在需求，自由的秩序才能真正建立起来。鲁迅紧紧抓住生成这种机制的根柢——“人”，从改造“国民性”尤其是奴隶性做起，通过批判旧思想旧道德旧文化来改造“人”，通过植入新思想新道德新文化来促成中国社会内部的造血机制，这就是鲁迅式知识分子在中国社会建构自由秩序——当然包括对所谓“公共空间”的建构——方面的贡献。而胡适们高举自由主义大纛的形象虽然分外鲜明，俨然是为中国人争自由争人权的唯一力量，但那种仅仅在执政层面上与统治者周旋的方法毕竟较为肤浅：当专制的土壤依然广大而牢固，你如何能指望专制制度的自行消亡？何况你对政府的改造还可能变成政府对你的改造，从而导致妥协性和不彻底性呢。中国民权保障同盟之所以最终开除胡适出会，部分原因正在于这种易妥协、动辄站在政府方面立论的气质。我相信鲁迅和胡适代表着两种不同的方法，无论在何种条件下，正如毛主席所说的，不管是国民党还是共产党，是三皇教还是一贯道，其表现之不同都是必然的。

尽管如此，我们还是应该看到，无论鲁迅还是胡适，无论其分歧差异有多大，条条大路毕竟都能通达自由的“罗马”。而蔡元培式的存在则构成一种保障其开辟不同道路之自由的条件，既有制度的也有人格精神的意义。蔡元培先生矗立在北大，矗立在中国，矗立在日新月异的不断代替之际，仿佛一面可以检验自由之真伪的镜子，既能像三棱镜一样折射其五颜六色的丰富性和多元性，也能像平面镜一样忠实地映照胡适们的顾盼指点，鲁迅们默然肩着黑暗的闸门、放后来者到光明之地的憧憬影像，从而使由某种意识形态哈哈镜映照的歪曲形象消遁于无形。

1998年9月

（原载《方法》1999年第2期，文字略有改动）

鲁迅的小说及其他

鲁迅小说的典范意义

鲁迅是谁？套用“一百个读者就有一百个哈姆雷特”来理解鲁迅研究的主观性似乎有点离题太远，太一般化。鲁迅像尼采一样有一种反庸常、反市侩气、超拔人的精神而直奔崇高的气质，基于一些常识性的学理去认识他，总感到有点难以到位。作为植根于中国现代性运动的一种立场和方法，鲁迅长期以来意味着问题的答案：它既是由人数众多的先进分子克服痛苦和怀疑，经由不断的提问、辩驳、斗争、证实而构成的一条追求真理、探寻人类灵魂奥秘之路，也是立足现实、放眼世界、融汇古今中外的文化创造实践；在文化政治层面上，它当然更是折射着中国人存在意志的意识形态战场，不断回荡着中国之矛与中国之盾的斫击、杀伐之声。鲁迅从留日时期感应“中国意识的危机”、探寻“立人”与“立国”之路，到成为“五四”文学革命和新文化运动的旗帜和主将，再到20世纪20年代末“革命文学”论争时遭受批判和引发精神蜕变，再到20世纪30年代深入中国共产主义革命，其思想和文学的性格已经成为中国历史和中国革命的一部分，成为讨论中国文化前途必然直面的存在。因此，围绕着鲁迅的意义人们一直聚讼不已，即使在与“五四”思想高度“视界融合”的20世纪80年代，仍存在着不同的声音。当然，人们对鲁迅的思想和文学的意义之所以有不同认识，乃是由其不同的立场、经验、知识教养乃至意识形态等因素所决定的。大致而言，对鲁迅的评价经过了几个阶段：首先，在20世纪20年代，主要作为“新文学实绩”的体现者来认识，鲁迅自己、周作人、胡适等《新青年》同人这样看，创造社那些年轻气盛的批判者也是这样为鲁迅定位的；到了20世纪30年代，随着左翼文学对“五四”文学的批判，一方面鲁迅的早期作品得到有保留的肯定，另一方面鲁迅的精神和思想的转向却得到高度的评价，如瞿秋白所讲的名言：“鲁迅是莱谟斯，是野兽的奶汁喂养大的，是封建宗法社会的逆子，是绅士阶级的贰臣，而同时也是一些罗曼蒂克的革命家的诤友，他从他自己的道路回到了狼的怀抱！”[1]到了20世纪40年代，对鲁迅的认识达到了前所未有的高度和空前的多元化，像毛泽东这样的革命领袖，称其为“中国文化革命的主将，他不但是伟大的文学家，而且是伟大的思想家和伟大的革命家。鲁迅的骨头是最硬的，他没有丝毫的奴颜和媚骨，这是殖民地半殖民地人民最可宝贵的性格。鲁迅是文化战线上最正确、最勇敢、最坚决、最忠实、最热忱的空前的民族英雄。鲁迅的方向，就是中华民族新文化的方向。”[2] 这种评价的影响之深远，一度成为20世纪五六十年代学界的支配性认识；20世纪80年代以来，

[1] 瞿秋白《鲁迅杂感选集·序言》。
[2] 毛泽东《新民主主义论》。

鲁迅则或者被视为启蒙思想家和中国文化革命的象征，如“人的解放道路的追求者”（王得后）、“追求改造中国人和民族命运的伟大思想家”（钱理群）、“反封建思想革命的镜子”（王富仁）、“反抗绝望”的战士哲人（汪晖），或者纯粹视其为中国“个人”思想的精深建构者。这一系列关于鲁迅是谁的杂乱答案，从时代顺序上，内含了一个从“人”到“神（圣）”、再从“神（圣）”到“人”的认识阶梯。当然所有这些认识都有主观性，不管是“神（圣）”化还是“人”化鲁迅，关键在于这种看法是否符合事实，或者说，在多大程度上符合事实。

但是，有关鲁迅的“事实”是不好确定的，这并非说其生平和行状像屈原那样依赖于人们的想象，而是指除此之外，我们可以执着的毕竟只有《鲁迅全集》。这决定了我们接近鲁迅的途径主要是阅读，对其思想和文学、人格和文格的把握只能依靠体验和分析。这种研究的“内在性”隐含着危险：它若任由想象力主导会偏于神话和传奇，而单据分析性操作又会偏于技术性和工具化，忽略其与中国社会和文化变革的联系。因此，我们关注鲁迅的意义，无论思想或文学，还是具体的小说品格，不能想当然地从既有认识入手，也应注目它与我们生活中最基本的“外在”事实的联系。本讲拟从常识性感受入手，为鲁迅小说的性质进行定位，以把握其作为典范的独特性，看其不同于中国现代作家和外国作家的地方在哪里，其实这也是寻找、发现鲁迅小说意义的过程。我想把重点放在文学方面，不过，鲁迅既是文学家，又是思想家，又是卓越的学者，这种特性与其文学方面的本质并非无关，而是深刻地影响和制约着其小说的品格的。

第一个问题涉及宏观，鲁迅的文学是否伟大的文学？这仍属于主观评价的范畴。“伟大”一词，在文学史评级中属最高级（其次为“卓越”“杰出”，再次为“优秀”，再次为“一般”），譬如莎士比亚、歌德、托尔斯泰、陀思妥耶夫斯基、曹雪芹都是公认的“伟大”作家，而狄更斯、雨果、福楼拜、果戈理、契诃夫等为“杰出”作家，而屠格涅夫、哈代、泰戈尔、沈从文、大江健三郎等为“优秀”作家。以中国古典作品而论，《红楼梦》是伟大的作品，《水浒》《三国演义》《金瓶梅》《儒林外史》是杰出的作品。这是大致的评价。那么，决定一部作品或一个作家“优秀”“卓越”或“杰出”乃至“伟大”的界限在哪里？其评定依据能否客观化？这个问题应该得到关注，因为从新文学诞生起，中国作家就企图创造出伟大的文学，20世纪30年代是这样，抗战时期也是这样，记得《七月》杂志曾一本正经地组织讨论“伟大的时代为什么产生不了伟大的文学”的问题；新中国成立后的文艺管制虽然严格，但亦致力于创造新时代的文学，甚至“文革”时期的萧条局面中，“一花独放”的“样板戏”仍蕴蓄有此雄心；到了新时期，拨乱反正之际，人们仍念念不忘“为什么经历了‘文革’的浩劫这种伟大的苦难却产生不了伟大的文学”，后来也许是批评界终于明白创造伟大的文学是可遇不可求的事，便退而求其次，转向讨论中国作家为什么得不到诺贝尔文学奖，至今仍深陷此情结而不能自拔。

那么，具体到鲁迅，对其包括小说、散文、杂文、诗歌的文学，我们究竟该怎么看？依毛泽东的看法，他当然是伟大的文学家，但依王晓明的看法，鲁迅较之世界伟大的文学家，只是具备了伟大作家的素质，却未能具备伟大作家的事实[1]。或者说，他只是“现代中国”的“伟大”作家。国外对鲁迅文学成就的评价，也大多把他放在“中国”“东亚”乃至“第三世界”的范围来看[2]。我想这涉及文学评价的知识依据，也涉及这种依据的文化背景及其背后的文化权力关系。像世界文学的评价就多以西方文学为标准，这个问题暂且不论。我想不管怎么说，鲁迅的文学已经成为现代中国文学的经典，成为亚洲现代文学的经典，成为第三世界文学的经典，这总是一种客观的事实。而另外一些作家如茅盾的《子夜》，才是只属于“现代中国”的经典。

因此，我们可从较玄虚的“伟大”标准的讨论转向较为切实的对“经典”作品的讨论。所谓“经典”，西语意思相近的词有二：一为“classic”，一般译为“古典的”，含有优秀的、传统的、不朽的、典型的等意义，其对应的反义词是“现代的”；一为“canon”，一般译为“经典”，具有教规、圣经的正经、准则、标准、原则等含义。在汉语中，“经典”一词指传统的具有权威性的著作、各宗教宣扬其教义的根本性著作。考其字义，《说文解字》中释“经”为“织物的纵线”，后渐为南北向的道路或土地，有坐标之意，后又引申为常道（“道”本为“路”，有指导、引导人行走之意），即常行的义理、法则、原则，后又指宣扬普遍义理、法则、原则，能指导人的生活的书“经”，如佛经、十三经、《茶经》《山海经》等，因此，

[1] 王晓明在《批评空间的开创——二十世纪中国文学研究》序认为“在中国的现代作家中，鲁迅无疑是最出色的一个，但以世界文学的标准衡量，他却还不能算是伟大的作家，尽管他本来有可能成为一个伟大的作家”。（东方出版中心，1998年，第2页）

[2] 如欧洲的普实克、日本的竹内好、美国的詹姆逊等学者的鲁迅研究。

“经典”即作为典范的经书之意。

我想，今天人们视鲁迅的文学（尤其是小说）为经典，大概基于以下理解：一，是含有指导规则的文学榜样，特别是作为某一时代、地域、类型的文学的典型和代表；二，是优秀的、权威的乃至不朽的。这虽然与厘定“伟大”的评价标准相距远甚，但至少可以取得我们讨论问题的最大公约数，这一认识，是连贬低鲁迅者都不能否认的。这是关于第一个问题的回答。

那么，第二个问题就是，鲁迅的小说——《呐喊》（1923年）《彷徨》（1926年）《故事新编》（1936年）究竟具有怎样的典范意义呢？这需要与晚清、五四时期及以后的小说进行对照才能更明白地理解。严家炎先生有一句话说得非常本质：“中国现代小说在鲁迅手中开始，在鲁迅手中成熟。”我们探讨其典范意义，只能在有关建设中国现代小说的小背景和近代以来中华民族创造性地响应西方文化冲击的大背景下来展开。

《呐喊》《彷徨》的意义，主要在于通过对古今中外文学的创造性学习，为中国现代小说建立规范。应该说，现代小说的建立过程早在“五四”前就已开始。王德威《想象中国的方法》曾探讨了晚清小说所蕴含的现代性及较之“五四”文学更加多元的发展可能性[1]。但晚清小说并不能称为“现代小说”，其公案侠义、黑幕谴责、狎邪、科幻小说中蕴含的“现代”成分毕竟仍处于从量变到质变的过程中。为什么这样说？鲁迅的小说与晚清小说到底有什么不

[1] 王德威《被压抑的现代性——没有晚清，何来“五四”》，《想象中国的方法》，生活·读书·新知三联书店，1998年，第317页。

同？需要做出探讨。我以为，其差异甚至并不在于人们所极力强调的语言媒介的不同。大家知道，在小说方面，文白之争从来不是一个问题——白话小说的传统早在宋代话本中就已开始，晚清小说中文言小说（如林译小说）与白话小说（如晚清小说的主流）并存着，由诗歌变革所引发的“五四”白话文运动的问题并不存在。普实克在《鲁迅的〈怀旧〉——中国现代文学的先声》中曾讨论过鲁迅“五四”前的创作，认为文言小说《怀旧》（1913年）无论在思想上还是在文学精神上，都已体现出与传统文学的断裂及与20世纪欧洲文学之最新潮流的联系，体现出淡化情节、抒情性加强等若干现代性的特征[1]。为什么淡化情节和抒情性加强这些特征就是现代性的呢？假如其表现与欧洲最新文学潮流的特征不同，是否就不现代了呢？或者说，假如《怀旧》的特征来自中国传统诗文而非欧洲最新潮流，又该如何认识其中的问题？我不认为《怀旧》较之晚清小说有多么了不起的区别和成就：它毕竟是过渡性的练笔、一时的兴意之作。所谓现代性，无非某种特定的时代性而已，作为评价文学的重要标准之一，无须将它绝对化的。鲁迅小说的可贵，并不在于其超前于时代的内容，而首先在于其忠实于甚至受制于时代的部分。我们说鲁迅的小说是现代的，首先因为作小说的人是现代的。周树人从绝望于“孔夫子和他的之徒”（鲁迅《在现代中国的孔夫子》）“逃异地，走异路，寻求别样的人们”（鲁迅《呐喊·自序》），经历了从严译赫胥黎《天演论》中宣扬的进化论到对19世纪40年代欧洲

[1] 〔捷克〕普实克《鲁迅的〈怀旧〉——中国现代文学的先声》，见乐黛云编《国外鲁迅研究论集（1960—1981）》，北京大学出版社，1981年。

兴起的所谓“新神思宗”（今译“新浪漫主义”）、尼采“超人”思想、易卜生个人主义乃至“摩罗诗力”的神往，再到“回到古代”的抄古碑的沉潜修炼，然后才发出“五四”时期意在思想启蒙和思想革命的“呐喊”。在这个“周树人”成为“鲁迅”的过程中，其脱胎换骨的转变首先发生于思想，然后才表现为文学。当然仅仅在思想上成为现代人并不能保证他一定能成为一个现代作家，他还必须有文学上的准备。鲁迅文学准备的独特之处在于，他不仅像一般现代作家那样向西方现代文学广泛学习，而且几进几出于传统文学——尤其是留日七年后又是八年的抄古碑、辑校古籍的学术活动，再加上与现实政治的互动，其浪漫主义的文学观终于变为现实主义和现代主义之精神和艺术的结合。我想以中国第一篇现代小说《狂人日记》（1918年）为例，就其思想与形式看它与晚清小说的差异，看它为什么是现代的。鲁迅自谓写《狂人日记》的用意是“暴露家族制度和礼教的弊害”，小说以狂人的家庭代表家族制度、缩影中国社会，通过“救救孩子”来救中国、救未来。看小说的主题，看其寄寓主题的基本形象，看其表达的形式制度，其实并不难发现它与晚清小说的联系。如以家族、房屋比喻中国就是晚清小说流行的方法，像李伯元《文明小史》（1906年）的楔子、刘鹗《老残游记》（1903年）第一回，都运用了类似的表现方法。另一篇小说颐琐的《黄绣球》（1905年），本以探讨妇女问题名世，但其题材、主题竟与《狂人日记》惊人地相似。用阿英的话说，它是写“当时新女性艰苦活动的真实姿态，当时社会中新旧斗争经过，反映了一代的变革。”[1]小说女主人公黄绣球，本是一个旧式妇女，但受了曾为梁启超大力宣扬的罗兰夫人等人思想的影响，觉悟起来，而从事妇女改造和社会改造的运动。她的名字，即寓有为女界争取光明，让地球一片锦绣之意。

小说第一回也用黄家房子坏了、大家商议怎样改造来隐喻近代中国国势。那时的中国——这座由三皇五帝时代遗传至今的大房子早已“东倒西歪，外面光华，内里枯朽”。族人主张“先用木架子支他几年”。但作者不同意，他比喻说：“如一棵花，种在地上，花上爬了些蚂蚁，这便怎样？”办法有两种，一是“只要将蚂蚁除去便是”，一是“寻着蚂蚁的窝，或者掘了他的根，或是把种的花移种到好地上去，教蚂蚁无从再爬，然后花才枝枝茂盛，年年发荣”。前者是族人即一般国人的想法，不脱苟且偷安的意味；后者则是作者和主人公即先进的中国人的想法：中国要好，非得彻底改造一番不可。这种以比喻、寓言为故事起兴的手段，以家族及姓氏作为民族或国家象征的方法，很容易使我们想起《呐喊》自序（1923年）、小说《药》（1919年）中的某些内容。

像狂人一样，黄绣球受西方文化影响而产生了觉悟，感到中国男女不平等，女子简直就是奴隶，于是便从事于妇女解放的运动。首先她放了脚，把邻近的女性一一找来劝说，结果大家以为她发了疯，以有关地方风化的理由，说她“行为诡秘，妖言惑众”，请县里衙役把她拿下收监，后来是她丈夫黄通理到衙门去设法，送了不少钱，才算了结此案。不过在她被收监时，官府开始了维新，官僚

[1] 阿英《晚清小说史》，东方出版社，1996年，第121页。

们乐得既不违上司命令，博得办新学的美名，又能借此再搜刮一番。黄绣球和丈夫在衙门书班张先生及其亲戚，一个出过洋的女医生毕去柔的帮助下，开始改造房舍、采办仪器，以家塾名义兴学。黄绣球先感化了两个尼姑，让她们把庙宇捐作校址，又编了一些劝放足之类的俚调，教她们沿街演唱，以感化众人，也募到不少钱，连一些年长的老太太都信服了。学校房屋修好，毕去柔也把仪器采购来，于是学校就办起来了。尤其是此时官府已换了一班新人，和黄绣球他们时有来往，因此官民合作，学校竟一天天发达起来。黄绣球见本地的改造已有成效，便去邻县辟荒。那里的事业开展得更苦，幸好不久，在本地的好官调任到那里，使他们能把教育事业顺利地发展起来。但此时本地的情况却出现了反复，原来继任者是个旗人，只知道要钱，正经事什么都不管。而他偏偏又是黄祸，一个行如其名的本家的朋友。黄祸曾利用黄绣球案从黄通理那里弄得一笔钱，但很快就花光了，现在正是他弄钱的好机会。他因此联合起来，把刚萌芽的新教育事业，以种种借口，百般摧残。黄通理得知此讯，匆匆赶回来与他理论，不料反遭收押。结果引起公愤，大家拥进衙门，大闹一场。两次官民冲突之后，虽然县官被带到省里，但黄绣球等知道不会就此罢休，索性大家组织起正式武装，把一县独立起来。

《黄绣球》这类小说，思想激烈，具有一定现代意识，如关于男女平权、维新运动的观点，与后来“五四”新文化运动的主题具有关联，涉及新旧风俗、新旧生活方式、新旧国家官僚体制——文化、社会、政治的更替问题，与鲁迅小说的思想主题有相近的取向，虽然鲁迅的思想更成熟更深入更具穿透力和富于学识，而颐琐的较浅显简单，尤其是最后以政治变革来带动社会、文化变革的思路，更带有前“五四”的特征，但制约其现代性成就并决定它并非一部现代小说的，却主要在于其小说体制——它几乎完全不脱旧小说“说部”的格调，如叙述过于戏剧化、结尾喜欢用“大团圆”、人物比较理想化等等，其小说观念——所谓“文的自觉”的内容也是梁启超式的工具论，超不出《论小说与群治之关系》的认识水平。前面曾提过，这部小说的题材、主题与《狂人日记》惊人地相似，一些表达手段也有相近的地方，虽然一为三十万言的“巨制”，一为几千字的短篇。对于《狂人日记》，论者一般多以彻底的反“礼教”来表扬其思想成就，但反“礼教”本身却不足为奇，古代思想史上一直有人辟儒，王充李贽只是最明显的例子，问题并不在反“礼教”“辟儒”本身，而在于其“反”、其“辟”动用了何种思想资源。鲁迅是以创造性地融汇了进化论、个人主义、“超人”思想、人道主义的现代“人”学来揭露家族制度的弊害、揭示传统思想的“吃人”主义的，也就是说，在鲁迅笔下，以家族制度和“礼教”为代表的旧中国是作为“人”的敌对体制和精心结构出现的。这种结论的得出完全是现代思想观照的结果。在小说体制上，鲁迅更贡献了一种创造性地融汇现实主义和象征主义、以白话日记文本和文言小序相互对质的复杂艺术，更远非晚清作家可比。要看《狂人日记》的艺术贡献，其实只要与果戈理的《狂人日记》比较一下就能明白。果戈理的《狂人日记》（1835年）只是在现实主义的构架中讲述一个寓意单纯的故事，写一个替科长修鹅毛笔的小书记，单相思爱上了上司的女儿，进而发花痴的心理状态。而鲁迅的《狂人日记》却在现实主义的情境中寄托着复杂的象征，而且，其现实主义是彻底的现实主义，像日记之“颇错杂无伦次”的语言及狂人的思维流程——形象之间形成意义的过程——完全符合“迫害狂”患者真实的心理症状；象征主义又是透彻的、极有包容性和概括力的象征主义。鲁迅的小说中并非只有《狂人日记》采用象征主义方法，像《药》也是优秀的象征主义小说，也同样是在现实主义的框架中讲述一个富有象征寓意的故事，但二者的表现非常不同：《药》的情节是外部生活的，《狂人日记》的则是内在心灵的；《药》的象征寓意依靠像“人血馒头”“花环”之类“道具”和某些约定俗成的文字双关义（如“华”“夏”两姓合起来恰为中华民族的别称）来产生，而《狂人日记》则通体是象征：个中既有道具性的意象如“月光”“陈年流水簿”“古久先生”等等，更有思想性的象征，如狂人的思路：小说一开始写其“意识着的”人的世界，但同时又平行着一个由“赵家的狗”“狼”“海乙那”等组成的兽的世界。随着狂人病情的加重，他逐渐把人的世界与兽的世界混同，最后发现人的世界就是兽的世界。而人与兽的生活本质又被组织到进化论和超人思想的脉络中去理解，这样在象征的层面上其意义——关于礼教和家族制度“吃人”的问题就提出来了。这里的象征不是单纯的形象，而是一系列形象在时间和空间中的展开，是一系列相互矛盾、相互质疑的思想元素的交集。因而小说中狂人“赴某地候补”与“救救孩子”的矛盾、作品之文言小序与白话正文的对照，就具有了意识形态战场的性质。也就是说，小说中的象征呈现为一个由时间性展开和空间性剧变交织的复杂的寓意结构。有人不理解此点，把狂人的“赴某地候补”仅仅作时间性的解读，把狂人病愈前后的变化简单地理解为其由叛徒向正常的社会文化秩序的复归，更有人说狂人又回到了

"吃人者"的行列[1]，自以为很深刻，其实这种解读的维度过于单一了。首先，它无视鲁迅所谓要揭示"家族制度和礼教的弊害"的本意，与之相矛盾；其次，即使鲁迅有表达"救救孩子"的渺茫和对未来的绝望之意，它也是以复杂的方式表现的，不宜以简单的线性思维来理解；第三，正如我前面所讲过的，狂人结局的矛盾，不仅是时间性的，而且更主要是空间性的，矛盾的结局不仅反映了狂人矛盾的思想和行为，而且反映着他矛盾的内心生活和外在生活。严家炎先生曾指出不能简单地把狂人病愈后"赴某地候补"视为回到"吃人者"的行列，又要去"吃人"了。因为在社会与先觉者的互动未成为现实的条件下，即使如作者鲁迅，仍需一边从事启蒙主义的写作，一边进入社会的既有体制进行"韧"性的战斗。何况关于狂人结局的交代是由狂人的大哥讲出来的，我们不能指望他完全了解狂人行为的意义，无法排除传统的"正常"社会对狂人思想行为再一次误读的可能性。因此，小说中对狂人"然已早愈，赴某地候补矣"的交代，我们固然也可以把它坐实理解，但使其保持一种不确定的开放性，也许更能体现鲁迅的本意。也就是说，对狂人的矛盾结局，我们与其把它视为其病愈"前后"的变化，毋宁视其为"内外"之别——一种在保持完整的内心的同时又清醒地与外部现实周旋的表现。这种由外在现实压迫而导致的"内"与"外"的分裂，乃至先觉者由积极救世渐趋以维持内心完整、平衡为"要著"的生命轨迹，在《狂人日记》之后一再被描写，由《呐喊》而《彷徨》，

---

[1] 此类意见20世纪80年代以来从海外舶来，在青年中甚有市场。具体论述可参见〔美〕弗雷德里克·詹姆逊《处于跨国资本主义时代中的第三世界文学》，张京媛译，《当代电影》1989年第6期。

以至于成为鲁迅小说最重要的主题之一。应该说，鲁迅小说中关于知识者命运的探讨，关于其内心矛盾的建构，即以狂人的“救救孩子”和“赴某地候补”的矛盾为原型。先觉者从“觉醒”到试图改造社会，到遭遇挫折或受迫害，再到救世激情和理想被逼回内心，成为表面上藏隐锋芒、内心坚持的病愈后的“狂人”（《狂人日记》），或者在坚持中和坚持后消沉堕落的吕纬甫魏连殳（《在酒楼上》《孤独者》），或者坚持做“韧”性的战斗的理想性格。这种种命运，鲁迅以狂人、夏瑜、N先生、吕纬甫、魏连殳之类的“独异个人”系列，在小说中做了极有历史和心理深度的诠释。这一精神变异的轨迹，其实也植根于鲁迅的传记经历中，我们可从其青年时代神往于“振臂一呼，应者云集”的浪漫主义英雄到“五四”时期的深沉表现中得以体会。

与晚清小说相比，鲁迅的小说是彻底现代的；与同时代现代小说相比，鲁迅的小说又是权威的、不可企及的。李欧梵曾提到，鲁迅小说中严谨的结构和富有学识的反讽与“五四”时期那种过分浪漫主义、形式松散的作品相比，完全是非典型的[1]。这“非典型”的意思，当然不是指鲁迅的小说不能代表“五四”新文学的实绩，而是说鲁迅的小说远远超越了同时代小说的水准，而成为同时代作家的学习榜样。现在学界一提到新文学的创造就讲以西方文学为师，以中国传统文学为师，其实也有以同时代作家为师的——不过现代作家中足以称得上“导师”者，也就鲁迅一人而已。在现代小说史上，说鲁迅在一些作家心目中享有像西方文学大师一样的地位，恐

---

[1] 李欧梵《铁屋中的呐喊》，第50页。

怕已是不争的事实，在乡土小说家许钦文、彭家煌、台静农、王鲁彦等的作品中，都有鲁迅的影子在。

那么，鲁迅的小说作为现代小说的权威和榜样，被置于为中国现代小说"立法"——建立规范的背景下，其意义又表现在哪些方面呢？我以为，从《呐喊》《彷徨》到《故事新编》，鲁迅经历了一个从创造性地学习欧洲文学而为中国现代小说建立规范，到超越西方小说模式而建立中国现代小说的民族形式，再到超越一切中西小说的写作规范，真正实现自由创造的过程。其中自然隐含着鲁迅作为一个真正具有创造精神的小说艺术家对我们的启示，虽然它同时也受鲁迅感应中国现代小说艺术发展脉搏的条件的制约。

先看《呐喊》《彷徨》。大家知道，它是中国现代小说史上最早一批有影响的作品：中国现代小说的民族形式正是通过它们而建立起来，一系列写作规范正是由于它们得以确立的。这些集草创、示范与"立法"于一身的工作，发生在新旧文学典范更替的文学范式革命时代，其贡献无论如何估计都不为过。大家可以设想一下，在人们不满晚清小说的乌烟瘴气而呼唤现代小说的出现时，忽然"凭空"出现了相当成熟的现代小说典范，这就是鲁迅给我们的惊喜。本来，为建立我国的现代小说，周作人1918年4月在北京大学小说研究会演讲时曾提出过具体设想，他以日本小说为鉴，认为"中国现时小说情形，仿佛明治十七八年时的样子"，"中国要新小说发达，须得从头做起"，即必须像日本明治维新以来那样，去模仿欧洲近代小说，"真心的先去模仿别人"，"随后自能从模仿中蜕化出独创的文学来”[1]。这大概用了30年左右的时间。可是事实与周作人所预计的完全不同，由于鲁迅的出现，中国现代“独创的文学”的产生，只用了短短几年时间，而且其成熟性远远超出了周作人所称道的坪内逍遥《一读三叹当世书生气质》之类作品[2]。就确立小说写作的规范而言，有两点值得注意：其一，规则的确立一般以约定俗成为上。所谓“约定俗成”，意味着文学生产之理想的社会文化生活条件，意味着世界与作家、作家与作品、作品与读者之间良性的互动关系。但鲁迅的小说生产并不具备这样的条件，几乎是在新文学的沙漠上出现的：当时无论批评家还是读者，对其思想与形式之间的生成意义和产生效果的结构，对其小说艺术方面的会心，几乎都难以产生任何兴趣。人们从鲁迅小说中，仅仅满足于思想意义的发现，如吴虞、陈独秀；胡适虽然能意识到鲁迅巨大的文学才能，但限于才力，对鲁迅小说形式的本质，对其究竟具备何种历史性的意义，却无法透彻地理解。20世纪20年代，批评家沈雁冰曾在《小说月报》一篇综述小说创作的文章中，慨叹中国读者水平之低下，以至于小说中不能出现任何反语，否则就无法领会其中意思。应该如何理解这一现象？根据文学生产的理论教条，鲁迅的小说似乎不应出现于20世纪20年代的中国，但却偏偏出现了，历史并不理会逻辑的和美学的规定性。可这是真实的吗？我们都知道，精神产品的生产不宜简单地等同于物质资料的生产，对于文学的生产条件尤其不能作机械的理解。就作为主观的精神生产者的作家而言，他面临的生产条件其实

[1] 周作人《日本近三十年小说之发达》，1918年5月刊《北京大学日刊》141 — 152号。

[2] 严家炎《鲁迅小说的历史地位——论〈呐喊〉〈彷徨〉对中国文学现代化的贡献》，《求实集》，第95页。

是复杂的：读者和批评界的制约是一方面，且是文学生产中较为消极的一方面，而作家的主观条件才是更为贴近更起积极作用的因素。对鲁迅来说，他之写作小说虽然在“五四”时期，但其准备却早在日本留学时期就开始了，因此他从事文学生产的条件是“跨国”的，不应只限于“五四”前后的中国来理解，还应包括其与古今中外的思想和文学之交集和对话。这也是鲁迅小说所确立的规范至今能成为中国现代小说的写作基石的原因——虽然不断有后来者试图反抗、颠覆，但即使是对启蒙式写作规范的反抗和颠覆，其深度和广度也至今无人能超越《故事新编》对《呐喊》《彷徨》的自我否定和扬弃。其二，规则的意义是相对的，一个作家通过其文学创造活动“为本时代的文学立法”，其贵在创造，在破旧立新，而不在所立之“法”本身。我们甚至可以说，其“立法”的意义，除了在一定时期供人学习以形成某种文学特征及某种时代风气之外，剩下的，只不过是树立一个供人反抗的目标罢了，因此用不着把这些由文学大师们确立的写作规范绝对化。现在看一些探讨文学现代化问题的论文，常见作者用贬抑的口吻谈论传统文学所用的方法，用赞叹的语气谈论现代文学所用之法：若涉及小说的叙述角度，必然要提全知全能的非限制性叙述如何不好，如何不够现代，而限制性叙述角度如何如何好，如何足够现代；或者讲注重情节等外在生活如何不好，而注重人物性格、心理、氛围等内心生活的刻画就如何好，这种种说法都有问题。文学规则的运用，或者具体地讲，某些技巧的使用，对于作家所要表达的意思，所要传达的意味，本身只有合适不合适的问题，而不涉及孰优孰劣，虽然艺术效果可分好坏。像比喻是较简单的修辞技法，而象征则较为复杂，但你不能说一部作品运用了象征就一定比运用比喻者要更高明，关键还是要看它对于所要达到的目的是否合适。因此探讨有关现代小说规范的确立及发展问题，应尽量摆脱来自流行思想的教条，更自由开放地进行理解。对于一个作家来说，他遵循现代小说的写作规范是可行的，沿用旧小说的写作规范同样是可行的，只是需要从中体现出创造性，一种不论新旧潮流只管实现文学本质的创造性来。也就是说，我们不能过高地评价文学史上盛行的某种精致的模仿和抄袭，而在所谓“思潮”“风气”的流行中往往隐藏着思想和感受的惰性。看看中国现代的优秀小说家，无一不是通过对流行风气的反抗或超越而显示出价值的，鲁迅之外，像钱锺书综合学衡派的趣味、《儒林外史》和18世纪英国小说的手段、当代存在主义式的思想来写《围城》；像张爱玲发扬《红楼梦》及鸳鸯蝴蝶派的长处、结合弗洛伊德的精神分析学说来写其《传奇》；像路翎承续“五四”和俄法现代小说来建构中国的心理现实主义；像赵树理动用民间资源来修正现代小说的脱离农民，如此种种，均能找到对当时文学潮流的反抗和超越。这只是20世纪40年代中国文坛出现的新作家的例子。以此道理衡量古往今来的文学，情况概莫能外。

那么，《呐喊》《彷徨》为现代小说确立了哪些规范呢？若抛开其文学精神不谈，我想它是与鲁迅“创造新形式的先锋”本质相联系的。鲁迅的小说写作是在建立规范与反抗规范的张力中展开的，他不断地建构，又不断地超越和解构，殚精竭虑地在试验着艺术的种种可能性。正如茅盾1923年《读〈呐喊〉》所说，“《呐喊》里的十多篇小说，几乎一篇有一篇新形式，而这些新形式又莫不给青年作者以极大的影响，必然有多数人上去试验。”[1]李欧梵也称道鲁迅“能极具才华地把他的独创性的想法表现出来，能极巧妙地把他的思想或经验转为创造性的艺术”：

> 仅仅把鲁迅各篇小说中的试验开列出来，就给人以十分深刻的印象。在《狂人日记》中他将日记形式转为几乎是超现实主义的文本，后来的各篇又进行了不同的试验，如人物描写（《孔乙己》）、象征主义（《药》）、简短叙述（《一件小事》）、持续独白（《头发的故事》）、集体的讽刺（《风波》）、自传说明（《故乡》）、谐谑史诗（《阿Q正传》）。在后期更成熟的《彷徨》诸篇中，他又扩展了讽刺人物描写的反讽范围（《幸福的家庭》《肥皂》《高老夫子》《离婚》），也扩展了在那些较抒情的篇章中心理撞击的分量（《祝福》《在酒楼上》《孤独者》）。此外，他还试验了对日记形式更加反讽的处理（《伤逝》）和一种完全没有情节的群众场面的电影镜头式的描绘（《示众》），还有对某种非正常心理的表现（《长明灯》《弟兄》）。对于业已熟悉鲁迅小说的读者，我上面所列的种种技巧试验的名称只不过是一些简略的概括……[2]

这些新尝试，仅仅表现了小说家鲁迅之艺术创造力的一部分。倘若

[1] 原载《文学周报》第91期，1923年10月。

[2] 李欧梵《铁屋中的呐喊》，第58、59页。

把《呐喊》《彷徨》置于从晚清到“五四”的逐渐“现代化”的过程中，我想有几点成就特别值得提出：其一，它出脱传统诗文规范，把“文章”变成了“小说”，这一倾向在《呐喊》中表现得较突出；其二，它把面向公众和社会的启蒙式写作，变成个人的抒情，这一倾向则在《彷徨》中表现得较突出。如果再联系之后的《故事新编》，就可引出其第三点成就，即由严格恪守中西小说传统的写作走向颠覆这一传统的纯粹的实验艺术。这三项成就同时也对应着鲁迅小说的三个转变。从《呐喊》《彷徨》到《故事新编》，其不同的作品集所体现的精神、所达到的人生的和文学的境界是不同的。不少人能欣赏《呐喊》《彷徨》却不能欣赏《故事新编》[1]，但若不能理解《故事新编》，他对鲁迅小说之意义和价值的认识就是不完整的。

《故事新编》的体制和方法显得如此别致，它不仅把旧小说的成规，而且把新小说的一切“作法”都给打破了（王任叔当时即困惑于它的“神秘性”和“贵族性”），令人除了做事后诸葛——追认其为“后现代”文本之外，似乎再无更好的做法。但这里的问题在于，只是在鲁迅单个作家身上，在他从1918年到1936年短短18年的创作时间内，在中国的社会和文化的现代化尚未完成的条件下，其作品何以能超越时代的制约，实现从前现代到现代、再到后现代的“三级跳”呢？如果可能，我们该怎样认识鲁迅创造力的本质？比如说，

---

[1] 如李欧梵就无法理解《故事新编》之于鲁迅小说创作的意义，他虽看到它“作为整体却表现出一致的观念”，但“这本书证明得最多的还是鲁迅在虚构化中的艺术行为：一方面证明了鲁迅观点的天赋气质，另方面，也证明了他对丰富的中国文化传统中古典书籍巧妙的阅读方式。”他对《故事新编》的独特方法并不能接受（参见李欧梵《铁屋中的呐喊》第二章“传统和‘抗传统’”，第32—37页）。

他为什么不循王晓明所希望的“突破”路线，从短篇转向长篇的写作，而是从《呐喊》《彷徨》转向了《故事新编》？如果不能，我们又该如何检讨自己进入文学的方式，在注目一些形式规则之外，更多地关心这些规则产生的因果？当然，我并不认为《故事新编》是“后现代”的文本，正如不宜把李商隐的诗与波德莱尔的诗、把刘鹗的小说与吴组缃的小说混为一谈一样。严家炎先生在《鲁迅与表现主义》[1]一文中曾令人信服地考察了《故事新编》与鲁迅的创作思想、艺术观念之变化的关系。确实，《故事新编》的精神是现代的而非后现代的，虽然后现代主义也可以像20世纪50年代的革命现实主义、浪漫主义一样从中各取所需，但这除了表明其艺术内容的丰盈和既有规范的不能规范之外，并不能说明别的。因此，要理解《故事新编》，就必须搞清鲁迅之以现实主义为主的艺术理想如何逐渐倾向现代主义，其注重再现与抒情的写作如何逐渐走向表现的艺术，其作品中现代主义的成分如何由局部而主干、由技术而精神、由规范的而成为反规范的。这些问题植根于鲁迅个人的精神史及他与中国传统思想、中国历史、中国革命的“艺术的”联系方式之中。我们说《故事新编》是自由的，不仅指作品的主体精神，而且指其中的体制和方法；我们说《故事新编》是一种解放，不仅相对于旧文学，而且主要相对于新文学；我们说《故事新编》体现了鲁迅的历史哲学，不仅看到它与《呐喊》《彷徨》的区别，而且看到它与《野草》的区别。我想以《补天》（1922年，原名《不周山》）这篇脱胎于《呐喊》

[1] 严家炎《鲁迅与表现主义——兼论〈故事新编〉的艺术特征》，《世纪的足迹——20世纪中国小说论集》，香港天地图书有限公司，1995年，第63—83页。

时期——因而与集中其他小说享有相同的“立法”精神[1]——的作品为例，看看《故事新编》的美学是如何从中西小说的成规中脱颖而出的。由于其创作曾被中途打断，导致作品最终结果与初衷的参差，这反倒成为我们考察鲁迅小说艺术演变的绝好的知识标本。

据鲁迅自述，“我做的《不周山》，原意是在描写性的发动和创造，以至衰亡的，而中途去看报章，见了一位道学的批评家攻击情诗的文章，心里很不以为然，于是小说里就有一个人物跑到女娲的两腿之间来，不但不必有，且将结构的宏大毁坏了。”[2]在《故事新编·序言》中，鲁迅也提到这样做是“从认真陷入了油滑”，而“油滑是创作的大敌”。这些发表于1933年和1935年的言论，显出鲁迅对《不周山》的“峻急”，也表明他仍沉溺于《呐喊》的美学之中。但同样的事实是，鲁迅一方面对“从认真到油滑”不满，另一方面又以更大的热情写作《奔月》（1926年）和《铸剑》（1927年）。如何认识这一现象？我以为，鲁迅对《不周山》的批评，并非否定《故事新编》的新美学，而是不满在一部作品中不加准备地运用两种不同的写作规则——“认真”与“油滑”，而对小说结构造成破坏。其实在《不周山》之后的其他小说中，“油滑”对小说结构的破坏性早已

---

[1] 《呐喊》1923年8月由北京新潮社初版，1926年10月改由北京北新书局出版，本收有《不周山》，但在1930年第13次印刷时，将其抽去，后易名《补天》收入《故事新编》中。

[2] 鲁迅《南腔北调集·我怎么做起小说来》。《故事新编·序言》亦有类似意思，为：“那时的意见，是想从古代和古代都采取题材，来做短篇小说，《不周山》便是取了‘女娲炼石补天’的神话，动手试作的第一篇。首先，是很认真的，虽然也不过取了弗罗特说，来解释创造——人和文学的——缘起。不记得怎么一来，中途停了笔，去看日报了，不幸正看见了谁——现在忘记了名字——的对于汪静之君的《惠的风》的批评，他说要含泪哀求，请青年不要再写这样的文字。这可怜的阴险使我感到滑稽，当再写小说时，就无论如何，止不住有一个古衣冠的小丈夫，在女娲的两腿之间出现了。这就是从认真陷入了油滑的开端。油滑是创作的大敌，我对于自己很不满。”

消除——鲁迅已经找到了可容纳、接受、转化乃至利用“油滑”的方法，在美学上已完成了从《呐喊》《彷徨》到《故事新编》的转变。像《铸剑》，就被认为是充分体现了鲁迅的艺术想象力和组织力的技术完美、思想超卓的作品，“油滑”的成分在小说中只处于辅助性的地位。而《奔月》则似乎是一次净化的结果，灵活的态度和新鲜的文风使得困扰《不周山》的“认真”和“油滑”的对立早已完美地化解。作者巧妙地利用了矛盾的原因，自由地超越了现代和古代，使小说成为一个流畅的艺术空间。写于1935年底的《理水》和《采薇》更把《奔月》《铸剑》的美学进一步发展：前者突出表现了杂文写作规范向小说的渗透，在文类特征上最具杂文倾向；后者则最精微地体现了“博考文献，言必有据”的精神，其均衡的布局，“古今杂糅”的细节和“油滑”手段的有节制的运用，对人物既调侃又饱含敬意的态度，还原历史情境的能力及思想上的成就，使它能成为体现《故事新编》的思想和艺术成就的典范之作。就其写作规范而言，“认真”是《呐喊》《彷徨》的美学，要求作者遵循公认的小说规范来写作和发挥其创造力，是历史的意志在中国现代小说史上的第一次体现；而“油滑”则是《故事新编》的美学，是鲁迅的创造力对一切既有“小说作法”的颠覆和质疑，是历史的意志提前在一个天才作家身上的第二次出现，因此人们在刚刚习惯了《呐喊》《彷徨》中所奠定的规则后，对于《故事新编》的新试验才有那么多的不解和非议。看来对于鲁迅既“循规”又“‘倒’矩”的小说创作历程，对于其历史成就——不仅为中国现代小说贡献了规范的“经典”，而且贡献了反规范的“经典”，我们真的只有惊叹他“简直好像艺术家”了。从《呐喊》《彷徨》到《故事新编》，鲁迅以其独特的小说艺术试验，为中国现代文学的形式发展做了最朴素也最震人心魄的启示。

鲁迅的小说中其实存在三种作为典范的精神：一是再现的，一是抒情的，一是表现的和讽刺。前者一般与现实主义的内容联系着，如《狂人日记》之日记文本的逼真，《孔乙己》（1919年）对咸亨酒店酒客和孔乙己之关系的描写，《药》（1919年）之华老栓为儿子取药、服药，《风波》（1920年）中对乡村习俗的刻画，《肥皂》（1924年）之寓心理讽刺于客观描写，《示众》（1925年）的制作群像，《弟兄》（1925年）的心理描写，《离婚》（1925年）中戏剧化的表现方式，《奔月》（1926年）中羿之无聊的生活等，均依靠再现的精神来支持；其次则往往与浪漫主义的内容——也就是《呐喊·自序》中所谓“年青时候也曾经做过”但后来“偏苦于不能全忘却”的梦——相联系，这种抒情更由于主体经验的介入，增添了作品中情感的分量和亲切感，令人恍如进入其内心的传记一样，如《头发的故事》（1920年）中N先生义愤的独白，《故乡》（1921年）之对理想的“人”的生活的追寻，《社戏》（1922年）对乌烟瘴气的都市文化的憎恶和对乡村清新、自然、淳朴的风俗的讴歌，《祝福》（1924年）中叙述者“我”对祥林嫂之生活的感慨，《在酒楼上》（1924年）和《孤独者》（1925年）中叙述者“我”对吕纬甫、魏连殳这类“独异个人”命运的感喟和伤悼，以及《伤逝》（1925年）中涓生的辩解和忏悔，所有这些，又与中国古代诗文的抒情传统贯通着，洋溢着追寻理想的热情；其三则是表现的和讽刺的精神，往往与现代主义（尤其是表现主义）的内容相联系，注重对某种观念、思想和生活的分析和批判，如《阿Q正传》（1921年）所运用的写意笔法，《端午节》（1922年）中大量的议论和观念分析，《幸福的家庭》（1924年）和《高老夫子》（1925年）的戏拟式讽刺，《长明灯》（1925年）之用象征来传达观念，以及《故事新编》运用“古今杂糅”的细节和“油滑”的方法对中国的思想传统和历史人物进行批判和分析。值得注意的是，这三种精神在鲁迅小说中的表现形态并非简单的，而往往是复合的和相互纠结的，虽然其发展呈现为一个螺旋式地循序展开的清晰秩序，但具体的作品却往往体现为不同写作精神的综合。像《狂人日记》通过再现的文本来实现表现的意图——对“家族制度和礼教的弊害”进行揭露；而《阿Q正传》虽然被成仿吾认定是写实的再现的，其实却是写意的和表现的，是对阿Q的生活和精神所进行的分析和批判；《故乡》《社戏》《祝福》《在酒楼上》《孤独者》等则既是抒情的，也是再现的，也不乏观念性的批判分析；至于《故事新编》，情况则更复杂些，其所用方法表面上是对再现原则的自觉破坏，后期作品也不愿兼容在《补天》《奔月》《铸剑》中还很重要的抒情[1]，而孜孜于对某些思想观念的分析和批判，但在它与一切小说成规的对抗中，实际上正是那些有关再现和抒情的“成规”，才构成其反抗的对象和发展独特艺术的条件。

---

[1] 对《出关》的解读就是一个很好的例子。它于1936年1月21日上海《海燕》月刊发表后，批评家邱韵铎写了《海燕读后记》这样描述其读后感：“……至于读了之后，留在脑海里的影子，就只是一个全身心都浸淫着孤独感的老人的身影。我真切地感觉着读者是会坠入孤独和悲哀去，跟着我们的作者。”鲁迅在《“出关”的“关”》中对这种基于浪漫主义的“自况说”而来的“有利于老子的心思”表示反感，因为作者的“本意是不在这里”。但说实话，我读《出关》也有近似于邱氏的感觉，小说中确有能“惹起邱先生的这样的凄惨”的元素在。不过，原因不一定像鲁迅所讲，“这大约一定因为我的漫画化还不足够的缘故了”，而在于作者写老子时无意识的主体投射。像小说中对老聃与孔丘交往的描写，孔子的咄咄逼人与老子的“以柔退却”，无论如何都要激起读者的同情老子之心的，这确实不利于鲁迅创作本意——对老子思想进行批判——的实施。

当然，鲁迅小说的典范意义是由接受者赋予的，并非一开始就有由批评家、研究者、语文教育家构成的体制性的塑造力量，这可以通过与别的作家作品的对比来查验。作为一个时代的文学代表，作为一个时代的文学想象力和创造力的结晶，鲁迅似乎早就预见到他的作品会有怎样的命运，明白人类的惰性会把其创造的结晶尊为典范、沿为“成规”，又特地以《故事新编》给出警示。不过，对于我们这些普通人，把他的小说作为学习榜样却只感到幸运，记得沈从文20世纪40年代在西南联大所开的“小说习作”课，就赫然列有“向鲁迅的作品学习抒情”的章节。因此关注“典范”“规则”这类范式的形成问题，对文学创作的意义虽然有限，对于文学教育和研究却无疑属于“自己的园地”，值得从历史和审美的角度进行探讨。

1999年9月

（原载《现代中国》第2辑，2002年3月）

鲁迅的小说

捷克著名学者普实克在《鲁迅的〈怀旧〉——中国现代文学的先声》中，令人信服地论证了以周逴笔名发表的文言小说《怀旧》所体现的诸如弱化故事情节的作用、抒情作品对史诗作品的渗透等与20世纪初欧洲文学中的最新倾向相一致的特征。尽管这确实是新文学的形式之一，它仍然很难被视为真正的现代作品。不只是因为语言乃至思想价值的现代观点，甚至还有作家和时代的呼应问题。鲁迅的小说产生于文学和文化典范转移的革命时代，面临着传统与现代两种不同写作规范的“两面夹攻”：其思想和心理所背负的过去的经验与肩着传统文学的种种陈规的“闸门”而从事新文学创造的矛盾，决定了他为现代小说乃至现代文学重建文学范式——作为经典的意义，主要表现于语言、思想、形式等方面由传统向现代转化的创造性上。他的小说所具有的鲜明的民族品格和现代性正是这种创造力的结晶，这也是当今鲁迅小说的价值之所在。

所谓经典，除了它得以进入中学和大学的讲坛作为过去的有价值的经验供人学习研究外，还意味着作为遗产而流芳的一整套写作规范和准则。鲁迅是文学家、思想家和革命家，这种三位一体的特征使他和他的作品成为中国现代文学史上最高的、区别性的存在。较之传统文学，其从思想到艺术的革命性标志着一个“和世界各国取得共同的思想语言的”“真正现代意义上的文学”的开端和成熟（严家炎先生语）；较之现代中国其他作家作品，其与民族的历史、道德、文化进步深刻联结的方式意味着一个“百科全书”式的文化结构，包括“为人生而且改良这人生”的写作动力、启蒙主义的思想和价值取向、艺术精神的多元性和先锋性在内的丰富内容构成了它作为现代小说经典的本质。随着以后现代文学的发展，作家们各执一端地继承了这份遗产，直到今天，它在学校教育和人文研究以外仍衍生着新的生命。

但对于普通读者而言，鲁迅仍一天天沉入历史，其思想和作品成为经典就是明证：不仅证明了成就的辉煌，而且强调着与当今生活的距离。换句话说，鲁迅的思想和作品尤其作为今天与过去的联系而发挥着作用。就其“为人生而且改良这人生”的写作动力和启蒙主义的价值取向而言，无论在实践中还是在理论上都堪称中国现代文学最重要的准则之一。他并非个人趣味的选择，而是作为建构中国现代性的重要内容深深植根于近代中国的历史运动，是中国现代作家“感时忧国”精神的文学表现。由于它与整个中国社会文化的现代化问题相纠结，其小说中深入描绘的中国社会生活图景，包括农村、乡镇、都市中各色人等“非人的麻木”、苦难和“反抗的个人的失望、颓唐”乃至相互隔膜，以“独异个人”与“庸众”的戏剧性对抗这一尼采式的母题显示了基于所谓“意识到的历史内容”

之上的经典准则的合理性："铁屋中的呐喊"和"荷戟独彷徨"的战士其实是比或严峻或平和或横眉或娥眉的时代造像更贴近小说的实际的。

鲁迅自述《呐喊》的来由是年轻时代作过但又苦于不能全忘却的一部分"梦"，这种创造"精神界之战士"的理想与"五四"时期肩负的"将旧社会的病根暴露出来，催人留心，设法加以疗救的希望"的启蒙主义使命相结合，便合乎逻辑地呈现为试图改变旧习、建构新文化的孤独的个人与顽固守旧、不肯变革的"庸众"之间的对峙。在《狂人日记》《药》等小说中，这种对峙被警醒地隐喻为"吃人"与"被吃"的关系。这也是鲁迅对于旧文化的独特看法，先觉者发狂后痊愈，"赴某地候补矣"和被谋杀被"吃"的命运既反映了二者冲突的强度也代表着作者的绝望。另外一些小说则侧重对这种绝望之源进行剖示，《阿Q正传》《孔乙己》中的"庸众"作为"戏剧的看客"的残酷形象出现。在这种"看客"效应中，不但烈士的牺牲和拯救行为被一再误解，而且作为"庸众"之一的阿Q、孔乙己也一再被推置于舞台的中心被狎玩——"看客"现象的症结并不主要在于人们由于缺乏现代觉悟所特有的愚昧、麻木及感觉思维的迟钝，而恰恰在于对不幸的兴趣和敏感，别人的不幸和痛苦成为他们用来慰藉乃至娱乐自己的东西。阿Q的形象集中反映了鲁迅的有关思想，其复杂性在于：他既是传统文化造就的不觉悟人格——"精神胜利法"的载体，一个集"庸众"的劣根性之大成的"民族魂"，但又常常被其他"庸众"所观照，并在这种观照中凸现更鲜明的缺乏自我意识的"非人"特征。这个"庸众"中普通一员的无意义的生活被作者纳入一种反讽的史诗结构中，浑浑噩噩地进入了革命的过程，隐匿而且潜伏于现代的历史之中。《祝福》中的祥林嫂企图进入“庸众”——鲁镇社会而失败、被“吃”的遭遇则体现了鲁迅对于“庸众”社会机制的精深剖示：祥林嫂之死是一个文化的悲剧，是从风俗制度到思想信仰整体的悲剧。祥林嫂的被“吃”恰恰是人们习以为常的生活规则发生作用的结果，这是一起没有凶手但也可谓全部都是凶手的谋杀，而儒道释观念——作为支撑“鲁镇社会”的制度和精神存在的固有法则——则是这一谋杀的价值帮凶。通过抛弃鲁镇，鲁迅也抛弃了作为绝望之源的“庸众”社会和“吃人”文化。

鲁迅对于“独异个人”和“庸众”的态度各不相同。就其艺术表现而言，对于前者（如狂人、夏瑜、吕纬甫、魏连殳等），距离较近而带有抒情色彩，多强调其与“庸众”之间的差异和对抗；而对于后者（如孔乙己、阿Q、祥林嫂等），距离远到足以产生反讽，似乎更偏重于测试“庸众”社会的反应。而且，二者的戏剧性对抗在《彷徨》中多转化为对“独异个人”之命运的探讨和前面曾部分述及的对“庸众”之行为的索源。特别是对于“独异个人”的关注：早期作品中激烈的社会挑战者渐渐为痛苦的厌世者、中年的往事回忆者、失去了往日自信的失望而颓唐的人物所替代。《在酒楼上》《孤独者》脱胎于《呐喊》中《头发的故事》一篇，无论对于吕纬甫、魏连殳还是N先生，鲁迅都出人意料地模糊人物与叙述者的界限，赋予作品强烈的抒情性：N先生没有进入故事但对于理想、革命、牺牲却抱有愤激的怀疑主义，狂人的抗议和警告的热情在这里已变为复杂的失望和愤世；吕纬甫的形象虽然因为鲁迅个人经验的进入而呈现出反讽作品少有的亲切感（周作人曾设想吕纬甫是鲁迅本人和范爱农的综合形象），但他所作所行却被自我批评为“无聊的事情”，只是“模模糊糊”“敷敷衍衍”地在泯灭是非、智愚、爱憎，甚至善恶的无主体意识的状态中苟活；魏连殳被认为是“一个独异个人转变成厌世者的丰满侧像”（李欧梵语），他参加祖母丧仪的表现戏剧化地模拟了“独异个人”被“庸众”围绕时内心深处的孤独悲怆：作为“向来就不讲什么道理”的“‘吃洋教’的‘新党’”，人们本来预期他在丧殓形式上“一定要改变新花样的”，已做好与他斗争的准备，谁知他却全部服从人们的安排。只是在老例的哭拜中，他一声不哭，当看客们准备走散时，他却仿佛一匹受伤的狼，在深夜的旷野里长嗥了，“惨伤里夹杂着愤怒和悲哀”，人是“兀坐着号咷，铁塔似的动也不动”。这真是大隔绝大窒息中的绝望之声。从狂人激越的战士的呐喊到N先生的失望愤激，再到吕纬甫的“模模糊糊”的颓唐消沉，再到魏连殳的深夜旷野中受伤的狼嗥，分明隐含着一个“独异个人”与“庸众”日渐疏远、主动对立的“救世”精神日渐消亡，最终彻底退回内心的过程。“深夜旷野中受伤的狼嗥”的意象，典型地体现了“独异个人”在“庸众”中的处境和遭遇，反映了二者在人的生存意义上的原型的、象征的、相互对立的关系。与“庸众”的冷漠和隔膜反应形成鲜明对照的孤独者们的感情深处的激愤、孤独、悲怆，令人想起其先驱者如庄子、屈原、阮籍、嵇康、李贽等精神叛徒的情感表现。在《两地书》中，鲁迅曾说过这样的话：“这一类人物的命运，在现在——也许虽在将来——是要救群众，而反被群众所迫害，终于成了单身，忿激之余，一转而仇视一切，无论对谁都开枪，自己也归于毁灭。”这实际上也是对以送终始和以送终终的人生历程或“独异个人”的命运的概括。自魏连殳之后，这类由叙述者主观移情而几乎与之认同的、从狂人开始而最具鲁迅特色的人物谱系，在鲁迅的创作中再没有出现过。

值得注意的是，《在酒楼上》《孤独者》《伤逝》一类作品中作者态度的变化，即从对于“庸众”的反讽观照而改换为缩短叙述者和人物之间距离的抒情。较之早期作品激情的呐喊，这一独自彷徨的主体抒情似乎意味着一个启蒙主义的为社会而写作的方式从普遍转向特殊、从公众转向个人、从社会转向心理的逐渐主体化过程。鲁迅的写作正因此突破了所谓“历史的中间物”的有限时空，超越了启蒙主义，获得了充分的现代性。事实上，尽管鲁迅的小说“算是显示了‘文学革命’的实绩”(《中国新文学大系·小说二集序》)的现代小说经典，但其主导性的“载道”式启蒙主义写作又很难说是完全现代性的。这一矛盾的解决很大程度上得力于其“创造新形式的先锋”本质，也就是说，只有语言、思想、形式方面的创造性才能够超越公众和时限，足以为现代小说和现代文学“立法”。除了思想属性，鲁迅的小说作为经典的启示更大程度上来自其艺术精神的多元性和先锋性。倘若说其“为人生而且改良这人生”的写作动力和启蒙主义的价值取向尚具有从传统向现代写作范式转换的过渡特征，那种带有训诫和灌输意味的权威式话语乃是因缺乏够格的读者的不得已选择——这可从虽同样采取启蒙主义写作方式但在形式上“往往留存着旧小说的写法和语调”的“五四”早期小说得到反证——那么，他关于小说形式的实验完全属于一个新的时代。

应该说，鲁迅小说严密的结构和富有学识的反讽，与当时过分滥情、形式松散的作品相比，完全是“非典型的”(李欧梵语)。现代小说在鲁迅手中发端和成熟，一系列准则和规范通过他的作品而建立，但他并不与同时代作家享有同样的思想和文学视野。为什么旨在追求个人独特性的“创造新形式的先锋”性写作能获得现代小说最令人信服的普遍形式呢？我们知道，鲁迅的写作始终是在建立规范和反抗规范的难局中展开，诸如旧诗文规范和西方小说的启示、面向公众的训诲和个人的抒情、对既有小说规范的恪守和争取艺术自由的创造性反抗……这种种对立持续地构成了事实上的为现代小说和现代文学“立法”的辩证运动。《呐喊》《彷徨》在现代小说史上的典范意义在于：它是鲁迅试图通过学习西方准则的小说形式、经由本土内容和形式的创造性呼应和转化、再建民族准则的现代小说的努力。由于早期特殊的启蒙主义立场，鲁迅把自己的思想和经验向艺术的意义结构的转化作为小说形式创造的主要考虑，《狂人日记》《孔乙己》《药》《阿Q正传》《祝福》以及《在酒楼上》《孤独者》《伤逝》等作品体现了这一宗旨，《故乡》《社戏》《一件小事》《兔和猫》《鸭的喜剧》等读来像散文不像小说的作品也贯穿着这一精神，不同文类、不同创作方法的准则的渗透和融合成为结构鲁迅小说艺术独特性的秘密之一。在创作方法上，比如由鲁迅确立的现实主义写作准则的问题，他的小说既存在浓厚的写实元素，又存在强烈的写意元素，甚至如一向被作为现实主义内容加以考察的证据，像“画眼睛”和向中国旧戏、“新年卖给孩子们的花纸”上学到的背景描写法，细究之下也绝非典型的（如茅盾那样）现实主义的形态，而是更接近象征主义。就鲁迅的艺术趣味而言，或许象征主义更符合其本心，更容易介入其艺术创造的过程。正如哈南在《鲁迅小说的技巧》中所说，鲁迅“对安德列夫的象征主义、果戈理、显克微支、夏目漱石的讽刺和反讽的趣味，证明他在寻找一种根本不同的方法。”正是这种对特殊性的追求使鲁迅既建立又超越了现代小说的普遍形式：先是完成了从古文规范的“文章”向小说艺术的转变，接着从面向公众的“载道”式训诲走向个人的抒情，最后由严格恪守中西小说的写作规范走向颠覆中西小说传统的纯粹的实验艺术——从《呐喊》《彷徨》走向了更具现代味的《故事新编》。李欧梵在《铁屋中的呐喊》第三章曾开列了一张表，我们从中可以概略地看出在获得《故事新编》的艺术自由之前，鲁迅为确立现代小说的规范进行过多么广泛的形式实验：

> 仅仅把鲁迅各篇小说中的试验开列出来，就给人以十分深刻的印象。在《狂人日记》中他将日记形式转为几乎是超现实主义的文本，后来的各篇又进行了各不相同的试验，如人物描写（《孔乙己》和《明天》）、象征主义（《药》）、简短复述（《一件小事》）、持续独白（《头发的故事》）、集体的讽刺（《风波》）、自传体说明（《故乡》）、谐谑史诗（《阿Q正传》）。在后期更成熟的《彷徨》诸篇中，他又扩展了讽刺人物描写的反讽范围（《幸福的家庭》《肥皂》《高老夫子》《离婚》），也扩展了在那些较抒情的篇章中感情和心理撞击的分量（《祝福》《在酒楼上》《孤独者》）。此外，他还试验了对日记形式更加反讽的处理（《伤逝》）和一种完全没有情节的群众场面的电影镜头式的描绘（《示众》），还有对某种非正常心理的表现（《长明灯》《弟兄》）。对于业已熟悉鲁迅小说的读者，我上面所列的种种技巧试验的名称只不过是一些简略的概括……

《故事新编》中只有《不周山》(后改名为《补天》)的写作享有《呐喊》《彷徨》时期鲁迅为现代小说“立法”的建设性形式试验的背景，但最终被从《呐喊》第一版中抽出的遭遇表明它在艺术精神上另有所属。事实上，与从1922年到1935年相隔十三年间创作的其他七篇小说一起，共同构成了现代小说史上最奇异的存在。就鲁迅“创造新形式的先锋”性写作而言，《故事新编》不仅以其自谦为“油滑”的艺术态度和古今杂糅的细节描写制造了对于中西小说艺术传统的最彻底的颠覆，而且通过改写史籍文献，清理了作为民族文化和历史源头的神话、传说和历史，再造了关于历史的意识形态。较之《呐喊》《彷徨》的成为现代小说经典，《故事新编》的地位至今存在疑问，人们仅仅愿意借此肯定鲁迅“在虚构化的艺术行为”和“他对丰富的中国文化传统中古典文化书籍巧妙的阅读方式”(李欧梵语)。我认为，理解《故事新编》的艺术特性必须回到鲁迅在《呐喊》《彷徨》中为现代小说确立典范的形式试验中去。我们知道，《呐喊》《彷徨》的写作主要意味着一个严格恪守中国和西方小说形式准则的实践，鲁迅通过这种“戴着镣铐的跳舞”深感自己的思想意图与既有的小说形式规范之间的严重的不协调。在写作《不周山》的过程中，因感于时事而止不住地在女娲的两腿之间放置一个古衣冠的小丈夫，鲁迅自谓“这就是从认真陷入了油滑的开端”。尽管他对自己破坏原有写作计划的任性很不满，但又抑制不住地以更大的激情从事这种反抗刚刚建立的现代小说形式规范的写作，这只能认为是他为独特的思想意图所找到的合目的的艺术手段，不能是其他。《不周山》从鲁迅为现代小说确立形式规范的广泛试验中脱胎而来——其“结构的宏大”和“油滑的开端”正表明了从《呐喊》

《彷徨》到《故事新编》的过渡——别开一种颠覆中西既有小说形式规范的伟大实验的生面。实际上，在稍后创作的《铸剑》和《奔月》中，那种小说“结构的宏大”和“油滑”之间的矛盾已经化解。《铸剑》一向被认为是充分体现了鲁迅的艺术想象力和组织力的技术完美、思想超卓的作品，所谓“油滑”在作品中只处于辅助性的地位。较之《铸剑》的沉重，《奔月》似乎是一次净化的结果，灵活的态度和新鲜的文风使得困扰《不周山》的“认真”和“油滑”的对立在艺术方面已完美地消除。作者巧妙地利用了矛盾的原因，自由地超越了现代和古代，使小说成为一个流畅的艺术空间。写于1935年底的《理水》和《采薇》也稳定地保持着相当高的思想和艺术水准，《理水》突出地表现了杂文写作规范向小说的渗透，是文类特征上最具杂文倾向的一篇（另一篇是《起死》），除了引人注目的理想人物大禹的出现表现了思想的新意外，在艺术精神上与《奔月》等并无不同。《采薇》则被人称之为最精微地体现了“博考文献，言必有据”的功力深厚、生动有力的作品，我以为它那均衡的布局，对“古今杂糅”的细节和“油滑”手段有节制的运用，对人物既调侃又饱含敬意的态度及思想上的成就，使它能成为充分体现《故事新编》的思想和艺术精神的典范之作。另外，即使被李欧梵认为写得“特别令人失望”的《非攻》《出关》《起死》三篇，在把握古代思想家墨子、老子、庄子的精神风貌和创造性地刻画人物与环境的矛盾冲突的气氛方面，皆准确有力，泼辣可喜，其艺术水准并不比《呐喊》《彷徨》中的有些篇章（如《兔和猫》《鸭的喜剧》等）更低。总之，我认为《故事新编》是并不比《呐喊》《彷徨》逊色的现代小说经典，它对于现代小说和现代文学的典范意义，可能主要在于不断突破既有形式规范的创造精神，因为真正的艺术毕竟是反既成规范的，作为一种反典范的经典，它所蕴含的悖论其实倒是艺术的真理之所在。正是通过它，鲁迅为现代小说和现代文学的形式发展作了最朴素也最震人心魄的启示。

1994年10月

“揭出病苦”的“疗救”之“梦”

——《呐喊》的思想寓意述略

《呐喊》是鲁迅的第一部短篇小说集，也是现代小说的奠基之作。它收鲁迅1918至1922年间创作的小说15篇，1923年由新潮社出版，1926年改由北新书局出版。不过，1930年北新版第13次印刷时，鲁迅将最后一篇《不周山》删去，后易名为《补天》收编在《故事新编》中。所以，本文所涉小说为除《不周山》之外的其他14篇。

在《呐喊·自序》中，鲁迅把年轻时候做过、但又不能全忘却的“梦”说成是《呐喊》一书的由来。所谓“梦”，其实就是他企图以文艺来改变“愚弱的国民”精神的启蒙主义抱负。由于曾遭受留日时期创办文艺杂志《新生》的挫折及“未能忘怀于当日自己的寂寞的悲哀”，鲁迅将小说集题为《呐喊》，正是取为“那在寂寞里奔驰的猛士”——以《新青年》为核心聚集的新文化战士助阵、使他“不惮于前驱”之意。这就决定了《呐喊》“听将令”的特色：鲁迅立足于启蒙主义，以现代目光透视传统社会和文化，描绘饱受旧意识旧习惯奴役的不觉悟的“老中国的儿女”们的可悲生活，揭示现代知识分子精神孤立、隔绝及找不到出路的悲剧困境（这一主题在《彷徨》中更蔚为大观），以期“揭出病苦，引起疗救的注意”。因此，《呐喊》一书所展现的，主要是辛亥革命前后以鲁镇、S城、未庄为缩影的中国社会沉闷、压抑、凝滞的生活图景，以狂人、孔乙己、华老栓、阿Q、闰土、九斤老太、N先生等为代表的形形色色的中国人的画像。

《呐喊》中最重要的内容，当然是对中国传统社会和文化中形形色色的“吃人”现象及其帮凶机制的揭示，对“病态社会的不幸的人们”的“病苦”的深刻描绘，它最能体现其“忧愤的深广”的特色。这类作品大约占集子里全部作品的三分之二。

《狂人日记》是中国现代文学史上第一篇现代小说，它描写一个“被迫害狂”患者的精神状态和心理活动。鲁迅利用所学的医学知识和特定的日记文体，以严格的现实主义方法，将旧家庭内的日常生活——尤其是医治病人的活动，内化为狂人惊悸、恐惧、联想独特的主观感受和思想；同时又有机地结合象征主义，使狂人的主观感受和思想在整体上成为一种象征，其疯话于是成为关于中国历史、礼教和家族制度的真知灼见，成为对中国传统社会和文化的本质概括。小说先借生活中一般人对狂人的围观、注视、议论，激起“被迫害狂”患者内心的惊惧和联想。随着狂人从感知、怀疑到内省的心理过程，逐渐引出“暴露家族制度和礼教的弊害”（《〈中国新文学大系〉小说二集·序》）的主题。狂人看到赵贵翁奇怪的眼色、小孩子们铁青的脸、一路上人们交头接耳的议论、张着的嘴、街上女人说的“咬你几口”的话，联想到狼子村佃户告荒时讲过人吃人的故事。从大哥平日的言论开始怀疑当前的治病安排，把医生把脉理解为“揣一揣肥瘠”，把嘱咐吃药的“赶紧吃罢”理解为要赶紧吃他，于是得出这个社会是人“吃人”的社会，这个社会的历史是一部“吃人”的历史的惊人结论。作品这样写道：“我翻开历史一查，这历史没有年代，歪歪斜斜的每页上都写着‘仁义道德’几个字，我横竖睡不着，仔细看了半夜，才从字缝里看出字来，满本都写着两个字是‘吃人’。”他根据进化论的逻辑认定“将来容不得吃人的人”，但进一步由人及已、由远而近、由外而内地省察的结果，却是这个社会无论男女老幼亲疏，甚至连企图劝转人“改变吃人的心思”的狂人自己，也有了“四千年吃人履历”，“难见真的人”。虽然他最后发出“救救孩子”的呐喊，但对照其思想的逻辑和文言小序中他大哥所介绍的“然已早愈，赴某地候补矣”的结局，这呐喊就不能不是绝望的和“反抗绝望”的。

如果说《狂人日记》的主题在于揭发家族制度和礼教“吃人”的话，《孔乙己》《白光》则写旧教育制度——科举制度的“吃人”。前者以咸亨酒店为舞台，展现了鲁镇社会生活的一角：当街一个曲尺形的大柜台，穿长衫的上等人踱进店面隔壁的房间里，要酒要菜，坐着慢慢喝，柜台外面站着喝的是短衣帮顾客。小说主人公孔乙己是穿长衫却站着喝酒的唯一一人，他读过书却没有进学，穷愁潦倒却死守着“读书人”的身份，不肯脱下那件又破又脏的长衫；甚至沦为窃贼，也还在声辩“窃书不能算偷”，结果只能成为大家的笑柄。鲁迅除了借孔乙己抨击科举制度对人的身心的戕害外，似乎更热衷于考察鲁镇风俗的特性，孔乙己的可笑、不幸，仅仅是众人用来开心、取乐的生活调料而已，这也是他第一次涉笔“看客文化”

的描写。后者写落第秀才陈士成屡试不中，回家后精神崩溃，出现“白光”的幻觉，进而掘宝、昏死的事，刻画和揭发沉迷于“子女玉帛威福”的人生理想中不能自拔的可怜灵魂。

《药》则在现实主义的情境中讲述一个具有复杂象征寓意的故事，同样贯穿着对传统生活中“吃人”主义的探究。表面上，它写茶馆老板华老栓为患肺痨的儿子求药治病的故事，只是这药很特别，是蘸有刚被处死的革命者夏瑜的血的馒头。人血可以治痨病本为传统迷信，《狂人日记》第十节就曾提到，现在更被用作象征的基础。求药者姓“华”，烈士姓“夏”，合起来便成为中国的古称“华夏”，这样，这个探究传统迷信之危害的平淡故事由于引入近代革命的背景，在象征的层面上便成为一个庸众“吃”烈士、病人“吃”医生、“华”之子“吃”“夏”之子的惊心动魄的故事。小说前三章以街上行刑处、华家茶馆为背景，写华老栓的买“药”、取“药”和华小栓的服“药”，并在茶客们的议论中引出夏瑜在牢里的故事，强调议论者与革命的隔膜与不觉悟。最后一章则以西关外坟场上“华”“夏”母亲在清明节祭奠儿子的相遇，探讨牺牲的意义。虽然一为迷信的牺牲一为群众的牺牲，中国的母亲却承受着相同的悲哀。只有夏瑜坟前凭空出现的花环，才透露出些许时代的亮色。

鲁迅对传统社会和文化的“吃人”机制最集中的概括和发现，并代表其“改造国民劣根性”思考的高度成就的，是中篇小说《阿Q正传》。在这部小说中，鲁迅挑选一个姓名模糊、身世渺然、赤贫而“先前阔过”、质朴而“很沾了些游手之徒的狡猾”（鲁迅《寄〈戏〉周刊编者信》）的丧失了土地的农民阿Q，来做“国民劣根性”的代表，通过其浑浑噩噩的动物般无意义的生活，揭示了一种已经内化为人的主体形式的“吃人”方式——“自食”的“精神胜利法”。

在《俄文译本〈阿Q正传〉序及著者自叙传略》里，鲁迅表明写作《阿Q正传》是为了“写出一个现代的我们国人的魂灵来的”。小说共九章。前五章写阿Q在未庄社会动物般饮食男女的日常生活，借他与赵太爷、王胡、假洋鬼子、小尼姑、吴妈、小D等各色人等的关系，凸现其性格特征：卑怯、自大、善忘、愚昧、欺软怕硬、自轻自贱……他处于未庄社会的最底层，连姓名、身世、职业、住所、恋爱的权利等都被剥夺殆尽，在与赵太爷、假洋鬼子、王胡甚至小D的冲突中又总是处在失败的地位，但他却能时时感到得意和满足，或者以欺侮更弱者（如小尼姑），或者以泯灭自我、颠倒事实乃至自我贬低等手段设法在精神上占据上风，陶醉于无中生有的优越感和精神胜利的幻觉之中；当这一切都无法奏效之时，他便割裂自己的感知，“用力在自己脸上连打两个嘴巴”，“仿佛是自己打了别个一般”。很显然，他就是鲁迅早年在日本留学时在幻灯片上看到的那个肉身，那个麻木到甚至取消了自己的感知主体性的“民族魂”。从小说对未庄环境的描写中，可以看出这种被称为“精神胜利法”的奴隶性格与未庄社会的意识形态、等级制度、身份地位及无数由“老例”“通例”承传的文化遗产之间的深刻联系，它以取消人的思想、情感甚至感知的主体性为特征，是传统社会和文化中更为精致的“吃人”机制——一种所谓“没有了能想的头，却还活着”（鲁迅《春末闲谈》）的取消一切主体意识的“主体”形式。这种性格当然是历史地形成的，统治阶级长期的精神奴役和农民自身的弱点，中华民族“两次奴于异族”的历史和近代以来的不断失败，都是产生“阿Q主义”的温床。在小说后四章，鲁迅有意把阿Q纳入辛亥革命的史诗进程，以考察其精神变革的可能性。鲁迅得出的结论是否定的：本来，由“恋爱的悲剧”引发的“生计问题”足以导致阿Q自发的“革命”要求，但其著名的“土谷祠之梦”却表明他所谓“革命”，念念不忘的仍旧是“财物如何取，妇女如何幸”，无非想做新的奴役者而已。更由于假洋鬼子的“不准革命”，阿Q被诬为赵家劫案的主犯，终于稀里糊涂地走向了“大团圆”。鲁迅极力强调他死到临头仍不能清醒地意识到自己存在的悲剧性，直到临刑前被兴高采烈的“庸众”围观时，有一刹那，他脑子里才旋风似地回旋着真正的“思想”，感受到了真实的恐惧，其思想、情感、知觉的主体性才回到了自身。然而已经太迟了：当只有死亡才能唤醒阿Q时，阿Q——这个中国人的代表，便注定只能成为自己精神“疾病”的牺牲品。

《阿Q正传》是关于近代中华民族命运的谐谑史诗和批判寓言，通过阿Q这个不朽的文学人物，鲁迅不仅回答了早在日本留学时就备加关注的“国民性”改造问题，揭示了作为“人”的中国国民性之症结所在，而且对中国第一场现代革命——辛亥革命的不彻底性和脱离群众进行了批判和总结，呼唤能真正赋予国人“现代魂灵”的精神革命。

除了直接深入揭示传统社会和文化之“吃人主义”外，鲁迅还对广义的“吃人”机制——传统社会生活进行扫描，探究其习俗之本质。《风波》以1917年7月1日至12日的张勋复辟为历史背景，借七斤进城被剪了辫子所引起的风波，考察鲁镇社会对政治事件的反应。小说首先为我们展示一幅世外桃源般的农村晚景图，这里的人们仍把民间神话、传说、历史演义信为当然的事实。当“皇帝坐了龙庭了”的消息传来，撑航船的七斤家里立刻紧张起来，因为表示效忠清朝的辫子在七斤进城时被剪掉了，而没有了辫子，就有生命之虞，七斤因此感到“非常忧愁”。平日与七斤有隙的赵七爷特地闻风而来，幸灾乐祸地恐吓敲打一番；七斤嫂则因恐惧而绝望，当众责骂七斤“这活死尸的囚徒”“带累了我们”，并旁及出来说公道话的八一嫂，引起另一场争吵；村人们对于七斤的犯了皇法，想起他平日的骄傲，也不禁有点快意……幸好过了不久，这场风波就过去了，鲁镇又恢复了往日的生活，七斤也重获家人和村人们相当的尊敬，女儿六斤则新裹了脚，在土场上一瘸一拐地沿袭着祖母曾祖母的命运。通过小说，鲁迅似在暗示，在鲁镇社会，政治上的变动——无论革命还是复辟，于人们的生活其实是不相干的，充其量就辫子的有无上演一出吵闹剧而已。支配鲁镇社会生活的是沿袭了一代又一代的风俗习惯，只有进入这一层面，才能触动人们真正的“病苦”。不过通读小说，鲁镇的宁静生活虽然类乎“死水微澜”，但也并非世外桃源，毕竟与时代的动荡有着联系。另一篇小说《明天》写寡妇单四嫂子的丧子之痛，写中医中药对疾病的无能为力，同时借单四嫂子与王九妈、蓝皮阿五、红鼻子老拱等人的关系，考察鲁镇社会的习俗。传统习俗虽不能说是完全非人性的，不无某些互助、温暖的元素，但对于丧失了“明天”的单四嫂子，却并无任何安慰——只有人性的悲哀在一丝丝地剥离着其中的冷漠、自私、浇漓。

当然，传统生活和风俗是多样的，《呐喊》中也不乏另一类温馨记忆的自传性小说，把童年生活理想化，在记忆与现实的对照中思考、追寻一种真正属于“人”的清新、纯朴、自由的理想生活和“适于生存”的习俗。《故乡》以抒情的散文笔调，写主人公“我”

回乡搬家的所见所闻，通过少年伙伴闰土的遭遇和变化，引动其对“我们所未经生活过的”“新的生活”的思索和向往。在“我”的记忆中，闰土是海边西瓜地上手捏钢叉、项带银圈的小英雄，代表着故乡的美好；可眼前见到的，却是饱受“多子，饥荒，苛税，兵，匪，官，绅”的摧残、身负精神奴役创伤的苦难的农民形象。他淳朴、勤劳，像大地一样默默承受着一切艰辛、痛苦，“脸上虽然刻着许多皱纹，却全然不动，仿佛石像一般”；他习惯性地接受了种种社会成规、等级秩序，恭敬地称呼少年伙伴为“老爷”，并向主宰命运的“神”低头，祈求保佑。他代表了故乡的现实。“我”同时还遇见“豆腐西施”杨二嫂——一个自私、刻薄、粗俗的小市民，漫画式地与闰土构成对照。她同样也是故乡的现实的一部分。“我”曾经把希望冻存于过去，可现实严酷地毁灭了它，于是又寄希望于未来。小说不仅追究、感叹人与人之间的隔绝、纯真的友谊为阶级意识所消灭，而且否定了三种生活：“如我的辛苦展转”、“如闰土的辛苦麻木”、如杨二嫂的“辛苦恣睢”，因此其重心并非缅怀往昔，甚至也不完全是为了“告别故乡”、批判现实，而是在于锻炼希望，探寻一种真正属于“人”的生活。《社戏》也贯穿着类似的意旨，它同样以童年回忆与现实感触的对照为结构，同样以抒情的散文笔调写成：小说前半部记叙“我”两次进戏园的经历，渲染这“都市文明”的拥挤、嘈杂、简陋、窒息、压迫等“不适于生存”的乌烟瘴气；后半部则充满感情地抒写少年时在乡间观看社戏的见闻和美好经历，讴歌乡村习俗的淳朴、清新、自由和乡间少年的健康、自然和人性的完整。这是一个“离海边不远，极偏僻的，临河的小村庄；住户不满三十家”，“合村都同姓，是本家”，人们种田、打渔，相安无事，人与人、人与自然之间高度和谐。“我”从鲁镇随母亲省亲来到这里，掘蚯蚓、钓虾、与小伙伴一起放牛，日子过得无忧无虑，尤其是观看社戏前后的曲折和往返路上的见闻遭遇，更凸现其从内到外、表里合一的自由和解放之感。小说中出现的人物，像聪明、机灵、见多识广的双喜，天真、烂漫、慷慨的阿发，忠厚、知礼的六一公公，无论老幼，均具大不同于都市戏院中“看客”的性格和精神，远离了中国文化的糟粕。

《呐喊》中还有另一类小说，把《狂人日记》《药》《故乡》等篇有关中国现代知识者的命运和思索的主题由隐而显、由局部而主干地加以发展，这就是《头发的故事》《一件小事》《端午节》等作品。它们篇幅短小，可视为《彷徨》中蔚为大观的有关主题的先声。

《头发的故事》通过N先生在国庆节发表愤激的议论来反省辛亥革命对于中国的意义。他好像《药》中的烈士夏瑜的同志，叙述者“我”简单的一句话——日历上没有记载双十节，便引来他大段的关于牺牲、革命、先觉者遭受迫害的义愤独白。在他看来，辛亥革命的成功只在于剪掉了人们头上的一条辫子，不过再无人会因未留辫子而在路上遭笑骂而已，其他一切照旧。小说其实是借N先生的感受告诉我们，即使是断掉一条辫子，在中国也无比艰难，无比重要，因为它属于风俗革命，是文化革命的重要内容。N先生强烈的义愤和挫折感，正昭示了中国走向现代之路的艰难。《一件小事》和《端午节》则是鲁迅对现代知识者的精神弱点进行批判之作。在这两篇小说中，他第一次把批判的眼光从农民等“老中国的儿女”转向现代知识分子，《一件小事》通过叙写“我”乘坐人力车时发生了小事故——车子把一个老女人撞倒了，将“我”的骄傲、冷漠、自私等习性置于与人力车夫高尚、负责行为的对照之中，以使其自省精神的弱点，进而走上道德的“洁白的大道”;《端午节》中的方玄绰则令人想起胡适的《差不多先生传》，因为他也是一位“差不多”先生，只不过其口头上和意识中的“差不多”，不仅意味着马虎、不认真的国民性，更代表知识者的一种苟且、偷安、植根于道家智慧的劣根性。方玄绰既做官，又在“首善学校”任教，闲来也翻翻《尝试集》，是个新派人物。但对于新与旧、公与私、车夫与兵士、学生与官僚等一切“五四”时代对立的思想或是非，却持一种“易地则皆然”的“相对论”，以为都“差不多”。不过，这个似乎把世上一切对立差异、是非善恶都想明白的聪明人，却接连遇上麻烦事：政府不仅欠教师的薪水，连官俸竟也拖欠起来。这就使得身兼数职、亦官亦师、本可以游刃有余地周旋的方玄绰的日子也很不好过了。为过端午节他竟然得亲自去借贷，感受世态炎凉，甚至连平日不屑一顾的彩票也成了诱惑。小说当然不会止于拿方玄绰——这个善于苟且偷安的自私可笑的人物开涮，其“差不多”意识显然应视为中国人普遍的精神病症之一对待的。

除此之外,《呐喊》中还有像《兔和猫》《鸭的喜剧》这类散文化的作品，它们大都并不为人所重，甚至还有人否认其为小说。我以为它们主要表现鲁迅在进化论背景下对于人类与其他生命现象间相互关系的思考。我们日常生活中所上演的，无论猫吃小兔的悲剧，还是鸭吃小蝌蚪的喜剧，都是自然秩序的一部分，人类善良的干预于造物其实是无补的。

2000年10月

《故事新编》的读法

鲁迅《故事新编》是中国现代小说的奇葩，面世以来，对其思想和艺术，大约有这样几种读法。

一是把它当作文学教科书之一般“小说”（包括“历史小说”“讽刺小说”）来读。《故事新编》是小说，用鲁迅自己的话说，是“神话、传说与史实的演义”，是表现了鲁迅天才的艺术想象力和创造力的虚构之作，这没错。但把它当作一般小说来期待，来阅读，是有问题的。一者，可能导致削足适履的情况出现：非要《故事新编》符合教科书中的小说定义，否则就不行，就是鲁迅创造力的“衰落”，就是“随意敷衍之作”。即使像竹内好、李欧梵这些大家，也只是能够欣赏鲁迅符合一般小说标准的《呐喊》《彷徨》而已，对《故事新编》，他们就一度客气地保持着距离、“敬而远之”了。这样的读法，即使能够把握《故事新编》的思想，也不能理解《故事新编》的艺术。再者，不能在研究中提出切中要害的问题：或剑走偏锋，或隔靴搔痒，泛泛而论，即使争论得再热闹，参与者再广泛，也注定只是学术上低水平低层次的“争鸣”。像20世纪50年代关于《故事新编》是“历史小说”还是“讽刺小说”的讨论，我以为就是囿于教科书成见的交锋，两派主张虽尖锐对立，但提问的出发点却都错了，学术上收获不多是难免的。记得唐弢先生把这比喻为在教科书的概念里“推磨”，“转来转去仍然没有跳出原来的圈子”。[1]

一是虽然把它当作小说的某种特殊样式来读，但对其特殊性的理解，却建立在文学教科书给定的普遍观之上。这其实是当今学界最普遍的读法：大家不是把《故事新编》的思想和艺术置于鲁迅创作的脉络中“串联”式地理解，而是把它置于更宽广的古今中外的文学成规中“并联”式地理解，进而把握其意义和价值。比如普实克说鲁迅的《故事新编》“使他成为世界上这一流派的大师”，便有人“遍查”世界上“这一流派”的创作：拉伯雷、夏目漱石、果戈理……或用布莱希特的“间离效果”理论，或用巴赫金的“狂欢节”理论，或用“表现主义”，或借用后现代的“解构主义”，等等，来理解《故事新编》的特性。这样的读法，兼及《故事新编》的特殊性和其文学意义的普遍性，或对照，或联想，视野宽广，联系广泛，可以揭示《故事新编》的特质及贡献，也出现一些重要的成果（其中最优秀的著作，当属郑家建《被照亮的世界——〈故事新编〉的诗学研究》），我以为是不错的。

然而还是有遗憾。最大的遗憾，在于这种读法对鲁迅文学生产的“小宇宙”关注不够，对鲁迅之思想和艺术追求之“文脉”把握不足，在于对已有的文学成规还是太当回事。

[1] 唐弢《故事的新编，新编的故事》，《鲁迅论集》，文化艺术出版社，1991年，第284页。

那么，好的读法究竟如何呢？我以为不仅要把《故事新编》视为一部有独特形式和趣味的小说，把它和古今中外有关作家的相关作品对照来看，建立它与古今中外文学之“大宇宙”的联系，而且也应该进入作家创作的深处，把握作家思想和艺术之创造血脉的精微流动，建立与综合体现着作家思想和艺术追求的文学生产的“小宇宙”的联系。这样才能面面俱到，既“串联”，又“并联”，所建立的阅读坐标才是完整的科学的，其对小说之“杂文化”“寓言性”等特质的揭示才可能是令人信服的。

当然，这样好的读法，也是说来容易做来难。我设想了一下，假如把《故事新编》置于鲁迅文学、思想乃至学术生产的坐标之内，到底能读出哪一种滋味呢？

比如，把《故事新编》置于《呐喊》《彷徨》之小说创造的脉络中来读，也许会更有助于我们理解和把握其特点，把握鲁迅作为中国现代小说之父为现代小说“立法”的精神。如果说《呐喊》可以视为具有高度独创性的对西方现代小说的“习作”，其对小说写作的理解是高度“欧化”的，体现为“格式的特别”，那么《彷徨》则可视为鲁迅融汇中西小说、独创中国现代小说的民族形式的努力，体现为“技巧较为圆熟”。如果说《呐喊》为中国文学贡献了“现代小说”，《彷徨》则贡献了“现代小说的民族形式”。这是众所周知的事实。到了《故事新编》，鲁迅则通过改写中国古代神话、传说和历史，以“古今杂糅”和“油滑”的特殊写法，超越了一切中西小说的写作规范，进入了随心所欲、自由创造的境界，贡献了超越时代的具有实验精神的一种全新小说形式。正如严家炎先生《鲁迅与表现主义——兼论《故事新编》的艺术特征》所考察的，这一切和20世纪20年代鲁迅扬弃现实主义文学观，接受表现主义文学观有关。就其创作动机和创作效果的统一来说，《故事新编》的文体是统一的，无论作为“历史小说”“讽刺小说”，还是“杂文化小说”“寓言小说”，不能因为其表现方法的独特就盲人摸象，偏执于一点而不及其余，甚至以名害实，不能顾及其具有多重复杂结构的独特文学创造。

再如，如果把《故事新编》置于《野草》之类体现现代主义思绪的脉络中来读，也许有助于我们理解和把握鲁迅作为现代主体的某种生命原理。《野草》主要是鲁迅独面自我的犹疑、沉思和搏战，是写给自己看的东西。《故事新编》则是鲁迅面对中国古代神话、传说和历史所进行的主体穿越：对于那些经由历朝历代意识形态“层累”厚积而掩饰了真相的“文化”劳作，鲁迅把文化、历史还原为自然、文化和人性彼此作用的过程。我们看到，人的生命的原动力因充溢和不满而至于文明创造的神异图景（《补天》），征服自然的英雄面临怎样的末路情境，其生活碎屑满地，精神一片悲凉（《奔月》），人子如何“复仇”和如何超越“复仇”，直到真正的主角跳上前台：那个“黑色人”，可不就是时隐时现、游走于鲁迅不同作品、贯穿于鲁迅生命的那个普遍、孤独的主体？“黑色人”的气质和精神，可不就是早期思想从“精神界之战士”“摩罗诗人”乃至“超人”直至彷徨无主的“这样的战士”的综合形象（《铸剑》）？尤其是到后来，当这一凝结着深刻现代矛盾的主体变身为“中国的脊梁”，鲁迅的现代主义艺术，其贯穿古今的时空意识，其重写传统文化之Charisma型人物的原则，竟然跨越了尼采和马克思的鸿沟，在英雄和群众、个人和集团之间重建一种新的现代的意志主体、革命主体和实践主体，提供了很多耐人寻味的东西。由禹、墨子等思想人物代表的“中国的脊梁”形象在《故事新编》中的正面表达，对于鲁迅的生命诗学和哲学，对于理解鲁迅文学中居于支配地位的《野草》式主体及现代主义逻辑，对于理解中国的现代主义与中国革命的联系，显然另现一角“奇怪而高的天空”。

再如，我们还可以把《故事新编》置于鲁迅杂文创作的思路中来读，这或许有助于我们更透彻地认识和把握其思想与文体的特质。鲁迅杂文的意旨在于“批评”——“社会批评”和“文明批评”，乃至二者分进合击的统一。鲁迅发现，中国的现实问题往往背后有历史和传统的原因，现实背后往往隐藏着历史和传统的影子，因此其杂文“社会批评”的思维往往是古今连带的，其“文明批评”的思维甚至是古今合一的。古今人物及其背后的价值因此由历时性存在一变而为共时性存在，历史与现实因中国问题而合二为一。《故事新编》长达十三年的写作不仅是鲁迅由现实主义而至于表现主义的时期，也是其杂文写作由摸索而逐渐成熟而至于独创之境的时期，不同文体的“互文”和“互渗”，不仅有助于杂文艺术的形成，同时也有助于其小说艺术的创新。小说笔法进入杂文与杂文笔法进入小说，当是我们理解鲁迅杂文与《故事新编》之批判思维和独创艺术的关键之一吧。

当然，我们还可以把《故事新编》置于鲁迅之“整理国故”的学术脉络中来理解其特性。作为一个卓越的学者，鲁迅的学术活动本就始于“抄古碑”、辑校古籍等古籍整理的工作，后来写《中国小说史略》《汉文学史纲要》等，表明以新方法新价值重新解释历史，也是他思想革命、文学革命以外的另一个重要内容。以科学方法从事学术整理，鲁迅虽然不让人后，却也无法专美于人。但在把杂文“社会批评”“文明批评”的思维带入《故事新编》的创作，在把古代典籍整理的科学思维带入《故事新编》的品评古代思想人物，且把严肃的批判和思考以游戏笔墨出之，科学和艺术水乳交融，不管思想还是文学都具有极大收获者，却纵观整个20世纪，并无第二人。因此，《故事新编》可谓鲁迅写的小说化的“中国历史”或“中国文明史”。假设一下，要是鲁迅在孔、老、墨、庄之后接着写，比如写他所谓中过“庄周、韩非的毒”的韩非子，不知道会有怎样的奇思妙笔出现；比如要是让屈原出现在《故事新编》中，相信鲁迅的处理一定不同于郭沫若的历史剧《屈原》；比如要是始皇帝的故事出现在《故事新编》……这样激发想象的事，借用狂人的话说，这真是“不能再想了”……

以上种种读法，可以是单独进行，也可以是综合而为；可以单线索深入文本，也可以多线索齐头并进、协同展开，目的却都在于更具体而微地把握《故事新编》之于鲁迅思想和艺术发展的特质，从中不仅获得阅读的乐趣和艺术的美感，而且能在思想探索、学术研究方面收获真理。

2012年4月21日

（原载《中国现代文学研究丛刊》2012年第12期）

《祝福》：儒道释“吃人”的寓言

要对作品进行价值评判，首先需要证明确实存在能够支持其判断的东西，这样，结论才会具有起码的可信性，即使还达不到科学性。在《祝福》的文本与这则札记的题目——鲁迅对中国传统文化的批判之间，一种逻辑和事实的对应关系显然是存在的。作为鲁迅小说的代表作之一，尽管它早在1924年3月就面世，但作者除了感叹《彷徨》——当然包括《祝福》——由于技巧的圆熟反而使自己的命意不易为人察觉外，并未多置一言。以往人们所达到的普遍认识，像用毛泽东《湖南农民运动考察报告》的著名结论来涵盖其思想内容，并不能使人满意。它实际上只涉及《祝福》的政治层面，而更深层的文化批判亦即对以儒道释为主体构成的中国传统文化整体性否定的内容，却不幸被忽略了。证之以小说，鲁迅其实是以祥林嫂的遭遇为结构中心，令人信服地展示了以儒道释三教构成的“鲁镇社会”将她逐渐吞噬的清晰过程和思想图景，并通过祥林嫂的“被吃”，宣判了中国传统文化的死刑。如果说《狂人日记》对传统文化

“吃人”的指控还只限于儒家（礼教）而稍显单薄直露的话，《祝福》对传统文化“吃人”本质的批判则扩展到儒道释三家，其表现风格也由激情的呐喊变得更为深沉和富于理性色彩。

我知道，关于《祝福》是儒道释“吃人”的寓言的判断能否成立，主要取决于对“鲁镇文化”的性质能否做出一个可信的说明。显然，鲁迅有意以鲁镇显示传统中国的社会、历史、文化的几乎全部内容：从风俗到制度、从思想到宗教、从日常生活到行为准则。小说在民俗意味极浓的“祝福”时节展开，意义决不限于在修辞效果上形成喜庆气氛与祥林嫂之死的强烈反差。事实上，鲁迅是让我们首先感受了自始至终笼罩着整个小说过程的文化气氛，并通过对它与其“文化原型”的文献式描摹，初步赋予鲁镇一种带有原始多神教意味且杂糅着儒道释多种成分的混沌性质。据周作人考证，祝福作为一个节日可能是综合了吴“过年”和越“谢神祖”的内容而来，而二者又都是古代祭百神的“腊”的遗风[1]。范寅《越谚》卷“风俗”门下云：“祝福，岁暮谢年，谢神祖，名此，开春致祭曰‘作春福’。”顾禄《清嘉录》卷十二“过年”项下云：“择日选神轴，供佛马，具牲醴糕果之属，以祭春福。神前开炉炽炭，锣鼓敲动，街巷相闻。送神之时，多放爆竹，谓之过年，云答一岁之安。”这些材料中反映的风俗意图和具体操作过程与小说“祝福”仪式中的“致敬尽礼，迎接福神，拜求来年一年中的好运气”等描写无疑有相通之处。而且，在鲁迅临摹的南京李光明庄刻本《玉历钞传》的插图中，曾有一幅关于某宅主死亡时家中鬼神活动的图画，在“本

[1] 周遐寿（作人）《〈彷徨〉衍义》，《鲁迅小说里的人物》第95—96页。

宅司命”旁就赫然站着“本境福神”[1]。周作人在《〈彷徨〉衍义》中曾指出《祝福》与《玉历钞传》之间的微妙关系，我想，《玉历》中的福神不过是人们某种愿望的人格化身，应该也就是小说中为人们所恭请的福神。《玉历》全称《玉历至宝钞传》，鲁迅所藏天津石印本附有《李宗敏考核玉历志》一章，称“玉历一书。受自道人淡痴。而勿迷弟子传之者也。”序文之一《无上菩提佛祖原序》说它是“地藏王与十殿阎君。怜地狱之惨。奏请天帝。传玉历以警世。”曾有后人发挥其思想谓：玉历可证儒书，玉历可参仙旨，玉历可括佛教[2]。所以，它是一部杂以道教、佛教的道德训诫理论来肯定现世儒家伦理秩序——主要是忠孝节义——的“三教合一”式的著作。通过鲁镇风俗对福神的供奉，不难理解它与儒道释之间的关系。尤其当我们把目光转向鲁镇风俗的主体，那些认真履行并恪守其风俗信仰和禁忌的人——其中既有“讲理学的老监生”鲁四老爷，又有“善女人”柳妈，那么“鲁镇文化”儒道释杂糅的性质就更容易得到理解。

其实，中国传统文化历来就有“儒治世，道治身，佛治心”的说法。在《华盖集·补白》《准风月谈·吃教》等文中，鲁迅还对“理学先生谈禅，和尚做诗”和封建士大夫把《论语》《孝经》《庄子》《维摩诘经》统统采作谈资的现象作过讽刺。显而易见，“鲁镇文化”“三教合一”的混沌性不会只限于风俗的层面，儒道释和谐乐处的文化特征主要被鲁迅用来完成小说调子的渲染。当他对鲁镇文

[1] 此图又见于《朝花夕拾·后记》，但鲁迅所藏《石印玉历至宝钞》图像却易“司命”为“灶君”，易“福神”为“土地”。

[2] 以上三句是《石印玉历至宝钞》所附三节文章的题目。

化的定性初步完成以后，一个可称之为“鲁镇文化之魂”的鲁四老爷便紧跟着叙述者出现了：他俨然地作为儒教的代表人物主宰着鲁镇的日常秩序。鲁迅特地介绍其身份、教养、爱好，他是一个“讲理学的老监生”，书房里摆的是理学入门书《近思录集注》和《四书衬》等，墙上挂的是以宋代大理学家朱熹解释《论语·季氏篇》的语录制作的条幅“事理通达心气和平（品节详明德性坚定）”。但条幅中间陈抟老祖写的朱拓的大“寿”字，又隐隐透露出他企望长生的道教式生活情趣。陈抟其人曾被载入《宋史·隐逸列传》，本是五代时人，因科举不第而隐居武当山和华山修道。明代唐枢《宋学商求》曾把他作为“希夷之学”的创始人加以论列，但他却是被儒者斥为异端的道教徒。本来，早期儒家是“不语怪力乱神”的，鲁迅为什么要把儒、道两种不无矛盾的内容统一在鲁四身上呢？周作人认为那是因为“讲理学的人大都兼信道教，他们于孔孟之外尤其信奉太上老君或关圣帝君的。”[1]这无疑是正确的。宋以后的儒家正统——理学，本身就是“以释道的宇宙论、认识论的成果为领域和材料，再建孔孟传统”的理论（李泽厚语），以二程为首的洛学也被称为“隐蔽的三教合一”（侯外庐语）。不过这里鲁迅剔除鲁四精神与佛教的联系，或许是为了强调其理学的正统性和纯粹性，或者如周作人所说是出于小说创作的具体考虑：“这位道学家在这里的地位并不怎么重要，他的脚色只是给祥林嫂以礼教的打击，使她失业以

[1] 周遐寿《〈彷徨〉衍义》，《鲁迅小说里的人物》第104页。鲁迅在《准风月谈·吃教》中也指出过，“宋儒道貌岸然，而窃取禅师的语录。清呢，去今不远，我们还可以知道儒者的相信《太上感应篇》和《文昌帝君阴骘文》，并且会请和尚到家里来拜忏。”

至穷死。"[1]不仅如此，鲁迅还突出描写了他家对于佛教的隔膜（如祥林嫂捐门槛的意义就不被理解），而让另一人物柳妈代表"鲁镇文化"中佛教的一面。

这里，频频提到宋代、道学、理学等并非偶然。由于宋代以来理学逐渐成为官方意识形态，明代又钦定程朱为儒学正统，科举制度则直接使之成为普通士人追求功名利禄的敲门砖，所以，它在模塑近代中国文化心理方面的作用不可低估。严复认为，"近代中国之面目为宋人所造就者十之八九"；鲁迅则更进一步，"宋代虽云崇儒，并容释道，而信仰本根，夙在巫鬼"[2]。作为袖珍版的中国传统社会，鲁镇的文化内涵必然会带有"为宋人所造就"和信仰本根"夙在巫鬼"的特征和印记，尤其对于以祥林嫂为中心形成的鲁镇种种社会、伦理、心理、宗教、风俗、文化的关系和秩序而言，以上认识的真理性更是不言自明。我以为，如果说对"鲁镇文化"的定性本身就意味着鲁迅对传统文化的一种把握和评价，那么关于祥林嫂在鲁镇个人生存危机的寓言式描绘，则隐含了他对近代中国社会文化困境的几乎全部理解和基本态度。换言之，当鲁镇社会与祥林嫂处于一种敌对的紧张关系，并排斥其介入时，它就变成了一个残酷的"吃人"的结构，而其文化——包括风俗、信仰、伦理、禁忌等——的秘密也就历历在目地暴露了出来。

"鲁镇文化"的秘密之一是其风俗、信仰、禁忌等内容都建立在

[1] 周遐寿《〈彷徨〉衍义》，《鲁迅小说里的人物》第104页。

[2] 鲁迅《中国小说史略》，《鲁迅全集》第9卷，人民文学出版社，1981年，第101页。

"巫鬼"的基础之上，因而它与祥林嫂之间的关系始终带有一种类似原始文化的愚昧性和野蛮性。仔细想来，祥林嫂不被鲁镇接纳的现象令人困惑：她对其社会文化秩序似乎并不构成多大威胁。譬如，她对于"代表了全部封建宗法的思想和制度"的政权、族权、夫权就形不成任何实在的危险。对鲁镇政权来说，她驯服、勤劳、能干，无须以孔孟之道教化就甘于其奴隶地位，不存在颠覆政权的问题；对于封建族权而言，她尽管有逃婚的反抗举动，但正如不少论者所说，其意图却是为了守节，遵从正统的贞节观念，而且最终还是屈服于族权的淫威，也不可能对它构成现实的威胁；而对于夫权呢，她的再醮不但未受到贺老六的责难，相反倒因此过上了"交了好运"的幸福生活。看来只有"由阎罗天子，城隍庙王以至土地菩萨的阴间系统以及由玉皇上帝以至各种神仙怪的神仙系统——总称为鬼神系统"[1]的神权受到了真正的威胁。事实庶几近之。确切地说，祥林嫂之不为"鲁镇文化"接纳，是由于她无意识地触犯乃至亵渎了其植根于"巫鬼"的关于妇女的观念和其风俗中关于寡妇的禁忌。

所谓风俗是"一种依传统力量而使社会分子遵守标准化的行为方式"（马林诺夫斯基），它自然包孕着丰富的（观念的）文化内容，以儒道释为主体的传统文化正是通过风俗而获得世俗品格及生命力的。单就风俗而言，鲁镇更多地带有道教——包括道家、阴阳家、神仙家、巫等——的色彩。这里，人们遵守着种种奇怪的禁忌，如"临近祝福时候是万不可提起死亡疾病之类的话的，倘不得已，就该用一种替代的隐语"；拜请福神享用福礼的自然"只限于男

[1] 毛泽东《湖南农民运动考察报告》。

人”等等；鲁四老爷尽管信奉理学，读过张载论“鬼神者二气之良能也”的唯物主义无神论著作，但“忌讳仍然极多”。祥林嫂刚进入鲁家时，“四叔皱了皱眉”，讨厌她是一个寡妇。当她由于丧夫失子第二次进入鲁家时，便被进一步视为“不干不净”和“败坏风俗”，禁止参与祭祀的事务。在这里，决定鲁四视祥林嫂为不祥的观念至关重要，它是导致其“被吃”的关键原因。为什么寡妇或再寡会被视为不祥？周作人认为是由于“礼教的轻视女人，再加入宗教的不净观”[1]。我想，在儒家那里，妇女天然地是二等公民，受轻视是不消说的。但鲁四之讨厌祥林嫂更可能基于道教——主要是“巫鬼”的一些内容。她接连克死两个丈夫，是所谓“丧门星”，因此其存在本身就成为一种罪恶。我们都知道“触犯禁忌者，本身也成为禁忌”[2]是原始文化的普遍信条，她被视为“不干不净”正是触犯和成为禁忌的结果。查《不列颠百科全书》“禁忌”（taboo）辞条可知，禁忌本身含有两种不同的意义：一方面，它是神圣的、崇高的，另一方面，它又是神秘的、危险的、禁止的、不洁的。祥林嫂被视为不洁的另一原因，还部分来自强调“性”的不洁感的“东方固有的不净思想”[3]。道教和佛教往往把妇女的生理特征与其人格精神混为一谈，由于其中原始思维（互渗律或谓思想的全能）的作用，他们往往把对妇女生理的认识投射到她们的人格精神中。佛教还在其轮回理论中把一个人来世转男或女与其现世德行联系起来，德行有亏者才成为女身。《玉历·条款章句》谓：“或转男为女。或转女为男。较量

[1] 周遐寿《〈彷徨〉衍义》，《鲁迅小说里的人物》第99页。

[2] 参见〔奥地利〕弗洛依德《图腾与禁忌》一书。

[3] 鲁迅《坟·我们现在怎样做父亲》。

富贵贫贱。以了冤缘相报。”又称，“为男为女。视其根器之厚薄。为智愚灵钝之分殊。”但四婶和柳妈也是女人，为什么她们可以参与祭祀？我想其根本区别还是祥林嫂之寡妇以至再寡的身份。弗洛伊德在《图腾与禁忌》中曾专门讨论过关于寡妇或鳏夫的禁忌——它是以对死人的禁忌的隐喻式延伸。死人在原始文化中是一种严厉的传染病源，他（她）的一切都被视为极端不洁。由于寡妇或鳏夫带有一种危险的需要——寻找新配偶，容易引起死人的愤怒和传播疾病，从而导致其社会组织和文化结构的崩溃，所以她（他）必然成为禁忌，成为不洁的化身。尽管这种禁忌在鲁镇与礼教“男尊女卑”的观念结合后演变为只针对寡妇的禁忌[1]，但它仍属弗氏讨论过的落后文化的一部分。当鲁四老爷认为祥林嫂“不干不净”，并剥夺其劳动的权利时，鲁镇风俗根源于“巫鬼”的野蛮内涵和残酷性也就被鲁迅层层剥离了开来。

“鲁镇文化”的秘密之二是其内部人际关系具有一种审美性，正是它促成其文化表现的冷酷形态。一般地讲，一种落后的文化可能是愚昧、野蛮的，但其内部人际关系却也可以是纯朴而富于人情的，像19世纪欧洲思想文化领域的浪漫主义潮流，就起因于对工业文明的反动和对往昔纯朴人情的怀旧，但鲁镇并不值得如此。无疑，鲁迅让祥林嫂向人们讲述儿子阿毛的悲惨故事是意味深长的。其实早在四婶向卫老婆子打听祥林嫂再嫁后的情况时，我们就能隐隐感到一种对祥林嫂不幸的迫切期待，然而她偏偏“交了好运”，这真令鲁

[1] 鲁迅《坟·我之节烈观》也曾分析过此类现象：“古代的社会，女子多当作男子的物品。……后来殉葬的风气，渐渐改了，守节便也渐渐发生。但大抵因为寡妇是亡妻，亡魂跟着，所以无人敢娶，并非要她不事二夫。这样风俗，现在的蛮人社会里还有。”

镇人扫兴！现在她终于带着巨大的不幸和痛苦来了，其“日夜不忘的故事”立即引起了人们的兴趣。鲁迅特地写了人们的反应：“这故事倒颇有效，男人听到这里，往往敛起笑容，没趣地走了开去；女人们却不独宽恕了她似的，脸上立刻改换了鄙薄的神气，还要陪出许多眼泪来。有些老女人没有在街头听到她的话，便特意寻来，要听她这一段悲惨的故事。直到她说到呜咽，她们也就一齐流下那停在眼角上的眼泪，叹息一番，满足地去了，一面还纷纷地评论着。”这里，不像幸灾乐祸，不像对自己未尝痛苦的庆幸，也不像获取一种心理平衡，但她们显然都从祥林嫂的痛苦中感到了一种满足。那么，她们到底得到了什么？联系到小说中大家“咀嚼赏鉴”祥林嫂悲哀的其他描写，我以为，它反映着鲁迅对“鲁镇文化”较之根源于“巫鬼”的原始迷信更野蛮、残酷的一面的思考，渗透着他对道教思想的褒贬批判。简言之，鲁镇众人从祥林嫂的痛苦和悲哀中得到的不是伦理的，而是审美的满足和快感。

如果要探究这种审美快感的来源，我们一定不会忘记鲁迅早就注意过的生活中的“看客”现象，它在《孔乙己》《示众》《阿Q正传》中都有所表现。“看客”现象的实质正是把实际生活过程艺术化，把理应引起正常伦理情感的自然反应扭曲为一种审美的反应。在“看客效应”中，除自身以外的任何痛苦和灾难都能成为一种赏心悦目的对象和体验。鲁镇人对祥林嫂悲惨故事的反应，总使我联想到亚里士多德对悲剧效果的经典描述。这种异化的情感与行为方式何以成为可能？我们知道，“看客”现象的症结并不主要在于人们由于缺乏现代觉醒所特有的愚昧、麻木及感觉思维的迟钝，而恰恰在于对不幸的兴趣和对痛苦的敏感，别人的不幸和痛苦成为他们用来慰藉乃至娱乐自己的东西。在小说中鲁迅特地用“这百无聊赖的祥林嫂，被人们弃在芥尘堆中的，看得厌倦了的陈旧的玩物”，“她未必知道她的悲哀经大家咀嚼赏鉴了许多天，早已成为渣滓，只值得烦厌和唾弃”等话对此反复做了暗示。看来，“鲁镇文化”中必然存在着一种能消除或扭曲其自然情感反应的观念机制，是它把祥林嫂的痛苦和不幸变成可供他人享乐的对象，使“看客”现象成为可能。我以为，这种观念机制就是以庸俗化的道家思想为主体内涵的道教信仰，它就是“看客”的哲学！这里不用引证鲁迅“中国的根柢全在道教”[1]的深刻命题，其实在根源于“巫鬼”的“鲁镇文化”中发现道教在模塑鲁镇人人生态度方面的巨大作用并不奇怪。李泽厚曾把中国智慧的特征概括为“血缘根基、实用理性、乐感文化、天人合一”，认为它以美学而非宗教为哲学的顶峰和人生最高境界，特别注意精神的愉悦，甚至连孔子的最高理想都是“吾与点也”[2]的审美境界。其典型代表自然是庄子哲学。这种不讲修齐治平而只以实现个体人格、满足其身心愉悦为主要追求的审美人格，乃是造就既“区别于认识和思辨理性，也区别于事功、道德和实践理性，又不同于脱离感性世界的绝对精神（宗教）”的道教式人生态度的原因，“它即世间而超世间，超感性而不离感性；它到达的制高点是乐观积极并不神秘而与大自然相合一的愉快。这便是孔学、庄子与禅宗的相互交通之处。”[3]不过这种孔庄禅的审美情结在鲁迅的“吃人”

[1] 周作人、许地山、林语堂都有类似的看法，参见陈平原《林语堂与东西方文化》，《中国现代文学研究丛刊》1985年第3期。

[2] 参见李泽厚《庄玄禅宗漫述》《试谈中国的智慧》，引文见《中国古代思想史论》，第215—216页。

[3] 同上。

寓言中却失去了以上引文中的美丽，变得狰狞可怖。祥林嫂的痛苦被人漠视乃至赏玩的文化现实，十足地反映了这种人生态度的残酷性。也正是这种在现实的人际关系和日常生活中寻求审美满足的含混价值取向，才塑造了表面上麻木、混沌实际上精明、残忍的情感与行为方式。它使得人不仅可以欣赏喜剧、悲剧，还可以心安理得地欣赏丑恶、残忍。鲁迅针对林语堂所提倡的道教式人生情趣曾指出："这'玩玩笑笑，寻开心'，就是开开中国许多古怪现象的锁的钥匙。"[1]同样，它也是解开造成并赏玩祥林嫂不幸的"鲁镇文化"和"看客"现象之锁的一把钥匙。

"鲁镇文化"的秘密之三是其宗教职能的特异性，它在支配人的内心生活、维护儒家伦理秩序、处理死生问题等方面，有一种变宗教为法律、变精神鸦片为刀枪棍棒的倾向。它不仅完善着其从物质到观念的"吃人"结构，而且直接规定着祥林嫂遭受精神戕害的方式和具体内容。我们知道，根源于"巫鬼"的文化禁忌和道教式人生态度分别造成和加剧了祥林嫂的不幸，但它们并不能使她认识到她自己在其如信仰和禁忌等意义结构中的真正含义。也就是说，它们无法形成弗洛伊德所谓禁忌"杀人"时必需的内心的恐惧和罪恶感。只是在她遇到信佛的"善女人"柳妈，接触到"在山村里所未曾知道的"佛教善恶报应、生死轮回理论时，才完成了其由外部道德规范向内在精神折磨的惩罚性转变。鲁迅以相当严峻的态度对待阴司被分尸的图景带给她的精神恐惧，而"捐门槛"的象征性赎罪仪式的含义之不被理解，显然也是一个文化的隐喻：罪不可赦的祥

[1] 鲁迅《且介亭杂文二集·寻开心》。

林嫂只有一死才能恢复“鲁镇文化”的既定秩序和安全。对此，我感兴趣的是祥林嫂的“死后的问题”在“鲁镇文化”中所占的位置，它本是其最富于形而上意义的命题之一。儒家圣人很少谈论“死”，孔子讲“未知生、焉知死”“未能事人，焉能事鬼”[1]，因此，“敬鬼神而远之”。这与佛教追求至善至美人格，热衷于来世超越人性局限（如“惑”“业”）而忽视现世生命的倾向相矛盾。但它在鲁镇是怎样与对鬼神的敬畏相结合，把一般佛理中作为普遍苦难之慰藉的来世，变成为奖惩现世善恶，维持社会文化秩序而设立的地狱的呢？固然，如周作人所讲，阴司、地狱、阎罗王等观念是佛教传入中土以后才发生的[2]。古代一些典籍如《山海经·海内经》《楚辞·招魂》中都有“鬼国”“幽都”“土伯”之说[3]，颇类似阴司、地狱、阎罗王等观念，但这些国粹的内容大都寓意浅显，并不如佛经的地狱涉及人类灵魂的归宿和生前行为的奖惩问题。鲁迅说，“我常常感叹，印度小乘佛教的方法是何等厉害：它立了地狱之说，借着和尚、尼姑、念佛老妪的嘴来宣扬，恐吓异端，使心志不坚者害怕。那诀窍是说报应并非在眼前，却在将来百年之后。”[4]清代笔记小说《壶天录》（百一居士作）《右台仙馆笔记》（俞樾作）都有女人再嫁后惨遭报应的故事，或者“再嫁以后，便被前夫的鬼捉去，落了地狱，或者世人个个唾

[1] 孔子《论语·先进》。

[2] 周作人的原话是：“相信魂灵与鬼是世间共通的现象，在中国则很受到印度的影响，特别是地狱，差不多全出于佛书。《玉历钞传》的记载大概就是《楼炭经》和《地藏本愿经》的节略……”鲁迅在《且介亭杂文末编·死》中也有“穷人们是大抵以为死后就去轮回的，根源出于佛教”等话。

[3] 《楚辞·招魂》：“君无下此幽都兮，土伯九约，其角觺觺兮。”王逸注：“土伯，后土之侯伯也。”土伯当为幽都的统治者即鬼国王。

[4] 鲁迅《华盖集续编·有趣的消息》。

骂，做了乞丐，也竟求乞无门，终于惨苦不堪而死了！”[1]比之祥林嫂，我感到疑惑的是，其心志何以如此不坚，“百年之后”的惩罚为什么那么容易引起她的恐惧呢？除了鲁迅在人物塑造和修辞效果上的具体考虑，是否因为因果报应思想印证或唤醒了她潜伏已久的一些迷信观念，譬如关于鬼神的观念呢？难道是它们使宗教变成了法？我注意到，祥林嫂对于死后的恐惧，是现实表现为对死人——如“死鬼丈夫”和“阎罗大王”的恐惧形态的，而对他们的恐惧又主要是对惩罚的恐惧。或者说，其恐惧本身就隐含着对自己罪孽的确认和对“鬼神”充当德行裁判的确信不疑等内容。而由“鬼神”观念承担的赏罚意向又直指她生前的行为，于是其意识内涵便由宗教（或哲学、伦理）的一变而为具有明确社会目的的类似法律的程序。这一精神转变的完成与鲁镇佛教的道教化也有关系，带有明显的《玉历钞传》的色彩。事实上，“鬼神”的赏罚功能主要是通过个人的道德实践进行的[2]。《玉历》所附《关圣帝君觉世真经》就尤其强调“畏”对于道德律身的意义，认为“人生在世，贵尽忠孝节义等事，方与人道无亏，可立身于天地之间；若不尽忠孝节义等事，身虽在世，其心已死。是谓偷生。凡人心即神，神即心；无愧心，无愧神；若是欺心，便是欺神。故君子三畏四知，以慎其独。”这里，心即人的内在精神，类似弗洛伊德的“本我”概念，神则代表一种客观化的社会监督机制，进入人的意识后类似弗氏的“超我”概念。

[1] 鲁迅《坟·我之节烈观》。

[2] 这里还牵涉到鲁迅对中国人缺乏宗教感的认识，他在《华盖集续编·马上支日记》中曾提问：“然而看看中国的一些人，至少是上等人，他们的对于神，宗教，传统的权威，是‘信’和‘从’呢，还是‘怕’和‘利用’？”

比照弗氏的精神分析理论可以发现，在《玉历》式的意识结构中没有“自我”的位置。其“心即神，神即心”的判断在“超我”与“本我”之间画了等号，实质则是“超我”对“本我”的全面进犯和取代。基于这一前提，“畏”在道德实践中的意义便被夸张到反动的程度，内省式的道德自律与宗教修行不得不向以他律为主的法律监督转化，而个人的“自我”因本心与社会规范不合而交战的复杂精神内容也只能被简化为像祥林嫂那样的单调的“畏惧”形态。应该说，鲁镇这一精神转变机制的存在，仍然与其根源于“巫鬼”的深层意识有着千丝万缕的联系。佛教能成为一种被强制推行的代表儒教意志的力量，“死鬼丈夫”“阎罗大王”能成为一种威慑手段，成为“对本能横加抑制的化身”，都取决于鲁镇的集体无意识——对死人的恐惧的迎合，甚至在鲁四一年中极重视的“冬至的祭祖”中也闪烁着这一文化情结。透过祥林嫂希望在死后与家人团聚的表面，我们在其临终时对“灵魂的有无”问题产生的疑问中，其实已不难发现鲁迅对从内部颠覆“鲁镇文化”的道路和方法所做的暗示。

祥林嫂之死是一个文化的悲剧，是从风俗制度到思想信仰整体的悲剧。在鲁镇生活方式的困境中，隐含着现代知识分子对以儒道释为主体的传统文化最基本的态度和评价。其存在的不合理性在于，祥林嫂之“被吃”恰恰是人们以最无可辩驳的理性行动相互作用的结果，具有最合理的形式。而儒道释观念——作为支撑“鲁镇文化”的制度和精神存在的固有法则——则为她的“被吃”提供了内在的理由和支持。这一谋杀案没有真正的被告和凶手，因而全部是被告和凶手，连小说叙述者“我”也难脱干系[1]。为了揭示“鲁镇文化”“吃人”的属性，鲁迅甚至在小说开始就让主人公死去，使整个寓言式故事具有一种探寻死因的内在结构，一方面赋予祥林嫂之死一种宿命感和必然性，另一方面站在文化批判的高度重新审视了儒道释的传统价值，“鲁镇文化”于是成为“安排人肉的筵宴的厨房”。通过抛弃鲁镇，鲁迅不但抛弃了传统的生活方式，彻底否定了以儒道释为主体的传统文化，而且把中国文化从传统向现代转变的迫切性强调到了极致，并为我们清醒地把握其文化根源和内部运行机制，从文化最深层摧毁“吃人”的文化提供了模式和规范。

1988年12月

（原载《鲁迅研究动态》1989年第2期）

---

[1] 汪晖在《“反抗绝望”的人生哲学与鲁迅小说的精神特征（上）》（《鲁迅研究动态》1988年第9期）中，曾精辟地分析了第一人称叙述者“我”与鲁镇的精神联系，即与其伦理秩序的同谋关系。其实，“我”在小说中是个作用和意义都相当复杂的寓意单位，不应被排斥在本文的分析之外。但由于其重要性需置于鲁迅小说的整体观照下才能较好地把握，故本文对他基本上“忽略不计”了。

[附记]

笔者最近读到严家炎先生《复调小说：鲁迅的突出贡献》(《中国现代文学研究丛刊》2001年第3期)，其中对小说叙述者在《祝福》中的作用做出了清楚的分析，并认为其“道德反省可以说就是《祝福》的副主题”，笔者深以为然。特抄录如下，以补本文最后一个注所谓“忽略不计”之失：

> 再说《祝福》。长期以来研究者都从封建礼法和封建迷信如何深深地残害祥林嫂这位两次守寡的劳动妇女，给她带来多大痛苦的角度来思考问题，所以总是将鲁四老爷以及柳妈为加害的一方、祥林嫂为受害的一方加以对阵，得出儒释道（教）合伙吃人的结论。这样做并不错，但是不完全，多少有点简单化。正如汪晖先生所说，当我们把祥林嫂的故事放在小说的叙事结构中时，发现小说主题就复杂化了：第一人称叙述者是小说中的“新党”，是唯一能在价值观上对儒释道合流的旧的伦理体系给予批判的人物，而叙述过程恰恰层层深入地揭示出，这位叙述者似乎对祥林嫂之死负有责任。祥林嫂曾经把希望寄托在这个“识字的，又是出门人”的“新党”身上，但灵魂有无的问题却让我陷入两难的困境，“惶急”“踌躇”“吃惊”“支吾”，最终以“吞吞吐吐”的“说不清”作结；这或多或

少加速了祥林嫂在绝望中走向死亡。尽管读者知道：第一人称叙述者的困境其实根源于祥林嫂的荒诞处境，因为她既需要“有灵魂”（她可以看到自己的儿子阿毛），又需要“无灵魂”（她可以免于受两个男人把她身体锯成两半的痛苦），这本身是一种无可选择的悲剧。但鲁迅以带有反讽意味的叙述启示读者：面对绝望的现实，具有新思想的知识分子除了挺身反抗之外别无其他途径，否则就会成为旧秩序的“共谋”者。这种道德反省可以说就是《祝福》的副主题。

2003年4月17日

《补天》：中国人与文化的“缘起”寓言

对《补天》的理解一般不存在多大困难，因为鲁迅在《故事新编·序言》和《南腔北调集·我怎么做起小说来》中已将小说的素材、写作动机、风格特征及艺术上的得失交代得清清楚楚，奠定了人们理解这篇小说的坚实基础和基本方向。

其一为：

> 第一篇《补天》——原先题作《不周山》——还是一九二二年的冬天写成的。那时的意见，是想从古代和现代都采取题材，来做短篇小说，《不周山》便是取了“女娲炼石补天”的神话，动手试作的第一篇。首先，是很认真的，虽然也不过取了弗罗特说，来解释创造——人和文学的——的缘起。[1]

[1] 鲁迅《故事新编·序言》。

其二为：

> ……例如我做的《不周山》，原意是在描写性的发动和创造，以至衰亡的，而中途去看报章，见了一位道学的批评家攻击情诗的文章，心理很不以为然，于是小说里就有一个小人物跑到女娲的两腿之间来，不但不必有，且将结构的宏大破坏了。[1]

根据这些说明，研究者们或者把小说主题解释为对人类始祖“劳动创造”活动的壮丽礼赞，“要在人类诞生的黎明期来表现女娲创造生命和生活的巨大喜悦和艰辛”[2]；或者理解为对弗洛伊德精神分析学说中爱欲与文明的发生关系的形象化演绎；甚至更进一步，理解为一个讲述原始的生命力因受到文明的摧残和窒息、终于衰微死去的讽刺故事[3]。凡此种种，都已相当接近小说的实际。但包括鲁迅自己的解释在内，又总不能让我满意，感到似乎有什么遗漏似的。我想，倘若能将作品的素材，作家组织、消化和转化素材的思想观念和写作动机，以及作品完成后包孕于艺术形象深处的思想主题等要素联系起来进行考察，不仅可以进一步精确鲁迅自己的解说，而且或许可能发现作家自己并未明确意识到、但却深刻地影响了创作的一些内容。

我以为，作为“文明批评”和“社会批评”的文本——“神话，

[1] 鲁迅《南腔北调集·我怎么做起小说来》。
[2] 王瑶《鲁迅〈故事新编〉散论》。
[3] 李欧梵《铁屋中的呐喊》。

传说及史实的演义”[1]，《故事新编》中隐含着一个轮廓清晰的文化批判的思想图式，作品多涉及对所谓周季三大显学儒、墨、道思想和价值的清理，如《采薇》《出关》之于儒家，《出关》《起死》之于道家，《理水》《非攻》《铸剑》之于墨家，而《补天》则可视为其解释中国“人与文化的缘起”的溯源式文化批判总论。也就是说，《补天》可视为鲁迅运用弗洛伊德学说、通过改写女娲抟土造人、炼石补天及共工怒触不周山的神话，以重新解释中国人和文化的缘起并从中寻找创造力的源泉的“文化寻根”和“文化批判”寓言。其中既有基于弗洛伊德学说对女娲——中华民族始祖——创造人类的歌颂，也有对中华大地上诸如战乱、水灾等天灾人祸及女娲救世“补天”的艰辛和崇高的描绘，更有对造成中国之灾难的“昏乱的思想”——道教思想和儒教思想的讽刺性刻画。而所有这一切，又是通过间用“博考文献，言必有据”和“只取一点因由，随意点染，铺成一篇”乃至“油滑”的独特艺术方法取得的。

要展开本文的论旨，对小说做出科学的解释，需要回答以下几个问题。其一，鲁迅将小说主旨解释为“取了弗罗特说，来解释创造——人和文学的——的缘起”，而笔者则把它精确为“解释中国人和文化的缘起的溯源式文化批判总论”，其中“人和文学的缘起”与“中国人和文化的缘起”有什么不同？其二，鲁迅所谓“弗罗特说”的确切内容是什么？厨川白村的理论是否也是小说的思想来源之一？其三，女娲之创造性劳动的产品——人类社会和文明为什么会走向异化，其描写中是否包含着鲁迅对于爱欲和文明之矛

[1] 鲁迅《自选集·自序》。

盾关系的思考？

考察一下鲁迅与弗洛伊德学说的关系就可明白，《补天》中解释创造——人和文学——的缘起的逻辑完全是厨川白村式的。我们知道，在小说中，鲁迅是把源于爱欲的“无聊”作为女娲创造的动力的，以它来解释“人的缘起”自然不会有歧义，但用以解释“文学的缘起”却有点令人费解。小说中固然写了女娲的造物——小东西们“Nga！nga！”“Akon，Agon！”“Uvu，Ahaha！”的发声，并令她吃惊而且“自己也第一回笑得合不上嘴唇来”，但这充其量只能算解释语言的而非文学的“缘起”。那么小说究竟在何种意义上表现了文学的起源呢？我以为只有搞清楚鲁迅与厨川白村文艺思想的关系，才能明白其独特的表现逻辑。

大家都知道，鲁迅在20世纪20年代曾把厨川氏《苦闷的象征》译为中文，并把它采作在北京大学授业的讲义，现在虽然不能肯定1922年11月写作《不周山》时他已与厨川氏的思想相遇，但在一般意义上说，他与厨川氏在思想上发生联系的事实是毋庸置疑的。鲁迅为厨川氏《苦闷的象征》中译本所写的引言即是重要的“内证”，其中一段为：

> 作者根据伯格森一流的哲学，以进行不息的生命力为人类生活的根本，又从弗罗特一流的科学，寻出生命力的根柢来，即以解释文艺，——尤其是文学。然与旧说又小有不同，伯格森以未来为不可测，作者则以诗人为先知，弗罗特归生命力的根柢为性欲，作者则云即其力的突进和跳跃。

厨川白村《苦闷的象征·文艺的起源》一章有更具体的表述：

> ……生的跃动，使他们（指原始人——引者）在有限界而神往于无限界，使他们希求绝大的欲望的充足的时候，这就生出原始宗教的最普通的形式的那天然神教和生殖器崇拜教来。倘将那因为欲求受了限制压抑而生的人间苦，和原始宗教，更和梦和象征，加了联络，思索起来，则聪明的读者，就该明白文艺的起源，究在那里的罢。

我们知道，在“弗罗特一流”的学说中，爱欲不仅与“利比多”（Libido）结合而成为人的“潜意识”的部分，而且在诸如《图腾与禁忌》《文明及其不满》等后期著作中，往往被描述为一种强大的本能，从人类的原始生命而来与人的文明意识——“超我”（superego）形成抗衡，20世纪以来的西方现代文艺受其影响，甚至把它与艺术的创造力相提并论。厨川氏强调生命的“欲求受了限制压抑而生的人间苦”为文艺的“缘起”，自然也属此论的一支。鲁迅懂得弗洛伊德理论，但据现有藏书等材料来看，他的有关知识却大多来自日文书，尤其是厨川白村的著作。因此，可以认为，《补天》中有关文学起源的描写，虽然采取了“弗罗特说”，却经由厨川白村的解释略有变形了。也就是说，淡化潜意识领域“利比多”的性和爱欲成分，使之变成一种带有个人主义意味的自求解放的创造力，而将它作为包括文学活动在内的一切创造活动的缘起。倘若不对鲁迅的有关解说做此曲折的说明，单从小说中恐怕是不容易看出这些内容来的。

那么，究竟能从小说中看出什么内容呢？我们知道，小说是在对一种神奇、瑰丽且带有健康而自然的“色情”（Erotic，本义与爱欲有关，鲁迅译为“色情的”）意味的氛围的渲染中开始的：天空是粉红的，曲曲折折的飘着许多条石绿色的浮云；天边的血红的云彩里有一个光芒四射的太阳，如流动的金球包在荒古的熔岩中；地上是嫩绿，连一般用以作阳刚或英雄气概的喻体松柏也“显得格外娇嫩”，尤其是在女娲造人的一刹那，“擎上那非常圆满而精力洋溢的臂膊，向天打一个欠伸，天空便突然失了色，化为神异的肉红”，这无疑是说导致创造的爱欲——生命的原动力正处于高潮：

> 伊在这肉红色的天地间走到海边，全身的曲线都消融在淡玫瑰似的光海里，直到身中央才浓成一段纯白。波涛都惊异，起伏得很有秩序了，然而浪花溅在伊身上。这纯白的影子在海水里动摇，仿佛全体都正在四面八方的迸散。

创造活动正是在这种最健康的“色情”描写——包括对女娲胴体的耀目写意——之后进行。而所有这一切，无非是为了表明弗洛伊德理论的特殊支持，直到女娲由于劳累而将创造变成了“恶作剧”，最终“将头靠着高山”沉沉睡去，其关于“性的发动和创造，以至衰亡”的辉煌描写才告一段落。

应该说，上述有关“人的缘起”的描写非常符合鲁迅原始构思的精神，但小说中另一部分内容即对所谓“文学的缘起”的表现却与之形成鲜明对照。首先，表现的脉络比较隐晦，如果不对鲁迅与弗洛伊德乃至厨川白村学说的关系进行解释，其中逻辑是难以通约的，不能马上被人理解。其次，如果鲁迅自己的解说并非“辞不达意”，那么小说中就存在作者未曾明确意识但其艺术形象却内在地包含着的内容，这就是能否把鲁迅所谓“人和文学的缘起”主题置换为“中国人和文化的缘起”的主题的问题。

毫无疑问，从原理上讲，文学自然属于文化，文学为文化的一分支，但描绘文学的起源与描绘文化的起源并非一回事。为什么说小说不是描绘“人与文学”的起源而是描绘“中国人与文化”的起源呢？答案自然得到作品中去寻找。

根据小说取材于中国神话，说女娲所创造的“人”是中国人该没有问题，但“文化”却是由她的作品——“小东西”们再创造出来的。起初，他们发明了简单的语言，“但他们渐渐的走得远，说得多了，伊也渐渐的懂不得”，最后成了女娲完全不懂、令她“头昏”的东西。到女娲为文明的恶果——“战争”所惊醒，那些令她“头昏”的东西已经丰富为“口吐金玉的粉末”之炼丹学仙的道士、发动战争和争权夺利的军阀、头顶小方板而口诵“裸裎淫佚，失德蔑礼败度，禽兽行。国有常刑，惟禁”的“古衣冠的小丈夫”等等，他们其实就是中国文化中道教、王权、儒教的漫画式形象。尤其是小说中第三部分的描写，更可与鲁迅对于中国文化的看法相印证。众所周知，在五四一代思想家中，除了反礼教，鲁迅的反道教思想是非常独特的现象。不提他在《摩罗诗力说》中对主要基于道家思想的“不撄人之治”的批判，在1918年8月20日致许寿裳信中也明确表示：“前曾言中国根柢全在道教，此说近颇广行，以此读史，有多种问题可以迎刃而解。”1927年9月24日写的《小杂感》中则说：“人们往往憎和尚，憎尼姑，憎回教徒，憎耶教徒，而不憎道士。懂得此理者，懂得中国大半。”[1]1926年7月4日《马上支日记》更表示：“中国人总不肯研究自己。从小说来看民族性，也就是一个好题目。此外，则道士思想（不是道教，是方士）与历史上大事件的关系，在现今社会上的势力；孔教徒怎样使‘圣道’变得和自己的无所不为相宜；战国游士说动人主的所谓‘利’‘害’是怎样的，和现今的政客有无不同……”[2]为什么“中国根柢全在道教”呢？从以上材料可知，道教思想——尤其是糅合了方士思想的道士思想——对于模塑中国文化性格的作用非常大，不仅在历史上，而且在现实中依然是一种活生生的力量，阻碍着中国文化和社会的进步。尤其作为一种人生态度，道家不凝滞于物的风流精神蜕化为鲁迅所谓把一切都看成一场戏的“善于变化、毫无特操，是什么也不信从的”“做戏的虚无党”（《马上支日记》），其流弊更其严重。其实他对包括“精神胜利法”在内的国民劣根性的批判，主要就是对道教–方士思想的批判，对此学界多有论题论及，这里自然不用赘述。

小说第三部分的描写正反映了这种精神，那些高举一柄极大极古的大纛，躲躲闪闪攻到女娲身旁，却因为女娲已死而伶俐地改换了口风的“女娲氏之肠”，不正是对那些使“圣道”变得和自己无所不为相宜的孔教徒、为了谋取私利而巧妙地假借各种旗号的政客以及精通“怎样敷衍，偷生，献媚，弄权，自私，然而能够假借大义，窃取美名”[3]的“做戏的虚无党”们“善于变化，毫无特操”的写照吗？小说的结尾耐人寻味地写了秦皇汉武这些真实的历史人物崇

[1] 鲁迅《而已集·小杂感》。
[2] 鲁迅《华盖继续编·马上支日记》。
[3] 鲁迅《华盖集·十四年的“读经”》。

信方士、祈求长生、寻访仙山的虚妄，也对“方士的最高理想”——“仙道”构成了消解。

行文至此，可以说已经概略地回答了前面提出的第一、第二个问题。第三个问题是中国文化为什么会走向异化，其中是否包含着鲁迅对于爱欲与文明之矛盾关系的思考？这里之所以把“文化”和“文明”混用，乃是沿用弗洛伊德《图腾与禁忌》《文明及其不满》中的作法，因为在精神层面上，二者几乎是同义语。

这个问题的提出首次见于李欧梵《鲁迅及其现代艺术意识》：

> ……如果他真正消化了弗洛伊德的学说（特别是弗氏后期的作品《文明及其不满》）而不过分信奉厨川氏的半吊子理论，我认为他可以大胆地把女娲的故事写成一个中国式的“爱欲”神话，至少他可以写出一个对文明社会的讽刺故事：女娲无意间创造出人类以后，就天下大乱，致使她原始的生命力也受到文明的摧残和窒息，终于衰微死去。事实上，我们已经在这篇不尽完善的作品中看到这个故事原型的轮廓，当鲁迅“油滑”地讽刺“古衣冠的小丈夫”时，也使我们感到神话世界和文明世界的不调和的对比。

尽管李欧梵的观点提得有点闪烁其词，但我认为作品中并不缺乏对它的支持。鲁迅所谓“性的发动和创造，以至衰亡”的过程，其实也就是文化逐渐精致、成熟，乃至厚积而最终敌对爱欲的过程。在小说中，爱欲本是创造之源，但其产品——以“古衣冠的小丈夫”和口吐“金玉的粉末”的道士为代表的儒教和道教却把它给“异化”了：儒教对它持“惟禁”的态度；道教则表面上在肯定“人欲”，但实际上却把“人欲”给“兽欲”化了，尤其是基于方士文化发展起来的诸如炼丹服药乃至房中御女合气之术等技艺，只讲欲不讲情，认为“纵欲反而能成仙”[1]，同样是对爱欲的一种扭曲和敌视。鲁迅曾说过，“儒士和方士，是中国特产的名物。方士的最高理想是仙道，儒士的便是王道。但可惜的是这两件在中国终于都没有。”[2]小说结尾对秦皇汉武这些有作为的帝王沉溺于“成仙”“长生”的迷梦不能自拔的描写，表明爱欲作为“人”和“文化”的重要内容在中国传统思想和生活中遭敌视和被扭曲的现实，但幸好“总没有人看见半座神仙山，至多也不外乎发见了若干野蛮岛”：“仙道”终归是虚妄的，“仙性”也不过是被美化的兽欲而已。总之，在《补天》对中国文化之道教的“求仙”、儒教的“风化”观念乃至王权的讽刺性刻画中，我以为是内在地、逻辑地包含了对于爱欲与文明之矛盾关系的思考的，只是由于结构的不够宏大，正如学者所说，仅仅是一个“轮廓”而已。这确实令人遗憾，但也只能如此了。

《补天》主要利用了女娲抟土造人、炼石补天、共工怒触不周山、女娲氏之肠四则神话和秦皇汉武寻访仙山的两则传说，这些材料被鲁迅根据弗洛伊德及厨川白村的学说逻辑严密地组织成为一种描绘中国人和文化起源的思想图景，其中隐伏的“人性论”主题，以爱欲与文明的矛盾关系为基本问题，所有这些内容，都有助于我

[1] 鲁迅《准风月谈·中国的奇想》。
[2] 鲁迅《且介亭杂文·关于中国的两三件事》。

们理解鲁迅思想的丰富性和先锋性。此外,《不周山》被易名为《补天》，未必不能视为鲁迅对作品的一种特殊解释：前者强调军阀混战对世界的破坏，后者则强调女娲作为世界创造主体的作用。事实上，在《补天》的整个画面中，除了女娲的爱欲让世界变色外，其“补天”的辛劳及救世意味也非常强。只是由于不少论者已经论及这部分内容，本文暂且从略罢了，并不等于它不重要。

“隐士”立人与“王道”立国

——《采薇》对儒家理想人格和理想政治的批判发微

在一定意义上，《采薇》体现了《故事新编》之思想与文体的复杂性。这不仅因为鲁迅曾明确提及小说写作与批判传统思想和人物之间的对应关系，而且因为在“博考文献，言必有据”之外，被称为“油滑”的对题材和人物的调侃、揶揄，实际上也是对传统思想和人物的不敬和重估。在小说发表当时，鲁迅就对漠视、误解这一特点的评论一再提出责难[1]。质言之，《故事新编》的思想与文体其实可视为一种古今中外思想和价值交锋的意识形态战场。这就是说，不仅在小说文本与作为小说本事的典籍之间存在着可资对照的

[1] 例如对《出关》的解读。它于1936年1月20日上海《海燕》月刊发表后，批评家邱韵铎写了《海燕读后记》这样描述其读后感："……至于读了之后，留在脑海里的影子，就只是一个全身心都浸淫着孤独感的老人的身影。我真切地感觉着读者是会坠入孤独和悲哀去，跟着我们的作者。"鲁迅在《〈出关〉的"关"》中对这种基于浪漫主义的"自况说"而来的"有利于老子的心思"表示反感，因为作者的"本意是不在这里"。那作者的本意究竟何在？鲁迅在1936年2月21日致徐懋庸信中说得明白："那《出关》，其实是我对于老子思想的批评，结末关尹喜的几句话，是作者的本意，这种'大而无当'的思想家，是不中用的"。

评判关系，而且由于所写的多是中国思想和文化史上的“卡理斯玛”（Charisma）型人物，他们或者赋予中国思想以基本结构，或者本身就是某种价值的代表，每个人物背后都带着一个“有意味”的背景——当女娲、羿、禹、老子、孔子、墨子、庄子等人物一一出现，我们同时也就被鲁迅带入远比一般意义上的小说场景更广大深厚的思想和文化之域：小说人物与文献典籍所载本事之间的任何变形和差异，也就成了鲁迅对传统思想和人物的一种独特评判或褒贬。对于这类“思想性”极强的寓言性小说，甚至可以说，其题材、人物、语调、氛围的处理都在不同程度上反映着鲁迅文化批判的内容，其逻辑犹如马·法·基亚所说，“一个题材往往就是一种简化了的思想”[1]，其背景类似思想的前提或条件，情节类似命题的论证或反证，而人物及其命运，则可能就是赤裸裸的命题及结论。这种类比当然有其机械和简单之处，不过基于此，当笔者把《采薇》与鲁迅对于儒家的理想人格和理想政治——“内圣外王”的批判相联系，至少不至于令人感到突兀。

《采薇》的题材——伯夷、叔齐及周武王故事在儒家的“成人”寓言中有什么意义？它们与儒家思想的核心命题“内圣外王”存在什么关系？这是首先需要回答的问题，只有这样，才能较好地确认这篇小说的思想意义。

在以往的研究中，不少人提到了《采薇》的思想成就，注意到夷齐“义不食周粟”故事对于传统士人人格的模范意义，但大多不

[1] 〔法〕马·法·基亚《比较文学》，颜保译，北京大学出版社，1983年，第94页。

超出赞颂气节和称道隐逸之类，如说小说是在批判“隐士”思想，这当然没错，但夷齐这样的“隐士”与别的隐士有什么不同[1]，却完全不予重视。要知道，夷齐——尤其是伯夷——可不是一般的“隐士”，而是儒经中承担着多种重要价值、在道德方面积极作为并取得了崇高成就、与孔子并列的“圣人”[2]。尤其是，人们看不到夷齐与周武王作为个人成就典范在儒家“成人”寓言中的联系，也就不能贴近地理解作品，无法真正进入鲁迅思想的深处。其实单就夷齐而言，《采薇》中写到的“礼让逊国”“扣马之谏”“义不食周粟”等故事是儒家“成人（圣）”理论之最重要的本事，体现着多种思想价值。王瑶《〈故事新编〉散论》[3]中曾指出韩愈对于伯夷“昭乎日月不足为明，崒乎泰山不足为高，巍乎天地不足为容”的高度称颂和王安石的持有异议。其实在中国思想史上，孔孟、庄子、韩非子、司马迁、刘向、谯周、朱熹、叶适、李贽等思想家对夷齐故事都发表过意见，它已成了中国思想“意识到的历史内容”和某种价值原型，作为儒家“成人（圣）”寓言的主角和身体力行的体现者，能源源不断地为历代儒者的道德自负提供精神动力和价值资源。可以说，夷齐故事集中体现了儒家道德寓言的某种实质和理想——就其所承担的儒家价值而言，其中既有孔子所谓“求仁而得仁”之“仁”，“义不食

[1] “隐士”或“隐者”自古皆有，乱世尤多，像与孔子同时的楚狂接舆等是隐士，但他体现的精神却近乎道家，远离了儒家。若处身于乱世，儒家虽然也讲“贤者避世”，但在道德上更强调“知其不可而为之”的积极作为，所以仅从“隐士”的角度来理解伯夷叔齐难免不得要领。就儒家的逻辑而言，夷齐与其说是“隐士”，毋宁说为“逸民”（孔子就曾称伯夷为“逸民”而不称“隐士”），二者在思想分野上是有根本区别的。

[2] 《孟子·万章下》云：“伯夷，圣之清者也；伊尹，圣之任者也；柳下惠，圣之和者也；孔子，圣之时者也。”

[3] 见王瑶《鲁迅作品论集》。

周粟”之“义”，“不念旧恶”之“恕”，又有朱熹所谓“以父命为尊”之“孝”和“以天伦为重”之“悌”，不过在根本上，则在于其人格内含的道德力量能够赋予“礼”——儒家关于长幼、男女、尊卑、君臣的秩序——以道德的尊严，因而被孟子称为“圣之清者”，被韩愈奉为“万世之标准”[1]。以后，经由历代儒者的加工和完善，夷齐——尤其是伯夷——逐渐由道德楷模和理想人格成为一个通过激发内在良知而最终成“人（圣）”的道德神话，展示出儒家的所谓“对人终极关怀”的内容。我们知道，儒家道德寓言的本质就是关于人如何成为“圣人”的设计和教诲，通过强调人的道德的纯洁，不断激发起内心的呼唤，并在此基础上完成人在道德、事业、思想上的使命，即儒家所谓立德、立功、立言的“人生三不朽”。这就是儒家赋予夷齐故事的基本主题，也是它与儒家思想核心命题的真正联结点。弄清这一点，周武王故事与夷齐故事在儒家思想中的内在联系也就凸现了出来：如果说夷齐故事体现着一条“内圣”的道德立人路线，那么周武王故事则体现着一条“外王”的事功立人路线。我们知道，作为“王道的祖师而且专家”的周武王在儒家典籍中是以“圣王”的形象出现的，他与夷齐一起，完整地体现着儒家关于人的设计，共同贡献了一个由内在“体仁”的修身进入外在事功的治国平天下的理想人格结构——“内圣外王”，在道德与政治、个人与社会、内在超越与外在实现等对立范畴之间建立起一种颇具迷人色彩的统一性。其设想之精致和周详，曾俘获过历史上不少有创造性的心灵。甚至直到近代，一些知识分子仍难以摆脱其影响，不能从儒

[1] 见《昌黎集·伯夷颂》。

家对人的使命和道德承担的规约中自由走出。正是基于这一思想背景，鲁迅在《采薇》中通过重写夷齐和周武王故事，全面清理了儒家的“成人（圣）”设计，重估了道德与事功、王道与霸道等价值，打碎了“内圣外王”的理想人格结构，颠覆了儒家的道德寓言。

《采薇》的叙事一开始就充满一种人物与事件及环境之间的紧张，夷齐的退缩和不适应环境与周武王、姜尚的进取和有力量形成了鲜明的反差，这其实也就是儒家的道德与事功不同“立人”路线——“立德”与“立功”之间的紧张。一方面是承担着“仁”“孝（悌）”“忠（义）”“恕”等“心在万世”的儒家价值、“退而以名节励世”的伯夷叔齐，一方面是“受命于天”、即将“恭行天罚”、准备取商纣王而代之的周王发和与伯夷同为“天下之大老”“心在当世”“进而以功业济世”的姜尚，两方面的相互作用和无情运动驱使儒家关于道德与事功的不同“立人”路线由对立而矛盾、而相互拆台，最终走向了崩溃。而小说中另外一些由小丙君、小穷奇、阿金等“油滑”人物组成的独特社会则通过调侃和嘲弄构成一种发现、比较和评判的冷静力量。通过重写作为夷齐道德成就的“礼让逊国”“扣马之谏”“义不食周粟”与作为儒家事功成就和理想政治“王道的祖师”的“武王伐纣”和“归马于华山之阳”等本事，鲁迅利用儒家价值的矛盾性和含混性，把代表“内圣”路线的夷齐与代表“外王”路线的周武王之行为与所承担价值之间的距离推衍到极致，这样，儒家理想人格“圣人”和理想政治“王道”的粉饰一旦剥落，便会暴露其或者“通体都是矛盾”或者“霸道”的实质。

那么，鲁迅是怎样拆解儒家的“内圣”偶像和“王道”神话，对道德与事功、王道与霸道进行重估的呢？

对于伯夷叔齐，鲁迅博考儒家文献，抓住其行为与规范，尤其是《礼记》所谓“儒行”与“儒效”之间的种种矛盾，将承担着“仁”“孝（悌）”“忠（义）”“恕”等人性价值的夷齐的行动，演变为受制于儒家伦理、现实政治、人事纠纷的辩证运动。具体而言，鲁迅通过“妲己的舅公的干女婿”小丙君之口，指出其人格“通体都是矛盾”，或隐或显地就其所承担的儒家价值与其处事态度、思想性格、道德本事之间存在的矛盾和紧张进行了揭发。

先看夷齐的“礼让逊国”与儒家价值“仁”之间的矛盾和紧张是怎样揭发的。我们知道，在儒家思想中，“仁”是一种有关个人道德的观念，是人之所以为人的德性，但它必须进入社会秩序的“礼”才能具有意义，所以孔子讲“克己复礼为仁”。鲁迅在小说中曾揭示中国历史上的“仁义道德”就是“吃人”，对“仁”学自然下过一番研究功夫，自然也知道夷齐“礼让逊国”之“仁”向社会秩序的“礼”转化时的问题。一般而言，作为自然程序和法定程序的诸侯继承人，夷齐之“仁”首先应意味着他们对天地人所承担的责任和义务，而所谓“礼让逊国”却不啻为对其所承担责任和义务的一种逃避。所以当叔齐在“扣马之谏”时指责武王伐纣“臣子要杀主子”的行为不符合“仁”时，鲁迅却强调其“礼让逊国”与商纣王“自弃其先祖肆祀不答，昏弃其家国，遗其王父母弟不用”的行为在道德功能和社会效应上的相似性。小说中引用的《泰誓》中“毁坏其三正，离逷其王父母弟”等语，正是指控商纣王毁坏了天地人的正道，抛弃他的祖辈和兄弟不用的意思。倘若它不代表一种重事功的儒家价值的声音，为什么偏偏会让伯夷感到“断章取义，却好像很伤了自己的心”？

再看对小丙君所谓“撇下祖业”与儒家“孝（悌）”观念之间的矛盾和紧张的揭发。如果说鲁迅描写“礼让逊国”与“仁”的矛盾是为了揭示“仁”的虚妄和修身的无意义，那么强调“撇下祖业”与“孝（悌）”的矛盾则指向齐家。事实上，伯夷“以父命为尊”的“孝”和叔齐“以天伦为重”的“悌”正好形成矛盾。这就是说，不但“撇下祖业”作为其行为的共同后果，而且伯夷的“孝”与叔齐的“悌”相互以否定对方的道德成就作为自己成就的条件，其危机显得更严重。尽管夷齐指责周武王“老子死了不葬，倒来动兵”不符合“孝”是纯粹的儒家观点，但其“撇下祖业”同样违背了儒家关于“孝”的实践规范。《孝经》讲“身体发肤，受之父母，不敢毁伤，孝之始也”，何况他们远走他国而丧失事亲的根本呢？至于叔齐之“悌”，透过小说中相濡以沫的表面，兄弟之间的内在紧张也通过一些对他们不敬的噱头传达出来，如伯夷自己赖在床上，却要叔齐去打太极拳；吃薇菜也要多吃两撮，“因为他是大哥”；当叔齐怪伯夷多嘴而透露其“逊国”和“不食周粟”的原委时，也“在心里想：父亲不肯把位传给他，可也不能不说很有些眼力。”这些虽缺乏文献根据但却符合生活常理的虚构，无疑代表着鲁迅真正的态度和评价。

三是对夷齐之“扣马之谏”和“不食周粟”与儒家“忠（义）”价值之间的矛盾和紧张的揭发。由于“扣马之谏”和“不食周粟”介于政治与道德之间，因而与他们承担“仁”“孝”价值时的不负责任不同，其行为始终充满一种道德干预和政治参与的积极意向。值得注意的是，在“扣马之谏”一场所呈现的高度戏剧性的紧张中，对于夷齐之愚忠和儒家有关武王伐纣的正义性之间的矛盾，鲁迅的解决方式仍为传统儒者解释孟子《离娄上·大老章》的观点所制约。原来，不少儒者都感到伯夷叔齐反对武王伐纣的行为与孟子“闻诛一夫纣矣，未闻弑君也”的观点相矛盾，故处心积虑地以一种暧昧的多元论观点进行统一。他们从孟子称伯夷和姜太公为“天下之大老”出发解释“及武王伐纣，一佐之，一扣马而谏”的不同反应，认为其道“并行而不悖也。太公处东海之滨，进而以功业济世；伯夷处北海之滨，退而以名节励世……故各为世间办一大事，可谓无负文王所养矣。”[1]但鲁迅在小说中却还原、激活了其原有的矛盾，当代表“事功”立人路线的姜太公表现出宽厚、强大和开明，由夷齐代表的“内圣”立人路线却处于前所未有的窘境，甚至其道德实践的真诚性一点也不能抵消场面的揶揄和嘲弄所带来的毁灭性力量。夷齐的所谓“忠（义）”在这里仅仅作为昏君贼残暴行的价值帮凶而存在。由于夷齐的抗争混淆了现实的善恶，在传统儒者眼中显得圣洁和悲壮的“不食周粟”，在小说中其“儒效”却充其量不过为看客们增加一点笑料和谈资而已。我们知道，这是一种最富于鲁迅特色的否定性评价。通过还原和激活夷齐与儒经之间的矛盾，其难以承担儒家“忠（义）”价值的真相也得到了揭示。

最后，其矛盾和紧张还表现在小丙君所谓《采薇》诗的“怨而骂”和阿金讲述的“鹿奶”故事中叔齐的“以怨报德”与儒家价值“恕”之间。在儒家思想中，“恕”并非一般意义上的宽容，而是一种有严格内涵的实行“仁”的方法，其逻辑是：一个人内心充满怨恨，不但妨碍其精神的和谐，而且是他无法发掘内在之“仁”的证

[1] 《鹤林玉露》卷十二“伯夷太公”条。

据。鲁迅成功地利用了孔孟关于伯夷的不同描述，为伯夷有违“恕”道的狭隘性格奠定了文献的基础。本来，伯夷对父亲的“欲立叔齐”和“于嗟徂兮”的命运、叔齐对兄长的不通时务和被一步步拖至“及饿且死”的境地是否有怨，乃是一个有趣的心理问题，难怪子贡要就此问难于老师[1]、司马迁要借此抒发愤懑了[2]。显然，孔子是情愿伯夷“无怨”的，他认为“求仁而得仁，又何怨？”[3]“伯夷、叔齐不念旧恶，怨是用希”[4]；但孟子的意见却不同[5]，他描绘了伯夷“非其君不事，非其友不友，不立于恶人之朝，不与恶人言”的生动表现：“推恶恶之心，思与乡人立，其冠不正，望望然去之，若将浼焉”[6]，并批评伯夷之“隘”为“君子不由也”[7]；朱熹也认为伯夷有“宜若无所容”的耿介性格。应该说，从心胸狭隘到“有怨”是符合伯夷的性格逻辑的。鲁迅引《采薇》诗为证，借小丙君之口说他在诗中对其“命之衰”，“不但‘怨’，简直‘骂’”，正是为了使孔子“不念旧恶”的道德判断显出一厢情愿的一面。儒家本不排斥诗歌的“兴观群怨”，也主张“诗可以怨”，但强调惟有“怨而不怒”才符合

---

[1] 参见《论语·述而》。

[2] 参见《史记·伯夷列传》。

[3] 《论语·述而》，注曰：“夷齐让国远去，终于饿死，故问怨邪。以让为仁，岂有怨乎？”

[4] 《论语·公冶长第五》。

[5] 孔孟对伯夷是否“有怨”的观点是否一致？王安石以为是一致的，《王文公文集·伯夷》谓：“夫伯夷，古之论有孔子、孟子焉……孔子曰：‘不念旧恶，求仁而得仁’，饿死于首阳之下，逸民也。’孟子曰：‘伯夷非其君不事，不立于恶人之朝，避纣居北海之滨，目不视恶色，不事不肖，百世之师也。’故孔孟皆以伯夷遭纣之恶，不念以怨，不忍事之，以求其仁，饿而避，不自降辱，以待天下之清，而号为圣人耳。然则司马迁以为武王伐纣，伯夷扣马而谏，天下宗周，而耻之，义不食周粟而为《采薇》之歌，韩子因之，亦为之颂，以为微二子，乱臣贼子接迹于后世，是大不然也。”

[6] 《孟子·公孙丑章句上》。

[7] 《四书集注》。

“温柔敦厚”的诗教，才是行化解怨愤、积极向“仁”的“恕”道。在小说结尾鲁迅更把刘向《列士传》中的“鹿奶”故事[1]原封搬来，表现叔齐内心的“以怨报德”，尽管其心理和行为仍被包裹在传说的虚拟形式中，但夷齐之难合“恕”道的事实和可能性却得到了揭示。

在小说对夷齐“通体都是矛盾”的人格的批判性呈现中，夷齐所承担的思想价值及其在儒家世界的意义得到了彻底的清理，儒家的道德寓言亦即“成人”设计的谬误——圣贤人格的非现实性与实践的被动性和消极性在读者的笑声中有点狼狈地廓大起来，被鲁迅艺术地否定了。鲁迅显然对儒家道德“立人”路线持否定态度，增田涉曾指出“鲁迅憎恶中国儒家的‘完人’思想。那是对人求完全的强制想法，由这种想法对现实的人用既成道德给以拘束、限制”[2]。这种由外铄的“礼”制约内在之“仁”的方法其实隐含着深刻的矛盾，鲁迅通过突出儒家“礼”的规范在夷齐“成圣”过程中的抑制作用以及由自然人性发出的些许反抗，展现了其人格为不同指向的“礼”所撕裂而崩溃的道德困境。当然，在《采薇》中尽管对夷齐矛盾人格的揭示已足以颠覆儒家的“内圣”寓言，但它仍然不及描写其真诚的道德实践的毁灭——由道德的空疏、迂阔、僵化和无用而导致的戏谑、嘲讽的喜剧境地予人更深刻印象，被孔子称为“不降其志、不辱其身”的“义士”，在鲁迅笔下却成为超责任超义务、无

[1] 《列士传》今不传，清代黎庶昌所辑《古逸丛书》之《琱玉集》残本卷十二收有引文，其中谓：伯夷“与弟叔齐俱让其位而归于国。见武王伐纣，以为不义，遂隐于首阳之山，不食周粟，以薇菜为粮。时有王糜子往难之曰：‘虽不食我周粟，而食我周木，何也？’伯夷兄弟遂绝食。七日，天遣白鹿乳之。经由数日，叔齐腹中私曰：‘得此鹿完啖之，岂不快哉！’于是鹿知其心，不复来下。伯夷兄弟俱饿死也。”

[2] 《鲁迅的印象》，第40页。

益于社会、国家、人生的所谓“无益之臣”[1]。这自然也反映了在儒家道德“立人”路线和事功“立人”路线之间鲁迅进行价值重估和价值选择的某种侧重，正是这种对道德与事功之相互转化的可能性的关注，为我们打开了进入以周武王为代表的“外王”型事功人格及儒家理想政治“王道”的考察通道。

前面曾提及，正如夷齐在儒家的道德“成人（圣）”寓言中是理想人格和纯洁象征一样，周武王在其事功“成人（王）”寓言中也是一个近乎完美的理想君主和个人成就楷模。他们之间的联系深深植根于儒家关于“人”的设计——由内在“体仁”的修身齐家而至于外在事功的治国平天下——的逻辑之中，也正因此二者作为个人在价值深处就有了相通之处，鲁迅对周武王的批判也就成为对夷齐批判的继续。

为学界所津津乐道的鲁迅关于“王道”与“霸道”之相互转换的思想常被用来作为批判周武王的背景，这段话见于《且介亭杂文·关于中国的两三件事》：

> 在中国的王道，看去虽然好像是和霸道对立的东西，其实却是兄弟，这之前和之后，一定要有霸道跑来的。……
>
> ……孔子和孟子确曾大大的宣传过那王道……然而，看起别的记载来，却虽是那王道的祖师而且专家的周朝，

[1] 《韩非子·奸劫弑臣》谓：“古有伯夷叔齐者，武王让以天下而弗受，二人饿死首阳之陵。若此臣者，不畏重诛，不利重赏，不可以罚禁也，不可以赏使也。此之谓无益之臣也，吾所少而去也，而世主之所多而求也。”

当讨伐之初，也有伯夷和叔齐扣马而谏，非拖开不可；纣的军队也加反抗，非使他们的血流到漂杵不可。接着是殷民又造了反，虽然特别称之曰‘顽民’，从王道天下的人民中除开，但总之，似乎究竟有了一种什么破绽似的。好个王道，只消一个顽民，便将它弄得毫无根据了。

儒士和方士，是中国特产的名物。方士的最高理想是仙道，儒士的便是王道。但可惜的是这两件事在中国终于都没有。据长久的历史上的事实所证明，则倘说先前曾有真的王道者，是妄言，说现在还有者，是新药。孟子生于周季，所以以谈霸道为羞，倘使生于今日，则跟着人类的智识范围的展开，怕要羞谈王道的罢。

在小说中，"'王道'与'霸道'其实是兄弟"的思想显然是得到较充分的体现的。在诸如"扣马之谏""血流漂杵""归马于华山之阳"等具有典籍依据的写实及对于华山大王小穷奇对夷齐的拦路截道、"恭行天搜"的讽刺性写意中，鲁迅通过突出"王道"理想的承担者的矛盾和虚伪及与绿林强盗的同质性，消解了儒家"外王"立人路线的普遍可能性。鲁迅充分顾及武王伐纣作为历史事件和作为道德事件的不同含义和复杂性：作为历史事件，当它与夷齐的"扣马之谏"处于同一价值天平时，鲁迅调侃和嘲弄了夷齐的迂腐和螳臂当车，肯定了武王伐纣之"以暴易暴"的历史进步性，艺术地表现了隐含在"恶"的形式中的历史意志；作为道德事件，当它摇身一变为儒家的理想政治"王道"的体现者时，鲁迅则对周武王采取了明显的批判态度，通过"血流漂杵"和"归马于华山之阳"

的讽谕性场面对比，艺术地揭示其“先诈力而后仁义”（孟子语）的“霸道”实质。我们知道，“王道”并非简单的“外王”之道，而是一种要求把人的客观功业转换为有明确道德目的的社会结构——“圣王合一”的人治理想，也是儒家理想人格——“内圣外王”的社会化。由于政治人格和道德人格本来就势同水火，故正如鲁迅所说“在中国终于都没有”。透过周武王带有的整个“圣王”结构，鲁迅在剥离“王道”的空想性之外，也澄清了儒家事功“立人”路线的基本问题。

总之，无论鲁迅对于夷齐“内圣”神话的批判，还是对于周武王“外王”及“圣王”神话的颠覆，都是为了通过清理儒家“内圣外王”的理想人格和理想政治而建立一条真正合于现代精神的“立人”乃至“立国”的途径，在个人道德的完整性和社会的使命承担之间、在个人的内在自由和适应社会使命的召唤之间找到其统一点。在此意义上，鲁迅对道德与事功、王道与霸道等儒家价值的重估，既是《采薇》中批判儒家“圣王”“成人”路线的副产品，也是走向现代思想和价值重建之路的一个起点。

歌吟中的复仇哲学

——论《铸剑》中的三首歌

1936年3月28日，鲁迅在致日本友人增田涉的信中曾谈及小说《铸剑》的理解问题：

> 在《铸剑》里，我以为没有什么难懂的地方。但要注意的，是那里面的歌，意思都不明显，因为是奇怪的人和头颅唱出来的歌，我们这种普通人是难以理解的。

这并非故意在卖关子，而是反映了人们阅读这篇小说的一般经验。有趣的是，这分别由“黑色人”宴之敖者和眉间尺的“头颅”唱出的歌，曾被周振甫《鲁迅诗歌注》等作为鲁迅的诗歌作品来收录、解释。既然它是“奇怪的人和头颅唱出来的歌”，意思又介于可解与不可解之间，对于“我们这种普通人”，其内容岂不成了天书？我则认为，由于它的内容受《铸剑》小说的背景、人物、主题、调子等因素的制约，所以无论小说的“没有什么难懂”，还是这三首歌的令普通人“难以理解”，其独特的思想内容和复杂的情感方式都不能脱离两者的关系而抽象地理解，不能脱离鲁迅写作小说时——1926年前后——的思想实际及塑造“黑色人”宴之敖者和眉间尺形象的具体考虑。

《铸剑》取材于《列异传》《搜神记》。在上引鲁迅致增田涉信中谓小说取自《吴越春秋》和《越绝书》，查《吴越春秋·阖闾内传》和《越绝书·越绝外传记宝剑》均载有《铸剑》故事，但《列异传》《搜神记》的有关内容亦曾为鲁迅辑入《古小说钩沉》，所以这些应一视同仁为《铸剑》的材源。小说主要通过“黑色人”宴之敖者帮助眉间尺复仇的故事，讴歌“以直报怨”的复仇精神及在火与剑中成长和高扬的精神和意志力。这种特色，一般以为植根于鲁迅创作《铸剑》时对时代精神的独特领悟。人们经常强调的背景是，鲁迅离开北京南下，来到革命的中心，在厦门大学、中山大学时不断听到“北伐顺利的消息”（致许广平语），但蒋介石的叛变使革命进入低潮。此前鲁迅已敏锐地感受到“胜利凯歌声中潜伏着的反革命逆流，于是爱憎、喜怒交织在一起，全部倾注在《铸剑》的字里行间”[1]。这种强调时间上颇有前进的跨度——4月3日小说写讫时“四一二”事件其实尚未发生——但说鲁迅的创作是有所感于现实却总是不错的。只是这种现实不应只是指社会政治现实，也应包括思想生平的现实在内。我想特别指出的是1926年前后鲁迅的思想状况——除了论者惯常指明的外，还应包括对尼采哲学的爱好和扬弃，对青年时期某种理想精神的重新审视和观照，以及心灵深处郁积已久、只在

[1] 郑心伶编著《鲁迅诗歌浅析》，花山文艺出版社，1982年，第87页。

《野草》中略有“抒愤”的苦闷和矛盾等等。这些内容集中表现在宴之敖者的形象之中，也渗透进了宴之敖者和眉间尺所唱的三首“奇怪的歌”的内在精神之中。

第一首歌出现在眉间尺听母亲叙说父仇而踏上复仇险途、得知父仇难报而以大勇大信的精神断然自屠、将复仇伟业托付给“黑色人”宴之敖者之后，当宴之敖者尖利地唱出这首歌，为它作背景的却是狼群咻咻的喘气和闪着“燐火似的眼光”的眼睛，以及青剑的威力和他扬长地“向王城走去”的歌者的怪异性格。他首唱的这首歌是：

哈哈爱兮爱乎爱乎！
爱青剑兮一个仇人自屠。
夥颐连翩兮多少一夫。
一夫爱青剑兮呜呼不孤。
头换头兮两个仇人自屠。
一夫则无兮爱乎呜呼！
爱乎呜呼兮呜呼阿呼，
阿呼呜呼兮呜呼呜呼！

我把它译为：

哈哈爱啊爱吗爱吧！
爱青剑啊一个仇人自杀了。
世上的独夫既多又有势力，

爱施暴力啊这样的人可不止一个。

头换头啊两个仇人自杀了。

独夫就没有了啊爱吗呜呼！

爱吧呜呼啊呜呼阿呼，

阿呼呜呼啊呜呼呜呼！

这段歌涉及两个语典，一是“一夫”的称谓，一是“夥颐”的语义，除此之外似再无难点。“一夫”一词来自《孟子》：“贼仁者谓之贼，贼义者谓之残，贼残之人谓之一夫”，当时某王与孟子讨论武王伐纣的正当性，说武王作为臣子竟弑杀了自己的君主，孟子立刻打断话头，申讲“闻诛一夫纣矣，未闻弑君矣”的道理，与后来“独夫”一词意思相近，也就是暴君之义。“夥颐”一词则出自《史记·陈涉世家》：陈胜为王以后，乡亲们来看他，进了王宫，感受到从建筑到队列秩序的压迫性气势，惊叹道：“夥颐，涉之为王沉沉者！”但倘若把歌词联络起来，其中的逻辑反而显得比较混乱。根据一般的理解，歌中“仇人”与“一夫”应是对立的指称，即“仇人”指眉间尺，而“一夫”指暴君楚王，这可从小说中眉间尺“自屠”，即“一个仇人自屠”中得到印证，但下文“头换头兮两个仇人自屠”的句子则非常费解，若如前将“两个仇人”理解为眉间尺父子，则“头换头兮”就没有了着落；若把“两个仇人自屠”理解为眉间尺和楚王，则可把“头换头”理解为两个仇人之间的“交易”，而楚王的“自屠”也可在“多行不义必自毙”的意义上理解。但这样一来，又会与此前把“仇人”与“一夫”相对立的看法矛盾。如何化解此矛盾？“仇人”和“一夫”在语义上究竟是相对立排斥的，还是可以相互包含的？我以为这一问题涉及其精神的表现，值得关注。不过最值得我们注意的，却是“一个仇人”“两个仇人”这两个站在第三人称立场的称谓，它是冷漠的和置身事外的，隐含着一种冷静、客观、超脱的意味。为什么是这样？鲁迅想通过它传达什么意思？下面将会谈到。

第二首歌出现在宴之敖者为楚王表演把戏、“金鼎”中的水刚刚烧沸、炭火把歌者“如铁的烧到微红”之时，只见他“伸起两手向天，眼光向着无物，舞蹈着，忽地发出尖利的声音唱起歌来”：

> 哈哈爱兮爱乎爱乎！
> 爱兮血兮谁乎独无。
> 民萌冥行兮一夫壶卢。
> 彼用百头颅，千头颅兮用万头颅！
> 我用一头颅兮而无万夫。
> 爱一头颅兮血乎呜呼！
> 血乎呜呼兮呜呼阿呼，
> 阿呼呜呼兮呜呼呜呼！

我把它译为：

> 哈哈爱啊爱吗爱吧！
> 爱啊血啊谁没有呢。
> 人民在地狱里生活啊独夫却在快活。
> 他是用千百万人的头颅来作乐！

我则用一人的头颅啊烬灭万夫。

爱一个头颅啊流血呜呜呼!

流血吧呜呼啊呜呼阿呼,

阿呼呜呼啊呜呼呜呼!

这段歌词不难理解，据周振甫先生的解释，大意是说：谁都有一腔鲜血，但人民却因为暴君的大笑而过着地狱一般暗无天日的生活，为了作乐暴君不惜残杀千百万人，如今我用一颗头颅来铲除暴君，以达到报仇的目的。

正如前所说，这几首歌的显意是反抗强暴和复仇，这与整个小说的基调是一致的，不会有任何争议。但其含义真要是如此明白、简单，鲁迅关于它不易理解的判断岂不与事实不符？这几首歌的内容其实很复杂，人们往往直线式地理解它，不曾注意承载这些内容的形式，这种一厢情愿的理解方法本身就成问题。

要准确把握这几首歌的复杂内容，首先要注意其形式的独特性，尤其是歌者奇特的第三人称的客观视点和被人视为“没有实际意义”的一、七、八等感叹句或衬句，以弄清它所传达内容的情感属性和美学功能。这几首歌采用了“骚体”的形式，但没有楚辞的瑰丽的意象和“婉而多讽”的曲折表达，而多用直率激越的“直抒胸臆”的“赋体”，本质上更接近散文而非诗歌。由于这种特性，其传达的感情不是在歌词的形象中内涵，实际造成了它的理性内容和情感表现的某种分离。也就是说，其情感的表现主要是由不受论者重视的一、七、八等由一系列拟声词组成的感叹句和衬句来承担的。在一唱三叹的反复吟诵中，我们不仅能体会宴之敖者内心的激越、慷慨和悲凉，而且可以发现隐蔽在“哈哈爱兮爱乎爱乎”背后、对于动荡于“爱—恨”两极的复仇行为本身的超脱、调侃和虚无感。可以说，这些杂糅着悲凉和嘲讽两种不同美学元素的感叹句与歌的正文构成了一种反抗性的呼应，诗歌成为一个理性内容与情感表现相互抵牾的反讽张力场。因此夸张一点说，它们甚至寄寓着鲁迅的“复仇”哲学的全部矛盾。再如第一首歌中宴之敖者所采用的奇怪的第三人称视角，其“一个仇人”“两个仇人”的冷漠称谓，全然没有从事一场正义事业所具有的大义凛然和热血澎湃的充沛感情及全身心的投入感，相反却使我们竭力从故事赋予的紧张和崇高中脱身开来，反观自身。鲁迅为什么要这样写？这种美感形式难道与他要传达的复杂内容——复仇哲学有什么重要干系？

探讨这些问题无法回避鲁迅对于宴之敖者热到发冷的性格中所寄托的思想、价值和情感内涵。这两首歌中主要存在两类情感：一类是为论者所强调和津津乐道的激越、慷慨和悲凉，它与其助人复仇的利他精神和剪除强暴的正义感相联系；一类是在反复吟咏中才能体会到的调侃、冷漠、嘲讽，以及浓厚的虚无情绪，它与宴之敖者性格的另一面发生联系。这两种情绪的交织和隐现共同完成着这两首歌的主题——讴歌反抗和复仇，但却是虚无的反抗和复仇，它没有通常人们描述的明晰和单纯，反而充满“荷戟独彷徨”的孤独和复杂。这诚然是属于尼采“超人”哲学和“摩罗诗人”拜伦精神的内容吧！

我们知道，对于“摩罗诗人”和尼采“超人”哲学的爱好和憧憬在鲁迅的精神发展中曾占据一个重要阶段。有感于近代以来国人对侮辱、仇恨和压迫的不觉悟和消极，鲁迅神往一种“自己裁判，自己执行”“以目偿头”或“以头偿目”[1]式的报复。眉间尺面对杀父之仇誓死报复的精神气概，无疑是为鲁迅所首肯的，这不难理解。需要探讨的是鲁迅复仇伦理的复杂组成。如果说这几首歌体现了鲁迅的复仇哲学，那么宴之敖者则反映着其复仇命题的全部具体内容。他是鲁迅的复仇之神！

宴之敖者的超现实性是毫无疑问的。他不仅有“黑须黑眼睛，瘦得如铁”的特异外貌，而且以古代常被视为不祥的怪鸟“鸱鸮”一样的声音说话。他所高唱的歌曲在小说中形成一种怪异而森然的气氛，在歌声中他纯粹以旁观者的视角介入这一惊天动地的复仇过程。他不同于常人，但又乐于帮助常人实现复仇意志。他的身上带着浓烈的“尼采式的强者”的特征。鲁迅在《译了〈工人绥惠略夫〉之后》中认为尼采式的强者具有这些特征：“用了力量和意志的全副，终身战争，就是用了炸弹和手枪，反抗而且沦灭。”在评介向培良的小说《我离开十字街头》时也谈到从那不知名的反抗者自述的憎恶中，听到了尼采的声音。这就是指以强有力的爱为内涵的对社会的痛切的憎恨，为实现某种意志不屈地反抗、斗争，但其斗争又带有虚无的性质等。宴之敖者讨厌眉间尺称他为“义士”，认为“仗义、同情”等都是“受了污辱的名称”。他自述其复仇的动机：“我一向认识你父亲，也如一向认识你一样。但我要报仇，却并不为此……你的就是我的；他也就是我。我的魂灵上有这么多的人我所加的伤。我已经憎恶了我自己！”这种表现与表白与鲁迅所说的尼采的声音何其相似！鲁迅为他取名为“宴之敖者”（敖是玩的意思），

[1] 《坟·杂忆》。

让他生长在“汶汶乡”（汶汶是昏暗不明的意思），隐含着他是黑暗社会的愤世者和玩世者的意思。当然他身上还有令人肃然起敬的利他精神。仔细想来，他的人格更像“摩罗诗人”拜伦：“自尊而怜人之为奴，制人而援人之独立，无惧于狂涛而大儆于乘马……遇敌无所宽假，而于累囚之苦，有同情焉。”他尖声高唱：“我用一头颅兮而无万夫”，无私地帮助眉间尺复仇，充满了拜伦帮助希腊摆脱奴役的“摩罗”精神。

宴之敖者形象中蕴含的这些内容，与“哈哈爱兮歌”显然是互有呼应的。其中隐含的鲁迅复仇哲学的两种矛盾，带着尼采“超人”和“摩罗诗人”拜伦的个性气息，内在地凝聚在歌词自身的独特形式中，使其真正成为一种“有意味的形式”。同时，由于对歌词内容和人物形象之关系的揭示，鲁迅的复仇伦理的基本结构也变得较为清晰了，从而有助于扩大作品的意义空间，使我们对鲁迅的思想复杂性有所认识。

其次，我们看由眉间尺唱出的第三首歌。它与宴之敖者所唱的前两首歌有所不同。就前两首歌而言，宴之敖者的歌唱对象和假设听众是抽象的，“伸起两手向天，眼光向着无物”，与具体的故事场景并无密切关系，这也是其抽象感、超越性的由来之一。而眉间尺的歌唱却向着明确的听众——楚王，小说交代“那头也就在水中央停住，面向王殿，颜色转成端庄”，而且，准备活动也特别多：“从抖动加速而为起伏的游泳”，“绕着水边一高一低地游了三匝，忽然睁大眼睛，漆黑的眼珠显得格外精彩”，才“同时也开口唱起歌来”。其辞为：

王泽流兮浩洋洋；
克服怨敌，怨敌克服兮，赫兮强！
宇宙有穷止兮万寿无疆。
幸我来也兮青其光！
青其光兮永不相忘。
异处异处兮堂哉皇！
堂哉皇兮嗳嗳唷，
嗟来归来，嗟来陪来兮青其光！

我把它译为：

王的恩泽广被如同水流浩荡；
打败了一切怨敌啊强大无比！
宇宙有穷止啊您却万寿无疆。
幸好我来了，青剑闪着光芒！
青剑闪着光芒啊永不会相忘。
身首异处身首异处啊多么辉煌！
辉煌啊辉煌啊嗳嗳哟
嘿来吧回来吧，嘿来吧陪着来呀青剑闪着光芒！

鲁迅说："第三首歌，确是伟丽雄壮，但在'堂哉皇哉兮嗳嗳唷'之中却用了'嗳嗳唷'的猥亵小调。"[1]这与前两首歌的庄谐杂糅

[1] 1936年3月28日致增田涉信。

的美学处理是一致的，只是由于它有明确的听众——楚王而增多了嘲弄性的内容，几乎通篇都是反语和暗示语。令我感兴趣的是，眉间尺为什么要调侃国王？根据他的少年人性情，本来应该是“仇人相见，分外眼正”的，现在却不然。是因为胜券在握？可是在小说中，他与国王一弱一强，力量对比是相当清楚的。

我觉得这首歌反映了眉间尺精神的成熟。与小说中宴之敖者的傲兀和超现实性不同，眉间尺性格的转变体现了一种精神和境界的升华。他的弱点和不成熟恰好与宴之敖者形成一种对照和衬托。眉间尺本是个凡人，其优柔寡断、“不冷不热”的性格显示着他与日常生活割不断的千丝万缕的联系。这种平庸和凡俗对于他要从事的惊天地泣鬼神的复仇大业，无疑是一种障碍。小说从他逗弄老鼠的“不冷不热”写起，表现了他精神的三个转变：一是得知杀父之仇之时，他“改变了优柔的性情”；一是行刺受阻，遇上了“黑色人”宴之敖者时，“复仇之神”的一席“愤世真言”使他断然“自屠”，终以大勇大信的奇行彻底摆脱了平庸和凡俗；最后就是他作为宴之敖者“复仇”把戏中的主角出场——作为“奇怪的头颅”放声唱出第三首歌之时，其精神早已与宴之敖者融为一体了，尤其是当他高唱：

> 我用一头颅兮而无万夫！
> 彼用百头颅，千头颅……

完全是宴之敖者曾唱过的，表明他的复仇已超越了纯粹个人仇恨的狭隘性，其以消除人间不平为目的的新的复仇人格已经形成。因此在第三首歌中，他犹如一出场逗弄老鼠一样调侃嘲弄强大的国王。这里显示的，是他的精神和意志的强大与自信。只有超越了个人复仇的狭隘情感者才会有如此开阔的心胸和强大、健壮的乐观主义精神。

这三首歌塑造了两个不同的复仇者形象：一个神秘、热到发冷、愤世嫉俗、充满虚无情绪——他实际上是鲁迅早期神往的“摩罗诗人”拜伦和尼采式“超人”的综合；一个平凡、优柔寡断、不冷不热，但在经历了精神巨变后最终却成为一个大勇大信且超越了个人悲欢的自信而诙谐的奇男子。其统一和差异自然是服从于鲁迅对于“国民性”弱点的思考，面对压迫、侮辱和仇恨的苟且、消极的可耻行为（如阿Q“精神胜利法”）与眉间尺和宴之敖者的誓死反抗，显然构成一对矛盾。不同的复仇者形象则体现着鲁迅的复仇哲学的多样性和丰富性。

总之，在理解《铸剑》中的这三首歌时，充分顾及小说的人物、主题、氛围和鲁迅通过人物传达的思想感情是非常必要的，鲁迅所说的《铸剑》的“不难理解”和由“奇怪的人和头颅”唱出来的“奇怪的歌”之“难以理解”的问题，关键在于运用什么样的方法。通常说“方法是理解的钥匙”，对于《铸剑》中难解的这三首歌，这句话可能更有其真理性。

（原载《鲁迅研究月刊》1992年第7期，文字略有改动）

《无题二首》《别诸弟三首》辨析

一

无题二首

故乡黯黯锁玄云，遥夜迢迢隔上春。岁暮何堪再惆怅，且持卮酒食河豚。

其　二

皓齿吴娃唱柳枝，酒阑人静暮春时。无端旧梦驱残醉，独对灯阴忆子规。

这两首诗不难理解，但有两个诗外的问题需要说明：一，这两首诗的写作时间；二，这两首诗“一题二首”的编排方式。

这两首诗的写作时间，几乎所有的鲁迅诗歌注本都定它为1932年12月或1932年岁暮，而且都认为写于同时。根据主要是1932年12月31日鲁迅日记。日记云：

> 为知人写字五幅，皆自作诗。为内山夫人写云："华灯照宴敞豪门，……。"为滨之上学士云："故乡黯黯锁玄云，……"为坪井学士云："皓齿吴娃唱柳枝，……。"为达夫云："洞庭浩荡楚天高，……。"又一幅云："无情未必真豪杰，……。"

分析可知，1932年12月或岁暮只是鲁迅题诗赠人——一种特殊形式的发表——的时间。我们不好把它与写作时间混为一谈。另外，鲁迅完全可能以旧作赠人，所以尤其不应把两首诗一概而论为写于同时，具体问题需要具体分析。

第一首诗是纪实之作。在书赠本诗的前三天即12月28日的日记中，鲁迅记有："晚坪井先生来邀至日本饭馆食河豚，同去并有滨之上医士。"诗中"遥夜迢迢隔上春""岁暮何堪"等句点明了时间。上春即正月，梁元帝《纂要》认为"正月孟春，亦曰孟阳、孟陬、上春。"[1]隔上春，也就是临近元旦、遥夜相隔的岁暮吧。"且持卮酒食河豚"道出了诗的本事。因此，确定它写于1932年岁末是可信的。

第二首诗的本事杳不可考，但与第一首诗没有关系是可以肯定

[1] 《初学记》卷三。

的。有人认为它“写的是河豚小宴归寓之后，思念故人的心情，和前一首在时间上是前后联系着的”[1]。这只是根据本诗的特定编排（“一题二首”）方式作的联想。倘若这两首诗作于同时，诗人在刚写罢“岁暮何堪再惆怅”之后，是不可能再写“酒阑人静暮春时”这样的诗句的；若写了，恐怕也会就时间不一致作出说明和解释，以免误解诗义。但鲁迅并没有这样做。所以这两首诗不可能作于同时。诗中“暮春时”，有人认为指上海“一·二八”战后蒋介石政府签订丧权辱国的淞沪“停战协定”之时，即1932年春，这也只是有待材料证实的猜测而已。

既然关键在于这两首诗的编排方式，那么现在把二者合为一题的处理是否出于鲁迅的意志呢?

我们知道,《无题二首》最早出现于《集外集拾遗》，而《集外集拾遗》的编辑工作，鲁迅在拟定书名后即因病中止，主要工作是他去世后至1938年4月由许广平完成的。她在《编后说明》中这样解释：

> 先生于古诗虽工而不常作，偶有所感，也多随录随失。兹就能搜求及的，附之集内。《集外集拾遗》中录有二题共四首《无题》诗，均以《无题》与《其二》分别作其第一首和第二首的标题，这与时下在《无题》总题下标以“一”“二”分题的处理没有本质差别。

[1] 张紫晨《鲁迅诗解》，中国社会科学出版社，1982年，第209页。

问题在于，在1932年鲁迅书赠“知人”的五首诗中，只有赠给滨之上和坪井的这两首诗被编为一题（而且不是《无题》及《其二》，而是《无题二首》与《其二》），而书赠内山夫人的《所闻》、书赠郁达夫的《无题》《答客诮》均单独成篇，而被编为一题的这两首诗的内容却风马牛不相及，使人感到奇怪和不可理解。

鲁迅诗歌中不乏这种形式的编排，如《别诸弟三首》《惜花四律》《教授杂咏四首》《无题二首》和《赠人二首》。情况与本诗类似的是同样被收入《集外集拾遗》和同名的《无题二首》（大江日夜向东流）和《赠人二首》。前者是1931年6月14日鲁迅分赠日本友人宫崎龙介和柳原烨子（白莲）夫妇的，两首诗有相同的咏史主题，歌咏对象都是石头城南京，内在联系非常坚固，把它们定为一题是合理的。后者1933年7月21日由鲁迅书赠日本友人森本清八，第一首也曾书赠许广平。它一写越女一写秦女，主题一致、内容相近，鲁迅因此在1934年12月9日给杨霁云的信中说两者“是一起的”[1]。它们或者有统一的构思布局，或者有相同的主题和歌咏对象，或者有鲁迅自己的说明。但“故乡黯黯”诗和“皓齿吴娃”诗却不具有这些特征。其实就内容而言，“皓齿吴娃唱柳枝”诗倒也与同日书赠内山夫人的《所闻》（娇女严装侍玉尊）比较接近。滨之上和坪井同为鲁迅的朋友，同在一家医院工作，又一同出席过12月28日的“河豚宴”。但若因此而作为两首诗合为一题的理由，显然是成问题的。

因此，鉴于通行的“一题二首”的编排方式有碍于这两首诗内容的理解，我以为，有必要像鲁迅同日书赠友人的其他三首诗那样

[1] 鲁迅《鲁迅书信集》，人民文学出版社，1976年，第682页。

进行处理，由一题二首改为二首单独成篇。

赠滨之上的《无题》是一首七绝。在短短四言中，鲁迅为我们展现了一幅凝重而严峻的黑暗与光明交战图，抒发了个人与时代相纠结的复杂情怀。

本诗写于1932年岁末，这是一个最容易感遇的时刻。鲁迅没有一般人岁末年初惯有的辞旧迎新的欣悦，而关注着中国在这个风雨飘摇的时代的命运。1932年确实是多灾多难的一年：上海“一·二八”抗战的战火刚熄灭，华北津、榆一带形势又吃紧；接着日本扶持的伪满洲国亦粉墨登场，宣告成立；而南京政府忙于“围剿”湘鄂赣的工农政权，无心“攘外”；在思想文化方面，法西斯专制和政治高压使得文网愈密、自由难存，左翼文艺犹如“如磐夜气”中顽强抗争的野草。对于鲁迅个人而言，椒焚桂折，朋辈成鬼，长夜漫漫，屠伯逍遥，人世沧桑和国将不国之忧思不断袭上心头，久久萦绕。一个疑虑重重、忧国伤生的知识分子和一个风雨飘摇、黑云压城的时代，构成了本诗的主题和美感效果的基本源泉。

首句“故乡黯黯锁玄云”正是对当时形势的写照。我们知道，从《别诸弟三首》中“梦魂常向故乡驰”的“故乡”，到《自题小像》中“风雨如磐暗故园”的“故园”，再到《送O.E.君携兰归国》中“故乡如醉有荆榛”的“故乡”，再到本诗的“故乡”，一路过来虽有其“大我”胜“小我”的演变，但始终与风雨飘摇的情怀相联系，与《离骚》“陟升皇之赫戏兮，忽临睨夫旧乡。仆夫悲余马怀兮，蜷局顾而不行”的爱国主义和社会责任相联系，体现出一种道德的关注，也赋予故乡、旧邦、故国这类词以深厚的情感。“故乡黯黯锁玄云”可能从楚辞《远游》“望旧邦之黯黮兮”脱胎而来。“故乡黯黯”自然反映着诗人心情的黯然，反映着祖国国势的险恶。玄云是黑色的云，似乎具有一种扩散、笼罩的力量，《九歌·大司命》有“广开兮天门，纷吾乘兮玄云”，蔡邕《述行赋》有“玄云黯以凝结兮，集零雨之溱溱。”陆游《发丈亭》诗有“玄云垂天暗如漆”等句。玄云本来就是黑色的，鲁迅又以深黑色的“黯黯”二字加色，使之浓而又浓，尤其是中间用“锁”字表示“故乡”和“玄云”的关系，犹如电影中的“定格”，把云的流动给凝固了，一种“黑云压城城欲摧”的压迫感和窒息感，凝集于诗歌的意象之中，使人不得喘息。次句“遥夜迢迢隔上春”显示了绝望中的希望。遥夜迢迢即长夜漫漫，《古诗十九首》有“迢迢牵牛星，皎皎河汉女”的句子，迢迢本是用来状长远的空间性词语，这里却被鲁迅用来状时间的漫长，这种转换的修辞功能在于给抽象的观念以可触可摸的实感。“遥夜迢迢”与“长夜漫漫”的美感意味并不完全一样，“长夜漫漫”是扩散性的，界限不清的，是感到无望的；而遥夜迢迢却是限定性的，界限清晰的，并不令人绝望。上春是正月，象征春回大地的锦绣时光。“遥夜迢迢隔上春”的取意与《无题》“惯于长夜过春时”似有不同，二者虽都以“长夜”和“春时”为基本形象，但“隔”重在强调二者的差异，“过”却在表示二者的联系，突出了主体的作用。这一联首句从空间上着手，以泼墨重彩绘就一幅故乡风云图，次句以时间观点呼应和发展首句的主题。尽管鲁迅强调长夜迢迢，一个“春”字还是透露了若干亮色、些许希望。英国诗人雪莱有名句：“既然冬天来了，春天还会远吗？”可为参照。从色彩上看，这一联是黑暗与光明的对比，“黯黯”“玄云”和“迢迢”“遥夜”代表无尽的黑暗，“上春”虽被阻隔，但毕竟是亮点，代表着欣欣向荣的强大生机和万紫千红的未来，而未来是不可战胜的。

第二联“岁暮何堪再惆怅，且持卮酒食河豚”缘于实事，表现鲁迅岁末对时事的感慨和某种超越性的人生态度。“惆怅”的原因自然与上联描绘的神州大地的黑暗状况有关，是鲁迅忧国忧民感情的流露。“食河豚”当为纪实，指12月28日坪井邀赴日本饭馆吃河豚事。河豚是一种海生鱼，体圆稍长，扁头，背面苍黑，有浓黑斑纹，腹面白，皮层粗糙，无鳞。有吸入空气使腹腔膨大的奇性。四五月间产卵，此时卵巢及肝脏，都有剧毒，误食即死。《艺苑雌黄》说：“河豚，水族之奇味。”日本及古代中国长江下游地区均有食河豚的习俗。河豚入诗可能始于梅尧臣《食河豚鱼》：“皆言美无度，谁谓死如麻。”纪昀《阅微草堂笔记·槐西杂志》记一人嗜河豚终于中毒而死，但他死后还要托梦给妻子，责问：“祀我何不以河豚耶？”可为笑资。鲁迅这两句诗理解上歧义甚多，主要在于人们想作拔高式的处理，不愿直面鲁迅凡人性的一面。其实它流露的思想情调与《自嘲》“躲进小楼成一统，管它冬夏与春秋”是一致的，貌似颓唐，却内含着他“知其不可而为之”的反抗绝望的人生哲学。张向天《鲁迅旧诗笺注》曾正确地指出它“和鲁迅先生‘烹肉煮酒’过新年，‘终年被迫被困，苦得够了，人亦何苦不暂时吃一通乎’”[1]的话的联系。这种想法反映了个人在时代重压下的一种排遣的心情，其中既有盼望光明的迫切——鲁迅因而感到“何堪”，又有强抑于内心的激愤和反抗。另外，“食河豚”似不应单纯理解为一种危险的美

[1]　《鲁迅全集》第10卷，人民文学出版社，1981年，第227页。

食，还要注意到“持卮酒食河豚”背后的原因——如果品尝珍馐美味作为一种无奈的排遣，那么朋友之间的友情更可作为某种陶醉性的温暖吧。这一联是纪实，可能只有把所指落实到鲁迅赠诗的具体对象、具体情况上，才能领会鲁迅诗的丰富含义，顾及其诗篇的交际性。

赠坪井的诗本事不清楚，但它与上一首诗的内容没有任何关系，这在前面已经说明了。

这首诗不同于一般诗中常见的第一人称视角——抒情主人公隐在了场面的背后，它是通过对一个歌女所处的典型环境的表现，间接地传达诗人的思想感情的。

不知鲁迅是否自觉，在他的诗歌中客观存在着一个歌咏歌女、陪酒女等不幸女子的系列。如《所闻》：

华灯照宴敞豪门，娇女严装侍玉尊。忽忆情亲焦土下，佯看罗袜掩啼痕。

《赠人二首》：

明眸越女罢晨妆，荇水荷风是旧乡。唱尽新词欢不见，旱云如火扑晴江。

秦女端容理玉筝，梁尘踊跃夜风轻。须臾响急冰弦绝，但见奔星劲有声。

及本诗的“皓齿吴娃唱柳枝”等，其共同特征是以场面的豪华、外表的庄严美丽反衬其内心的创伤及悲苦无依，所抒发的思想感情和运用的表现手法比较接近，从而成为鲁迅诗歌的特色之一。20世纪30年代的上海曾一度出现畸形的资本主义繁荣，其背后却是广大农村、中小城镇的被盘剥、破产，以及无数农民、市民的流离失所，歌女、陪酒女等靠技艺和色相为生的女性大量出现，是当时那种半殖民地半封建生产方式和生活方式所造成的结果。鲁迅对流落到城市的这些妇女抱着无限的同情，不仅写她们美丽的外表和内心的悲苦无依，而且写了她们的端庄自持和不可侵犯（如“秦女端容理玉筝”），赋予她们丰富的情感内涵和人格尊严。

“皓齿吴娃唱柳枝，酒阑人静暮春时。”首联把“典型人物”和“典型环境”都交代出来了。人物一亮相就令人耳目为之一振，令人感受到她的美。“皓齿吴娃”与《赠人》中的“明眸越女”一样都具有明丽的美，但越女是“罢晨妆”，带着早晨的清新；而吴娃却是处在“酒阑人静”的暮春时节，给人以无尽的落寞感。柳枝即杨柳枝。汉朝有《折杨柳曲》，后变为《杨柳枝曲》。《唐书·乐志》云：“梁乐府有胡吹歌云‘上马不提鞭，反拗杨柳枝，下马吹横笛，愁杀行客儿。’”可见是表现别离的歌，这里泛指流行歌曲。这一联以美丽的歌女与萧瑟的环境对比，表现半封建半殖民地的上海都市生活对美的摧残。下一联“无端旧梦驱残醉，独对灯阴忆子规”由外部的客观视角转入歌女的内心。“旧梦驱残醉”是歌女的主观怀念与客观场景“酒阑人静”后的“残醉”的杂糅，“残醉”的应该不是歌女，而是她一曲歌罢映入眼帘的酒吧场面，也是映入心中的记忆。“独对灯阴忆子规”则写她结束歌唱工作后的孤独和怀念的内容。只有在这深夜的灯阴之下，她才能静静地思念家乡的亲人。

这首诗写了歌女被压迫和被侮辱的生活的完整画面，但又不让人觉得是在记流水账，这与鲁迅精心构思的典型化创作手法分不开。它或写环境，或写人物；或写客观，或写主观，均准确地把握了其相互之间的本质关系，人物是环境中的人物，环境是情绪化的环境；主客观之间的辩证关系错落有致而又对立统一地得到了表现，其艺术成就是相当高的。

对这首诗还有其他的理解，分歧主要基于两点：一，抒情主人公是歌女还是“我”；二，“子规”的含义怎么理解。

有一种意见认为，这首诗并非写歌女，歌女只是环境的构成因素之一，因而后一联实际隐藏着一个“我”。“驱残醉”者是“我”，“忆子规”者也是“我”。全诗是写在酒阑人静的暮春时节，诗人听着歌女哀怨凄婉的歌声，触动了心事。早逝的旧梦驱散了残醉又重现眼前。这梦该是别离、怀人的梦。“忆子规”即怀念杜鹃，照屈原《离骚》的传说，杜鹃叫时，众芳零落，这与暮春时节相应。可见怀念的是众芳和贤才。因而诗中含有对反动统治摧残人才的感叹。如果把“忆子规”说成忆故乡，把“驱残醉”理解为“我”，那么所想的便是曾经跟自己分别的人，也就是怀念革命同志，怀念旧日共同战斗的梦。这种理解以周振甫《鲁迅诗歌注》为代表。

另一种意见侧重于分析“子规”在诗中的含义，张向天《鲁迅旧诗笺注》认为“子规”是仿六朝吴地民歌谐音双关语的通例，以“子规”谐音子归，因而本诗表达了对失去儿子的母亲深深的同情。关于这种说法，周振甫的诘问是很有力的，他认为“吴娃指少女，少女似不可能有儿子，……倘真是想念儿子归来，应该作‘吴姬’

才合。”笔者认为郑心伶《鲁迅诗浅析》关于“子规”的理解较切合鲁迅诗原义，“子规”即杜鹃鸟，常在暮春时啼血而死。南宋文天祥有诗云：“从今别却江南路，化作啼鹃带血归。”后人多以子规比喻思念故乡，急欲归去。但他认为鲁迅是“借吴娃以自比”，因而所怀念、追忆的内容更丰富些，“例如同是‘子规’，作者所忆念的决不只是自己的家人、亲族，而更多的是无数革命战友和烈士。”这却未免索解过头了。

第一种意见的问题在于，它提出意见的前提大都不可靠，如其一是，“这两首诗（指《无题二首》）是同时写的，又合在一起，可能都是写我。”这个问题笔者在前面已指出，因而不再赘言。其二是，“从诗看，吴娃是伴客的歌女，陪客唱歌，客人或主人可以‘驱残醉’，吴娃忙着唱歌，大概不会有残醉可驱吧。”其实这首诗首联和末联分别写了歌女生活的两个场景，末联展示的是她“下班”后的内心活动，“残醉”是她脑海中留存的酒吧场景记忆。倘若把诗的抒情主人公理解为“我”，首句“皓齿吴娃唱柳枝”便不通，似改成“怅闻吴娃唱柳枝”之类才合乎逻辑。当然，产生一些分歧是很正常的，本文的解释或许也有不尽合理之处，择其善者而从之，如此而已。

二

别诸弟三首　辛丑二月　并跋

梦魂常向故乡驰，始信人间苦别离。夜半倚床忆诸弟，残灯如豆月明时。

日暮舟停老圃家，棘篱绕屋树交加。怅然回忆家乡乐，抱翁何时共养花？

春风容易送韶年，一棹烟波夜驶船。何事脊令偏傲我，时随帆顶过长天。

仲弟次予去春留别元韵三章，即以送别，并索和。予每把笔，辄黯然而止。越十余日，客窗偶暇，潦草成句，即邮寄之。嗟乎！登楼陨涕，英雄未必忘家；执手销魂，兄弟竟居异地！深秋明月，照游子而更明；寒夜怨笳，遇羁人而增怨。此情此景，盖未有不悄然以悲者矣。

辛丑仲春戛剑生拟删草

1901年1月20日，鲁迅自南京路矿学堂回家探亲度岁，3月15日离家返宁。周作人日记这样记录当时情形："上午大哥收拾行李，傍晚同十八公公、子恒叔启行往秣。余送大哥至舟，执手言别，中心黯然。……夜作七绝三首，拟二月中寄宁，稿亦列如左。"其送别诗《送戛剑生往白步别诸弟三首原韵》如下：

一片征帆逐雁驰，江干烟树已离离。苍茫独立增惆怅，却忆联床话雨时。

小桥杨柳野人家，酒入愁肠恨转加。芍药不知离别苦，当阶犹自发春花。

家食于今又一年，羡人破浪泛楼船。自惭鱼鹿终无就，欲拟灵均问昊天。

其中周作人日记和诗题的“往秣”“往白”的“秣”“白”分别指秣陵和白门，二者均为南京的别称。“步别诸弟三首原韵”指1900年2月鲁迅作的《别诸弟三首》。鲁迅读了周作人寄来的既伤别又渴望施展抱负的诗后，又作《别诸弟三首并跋》和之。一般认为，包括周作人诗在内的三组诗，反映了大致相同的惦念家园，缅怀亲情骨肉的情怀，表达了一种惆怅、落寞、感伤的离情别绪，以及青年人渴望建功立业的愿望。

大致可以说，鲁迅的早期诗歌以《自题小像》为一分水岭，前后的思想境界、情感胸怀、艺术风格均有重大差异。其具体表现为，早期诗歌一般不出传统诗歌的题材、主题、情感方式等既有套路：所歌咏的多为身边小事，喜怒悲欢不出个人的小圈子；抒发的情感虽然自然、真挚，但却流露出浓厚的文人气，与古代诗歌的士大夫传统一脉相承，并不新鲜；诗的意象多取自楚辞和唐诗，尚嫌纤弱。《自题小像》之后的诗歌不仅思想境界和心胸开阔了，以天下为己任的爱国主义抱负有了充分体现，情感特征也减了少年时代的伤感和夸饰而变得凝练和深沉起来，诗格感应着近代诗坛的慷慨悲歌之风而显出积极、振作的新精神，老杜诗的博大、沉雄的激情与对楚辞、佛典等意象的改造相结合，创造出了纯属鲁迅个人的诗歌风骨——悲凉、清峻、犀利、热烈、通脱、华丽。《别诸弟三首并跋》属于《自题小像》之前的作品，也是反映其诗风转变的过渡性作品，尽管目前学界对这个问题不够注意，但在这几首诗对传统诗歌主题的因袭中，一种糅合着个人情感的新的胸怀、新的眼光正在逐渐形成；在他吟咏游子怀乡、“兄弟竟居异地”的感受时，一个“由传统向现代”的个人修养和精神转换的过程已经不自觉地开始。

这三首诗并不难懂，需要注意的只是它的唱和性——一种不仅表现于诗歌内容而且渗透于其美感形式的对话关系。以往的一些解说由于忽略了周作人的送别诗而使其中一些诗句的理解出现分歧，这是应加以注意的。

从诗的情感表现看，忆念居于第一首诗的中心位置。鲁迅把怀乡与思亲这两种关联的感情置于“夜半倚床”的典型环境中，以显意识的行为“忆”与隐意识的“梦”的复杂联系来展开主题。梦魂是指因思念之切而梦萦魂绕的内容，李白有“梦魂不到关山难”（《长相思》），黄庭坚有“诗酒一言谈笑隔，江山千里梦魂通”（《夏日梦伯兄寄江南》）的句子，“梦魂”句与“别离”句相互呼应，进一步加强了效果。“别离”句化用楚辞《九歌·少司命》“悲莫悲兮生别离”的诗意，极言别离之苦，实际上已是本诗的主题所在。同时，它与周作人送别诗的对话性也很突出：周诗的典型环境是“苍茫独立”、目断征帆的送别场景，以“联床话雨”收束纷乱的离情别绪反而更增添了“江干烟树已离离”的惆怅。鲁迅巧妙地把它移作和诗的中心意象，不仅在传达感情上明确了具体所指，而且在艺术表现上呼应了原韵，可谓一箭双雕，匠心独运。

第二首写旅途所见、所感、所思。由于鲁迅少年时代就非常熟悉农村生活，与乡民有着深厚的感情，使得诗中充满了田园风味。这种洋溢着勃勃生机的乡土生活客观上冲淡了（而不是论者所认为的“加强了”）第一首诗中浓烈的离愁，“抱瓮何时共养花”的情感趋向深得传统诗歌中陶渊明诗的神韵，出自《庄子·天地》中丈人抱瓮灌园的典故使之带上道家的意趣，使强烈的离愁趋向平和冲淡。这一首诗较前一首技术更加圆熟，情感的转换和形式的衔接非常自然，圆融无间，不露痕迹，不像前一首的“颇见匠心”，因而笔者除了强调诗的会心外反而无话可说。相反，周作人的第二首诗则显露出很多弱点，内容较重复，情感没有足够的变化和发展。尽管所写场景变了，但诗中每个形象之间的有力联系却没有建立起来，似乎有点零乱，仅勉强达意而已。

针对周作人诗第三首流露的不甘家食、渴望像兄长鲁迅一样经风雨历世面的羡慕之情，《别诸弟》第三首借物抒怀，鲁迅以韶光易逝、要珍惜好年华与弟弟共勉，愿意像共赴急难的脊令鸟那样兄弟彼此友爱、相互帮助，共同施展远大抱负。关于这首诗第二联的理解，一般都将诗意解为鲁迅感慨人不如鸟：脊令鸟时时飞过帆顶，仿佛向人夸耀其彼此相聚，远胜于人的兄弟别离。但这种解释忽视了鲁迅诗与周作人诗的对话性，二者的一唱一和、一问一答其实共同营造或完成着一个特定的“讨论”，要确定其意义不能孤立地脱离其“提问”对象来进行。从字面上看，通行的解释并没有错。关键在于如何确定“脊令”鸟在诗中的含义。“脊令”鸟的典故出自《诗经·小雅·常棣》：“脊令在原，兄弟急难。”张向天注说它的习性特征是飞则鸣，行则摇，好像在赴急难的样子，后世用以喻兄弟间彼此友爱，急难相助。黄庭坚谪迁黔州，他哥哥千里相送。黄有诗记此事：“急雪脊令相并影，惊风鸿雁不成行”（《和答元明黔南赠别》）就取此意。事实上，“脊令鸟”典故的寓义既有兄弟友爱，又有急难相助，学界一般取的是“兄弟友爱”之义，对于其本义“急难相助”反而不提，这可能是因为“友爱”义更容易与“别离”内容附会吧，而“急难”的内容必须联系周作人诗才能得到了解。另外，诗中“脊令”鸟的形象是“时随帆顶过长天”的“中流击水”的少年英雄，在美感精神上并不给我们所谓感到“人不如鸟，更使他心绪不宁，倍加惆怅”（郑心伶语），相反倒充满豪迈搏击的英雄气概，可见此联并非传达渴望相聚、寻求相濡以沫的天伦之情的意思。

那么，这三首诗所反映的思想情感与前面提出的鲁迅个人的“由传统向现代”的精神转变历程的联系何在呢？我们知道，游子思乡、感叹离别是中国传统诗歌的基本主题。从《诗经·小雅》起，这种感情就已文人化，表现相当精致和细腻。在这种由地域广大和交通不便造成的情感反应背后，它体现着一种深厚的人文精神。离情别绪一旦进入诗歌凝结为如“悲莫悲兮生别离，乐莫乐兮新相知”（《九歌·少司命》）、“劝君更尽一杯酒，西出阳关无故人”（王维《渭城曲》）这样的诗句，实际的生活经验便升华为一种艺术的抽象，带上了超越的意味，使我们进入生命的更高境界。在1900年的《别诸弟三首》中，鲁迅首次以诗的形式记录和抒发自己的别离感受，马上就进入了传统诗歌的境界和传统文人的经验之中。本来鲁迅到南京读书，源于对传统知识分子的科举道路的绝望。源于对S城生活方式的绝望，“仿佛是想走异路，逃异地，去寻求别样的人们”（《呐喊·自序》），但作为诗歌基石的还是那个时代那种文化习以为常的事件和经验，受传统的制约是不难理解的。尽管如此，《别诸弟三首》还是显示了某种新的特质，隐含了向《自题小像》中的现代精神转变的充足信息。

首先是情感的个人性在诗中具有了某种本体性的意味。其实情感的个人性对于传统诗歌并非一个值得强调的特征，魏晋时代即为中国文学史上情感自觉的时代，慷慨悲凉，任诞风流，情感的种种特异形态不仅成为艺术表现的对象，而且成为某种具有传承性活力的美感结果。高扬情感的艺术本质上都是个人性的，突出的个性是艺术成功而非失败的标志。《别诸弟三首》中情感的个人性既是美学的又是伦理的。就其伦理与美学的关系而言，传统的伦理秩序是一个以家族的自然血缘为等级根据的森严结构，它不仅规范着情感的内容和意义，而且肯定或制造着种种褊狭的美学规范。传统诗歌中积淀着相当多的这种内容，以符合其伦理秩序的“中和之美”为理想的道学情感，这必然使旨在抒情言志的诗歌创作千人一面，呆板无神，它可以说是“诗歌之敌”。当然成功的创作总会要突破这种文学以外的无理要求和束缚。在传统诗歌中，“别虽一绪，事乃万族”，有着非常丰富的表现，但其成功者却多以朋友、夫妇、兄弟等较具人格平等意味之关系的别离为题材，而着重“载道”的非个人性创作却终究不免于“以道伤情”，失去了创造的自由和灵性。《别诸弟三首》不同于现代以发表（出版）为目的的诗歌，其唱和也只在特定的范围内进行，这不仅使诗人能毫无顾忌，自由而自然地流露真情，而且赋予其情感以美学的超越的意义，在艺术上达到了纪实性和抒情性的统一。我们知道，鲁迅由个人遭遇的感喟而至于为民族、为社会正义事业而战的文学道路，是从旧体诗的创作开始的，《别诸弟三首》首先为它奠定了自然的情感基础——充沛饱满的主观真诚使其文学的根基植入了人类精神的深处。

其次，其隐藏在离情别绪背后的对于兄弟亲情和田园生活的热爱，以及欲展鸿鹄之志的少年雄心，为《自题小像》中的爱国主义和民主主义精神搭起了桥梁，其个人遭遇与时代、民族使命之间的联系将要建立起来。就《自题小像》中的爱国主义而言，它必然是具体的和历史的，有其丰富的生活和情感基础，用列宁的话讲，“爱国主义是由于千百年来各自的祖国彼此隔离而形成的一种极其深厚的感情。”[1]其中与“祖国的彼此隔离”首先是与亲人、家乡故土的隔离，它不是疏远而是强化和密切了相互之间的精神和情感联系。我国早期爱国主义诗篇如《诗经·国风·载驰》《离骚》都与爱家园、爱君王等具体内容有关系。不过，《别诸弟三首》中的兄弟亲情和故园之爱还是属于“小我”的范围，还未走出传统诗人的经验，但在“梦魂常向故乡驰”的“故乡”、“怅然回忆家乡乐”的“家乡”与“风雨如磐暗故园”的“故园”之间，在脊令鸟一样“时随帆顶过长天”的胸怀与“我以我血荐轩辕”的豪情之间显然存在某种动力，开始了某种过渡，也就是说，向《自题小像》中的“大我”胸怀的有力挺进。另外，《别诸弟三首》中对于田园生活的向往和热爱流露出朴素而朦胧的平等观念，尤其是对作为全诗基石的兄弟亲情的感喟，为以后的走向和感喟（如小说《故乡》的主题）提供了良好的情感基础。前面曾提过，兄弟之情较之父子情、男女爱是一种较具超越性的普遍感情，它与封建权力（包括控制和服从两方面）的内容联系并不牢固。古人往往把它视为人与人之间的理想关系：《诗经》把男女之爱的极致喻为“如兄如弟”，民谚有“四海之内皆兄弟”的警句；鲁迅也爱把“兄”作为朋友间的敬称，如“广平兄”

[1] 《列宁全集》第35卷，第187页。

之类。这是因为手足之情确实包含着人格平等、相互协作等近于现代的内容。鲁迅的文学创作始于《别诸弟》，后来又由“兄弟怡情”经历了兄弟失和，兄弟之情在他的情感生活和创作生涯中始终是一种力量源泉，其相互影响的特征甚至可视为考察鲁迅创作奥秘的某种原型模式。可以说，《别诸弟三首》无论思想还是情感，确实处于一个“由传统向现代”的过渡阶段。虽然基本经验是传统的而且存在古典诗歌意象和典故的强大作用，但诗歌渴望中流击水的少年豪情和对未来的朦胧向往是如此有力，在风雨飘摇的时代大潮的作用下，必将使少年鲁迅的心智从旧时代挣脱出来，走向一个新天地。

这三首诗或思念、或追怀、或言志，思想感情比庚子二月的《别诸弟三首》似又有提高。跋文说明作诗的原因，以“英雄未必忘家”和“兄弟竟居异地”为惜别主题的二重奏，既有游子情怀，又现少年豪气。与诗歌的内容相映，诗文交辉，刚柔相济，在思想和艺术上起着一定作用。

鲁迅研究的传统与当代发展

作为一门“显学”，鲁迅研究集中体现着中国现代文学研究的双重品格——意识形态性和科学性，它有两种路数、两个方向：其一，强调鲁迅的思想和作品作为“致力于中国人及中国社会改造的伟大经典”而存在、而植根于近代以来中国历史的内在运动——尤其是与中国革命保持血肉联系的特征，以完成、深化和修正鲁迅的思想和精神为旨归，热衷于发现和建立鲁迅的思想作品与当代生活和当代思想之间的联系，带有较明显的“创造性阐释”的品格。研究者往往以鲁迅的“门人”和同志自居，不乏“以鲁迅的是非为是非”的倾向，实际上是把鲁迅研究作为一种意识形态的积极建设来做的，鲁迅的思想和作品的生命力——参与历史进程和影响当代生活的能力——往往靠它来形成和延续。这种研究路数经由瞿秋白、毛泽东、周扬等人的“圣化”工作一度在当代文化生活中蔚为大观，在学术领域也曾被普遍采用。但由于不同历史时期鲁迅的思想和作品与不同意识形态使命承担之间存在矛盾，反而可能导致研究客体的主观化，使鲁迅研究失落其作为客体的存在的客观性，因着重当代性而丧失历史性，陷入主观主义和实用主义。其二，强调鲁迅的思想和作品作为学术研究对象的事实与研究工作应受学科自身的学术规范的制约，自觉从鲁迅《中国小说史略》《汉文学史纲要》《中国新文学大系·小说二集序》等学术著作中直接汲取营养，重在以知识的精神进行认识而非企图付诸实践，突出判断尺度的客观性和普遍性而非主观的、党派或学派需求的意识形态价值，强调保持主体与客体的距离而非主体向客体的投入。他们的研究不是“朝圣”，正如鲁迅本人的治中国小说史和称道王国维[1]，而在保持客观距离和审慎的理性中弘扬着人类普遍的学术精神。他们健全着鲁迅研究的学术规范，尽可能地为鲁迅研究奠定着一个科学的和学科的基础。这种研究路数的不足则在于对鲁迅研究的问题和关怀缺乏足够的回应。这两种既联系又区别的研究路数共同构成了鲁迅研究的传统，其消长起伏与现代中国70年来不同社会、文化、文学思潮的变动息息相关，规定着鲁迅研究的“偏至”特征和基本风貌。包括新时期鲁迅研究在内的近70年研究史正是在完成意识形态使命和满足科学性要求的张力场中形成其相互渗透、相互对话、相互竞争、相互适应的格局的。这是一份有得有失、有喜有忧的遗产。

我把一部分鲁迅研究工作说成建立某种意识形态，并不像人们通常所认为的含有贬义。这不仅由于鲁迅的思想和作品本身能够给予支持，而且正由于它，鲁迅研究才成为鲁迅事业的组成部分，才

---

[1] 《热风·不懂的音译》中鲁迅谈及罗振玉、王国维的《流沙坠简》：“要谈国学，那才可以算一种研究国学的书。开首有一篇长序，是王国维先生做的，要谈国学，他才可以算一个研究国学的人物。”

成为一种有成有败的实践。所谓理论的活力、与当代生活的对话性联系以及前一时期人们因无法充分参与当代思想与文化的"弄潮"而产生的焦灼等内容都受它的制约和由它来赋予。鲁迅之成为中国文化革命的一面旗帜，也在于它与近代以来中国的社会、思想、文化问题纠结的程度与那种奋然前行的新文化意识形态形象。我们知道，"意识形态是具有独特逻辑和独特结构的表象（形象、神话、观念或概念）体系，它在特定的社会中历史地存在，并作为历史起作用。"[1]意识形态与科学不同，它把实践的和社会的职能置于理论的或认识的职能之上，既是历史生活的必要成分，也是社会的历史生活的一种基本结构。它并非只在党派的、阶级的理论中存在，而是几乎所有热衷于参与历史的主体意志、价值、利益的理论之**无意识体现**。如作为中国现代文化源头的"五四"新文化运动，提出了现代中国思想、道德、语言、文化和文学的基本问题，规划了未来社会、文化发展的宏伟蓝图，决定了达到其启蒙主义目的的各有千秋的手段，也制造了现代中国最大的意识形态——"民主"和"科学"。我们今天的文化和学术思想仍无法挣脱这种"五四"情结，包括弘扬鲁迅精神、敢于直面特定时期政治意识形态侵蚀鲁迅研究的独立学者和知识分子在内，其所坚持的工作实质上依然是一种"五四"式的意识形态建构。应该说，重在改造世界的这部分鲁迅研究传统虽然有过太多的教训，但其基本取向却是无可厚非的——其短长深植于中国历史的内在运动之中，与中国的传统和现代的思想和文化结

[1] 〔法〕路易·阿尔都塞《马克思主义和人道主义》，见《保卫马克思》，顾良译，商务印书馆，1984年，第201页。

构都有深刻的纠结。所以要深化和拓展鲁迅研究，并解答由鲁迅提出却并未完全解答的问题，重建鲁迅的思想和作品与当代文化生活之间的联系，最终建构一种新的文化价值或文化意识形态，恐怕倒是未来鲁迅研究的题中应有之义。随着20世纪90年代以来中国社会文化结构的深刻变革，思想和学术日益从社会话语中心向边缘的位移及不可阻止的专业化趋向，学术研究失落植根于“五四”的现代人文精神——对民族、社会、人的和谐发展的整体性关注——将是可以预料的现实。从这一趋势来看，对于鲁迅研究的这部分传统的评价，或许只有当研究者饱尝专业化的“铁屋子”窒息之苦时才可能具备判断的知觉：这是鲁迅研究的优秀传统，可以反省、修正，却无须全盘否定或抛弃。关键仍在于研究者独立思想的品格和学术主体性的真正确立，而这正是鲁迅等“五四”启蒙主义实现得未尽如人意的目标之一。

不过，对于今天的鲁迅研究，作为其传统的另一方面——科学性和学科意志的问题显得尤为重要。尽管科学与意识形态有交叉、重合，但二者毕竟具有不同的性质。由于意识形态“所反映的不是人类同自己生存条件的关系，而是他们体验这种关系的**方式**”[1]，对于鲁迅研究，这就等于说，当人们认知鲁迅的思想和作品这个客体时，在研究主体和客体之间存在着两种不同的关系：一种是真实的关系，属于科学认识的对象；一种是“体验的”和“想象的”关系，属于意识形态关注的对象。在意识形态中，不可避免地要把真实的关系

[1] 〔法〕路易·阿尔都塞《马克思主义和人道主义》，见《保卫马克思》，顾良译，商务印书馆，1984年，第203页。

包括进体验的和想象的关系中去，被“主体化”，从而丧失科学研究的客观性。马克思在《德意志意识形态》中使用“意识形态”一词，即含有与科学相对立的意义。正是在此意义上，阿尔都塞把马克思对于德意志意识形态批判的科学立场规定为“科学（科学是对现实的认识）**就其含义而言**是同意识形态的**决裂**”，“科学以不同意识形态的方式**确定自己的对象**”。[1]倘若说新时期鲁迅研究的主潮之一的“体验式”地也就是主体投入地研究鲁迅的方法经由一个“相生相克”（借用胡风的话）的过程可以最大程度地消除其主观性，而与体现了近代以来中国人的普遍生存经验的鲁迅的思想和作品保持契合而不失为一种更高意义上的真实——主观的和人本的真实的话，那么“想象式”地研究鲁迅的实用主义方法则以丧失科学研究的客观性为代价，因为它一开始就几乎不受研究客体的制约，鲁迅的思想和作品仅仅被视为一种意识形态“想象”的具体实现。新中国成立以后长期存在的用政治意识形态作为鲁迅研究的基本分析工具和评价尺度、以意识形态的结构来建造研究模式的问题。这样一种研究虽不无历史的合理性，但在不受研究客体制约的思想方法上却是主观的和“想象式”的，作为研究客体的鲁迅的属性不是被忽略就是被剪裁，尤其在诸如“文化大革命”之类历史时期，鲁迅的著作以“语录”的形式极端地表现了主观实用主义和教条主义，使得鲁迅研究丧失了主体的学科意志，它的意识形态本质便压倒了科学本质。

那么，在鲁迅研究中，除了强调科学性和学科意志的研究取向，

---

[1] 〔法〕路易·阿尔都塞《论青年马克思》，见《保卫马克思》，顾良译，商务印书馆，1984年，第58页。

实际上还存在着两种不同的意识形态化的取向：一种强调忠实于鲁迅研究本体的真实性，不回避不篡改鲁迅的思想和作品中固有的或不符合公众认识的矛盾，力图通过身体力行的“体验”和还原鲁迅的问题而接近当代文化生活的本质，并在此基础上建构鲁迅研究与当代生活的联系；一种则服膺于某种理论原则，鲁迅的思想和作品仅仅作为时代意识形态的论据或注释而存在，所谓学术研究只是寻找鲁迅与某种理论原则或（个性主义、启蒙主义、共产主义、民主的）教条之间的联系。这两种路数也是两种分歧，既关涉思想方法，也关涉学术主体性的确立与否。正是在这种背景上，王富仁提出“回到鲁迅那里”的口号和钱理群提出的从鲁迅自己惯用的、在作品中反复出现的观念、意象入手考察其思想和作品的丰富性、独特性的方法应该得到足够的肯定。我以为，它们首先意味着在多元的文化选择中确立鲁迅的独特性并持续地关注鲁迅提出的问题的能力；其次意味着一种主观诚实的、实事求是的态度和极具操作性的方法；第三，无论对于重建鲁迅式的意识形态，还是确立学科规范，它们都构成了对鲁迅研究中主观教条主义和客观唯意识形态传统的消解，便于为即使旨在重建鲁迅与当代文化生活的对话性联系的意识形态化的鲁迅研究奠定一个真正科学的基础。

其实，作为一种人文研究，像自然科学那样的纯粹的“科学性”在鲁迅研究中并不存在，之所以强调鲁迅研究的科学治学精神，主要是为了最大程度地抑制研究中的主观教条主义与把意识形态和科学混为一谈的糊涂认识，同时对意识形态化的研究取向的负作用保持清醒的头脑。当然，从20世纪80年代的辉煌转向20世纪90年代的审慎和持重，一种更加务实的、淡化意识形态的研究取向进入并深入学术实践，有助于鲁迅研究获得一个更加科学的学科形态，这是与鲁迅研究日益“古典化”的进程相联系的。但需要注意的是，人文研究正处于一个新的话语转型的时期，新的思路和理论工具的引进不可避免地使鲁迅研究成为一个试验场，也不可避免地对既有的鲁迅研究形成一种吉凶未卜的冲击。比如20世纪80年代后期引进的美国詹姆逊的“第三世界文化理论”，把鲁迅的小说作为现代化进程中第三世界对抗第一世界的民族文化的文本——一种“民族寓言”来理解，它携带着所谓后现代社会的一系列问题，与后现代主义思潮对于现代性的反思相纠结，从思路、语汇、命题都令人感到陌生和挑战。尽管他把鲁迅作为民族主义的文化代言人理解不符合事实[1]，但其对于“现代”的观照至少在历史外延上是发展了，我们在理解“现代”及“现代性”问题时就具有了两个不同的坐标：一是从传统到现代的前倾，一是从后现代向现代的反顾。在后现代思潮的坐标中，迄今为止的鲁迅研究的定位似乎都要受到它的质疑。那么，对于这种新的泛意识形态研究，鲁迅研究唯有贴近自己的历史的、道德的、问题的基础，依靠严谨、坚实、富于创造性的科学思考，才能进行高质量的学术建设，推动学术研究的发展。

1994年5月

（原载《中国现代文学研究丛刊》1995年第2期）

---

[1] 参见拙文《经典的意义——鲁迅及其小说兼及弗·詹姆逊对鲁迅的理解》，《鲁迅研究月刊》1994年第4期。

王瑶先生的鲁迅研究

作为学养深厚和风华绝代的学者，王瑶先生的去世仍然常常使人感叹和怀念。他那富于启发的命题、观点和思想不断为当今中外研究者征引或辨证的事实，时刻提醒人们去注意他那巨大而生动的影响力：这是一个通向学术之途中任何人都难以绕过的、熔学者的创造性、哲人的睿智和知识分子的良心于一炉的思想资源和价值实体。由于它的存在，可以说，不只在他的子女和学生身上，王瑶先生的生命得到了延续，精神得到了继承。

尽管王瑶先生的治学领域颇广，但鲁迅研究对于他的意义却超出了学科本身。早在1936年清华求学期间，他就先于大学毕业论文《魏晋文论的发展》发表了思想敏锐、风格清新的鲁迅研究文章，并被收入鲁迅逝世后由“鲁迅先生纪念委员会”编辑的《鲁迅先生纪念集》。以后无论接受记者的采访，还是撰写著作的序跋，他多次强调自己从鲁迅著作得到的教益和接受的影响，强调自己从事的学术研究与鲁迅精神或隐或显的联系。在今天已是中古文学史研究经典的《中古文学史论》重版题记中，他甚至表明其治学的“思路和方法，是深深受到鲁迅《魏晋风度及文章与药及酒之关系》一文的影响的”。而作为学科奠基之作的《中国新文学史稿》，更是他自觉实践鲁迅治学精神的范例。他说，“以鲁迅的有关文章和言论作为自己研究工作的指针，这不仅指鲁迅的某些精辟见解和论断是值得学习和体会的重要文献，而且作为中国文学史研究工作的方法论来看，鲁迅的《中国小说史略》《汉文学史纲要》《中国新文学大系·小说二集序》等著作及关于他计划写的中国文学史的章节拟目，我以为不论是研究古典文学还是现代文学，都具有典范的意义”[1]。他关于鲁迅研究的著作有两部：《鲁迅与中国文学》（1951）收文五篇，《鲁迅作品论集》（1984）收文二十一篇。重读这些论文使我相信，在鲁迅著作与王先生的著作之间确实存在某种深刻而内在的关系，正是它赋予先生的鲁迅研究以基本品格，即“以鲁迅精神治鲁迅”。对于我们而言，它是探讨学术，也是建立信仰；它需要怀疑，也需要确信；它是研究主体与客体的对话，又是研究客体对主体的规约；因而其中自然蕴含着丰富的学术变迁史——学术如何受社会、政治、历史等因素影响以及怎样力求获得和保持其独立品格等等内容。

事实上，这些内容正是鲁迅研究六十年历史的普遍精神特征，而且，植根于这种特征的不同思想价值取向即学术性判断尺度和不同意识形态判断尺度的消长起伏构成了鲁迅研究的历史脉络。如果说，中国革命的现实需要强化鲁迅研究的意识形态性，要求它成为参与现实的批判性或别一种力量，那么，中国文化（包括学术）重

[1] 《王瑶访问记》，《鲁迅研究》1983年第4期。

建的内在欲求则呼唤着鲁迅研究的科学性。二者缺一不可，相互存在的张力还进一步为鲁迅研究的优秀传统增加强度。不过，既然鲁迅的方向是中国文化的方向，那么由《中国小说史略》《汉文学史纲要》《中国新文学大系·小说二集序》乃至辑校《嵇康集》《古小说钩沉》中一以贯之的科学治学精神也理应得到继承和发扬，但长期以来鲁迅精神的这一方面在鲁迅研究中声音相当微弱。我以为，王瑶先生在鲁迅研究史上的意义，首先就在于他是鲁迅科学治学精神的自觉继承者。

关于治学的科学性与意识形态之间的差异，鲁迅曾在不同场合以中国需要真正的“学究”和反对所谓“学术救国”的方式曲折地表了态，认为“中国的学问，待从新整理者甚多，即如历史，就该另编一部”（1933年6月18日致曹聚仁）。他称赞王国维“要谈国学，他才可以算一个研究国学的人物”（《热风·不懂的音译》），这是因为其高度的学术自觉使他终究战胜了政治成见，而不至于妨碍其价值判断的公正和学术研究的客观性。王先生在《鲁迅思想的一个重要特点——清醒的现实主义》中也认为，“一个进步的严肃的思想家，尽管从世界观、从对宇宙整体的认识上没有达到马克思主义的水平，但只要尊重客观现实，从实际出发加以分析，在局部问题上，完全可以达到基本正确的结论。”这也可视为人类学术的普遍精神。事实上，王先生在从事学术伊始就是这样看待鲁迅精神的，他认为：“强烈地贯彻在他全部生活中的却只有一个理想，是爱护真理和追求真理。”（《悼念鲁迅先生》）在鲁迅的诸多精神中专注于他与人类的认识——对真理的追求和热爱，鲜明地带有其学者的角色特征，以后他把鲁迅接触外国文学视为“向西方寻求真理”的一个侧面，也始终贯穿着这一认识，可以说，这是贯穿他整个治学生涯的“夫子自道”。那么，王先生在鲁迅研究领域是怎样追求真理，其治学方法——达到真理的途径——又是如何，他又是怎样缓解学术性和意识形态要求之间的矛盾的呢？

如上所述，学术的超越性和科学性目标是它区别于意识形态而获致自身价值的关键，而其实现又依靠着主体的学术自觉，对各种材料、观点及前人认识的分析态度及科学的认识方法。鲁迅研究客体的双重价值承担决定了其学术性和意识形态的天然联系，因而鲁迅研究的独立学术品格的获得往往取决于学术性与意识形态要求之间的距离。作为一个真正的学者，王先生并无明确的言辞谈及这种由不同判断尺度而导致的思想分歧和价值紧张，但他在回顾过去时却以“留着时代的痕迹”和“留着鲁迅的影响”来交互描述二者在自己著作中的投影。倘若没有对鲁迅研究的独立学术品格的追求，要对其历史传统和现实状况做出准确的判断是比较困难的。但尽管这样，尽管王先生的鲁迅研究生涯有很长一段处于最不适宜强调其学术特性的时期，但其论文至今仍是鲁迅研究史上经得起学术标准检验的不多的成果之一。

好奇心使我特别注意《鲁迅研究的指导性文献——学习毛泽东同志关于鲁迅的论述》和《鲁迅研究古典文学一例——学习鲁迅论〈水浒〉》这两篇写于“文革”后期的文章。众所周知，“文革”时期政治上的实用主义和学术的泛意识形态化给鲁迅研究造成了多大的损失。单纯从选题看，二者确实都是由时代赋予的题目，但这并没有妨碍它成为学术。《鲁迅研究的指导性文献》所处理的是奠定鲁迅研究基础的意识形态权威——毛泽东同志在《新民主主义论》中关于鲁迅的论述，即“鲁迅是中国文化革命的主将，他不但是伟大的文学家，而且是伟大的思想家和伟大的革命家”。虽然毛泽东是从意识形态即中国革命的现实需要方面提出这一命题的，但只要顾及鲁迅的思想和作品在中国文化革命中作为“了解与改造中国人及其社会的伟大经典”（汪辉《无地彷徨》）和参与现代历史进程的批判性力量而存在的事实，那么不含偏见的人就会承认以上命题是事实问题而非价值问题。这显示了学术地处理意识形态事实的复杂性：意识形态关系是人、社会集团参与历史进程的含有意志内容的想象性关系，正如恩格斯1893年7月14日致梅林信中所指出的，这种想象性或虚假的意识关系作为“虚假的或表面的动力”，通过人的实践却能进入历史进程，改变其面貌并成为它的一部分，所以它也自然就具有事实属性而得以进入学术研究的视野。正是在此意义上，王先生不厌其烦地就鲁迅是文学家“一家”还是文学家、思想家、革命家“三家”，是中国文化革命的主将还是同路人，是共产主义战士还是人道主义者详细进行了辨析。尽管其具体讨论中“时代的痕迹”仍斑驳可见，但先生重在辨证事实而非探讨价值，其认识显然是距真理更近的。《鲁迅研究古典文学一例》则是他缓解学术性和意识形态要求的矛盾的典范。凡是过来人大概对“文革”时期“四人帮”借评论《水浒》为名把鲁迅评论《水浒》的言辞作为政治斗争武器的插曲记忆犹新。王先生的独立学术品格表现在对于这种非学术渗透的自觉疏离上。他机智地把“遵命学术”改造为考察鲁迅治文学史方法的典型个例，通过对鲁迅关于由小本《水浒》到大部《水浒》的版本、源流及故事情节与人物性格演变的事实考辨，再进入小说内容的“前后有些参差”——由“劫富济贫”到“终于是奴才”的价值批判，最后至于对其作为社会文化产品的作品所特有的各种复杂社会影响和效果的考察，也就是进入对中国社会之“水浒气”的“社会批判”。其中隐含的方法论意义不仅在于其关于史料和史识处理的典范操作，而且主要在于对事实和价值、学术与意识形态的清晰区分和界定。与鲁迅研究史上根深蒂固的把探讨学术与建立意识形态混为一谈的混沌思路相比，它显然更充分地体现了信仰与科学相分离的近代要求，是更能赋予鲁迅研究以科学形态的。

与对鲁迅的科学治学精神的继承相联系，王先生在鲁迅研究史上的意义不但在于提供了缓解学术性与意识形态要求之间的内在紧张的具体方法，而且主要在于对研究客体——鲁迅与中国现代文学、思想、文化、政治诸侧面关系的科学揭示。他的学术成果和影响往往不是作为某种凭借意识形态需求支撑的“一劳永逸”的“定论”而存在，而是作为富于启示性的思想资源启迪着人们。这种风格无论是否出于自觉的追求，与它背后隐藏的原则有联系则是肯定的。这或许就是他在学术领域坚持的“清醒的现实主义”，追求真理性认识的理性原则和实事求是的态度。由于王先生对于鲁迅思想的移植和继承，也由于他所持有的与众不同的研究视角和方法，使他在揭示鲁迅与中国历史、现实、文化、文学等关系的规律性方面，做出了具有时代水平的贡献。限于水平和篇幅，我略去他在《鲁迅思想的一个重要特点——清醒的现实主义》《谈鲁迅的改造国民性思想》等论文的思想不谈，而侧重于两个方面：一是他关于鲁迅与中外文化，尤其是与中国传统文化之关系的研究，一是他对于鲁迅作品之思想和美学意义的创造性阐释。

前面曾提到，还是在治学伊始，王先生就特别注重鲁迅与人类认识——对真理的追求的关系。具体到鲁迅研究领域，这种追求主要反映在他对鲁迅精神（包括思想和作品）结构的不同理解上。对于王先生而言，理解鲁迅的精神结构主要意味着把握鲁迅与时代、历史、文化的关系。钱理群老师曾这样概括先生的认识：作为中国文化革命的主将的鲁迅，一生致力于实现“外来思想（文化）的民族化”与传统思想（文化）的“现代化”，这正是代表了中国新文化的发展方向的。因而“探讨鲁迅思想与创作实践和中、外文化的关系，研究他如何实现‘外来文化’的‘民族化’与‘传统文化’的‘现代化’，进而创造出新文化的典范”，就成为他研究鲁迅的独特领域和学术切入点。写于20世纪50年代的《鲁迅对于中国文学遗产的态度和他所受中国古典文学的影响》和《论鲁迅作品与中国古典文学的历史联系》，与写于20世纪70年代末的《论鲁迅作品与外国文学的关系》，是论题相仿、证据各异、内容相互渗透和补充的姊妹篇，也是如同两位知识结构迥异的学者关于同一话题的“对话录”。在这组论文中，鲁迅的思想和作品被置于与中国传统文化（文学）和外国文学的广泛联系中，获得了深厚的历史的和美学的内容。其思想和作品的独特性和创造性，亦因他对有关中外文化制约因素的勾勒，被引入一个更大的理解结构中而变得更加丰富和清晰。无论探讨其“传统文化的现代化”还是“外来文化的民族化”，王先生始终强调鲁迅在“拿来”过程中主体的创造精神和理性选择的作用，其思想和作品的独创性与广泛的中外文化联系之间的生成和因果关系也因此而得到科学认识。其中，王先生对鲁迅作品尤其是带有议论性质的杂文与“魏晋文章”及古代散文传统的历史渊源关系的分析，关于鲁迅小说中辛亥革命以后四代知识分子形象的索隐性考察，以及关于鲁迅小说体式与《儒林外史》、与中国古典诗歌的艺术功能之关系的研究，均由对鲁迅杂文与英国随笔的类比，其小说之揭发“上流社会的堕落和下层社会的不幸”（鲁迅《英译本短篇小说选集自序》）的主题与俄国、波兰和巴尔干诸小国作品给予的启示，以及鲁迅的讽刺艺术与果戈理、斯威夫特等关系的探讨做了补充。这样，既在鲁迅的思想和作品与中外文化之间建立了一种有说服力的积极联系，又达到了对鲁迅通过与中西文化的交互作用来创建新文化范式的真理性认识，成为鲁迅研究思想库中为大家共享的财富。这一组论文是鲁迅研究史上较早就鲁迅与中外文化关系进行总体考察的优秀成果，其思想的超前和方法的成熟至今令人惊叹。据我所知，王先生研究鲁迅与中外文化关系之在“传统”和“现代”之上寻找其创造性的思路在海外一些学者的著作中已作为一种既定模式在运用，而他关于鲁迅小说中几代知识分子形象的索隐，以及关于鲁迅小说与中国古典诗歌之美学联系的分析，或者经常被人征引，或者已成为被普遍接受的共识，或者甚至在新时期学界和青年人中间作为某种“共名”现象而存在。考虑到这种巨大的影响，我想在鲁迅研究史上，王先生的名字是会首先与他对鲁迅和中外文化关系，尤其是和中国传统文化关系的研究相联系的。

从事物的广泛联系中考察对象的特性，这一方法同样也贯穿在王先生的鲁迅作品研究中。他尤其注重对作品本身内含的思想和美学意义的开掘，这或许与他的教师职业有关。事实上，他最初一批鲁迅研究成果就散见于作为教材的《中国新文学史稿》中，后来改写为《鲁迅和中国新文学的成长》一文；《谈〈呐喊〉〈彷徨〉》也含有教材的特色。他研究作品的考察单位往往与鲁迅自己除杂文以外的作品的编集、分类相合，这与其说出于单纯的习惯，毋宁说是文体所负载的作品内容的规定性对主体选择的某种制约。他显然注意到不同文体与鲁迅思想的不同方面的对应关系，如在《论〈朝花夕拾〉》中就曾指出其“总的构思”和“写作意图”不同于杂文的性质。确实，文体选择对于作家从写作意图到作品效果的转换很重要。大体而言，鲁迅的三个小说集较多地负载着他社会承担和文化承担的内容，散文诗集《野草》更多表现的是属于个人和超越性的内容，而《朝花夕拾》则充满鲁迅青少年时期的人生回忆和“有关中国的风俗和琐事”。这一选择事情虽小，从中却可以窥知王先生观察之敏锐和体会之深微。他对鲁迅作品的思想和美学意义的创造性阐释，就建立在对促成作品特性的各种文化、时代、语言等关系的宏观把握和对产生作品独特效果的精微体察之统一的基础之上。也正因此，使他能够抛弃一般人难以避免的解释鲁迅作品的先验性，自觉抵制以既定的意识形态“结论”来剪裁作品的不良学风。

王先生在鲁迅作品研究方面的独特贡献主要表现在对《野草》《故事新编》和《朝花夕拾》的研究上。《野草》是学界公认的难治之作。这不仅因为其中蕴含着足够的不合当时意识形态塑造的学术事实，而且因为它暴露鲁迅的个人性和超越性内容最多，反映鲁迅与20世纪现代思想和文艺的对话内容也最多。其表述和传达方式也一反其小说写作“力避行文的唠叨，只要觉得够将意思传给别人了，就宁可什么陪衬拖带也没有”[1]的宗旨，充分运用隐喻、象征、典故、反语，极尽曲折地表达了其个体生命体验的矛盾和焦虑，小说

[1] 《南腔北调集·我怎样做起小说来》。

和杂文中相当清晰的思想内容，经过其个体生命体验的三棱镜的折射，显示了更加丰富和复杂的色彩。王先生的《论〈野草〉》写于“文革”前的20世纪60年代初，现在不少人尚能记得发表当时所引起的震动。他以较开放的心态直面长期为人们所讳言的鲁迅思想和情感的矛盾性和两面性，用1925年鲁迅给许广平信中所说“人道主义与个人主义这两种思想的消长起伏”为纲进行分析，尽量顾及鲁迅从20世纪初到《野草》时期所受外来思想的影响，虽然在具体论述上仍有迁就时代之处，但毕竟把有关研究从一个僵硬的模式中初步解放了出来，在恢复鲁迅的人间形象的过程中迈出了第一步，也为新时期成就斐然的《野草》研究奠定了一个较好的基础。王先生的《故事新编》研究则尤见功力和创造性。如果说新时期的鲁迅作品研究的学术“记录”大多由中青年学者所创造（如《呐喊》《彷徨》研究之于王富仁、汪晖，《野草》研究之于孙玉石、钱理群），那么关于《故事新编》和《朝花夕拾》研究的最高“记录”则仍由王先生这样的前辈学者保持着。个中原因颇耐人寻味。《故事新编》与《野草》被并称为鲁迅研究的三大难点之二（另一难点为鲁迅早期的文言论文），有的学者甚至认为《故事新编》研究的难度超过了《野草》，这很有道理，因为经过了近六十年鲁迅研究的历史，它是唯一一部迄今争论不休且其争论一直停滞在研究的较浅层次——如作品的属性、创作方法等——的作品。王瑶先生的突出贡献表现在对公认的难点——“油滑”问题的创造性解决上。他认为，“就《故事新编》的写法来说，它既然是鲁迅的一种独特的创造，我们就应该从实践效果上看它是否成功，以及考察作者这种创造性探索的历史渊源和现实根据，并对它作出一定的评价”（《〈故事新编〉散论》）。

基于这种对艺术创造原则的尊重，他从作家的写作意图、文体的美学功能和作品效果的既区别又统一的角度，探讨了“油滑”手法与中国戏曲——尤其是鲁迅十分喜爱的绍兴戏和目连戏——中丑角艺术的内在联系，又把它与德国表现主义戏剧家布莱希特的“间离效果”理论相连，科学地论证了它在鲁迅作品和艺术史上的意义，从而说明了“现代美学准则如何丰富了本国文学的传统原则，并产生了一种新的结合体”以及“使鲁迅成为现代世界文学上这种流派的一位大师”（普实克语）的缘由。实际上，这样一种研究是可以作为研究鲁迅与中外文化关系的典型范例来理解和学习的。至于《朝花夕拾》，尽管读者十分喜爱，但关于它的研究却比较冷落。王先生所写的最后一篇鲁迅研究论文以它为研究对象，不能不说另有一种意义。他认为，鲁迅之所以“把这些自己感受最深的经历写出来”，是要它作为青年的一面镜子以资借鉴的，因为中国社会上的思想、习俗，以及人与人之间的关系，仍然乌烟瘴气，改进不大。鲁迅要对它进行批判，就必须找到一个有别于杂文的评价尺度。而《朝花夕拾》的思想性，便首先表现在“它是以儿童的天然的、正常的兴趣和爱好作为对人和事的评价尺度的，它提供了一个关于风俗、琐事和人物的美丑的价值观念”（《论〈朝花夕拾〉》）。这种未受利害和文化偏见侵袭的儿童的评价尺度的使用，使得《朝花夕拾》的批判有别于杂文的尖锐、严峻而显得温和、调侃，由此他又联系鲁迅所译的厨川白村《出了象牙之塔》中关于Essay（随笔）的论述，探讨了它的“幽默和雍容”的风格，使我们充分认识了鲁迅关于小品文之认识的复杂性和层次感。这些意见对于相对薄弱的《朝花夕拾》研究，都是颇有新意和切中腠理的。

总之，在新中国成立后近四十年的鲁迅研究史上，王瑶先生是一个巨大的存在。尽管其间有近一半的时间并不适合独立的学术研究，而鲁迅研究本身的双重价值取向又撕裂着一元的、单向的学术研究意志，尽管王先生自己也为其从20世纪50年代到80年代的倒马鞍形成绩曲线而惆怅，但作为鲁迅科学治学精神的自觉继承者，他的贡献仍然是巨大的。其中作于20世纪50年代的《论鲁迅作品与中国古典文学的历史联系》、60年代的《论〈野草〉》和80年代的《〈故事新编〉散论》是公认的代表时代水平的超一流“巨构”，即使本文中来不及提到的近一半作品，其意义又何尝小于那些缺乏学术主体精神的鸿篇大论。处于鲁迅研究史上的王瑶先生，受着时代、政治、历史、文化种种关系的制约，肩着学术难以支撑的意识形态闸门，艰难又坦然地走向真理、走向科学，并放学生和青年到更光明、独立和自由之地。我想，作为一个普通的具有学术自觉和天赋理性的研究者，王瑶先生所包含的内容是何其丰富！所孕育的启示是何其生动！对于鲁迅研究的发展，所发布的指令是何其具体！

1990年5月

（原题《某种启示：鲁迅研究史过程中的王瑶先生》，
载《王瑶先生纪念集》，文字略有改动）

记念丸山昇先生

——关于他及当代中国思想

丸山昇先生辞世了，我感到震惊，却不是悲痛。

感到震惊，是因为11月陪王得后老师赴日与会“纪念鲁迅逝世70周年·鲁迅文学的再认识”时，曾四次到医院探望，丸山先生的病正奇迹般一天天好起来，大家都为此而高兴和庆幸。没想到回国后不到两周，他却因不相干的肺部感染而去世了。

不感到悲痛，不是由于“亲戚或余悲，他人亦已歌”的人情物理，而是基于丸山先生遗言不举行葬礼而产生的觉悟：他是一个唯物主义者，他的思想和人格已经完成，他的仁爱、忧戚、信念、希望内含的道德和思想力量，足以让人超越一己个人的悲欢，甚至生死，去到更崇高、更深邃、更久远的地方——他离开了我们，也提升了我们，让我们更接近了他的思想和事业。

不过，丸山先生毕竟离开我们了，一个多月来，我的脑中时时放着关于他的电影，想着他在医院病房跟王得后、近藤龙哉、佐治俊彦、西野由希子、王风、白井等师友交谈的情形，想着松子夫人讲述的他住院期间的趣闻轶事，想着他与鲁迅、与中国、与我们的时代等的关系，他对于当代中国思想的意义。

一　我向丸山先生请教的一个问题

我最早读到丸山先生的文章，是《鲁迅与革命文学论战》（收乐黛云老师编《国外鲁迅研究论集（1960—1981）》），当时在读大学三年级，现在记不清有什么印象了。当年流行的思潮，除了文艺上的现代主义，我自己深深迷醉于尼采、存在主义和马克思《1844年经济学-哲学手稿》美学之中，跟丸山先生的思考其实是隔膜的。在我心中，他只是一个擅长实证考察的、日本的优秀学者而已。

第一次跟丸山先生的文章发生共鸣，是20世纪80年代中后期，当时汪晖刚刚在鲁迅研究界冒头，木秀于林，摧折之风随之刮来。丸山先生在《文学评论》发表文章，我读出其中对刘再复、汪晖等人隐然的声援。那时，我研究生毕业后刚进入鲁迅研究室工作，刚进入所谓“学界”，对当时汪晖的一切文章都发生共鸣，对丸山先生“干预性”的声援自然也产生了亲近感、同志感。如同鲁迅被日本人民视为“国民作家”而非外国作家一样，我也第一次觉得丸山先生并非外国人，他的思考不仅跟中国的学术研究发生着关联，而且和20世纪80年代中国的社会、思想乃至政治变革相关，他是我们自己的人！

后来又读过他批评香港陈炳良教授的文章，越发加强了这一印象，同时对他注重客观性、科学性、历史性的批判风格也有所领会。当时我偏执地认为，凡左翼知识分子，一定是意识形态挂帅的，一定是屁股决定脑袋的，其所可敬重者，只是在其为一切被压迫者代言的立场而已。但丸山先生的批判却展现了一种不同于中国式马克思主义者的理论作风，不同于瞿秋白，不同于陈伯达，不同于周扬，是一种兼具历史性、理论性、分析性、个人性的清明说理的风格。尤其是个人性，我长久以来想不清楚其中的问题，除了毛泽东，为什么中国的马克思主义者那里，其“主义”的共性总是大于其作为人的个性?

丸山先生当时给了我启示，但我仍没能深入理解这一问题。

我第一次见到丸山先生，已经是20世纪的最后一年年末——1999年11月了。当时孙玉石老师安排来访的丸山先生发表《日本的鲁迅研究》，讲演结束后我向他提问，因为那时中国刚经历社会、文化、经济等方面的转型，思想界自由主义和“新左派”进行着激烈的论战，在国外，东南亚被跨国投机资本整得一蹶不振，俄罗斯在叶利钦治下正走马灯一样换着总理玩儿，欧洲则进行着由南斯拉夫分裂导致的血腥战争……我自己感觉，不仅由资本主义和社会主义这两大体制构成的20世纪文明由于苏联的崩溃宣告终结，而且即使在资本主义内部，也似有深刻的变化在发生，但到底是什么，我说不清，以为这关切着未来人类的前途和命运。因此问了丸山先生两个跟他的讲演内容不相干的问题（大意）：

> 中国思想界正进行着自由主义和“新左派”的论争，不知道先生了解不了解详情，如果了解的话，能否谈谈您的看法。
>
> 社会主义实践在20世纪的苏联、东欧失败了，资本主

义似乎取得了胜利，但问题依旧，那么在21世纪，人类的生活有什么新的可能性？历史能给我们什么启示？

这两个问题，丸山先生只做了礼貌性的答复。我自己也很快就忘记了。

2002年10月，我参加在仙台举行的日本中国学会的年会。正式会议之前，有一个更有兴味的“中国现代文学研究者之会”（通称“前夜祭”），代田智明教授和我做了报告。会后餐聚时，丸山先生照例发表了讲话，一开口就把大家逗笑了。原来，那年日本科学家接连获得了诺贝尔物理学奖和化学奖，诺贝尔奖因此成为市民舆论的热点之一。丸山先生开玩笑说，他也准备设一个“昇”奖，专门奖励开会发言言不及义者。在日语中，“昇”（Noboru）和诺贝尔（Nobel）的日译发音（Nobelu）相似。经人翻译后，不懂日语的我也慢半拍笑了，然后就发现大家在注视着我。原来丸山先生的讲话最后提到了我，说在他1999年11月访问北大时，我曾向他提过重要的问题，给他启发什么的。

2005年11月，由北大20世纪中国文化研究中心和日本“30年代研究会”联合主办了学术会议“左翼文学的时代”，有多篇高质量的论文提出，讨论热烈而真诚，会议很成功。在会后的答谢宴会上，优雅温和的松子夫人请及川淳子女士作翻译，特意找到并告诉我我的提问对丸山先生后来一系列思考的意义。去年11月赴日时，见到丸山先生的未完稿《〈近45年の中国と私〉レジユメ》系统回顾他与中国的关系，其中第3节《“文革”後の变化と中国の知識人との交友》回顾他跟中国学人之间的交往和友谊，也提到在北大讲演时

“高遠東氏の質问に好感を持ち感銘受ける”。

丸山先生对提问的重视令我吃惊，其实所提问题没有任何高明之处。之所以费笔墨把它写出来，就是想让大家知道它平平常常的“原形”。丸山先生重视它，或许是它碰巧触动了他的某种思考——情况有点像牛顿思考地球重力时从树上掉落的那个苹果。自打有苹果树这个物种以来，年年都有熟透的果实掉在地上，可由此而参透自然的秘密者有几人呢？我想，大概只有像丸山先生这样关心人类社会的前途、试图以了解历史来把握人类未来命运的仁人智者，才会关切他人偶然兴起的疑惑，并使之内在化为思想。看丸山先生近年来所写的文章和其他言论，我深切地感到了这一点。

二 丸山先生与中国当代自由主义

我给丸山先生提的第一个问题，是想知道他对20世纪90年代末中国自由主义与“新左派”论争的意见。丸山先生简单地说他对这场论战并不了解，就没有了下文。但我阅读他写的文章，尤其是他鲁迅研究的著作，以为二者其实是有关系的。

这关系就体现在对鲁迅的理解上。

中国当代的自由主义者，水平大多不高，其中尤其不高者，喜欢把鲁迅——特别是左倾以后的鲁迅视为敌人，从20世纪30年代到20世纪90年代，到今天，都是这样。他们不能理解鲁迅的革命，倒也罢了；他们自诩为自由主义者，却不能理解鲁迅关于自由的思想，令我百思不得其解。

比如有一本书，题为《胡适还是鲁迅》，要大家从中二选一。但编者朋友可能没想到，“A还是B”的选择逻辑恰恰是极权主义思维的特点，真正的自由主义是不会如此设问的。多元化尤其是价值选择的多元化是自由主义的基本价值和前提，在当今时代，不尊重思想的多样性，不为既有胡适更有鲁迅这些非自由主义的思想资源而庆幸，却逼人去做非此即彼的单选题，这如果不算是极权主义集体无意识在自由主义者那里的遗留，至少也该算是自由主义幼稚病的一种表现吧。

再如有一种言论“鲁迅是属于20世纪的，胡适是属于21世纪的”，大概是从二者发生关联的政治文化着眼的，据说出自我非常敬重的长者之口。但说实话，我多少有些轻视中国当代自由主义，大概就缘于此类高论提问题的水平。对于中国当代自由主义，革命时代的专政似乎成了他们对中国社会主义的全部认识，他们的头脑、情感、立场永远为这一特定阶段的经验所影响、所左右、所控制，以至于对当代中国社会的发展和进步，完全丧失了提出有价值问题的能力，其思想的正当性仅仅依靠被打压而存在：靠责怪中国不遵守跟帝国列强签订的不平等条约说事儿者有之，把做“持不同政见者”当事业者有之，或惊或乍，时乖时张，不能简单平易松弛地融入当代中国的进步进程，恪尽思想之责。

再如一种倾向就是苛责鲁迅20世纪30年代的“左倾”苏联。苏联的崩溃使人做事后诸葛多而且廉价，靠后来解密的档案资料，人们能轻易了解其光明表象背后的黑幕。但从道理上讲，苏维埃政权制度产生于阶级斗争的社会历史意识之中，产生于残酷的革命与反革命的暴力对抗之中，它把这种斗争关系带入新的权力结构（包括外部和内部两面）去专政、去清洗，其实并不难理解和想象，据我所知，苏联的革命者就其原则而言也并不讳言这一点。社会主义体制内同样会存在历史发展的“恶”的内容和形式，这该是马克思主义历史观的题中应有之义吧。在鲁迅对共产主义革命的理解中，也并不回避而是感性地包含了此类内容。马克思主义从来不把自己的追求道德化。要考察鲁迅对苏联的关注，考察鲁迅对中国共产主义革命的关注，我觉得不能不回答这个问题。我们不仅要明白鲁迅当时所知跟你今天的所知不同，而且该明白20世纪30年代的资本主义跟当今的资本主义也不同，该明白社会主义革命和建设的形态的多元性，该明白鲁迅关注苏联、肯定苏联的具体内容是什么，该明白属于历史的就归之于历史，该明白当今苏联体制的失败只是社会主义历史因果的一环而非其基本价值的终结等等。其实反过来看，我们今天难道能肯定当年胡适的政治选择——倾向蒋介石专制政权吗？革命或斗争造成的专制是双向的，革命的左翼如此，反革命的右翼同样如此。热衷于揪鲁迅“左倾”苏联的小辫子者，不知道查过苏联的敌人的解密档案没有，比如纳粹德国的档案，比如日本军国主义的档案，比如20世纪50年代美国麦卡锡时期FBI和CIA的解密档案……其中是否就不存在大清洗或“肃反扩大化”之类问题呢？其实不管“红色恐怖”还是白色恐怖，反映的不过是20世纪资本主义和社会主义处于冷战的零和关系的紧张和敌对而已，所谓苏联的解密档案，其内容也该这样看的。我以为，以苏联体制的解体所代表的苏联社会主义试验的失败，只是社会主义和资本主义之敌对关系的终结而已，早在苏联体制崩溃之前，一种新型的关系不是就在世界其他地方——包括中国——开始了其互相融合的进程吗？

早在20世纪初，中国刚发展资本主义时，就希望能避免资本主义的弊端。而今天，大家依然希望中国的改革能兼取资本主义和社会主义的长处，只是恐怕天下没有这样的好事，而且，我记得钱理群老师开过的玩笑，要是我们兼取了二者的坏处，那可怎么是好！

三　丸山先生与中国“新左派”

“新左派”一词，本由它的论敌称呼，迄今并无一致公认的内涵。在我看来，它大概包括了自由主义左派，以及其他着眼于当代中国社会资本主义批判、试图激活过去中国社会主义建设的某些经验、跟国际上的新左翼思潮有呼应、跟中国自由主义尤其是经济自由主义的改革思路形成尖锐对立的一批人，其内部意见并不统一，水平也参差不齐，汪晖被视为领袖人物。

为什么把丸山先生跟他们联系起来呢？我想，首先因为丸山先生是一个老左派，在丸山先生身上，我觉得蕴含着做左派的方法，值得中国的新左派朋友们学习。

中国的“新左派”，除了其领袖人物，头脑大率简单，其中尤其简单者，往往意识形态挂帅，政治道德判断当家，乃至溺于二元对立思维而拔不出，有时更以感情代替理智、以蛊惑代替批判，不能走出古往今来左派思维的窠臼。

那么中国的左派思维有什么特点呢？在中国革命中，左派虽然是革命的决胜力量，但在思想上，它其实是带着先天不足的：其一，其形态一开始就是激进主义的；其二，其宗旨一开始就着重于革命的动员、组织，而更擅长的对社会的分析和批判的特长却未及发展，因而其本质近于宣传者多，能以普遍学理进行科学分析者少，即使在最杰出的理论家那里，情况也仍然是这样——他们的思想党性大于学术性，革命性大于真理性，这是有别于马克思甚至列宁之处。

因此在现代中国，左翼思维，尤其是注重批判性和分析性的左翼思维并没有得到多少发展。左翼言论，在善尽了其政治批判和革命动员之责，在依靠革命战争的手段取得政权之后，事实上也不再被自己的政权所需要——今天看“反右”和“文革”期间遭受压制的一些意见，明明是左派言论，却被说成是右派言论。也就是说，中国的左翼思维，由于中国革命急于夺取政权的特点，其思想发展是带着某种先天不足的；而后来，由于所建革命政权的专政属性，其批判性和分析性的特长也未及发展，因而后天发育也不良。所以从根本上说，中国左翼思维实乃一种政治思维，一种信仰思维，除了鲁迅等少数异端，它结构性地缺乏客观求真的自我质疑、自我反省、自我批判的性格。

这个问题其实很严重，现代思想就源于理性的自我怀疑，它如果有“原点”的话，我相信理性的自我怀疑就是“原点”——任何思想建构，如果在方法上没有纳入自我怀疑、自我批判的程式，我以为其质量就可能是有问题的。自我怀疑，它昭示的其实是主体的独立，只有纳入它的逻辑，才可能克制政治思维的利益取向、信仰思维的主观性沉迷等等问题而至于真理。我看“新左派”某些朋友的言论，觉得他们对此问题是没有自觉的，他们对社会主义价值的弘扬没有建立在对社会主义历史的自我批判之上。

“新左派”的问题是左翼思维的问题，他们的“左派”虽然

“新”了，左翼思维的问题却依旧。而丸山先生，作为日本的一个老左派，我觉得他是走出了左翼思维——政治思维和信仰思维——的窠臼的。

那么，丸山先生是靠什么方法做到的呢？我以为有三点，一是独立思考，勇于自我质疑，包括对所持价值的质疑；一是实事求是，注重科学分析；一是关注人，关注人的个性价值。

丸山先生这样做，我以为鲁迅的存在给了他启示和方向。在丸山先生对鲁迅的理解——“丸山鲁迅”中，其核心虽然同样是“革命人鲁迅”，但这个“革命人”的个性非但没有被革命者的共性所消灭，反而在与革命的关系中昭显了价值和光彩。这就跟中国左派的理解非常不同。比如对于鲁迅后期的“左倾”“转向”，在瞿秋白的描述中，强调的是其作为革命者的共性价值，所谓“从进化论到阶级论”，是从旧营垒反戈一击、从绅士阶级的逆子贰臣汇入中国无产阶级革命洪流的例子。也就是说，在瞿秋白的内心，鲁迅的个性价值是小于且服务于其作为革命者的共性价值的。而丸山先生对“革命人”鲁迅的描述，注重的却是鲁迅之为鲁迅的那些特点。在鲁迅的一生中，他跟很多思想发生过关系，但任何思想的共性却都无法淹没鲁迅、覆盖鲁迅，因而其中必然存在着某种独特的东西，一种使鲁迅为鲁迅的方法。“丸山鲁迅”正是循此路径而理解、建构起来的一个兼备历史性、科学性和个人性深度的形象。在《革命文学论战中的鲁迅》一文中，丸山先生强调鲁迅接触马克思主义不是为了准备接受它而接触，而是在同它的“格斗”中达到对其本质的把握。“通过这一论争，鲁迅努力要解决的问题是革命与文学，乃至革命与文学者的关系，而非如何接受或者拒绝马克思主义文学论。”

丸山先生生前发表的最后一篇文章《鲁迅逝后70年所想——从白话之争看鲁迅与瞿秋白的异同》（2006年10月19日《赤旗报》，《鲁迅研究月刊》2006年12期译载）中，也能发现类似主题。在“切勿失去复杂与多样的视角”一节，他写道：

> 相对于瞿秋白为了中国革命的胜利必须创造出全民皆懂的“绝对的白话”的信念，鲁迅指出人民教育水平差距巨大的现状。在我看来，两人在这点上的差异并不仅仅涉及语言观，更关涉到对中国和全人类将来的设想，以及基本的思想、历史观等问题。而且，同样的差异并不只发生在鲁迅和瞿秋白两人之间，还发生在胡风、冯雪峰……与晚年鲁迅，以及胡风、冯雪峰等人之间。
>
> 若仅仅看到他们作为所谓马克思主义者的共通性，便容易忽视这二人关系中的其他因素，进而忘却历史，思想，甚至人性本来的那份复杂与奥妙。记住这些，对于重新审视中国的将来，乃至日中关系的远景，都至关重要。

可以说，鲁迅的方法成就了鲁迅，也成就了丸山先生，我当然也希望它能助成中国当代的“新左派”朋友。

以一个左派而言，丸山先生是独特的，正如鲁迅这个左派是独特的一样，其中最重要的，正是他们由自我否定或自我质疑（批判）来揭示问题、确立思想观点的方法。

在经验的层面上，自我否定和自我怀疑其实是痛苦的，它的产生往往与失败或挫折有关；而持续的失败或挫折，当然可能使自我否定和自我怀疑结晶为一种方法。在鲁迅的生平历史中，我们并不难发现这些内容。丸山先生的经验如何呢？我不敢妄说。但我想，大凡志士仁人，大概都能从其社会、民族、历史的波折中隐喻性地产生此类觉悟吧。对作为日本社会良知而存在的左翼一代，他们对日本近代的错误道路的意识中应该是包含了深刻的挫败感的。我知道丸山先生有过反抗的壮举，也知道至今已经符号化的左翼反抗行动依旧微弱地存在着。但我又想，鲁迅和丸山先生们的可贵，并不仅在自我否定和自我怀疑本身，而且在于它背后的主体的能动——如果没有内在的坚持，自我否定和自我怀疑是很容易走向虚无主义的。

举个例子吧，还是拿社会主义说说事儿。因为除了这些宏大的历史、思想的主题，我不能确证丸山先生的挫折感。看他的文章，能够发现他深沉明晰的批判性，不仅对外，也针对其内在的自我信仰；不仅批判日本资本主义，也尖锐批判社会主义（比如斯大林和中国“文革”）的问题，他也是通过与社会主义的“格斗”而拥抱、坚持着社会主义——正是在这里，我体会到了他对自己信仰的热忱。我想，对世界上任何左派而言，在20世纪，有几件大事是无论如何都绕不过去的：像20世纪50年代苏共对斯大林的批判，20世纪六七十年代中国“文革”的发生，20世纪90年代苏联东欧社会主义国家的解体等等，这一系列重大历史事件，不使他们觉得沮丧、挫败、幻灭，进而发生“转向”，甚至陷于“左翼虚无主义”，恐怕也是难以想象的事，这是一般情况。但这种“动辄倒错”的现象，作为人之常情可以理解，作为思想史的课题却非常沉重、复杂：鲁迅在“左联”成立之初就警告过（“左翼”如何容易成为“右翼”），竹内好对日本人的轻易“转向”也有过批判，毛泽东也分析批判过小资产阶级的狂热性和动摇性，所有这些，原因毕竟还是在其“派”的立场未能和其“人”的立场相统一——党派、阶级、性别的立场归根结底是政治性的，而政治性立场基本都是利益诉求的，而以利益为基本诉求的任何思想信仰，一旦利益变异，其内容自然就会发生变化了。

在20世纪50年代苏共批判斯大林时，日本一些人开始为托洛茨基恢复名誉，丸山先生却指出："斯大林批判之后的日本所兴起的托洛茨基主义的‘复权’，再怎么予以善意的评价也只不过是之前作为马克思主义接受的专制形态的斯大林信仰的另一面，是专其负面的扩大再生产，我无论如何也不敢苟同。"（见《革命文学论战中的鲁迅》）当20世纪60年代中国的“文革”吸引了世界上无数左派的眼球时，丸山先生却坚持自己的独立判断，旗帜鲜明地反对。（原来我以为，作为外国人，丸山先生的反“文革”并不难，因为当时苏共、日共都是反“文革”的；后来才了解丸山先生的“文革”批判完全来自独立思考，他既未盲从中共，也不盲从苏共、日共。）20世纪90年代当苏联解体之后，资本主义高奏凯歌，新自由主义甚嚣尘上，21世纪似乎就成为资本主义的世纪，我看到丸山先生的思维依旧，他有焦虑，不幻灭，直面这一新的难题，开始了新的思想的担当。我记得在他近年所写的文章中，多次引用毛泽东“前途是光明的，道路是曲折的”的名句，赋予这句在中国语境中几乎熟烂的话语以新意。有时候，我也胡思乱想：假如鲁迅活在今天，面对这一切会如何思考呢？我不敢肯定丸山先生所想一定就是鲁迅的所想，但二者一定会有不少交通的地方。在今天这个时代，在中国以外，我觉得鲁迅能有这点遗存，其思想方法能得到一定传承和发展，也堪称弥足珍贵了吧。

四 结尾

这一部分本来拟题为“丸山先生与竹内主义”，想讨论一下竹内好在中国的影响及其问题，但无论谈论竹内好还是丸山昇，都非笔者所长，所以就此阙如了。我想提及的只有一点，就是中国学界对丸山先生学术风格的误解。

在不少场合和不少文章中，很多人把丸山先生的学术特点概括为“实证”，而且据此来认识和评价其工作。确实，“实证”——通过史料的考稽堪比查证来建立其观点是丸山先生的基本方法，他的鲁迅研究、20世纪30年代中国研究乃至“文革”研究等著作中，“实证”比比皆是。他以严格的历史研究方法，依靠客观探得的材料，孜孜以求真。依此方法，他填平了“竹内鲁迅”的“玄学”陷阱、校正了中国官方文件的误差、克服着一己信仰可能导致的思想盲点，等等。“实证”，这一基础而又基础的科学研究法，对丸山先生的学术研究，确实有着重要的意义。

但是，仅以“实证”来概括丸山先生的学术特点是远远不够的。丸山先生在一篇文章中也曾自嘲，大意是：说他长于实证，也许就寓有他只会关注微观问题，而没有宏观性视野的贬义吧！情况完全不是那样。在我看来，丸山先生其实是一个思想家，他的任何研究，都遍布着义理的光辉，充满思想之光的透射，对社会、历史、人类前途等远景有着深情的凝视，远非学究气的“实证”可以概括其主要特点的。

那么，该如何理解丸山先生的“实证”呢？一个长于思想和具有深远历史视野的人，而且，主要是对思想性问题感兴趣的人，为什么会以“实证”作为其治学的基本方法呢？我想，一方面，这似可从反面说明，丸山先生所涉研究领域在事实方面存在着多大疑问，需要处处存疑，事事查证，现代中国研究领域恐怕就是这样；另一方面，它会不会也是针对其“论敌”弱点的一种战略呢？比如，对于作为日本战后巨大思想存在而构成丸山先生那一代人压力的“竹内鲁迅”及其内含的理解中国的方法——我称之为“竹内主义”，以历史对哲学，以科学对玄学，以博考实证对玄渺幽思，“实证”确实是颇具克制之效的。不过，话说回来，回想丸山先生的一生，形成“竹内鲁迅”跟“丸山鲁迅”的双峰对峙，该算其心智为日本、为中国、为我们所贡献的一道最美丽的风景吧。

我庆幸这一点。

2007年1月—3月于磨砖居

（原载《鲁迅研究月刊》2007年第2期）

“仙台经验”与“弃医从文”

——对竹内好曲解鲁迅文学发生原因的一点分析

一　问题的提出

近十年来，竹内好的思想借助孙歌的研究介绍，在中国大陆学界产生了很大影响，尤其是对于年轻一代。竹内好的许多重要问题（如他的近代论批判、主体论）是通过他对鲁迅和中国革命的理解提出并接近答案的，他关于鲁迅的构图，因此成为其思想建构的核心之一。

但是，竹内好笔下的鲁迅乃至中国，只是他为了建构其理想的日本现代主体——尤其是日本现代文学的主体——而倾注其主观价值、追求解放的对象，他的鲁迅及中国形象只是用来映照他所理解的日本问题的一面镜子，是十足“竹内主义”的“机能化”视像。它虽不同于明治以来日本近代主体建构中对中国元素的刻意“排异”，但对鲁迅及中国的理解和利用毕竟不是客观的。也就是说，竹内好的鲁迅在一定程度上是以远离鲁迅的历史性存在为特征，以放弃对鲁迅的“实体性”理解为代价的。不少中国研究者似乎不明白这点，对此缺乏足够的警惕，存在把它当作历史的客观认识的危险性。

像鲁迅的文学如何发生，或者说鲁迅文学的“原点”问题，就是一个例子。

在《鲁迅·思想的形成》一章，竹内好把鲁迅文学自觉的产生定在了他在北京蛰居的“绍兴会馆”时期——用竹内的话说是“鲁迅的骨骼”形成在他发表《狂人日记》之前居住在北京的所谓“蛰伏期”。这时鲁迅还没开始文学生活，而埋头于一间闹鬼的房子中“抄古碑”，“呐喊”还没成为“呐喊”，只让人感到正在酝酿着呐喊的凝重的沉默。竹内好问道：

> 我想象，鲁迅是否在这沉默中抓到了对他的一生来说都具有决定性意义，可以称作回心的那种东西。我想象不出鲁迅的骨骼会在别的时期里形成。他此后的思想趋向，都是有迹可循的，但成为其根干的鲁迅本身，一种生命的、原理的鲁迅，却只能认为是形成在这个时期的黑暗里。
>
> 读他的文章，肯定会碰到影子般的东西。这影子总是在同一个地方。虽然影子本身并不存在，但光在那里产生，也消失在那里，因此也就有那么一点黑暗通过这产生与消失暗示着它的存在。倘若漫不经心，一读而过，注意不到也就罢了，然而一旦发现，就会难以忘怀。就像骷髅舞动在华丽的舞场，到了最后骷髅会比其他一切更被认作是实体。鲁迅就背负这样一个影子，度过了他的一生。我把他叫做赎

罪的文学就是这个意思。而他获得罪的自觉的时机，似乎也只能认为是在这个在他的生平传记里的不明了的时期。[1]

基于这一认识，竹内好对鲁迅《呐喊·自序》中关于产生“《呐喊》的来由”——鲁迅自己对其文学如何发生的自述——提出了质疑，其论点是：

1.《自序》是对事实进行追忆的文字，不是“以进入事实里面去的方式在处理事实”（50页），因而其中必定存在着“虚构的成分”。如《狂人日记》产生于“金心异的来访”的说法。

2. 鲁迅关于仙台医专留学时“弃医从文”的故事也不足信，“这是他的传记被传说化了的一例，我对其真实性抱有怀疑，以为这种事恐怕是不可能的。”理由是：

3. 对于“同一件事”，《呐喊·自序》和《藤野先生》中的处理“多少有些差异”——可能“幻灯事件”之前发生的日本同学的“找碴”事件，对其形成文学的“回心之轴”更重要：“幻灯事件和找茬事件有关，却和立志从文没有直接关系。我想，幻灯事件带给他的是和找茬事件相同的屈辱感。屈辱不是别的，正是他自身的屈辱。与其说怜悯同胞，不如说是怜悯不能不去怜悯同胞的他自己。他并不是在怜悯同胞之余才想到文学的，直到怜悯同胞成为连接着他的孤独的一座里程碑。如果说幻灯事件和他的立志从文有关，那么也

[1] 〔日〕竹内好《鲁迅》，见《近代的超克》，李冬木、赵京华、孙歌译，生活·读书·新知三联书店，2005年。

的确是并非无关的，不过幻灯事件本身，却并不意味着他的回心，而是他由此得到的屈辱感作为形成他的回心之轴的各种要素之一加入了进来。”

4.“在本质上，我并不把鲁迅的文学看作功利主义，看作为人生，为民族或是为爱国的。鲁迅是诚实的生活者，热烈的民族主义者和爱国者，但他并不以此来支撑他的文学，倒是把这些都拔净了以后，才有他的文学。鲁迅的文学，在其根源上是应该被称作‘无’的某种东西。”

竹内好对鲁迅文学属性的上述理解，以重构鲁迅自述的“仙台经验”为中心，试图在根本上颠覆鲁迅的自述，但它又与鲁迅创作中——尤其是如《野草》《彷徨》等作品体现的某些精神深刻相连，与鲁迅文学最深处——涉及自我的部分——有着强烈的共鸣。这就造成了复杂性。我想从鲁迅涉及“仙台经验”的文本《呐喊·自序》《藤野先生》入手，联系鲁迅留日时期思想形成的流程，揭示其文学发生的多原点特征；通过理解其个人遭遇和民族历史“经验的同构性”，弄清鲁迅文学的政治性的由来；通过梳理其以《域外小说集》和《怀旧》为中心的翻译和创作活动，理解《狂人日记》之前文学骨骼的形成，以及其中现代性的由来和创造性之所在。

二　《呐喊·自序》中所述文学发生的“来由”

鲁迅对其文学的发生是怎样叙述的？在《呐喊·自序》（1922年12月3日）、《南腔北调集》中《〈自选集〉自序》（1932年12月14日）

和《我怎么做起小说来》(1933年3月5日)等篇，都有大同小异的说明。这些自述，如同他作品结集时作的诸多序跋一样，首先便该在“实体”意义上，把它作为可以实证把握的历史和心理/经验对象来理解。

在《呐喊·自序》，鲁迅劈首就说：

> 我在年青时候也曾经做过许多梦，后来大半忘却了，但自己也并不以为可惜。所谓回忆者，虽说可以使人欢欣，有时也不免使人寂寞，使精神的丝缕还牵着已逝的寂寞的时光，又有什么意味呢，而我偏苦于不能全忘却，这不能全忘的一部分，到现在便成了《呐喊》的来由。

这魂回梦绕、不能忘却的是些什么内容呢？其中包括：

1. 父亲的病与“从小康人家而坠入困顿的”屈辱，这使他“走异路，逃异地，去寻求别样的人们”，最终去了仙台医专学医；

2. 发生了幻灯片事件，导致“弃医从文”。鲁迅的自述是：

> 其时正当日俄战争的时候，关于战争的画片自然也就比较的多了，我在这一个讲堂中，便须常常随喜我那同学们的拍手和喝采。有一回，我竟在画片上忽然会见我久违的许多中国人了，一个绑在中间，许多站在左右，一样是强壮的体格，而显出麻木的神情。据解说，则绑着的是替俄国做了军事上的侦探，正要被日军**砍下头颅**来示众，而围着的便是来赏鉴这示众的盛举的人们。

> 这一学年没有完毕，我已经到了东京了，因为从那一回以后，我便觉得医学并非一件紧要事，凡是愚弱的国民，即使体格如何健全，如何茁壮，也只能做毫无意义的示众的材料和看客，病死多少是不必以为不幸的。所以我们的第一要著，是在改变他们的精神，而善于改变精神的是，我那时以为当然要推文艺，于是想提倡文艺运动了。

3. 出版《新生》失败，之后“感到未尝经验的无聊”，“这寂寞又一天一天的长大起来，如大毒蛇，缠住了我的灵魂了”，“只是我自己的寂寞是不可不驱除的，因为这于我太痛苦。我于是用了种种法，来麻醉自己的灵魂，使我沉入于国民中，使我回到古代去，后来也亲历或旁观过几样更寂寞更悲哀的事，都为我所不愿追怀，甘心使他们和我的脑一同消灭在泥土里的，但我的麻醉法却也似乎已经奏了功，再没有青年时候的慷慨激昂的意思了。”

4. 金心异来约稿，其“毁坏这铁屋的希望”的说辞打动了鲁迅，于是提笔创作了《狂人日记》。鲁迅的文学由是开始，“一发而不可收”。

以上陈述涉及两方面的内容：一是事实，一是对事实的感应和“追忆”。用我自己的话概括，它涉及鲁迅文学发生问题的几个要点：

首先是主体的经验，尤其是屈辱的经验和失败的经验。就前者而言，鲁迅第一次经验屈辱是在故乡绍兴，由家道中落——所谓“从小康人家而坠入困顿”所致；第二次经验屈辱则是在日本仙台，竹内好虽极力强调“幻灯事件”与“找茬事件”的差异，其实就感受屈辱而言，它对鲁迅文学发生的作用是完全一样的。所不同者，只是鲁迅感受屈辱的原因由家而国，而民族：范围在不断扩大，但其结构内核却不变。就后者而言，创办《新生》的失败和回国后遭受的挫折——包括对辛亥革命的失望——对于鲁迅文学性格的形成可能更重要，事实上，鲁迅的文学是他经历了一系列挫折失败之后创造力的某种飞跃或“补偿”作用的产物。没有这些挫折失败，鲁迅留日时期形成的自我肯定和强调反抗的浪漫主义是不会变为五四时期自我质疑、侧重否定性思考的深沉的现实主义文学形态的。

其次是基于这种体验发生的精神上的化学反应——在寂寞、痛苦、怀疑、反省、记忆、忘却之中形成了一种悖论性思维，它是鲁迅再出发的起点。

第三，更重要的是，鲁迅的自我体验与中国近代民族经验的同构性，在鲁迅个人的遭遇中“寓言式”地隐含着中华民族的近代遭遇，与中国近代以来的核心问题深刻相连。这是鲁迅文学之政治性的根源。像竹内好那样把鲁迅的文学视为根源于“无”和“黑暗”的深刻的现代个人主义的文学，并不能完整描述和准确把握鲁迅文学的本质。

总之，鲁迅《呐喊·自序》所述内容，事实层面的，可作客观的实证调查，如“幻灯片”影像的有无，鲁迅的叙述是否存在虚构等等。不过由于条件所限，鲁迅所述其实无法一一验证，这就给竹内好的“质疑”以巨大能量，使之能无视鲁迅传记的“实体性”，致力于主观价值的建构。而对事实的感应和“追忆”——涉及鲁迅心理/经验的部分则不好武断，因为它无法客观化。比如，“弃医从文”的转变发生于鲁迅的内心，无论对它的叙述还是意义的引申，其真伪都是无法判断的：鲁迅的叙述，我们只能讨论它是否真诚，而不能讨论它的真伪。竹内好把矛头指向了《呐喊·自序》的“虚构”——所谓“必定存在着‘虚构的成分’”——但连他自己也不能在实证的意义上讨论这个问题。他所谓“传记被传说化”的推测，对“找茬事件”与“幻灯事件”的辨析，乃至对鲁迅文学“回心”之形成的观点，只是在逻辑层面做文章：他的方法是玄学主义的，建构目标则是文学主义的，是把鲁迅文学发生的真实条件纯化简化之后的一种再创造。

事实上，鲁迅的文学是在近代中国思想和文学的对立、论战条件下发生的：梁启超和章太炎、功利主义和反功利主义、启蒙者和文学者、政治和文学……这些对立项以一种悖论关系凝结于鲁迅文学发生的“原点”。鲁迅的个人经验和国民经验是高度同一的，这是半殖民地人民的无奈，即使其中当真存在“被称作‘无’的某种东西”，也无须把它与鲁迅的其他经验对立起来而将其“拔净”。鲁迅的思想和文学都具有“复调性”，其不同主题、不同经验、不同身份、不同追求之间的关系才是我们要把握的关键。鲁迅的文学是在文学者鲁迅与思想者鲁迅的关系中发生的，思想者鲁迅先于文学者鲁迅出现，鲁迅的文学则是二者结合的一种特殊形式。为竹内好着迷的二元论结构如政治/文学、希望/绝望、虚无/实有、为人生/为艺术等关系只是鲁迅文学借以展开的平台，鲁迅的文学超越了它们又一再为其所制，保持着由此而来的结构性紧张。对我来说，启蒙者和文学者、政治和文学、功利主义和文学主义、为人生为民族或是为爱国的和“在其根源上是应该被称作‘无’的某种东西”，这种种对立都是鲁迅文学本质中不能“拔净”的要素，无论去掉了哪方面的内容，对鲁迅文学的完整性、深刻性、丰富性都是一种伤害。

既然鲁迅的文学是多原点发生的，对于中国的近现代史而言，具有百科全书式的广度和概括性，那么，竹内好为什么要从中提炼和树立一个自我的、文学者的、根于虚无的、有罪的自觉的、反抗政治的、体现了现代性问题深度的绝对现代主义的鲁迅形象来标榜呢？看来，起作用的是竹内好自己的价值和出发点。

三　对竹内好曲解鲁迅文学发生原因的分析

竹内好曲解鲁迅对其文学发生原因的自述，对鲁迅文学的原点提出假设，其“生平传记中晦暗不明的时期”当然是他理想的施展拳脚之地，因为此时此地的“黑暗”“虚无”，不仅连结着鲁迅的《野草》《彷徨》和《呐喊》中的部分作品，而且连结着西田几多郎的哲学和日本浪漫派的近代课题。而《呐喊·自序》陈述的事实因为阻碍着竹内的假说，它当然得被相对化——说到“虚构”，竹内好的假说其实比鲁迅的自述更纯粹是创作："弃医从文”的戏剧性，就其“虚构”的程度而言，是远远不及竹内好笔下关于鲁迅文学“回心”产生的那个神秘意境的。

鲁迅的文学，作为第三世界文学现代性的代表者，作为第三世界现代经验——遭受屈辱、进行启蒙主义和民族主义相扭结的文化抵抗、追寻真正的独立和解放之路——的杰出表达者，其与西方现代的连结方式，与中国传统的连结方式，与中华民族现代的连结方式，尤其是以一己个人承担“被现代”的苦恼而从人生虚无和黑暗中再出发的精神掘进，其中隐含的德国新浪漫派及章太炎的文化浪漫主义的课题等，无论对于竹内好的近代论批判还是主体论，都是一个致命的吸引。竹内好是以自己的生命和全部价值拥抱并重铸了鲁迅。

竹内好通过鲁迅来对日本近代主义进行批判，进行其关于近代文学主体的价值构图，这种构图是借助把鲁迅分割为启蒙者和文学者、爱国者和孤独个人等的对峙，再强调文学者、个人等对立项乃是鲁迅的根本和出发点来实现的。由于鲁迅的思想和文学有多重身份复合的特征，是所谓“文学家、思想家、革命家”的三合一，竹内好不得不面对其“实体”的多样性和复杂性，除了那个符合其价值理想的孤独个人的文学者鲁迅，他的鲁迅构图还必须容纳爱国者的、启蒙者的——跟近代以来中华民族命运发生关联的“民族魂”的那个鲁迅，怎么办？竹内好自有高招，他是通过一种特别的方式——所谓矛盾的“同义反复的解释结构”（子安宣邦语）来解决的，像鲁迅文学中启蒙者和文学者的关系，就被表述为“文学者鲁迅无限地生出启蒙者鲁迅的终极之场”；鲁迅的政治性，也被解释为一种文学性的“反政治的政治性”。

这种文字游戏式的解决能否视为真实的解决？我以为它反映的其实是竹内好的矛盾和困境。当他避开鲁迅文学存在的历史性，作玄学主义和文学主义合一的凝神观照时，虽解放了自己，也因与鲁迅文学中涉及自我的部分产生高度共鸣而具备了解释力，但对于鲁迅思想文学的完整性却是一种伤害。竹内好自己也省悟其构图并不能完全容纳鲁迅的思想和作品，比如《关于作品》第四节对于《故事新编》的讨论，就流露出他的困惑。其实，探讨“文学者鲁迅的文学自我之形成原理”，抛开或割裂启蒙者的、爱国者的、政治的、革命的、为人生的、与中国近代史深切连结的“民族魂”的一面，未必是正确的方法。让鲁迅的文学从属于政治固然不对，让鲁迅的政治从属于文学也大可不必。鲁迅的文学和政治虽然存在密切关联，但却各具独立意义——文学家的鲁迅并不能完全替代或取消知识分子鲁迅的意义。

就鲁迅文学的发生问题而言，竹内好忽视思想者和文学者鲁迅的独立意义是不应该的。他对此问题的理解，只专注于鲁迅写作《狂人日记》之前的"绍兴会馆"时期，凝神于鲁迅的黯淡叙述，几乎完全忘记鲁迅留日时期完成的著作，无视文言小说《怀旧》的存在，无意于《狂人日记》来龙去脉的历史追踪，不顾思想者鲁迅早于文学者鲁迅形成的事实，这使他的有关解释不够结实。他的鲁迅构图，我们如果不把它视为一种十足"竹内主义"的"机能化"视像，视为一种主观价值的投射，而是误以为它就是鲁迅的客观的历史形象，就会出大问题。事实上，"竹内鲁迅"这笔遗产在竹内好的日本继承者那里早有好的表现，竹内好的一些问题早已得到有效的修正。比如，丸山昇的鲁迅研究以历史主义的方法纠正了"竹内鲁迅"过于强烈的玄学性格，还原了鲁迅"革命人"的一面，就政治和文学的关系有着较竹内好更切近历史实际的理解；伊藤虎丸则执着于竹内好近代批判的思维，将其玄学主题历史化，他对鲁迅留日时期思想的形成跟当时日本流行的西欧思想和文学之关系的探讨，所谓"原鲁迅"命题的提出，都可以纠正竹内好玄学主义的想当然，即使是关于"罪的自觉"的探讨，似乎也因其基督教信仰更具亲切感和可信性；木山英雄则立足知识者个人阅读的立场，进入鲁迅思想和作品的深处，探讨鲁迅之为鲁迅的那些元素、方法、逻辑、风格，对鲁迅的思想和文学深有了悟，别有会心，可谓发掘鲁迅文学价值方面的竹内好的最佳继承者，其感性、知性、理性并用的方法，有力地消除了“竹内鲁迅”的神秘性，在竹内好开创的鲁迅研究格局中把鲁迅研究带入了另一种胜境。

四 “仙台经验”的完整性

“仙台经验”不只促成了鲁迅的“弃医从文”，促成了鲁迅一生最重要的转折，而且使鲁迅的个人经验与家国之恨刹那间合一，整合为再出发的前提和条件。但何谓“仙台经验”？是否只有唤醒其作为中国人的自觉的“幻灯事件”和“找茬事件”才代表鲁迅“仙台经验”的本质呢？其实不然。阅读《呐喊·自序》和《藤野先生》可知，所谓“仙台经验”，除了负面的“找茬事件”和“幻灯事件”，还包括鲁迅的“随喜”日本之心，以及跟藤野先生的结识——这四者合在一起，才是鲁迅“仙台经验”的完整表述。这两方面内容在竹内好讨论“仙台经验”之于鲁迅文学的发生时完全被忽略，鲁迅“随喜”日本之心的消失和藤野先生作为民族国家体制超越者的意义，并未纳入有关讨论，这很可惜。我以为，它作为鲁迅“弃医从文”时间链条上重要的一环，涉及鲁迅在仙台医专时期“清国人”身份的认同情况，跟鲁迅文学发生的问题息息相关，值得我们关注。

鲁迅的“随喜”日本之心，见于《呐喊·自序》的叙述：

> 其时正当日俄战争的时候，关于战争的画片自然也就比较的多了，我在这一个讲堂中，便**须常常随喜我那同学**

们的拍手和喝采。

所谓“须常常随喜”，虽然不无适应环境之意，带有某种被动性，但它并未刺激鲁迅的民族自尊心，像“找茬事件”中关于“中国是弱国，所以中国人当然是低能儿，分数在六十分以上，便不是自己的能力了”的激愤反应，像“幻灯事件”所导致的“弃医从文”的严重转折，在这里并未产生。而鲁迅的“随喜”日本同学，主动抑制、隐蔽“中国人”立场、身份的情况，在日俄战争期间，倒是带有某种历史的真实性的。

1904年2月10日日俄战争爆发时，鲁迅尚在东京，曾跟同学陈师曾议及此事[1]。据周建人回忆，当时有日本人看出鲁迅是中国人，走过来跟他讲中国话，鲁迅总装着不懂。也有的人讥笑鲁迅：“为什么不回去流血，还在这里做什么？”有一次甚至在路上发生了冲突[2]。这些挑衅跟鲁迅在仙台的经验比起来，按理说更能刺激人，但鲁迅却并无激烈反应。

今天我们都知道，日俄战争是列强在中国土地上争霸的帝国主义战争，它的发生代表着中国国权沦丧、人民涂炭的耻辱，激发的是民族主义情绪。但在当时，清政府却宣布“严守中立”，舆论界和鲁迅的同学中颇有人站在日本一边，认为它是“同文同种”的“亚洲人”对欧洲人的战争。蔡元培在上海创办《俄事警闻》日报，就“袒日抑俄”，鲁迅曾予以批评，忠告他们不可以“同文同种”欺骗

[1] 沈瓞民《鲁迅早年的活动点滴》，《上海文学》1961年第10期。
[2] 乔峰（周建人）《略讲关于鲁迅的事情·关于鲁迅的片断回忆》，人民文学出版社，1954年。

国人[1]。但不管怎么说，把日俄战争视为亚洲人与欧洲人的战争，在当时中国、日本乃至西方，都是大有人在的。像列宁在《旅顺口的陷落》（1905年月1日）中一方面从阶级斗争观点评价其意义，视其为“新旧资产阶级世界之间的战争”，一方面也把它视为亚洲“对反动欧洲的一个打击”[2]，是“亚洲战胜了欧洲”[3]。看起来，当人们以类似“亚洲”“欧洲”这样的大区域概念思考问题时，区域或文明的“共同感”确实是可以弱化乃至转化其“民族国家”的身份认同感的。

鲁迅“随喜”日本同学的“拍手和喝采”，也许尚存感奋“日本维新是大半发端于西方的医学的事实”之意，但身处仙台这一日俄战争时期罹患着军国主义高烧的城市，不断的祝捷会、提灯游行、“日俄战争教育幻灯会”的种种活动，尤其是1905年9月发生的“找茬事件”和1906年1月发生的“幻灯事件”，终于使鲁迅的“医学救国”梦破灭，彻底消散了“随喜”之心，走上“弃医从文”之路。

跟藤野先生的结识则是鲁迅“仙台经验”中具有境界提升和道德超越作用的大事。对于“清国”留学生周树人，藤野先生毫无势利之心，平等待人，认真督责，其作为民族国家体制超越者的精神长久地感召着“弃医从文”的鲁迅，可以说，在离开仙台之后，藤野先生在鲁迅心中才确立了其超越解剖课老师的精神导师的重要位置：

[1] 乔峰（周建人）《略讲关于鲁迅的事情·关于鲁迅的片断回忆》，人民文学出版社，1954年。
[2] 《列宁全集》第8卷，人民出版社，1987年，第135页。
[3] 《〈旅顺口的陷落〉一文提纲》，出自《列宁全集》第8卷，人民出版社，1987年，第368页。

但不知怎地，我总还时时记起他，在我所认为我师的之中，他是最使我感激，给我鼓励的一个。有时我常常想：他的对于我的热心的希望，不倦的教诲，小而言之，是为中国，就是希望中国有新的医学；大而言之，是为学术，就是希望新的医学传到中国去。他的性格，在我的眼里和心里是伟大的，虽然他的姓名并不为许多人所知道。

五 《域外小说集》的重要性

《域外小说集》是鲁迅“弃医从文”的结晶之一，虽然当时影响不大，但其中却透露着鲁迅文学发生的媒介要素，鲁迅说他写《狂人日记》，“大约所仰仗的全在先前看过的百来篇外国作品和一点医学上的知识”[1]，其实还应加上文言小说《怀旧》的练笔——这篇主观化的抒情讽刺小说已内含了与传统的断裂及“20世纪初欧洲文学的最新潮流”[2]。这“百来篇外国作品”到底指哪些作品？我们无法确定其具体内容，不过，根据鲁迅的描述，大致包括他翻译介绍“尤其注重的”短篇，“特别是被压迫的民族中的作者的作品”：

因为所求的作品是叫喊和反抗，势必至于倾向了东欧，因此所看的俄国，波兰以及巴尔干诸小国作家的东西就特别多。也曾热心的搜求印度，埃及的作品，但是得不到。

[1] 鲁迅《南腔北调集·我怎么做起小说来》。
[2] 〔捷克〕普实克《鲁迅的〈怀旧〉——中国现代文学的先声》，见乐黛云编《国外鲁迅研究论集（1960—1981）》。

> 记得当时最爱看的作者，是俄国的果戈理（N. Gogol）和波兰的显克微支（H. Sienkiewitz）。日本的，是夏目漱石和森鸥外。

这样的眼光和趣味在《域外小说集》以及后来翻译的《现代小说译丛》《现代日本小说集》中都可以发现。

值得注意的是，《域外小说集》共收小说37篇，鲁迅译了三篇，为俄国安特莱夫《谩》《默》和俄国迦尔洵的《四日》，但这些却并非“叫喊和反抗”之作，而是直面现代人内面生活本质的“神秘幽深”之作，无论为启蒙或为宣传，似乎都与鲁迅的陈述不符，为什么会这样？它们与鲁迅后来的小说创作有什么深层联系呢？

我以为这正是鲁迅小说的深刻性和复杂性的来源之一，鲁迅的文学如果有“原点”的话，那一定是多“原点”的，其思想和文学的“原点”都不止一个，其作品因而成为多原点的复杂关系的产物。就其小说所寄托的文思而言，虽然鲁迅抱持启蒙主义“为人生而且改良这人生”的立场而写作，之后关于其创作的说明也多强调其为社会、为公众的方向，但在《域外小说集》的翻译中，表现现代人内面生活本质的“神秘幽深”之作——安特莱夫和迦尔洵的作品对他却更具吸引力。可以说，鲁迅的文学起点一开始就不是单纯的，为民族的和为个人的、为社会的和为自我的、涉及宏大历史叙事的和有关精微的内在精神病理的，这些错杂乃至相互矛盾的内容，一开始就并存于鲁迅文学的深处。近年来严家炎、吴晓东讨论鲁迅小说的“复调性”[1]，我想，其源头可能正是隐藏在这里吧。以《狂人日记》为例，大家都知道果戈理《狂人日记》（1835年）是鲁迅《狂人日记》的来源之一，但只要对照一下就会明白二者的差异：果戈理的《狂人日记》只是在现实主义的构架中讲述一个寓意单纯的故事，写一个替科长修鹅毛笔的小书记，单相思爱上了上司的女儿，进而发花痴的心理状态；鲁迅的《狂人日记》却在现实主义的情境中寄托着复杂的象征，以“被迫害狂”患者惊人敏锐的感受浓缩中国文化的“吃人”性，其中“尼采的渺茫”有之，安特莱夫的“神秘幽深”有之，鲁迅自己的“忧愤的深广”有之，在这篇小说中，多种声音多种立场并存，思想性的批判与文学化的深切表现完美地结合到了一起。

《域外小说集》是鲁迅小说的媒介之一，也是鲁迅文学骨骼成长史的重要一环。在对古今中外思想文学的学习和超越中，在对自己民族和个人生命的自觉和反省中，鲁迅的文学骨骼慢慢长成了。这一过程虽然有波折起伏，有挫折创伤，不乏戏剧性，但它确实与竹内好笔下绍兴会馆那个神秘诡异的玄渺意境关系不大。

2005年9月草于磨砖居

2007年3月改毕

（原载《鲁迅研究月刊》2007年第4期）

[1] 如严家炎《复调小说：鲁迅的突出贡献》，《中国现代文学研究丛刊》2001年第3期；吴晓东《鲁迅第一人称小说的复调问题》，《文学评论》2004年第4期。

经典的意义

——鲁迅及其小说兼及弗·詹姆逊对鲁迅的理解

写下以上题目，我的心有点发虚。有关经典的纷繁观念、对鲁迅及其作品的洋洋解说，当代中国的文化问题有点夹缠不清地相互交织着，造成理解鲁迅及“五四”一代人作为精神遗产和价值资源留给我们的思想和作品的特殊困难。有感于当代青年读者中浮躁凌厉的“超越鲁迅”和“消解经典”之声，我反躬自省自己阅读鲁迅作品的经验。

鲁迅的著作无疑是中国现代思想、文学、学术的经典性文本。迄今为止鲁迅一代人所以给人“高山仰止”的印象，并非仅仅因为我们采取了与他相同或相近的考察问题的视角，比如“立人”问题（王得后）、反封建思想革命问题（王富仁）、“反抗绝望”或“绝望中的抗战”的人生哲学问题（钱理群、汪晖）等；倒是更可能在于鲁迅进入和涉及现代思想、文学、学术等领域的问题的深度和广度无人企及与中国文化病症依旧之故。鲁迅成为经典意味着鲁迅式的问题——包括提出问题和解决问题的方式——成为经典，而这又势必与鲁迅式问题的历史化和理解的抽象化、符号化、象征化倾向密不可分，从而造成鲁迅与中国文化问题之间的某种距离或裂痕：印制精美的《鲁迅全集》分身为各种不同阐释性著作的事实，似乎就强调着作为经典的鲁迅的价值的分裂和流失，预示着将精英文化移向与之截然不同的大众文化的权力领域所遭遇的问题和困难。

我们确实常常在伟大书籍与《健康指南》之间、在全集与选本之间、在社论与副刊之间进行选择。记得在图书馆翻阅《新青年》，眼睛往往中途溜号去看上面的英语词典广告和关于一滴精液等于七滴血液之类的养生小品。既然我们每时每刻都能接触大量不同的文本，为什么偏要求助于经典？或者反过来说，经典的作用何在？难道真的值得每一次文化运动将它视为一种声讨的对象或背叛的坐标？难道不同文本的矛盾可以等同于不同文化的矛盾？我们当然知道一种经典就是一种独特的话语实践，而不同话语实践之间的历史关系又是思想史、文学史、学术史关照的对象；我们也知道鲁迅及“五四”一代人建构中国文化之“现代性”的努力筑基于对所谓“《三坟》《五典》，百宋千元，天球河图，金人玉佛，祖传丸散，秘制膏丹”等传统权威的反抗和清理之上；我们还知道经典在文化秩序中的基础和建筑作用犹如它那质朴、典雅、尊严、自律的书籍形象一样坚稳而昭明。问题不仅在于大众文化和精英文化的话语差异，也不仅在于它享有话语权力的分量，不同的历史、文化等时空因素——甚至进入问题的不同方式都可能赋予经典不同的意义。

一个例子是鲁迅小说的经典化过程。那些堪称现代文学典范的作品，在20世纪20年代文坛只是作为“算是显示了‘文学革命’的实绩”[1]而谦逊地存在着；以后随着时代及文学运动之建构现代性的“语境”的日渐展开和中国革命之意识和存在的一体化进程，鲁迅小说的思想和艺术的丰富性日渐为人们所认识，它不仅成为“中国文学现代化”的先锋性和奠基性作品，而且由于被引入一个更广大的社会和历史的理解结构而合乎事实和逻辑地成为一种关于中国革命的意识形态，成为论证中国革命之合理性和合法性的文学化的社会文献，成为反映中国新民主主义政治革命或者反封建思想革命或者广义的文化革命的一面“镜子”，成为后人无法超越“须仰视才见”的现代文学经典。自然，这一过程本身就是历史的产品，而且始终处于一种文本与语境的相互质疑和相互启发的辩证作用之中，但不管它曾作为被攻讦的对象抑或作为被崇奉的圣迹和教义，它毕竟因与不同话语领域或与不同理解结构的“交往”而获得了新的意义生命。

在《在现代中国的孔夫子》中，鲁迅曾不客气地嘲讽过孔夫子的“摩登化”和“敲门砖化”。细察经典的复杂的历史“重现”节目，我们不能不承认这其实是其人文遭遇的一种常态。在文本之外，那种力图通过“移情”来还原历史或本土经验而把握经典的本质的努力，到底在多大程度上不同于一个外行或居心叵测者僭取其内在话语权力的心智策略？适当的度似乎很难找到。在今天，既然20世纪20年代末出自如钱杏邨或高长虹等青年之口的“鲁迅的时代已经过去”的声音仍在回响并日渐成为事实，其作为文学家、思想家、学者的存在似乎只具有经典的、博识的和象征的意义，他的小说所

[1] 《且介亭杂文二集·〈中国新文学大系〉小说二集序》，《鲁迅全集》第6卷，第238页。

呈示的批判沉默国民灵魂和召唤中国革命的图景似乎已定格为一幕幕已上演过的历史剧，像《呐喊·自序》中陈述的介入文学的方式，那种兼顾政治、文学、社会和文化使命而写作的方式以及对人类、民族、世界的人道关怀……这些促成鲁迅经典化的因素，随着社会文化结构的转型及对所谓后现代社会和文化经验的移植，其作为一种话语规范正渐渐隐入一个新的传统之中。同时，鲁迅的思想和文学作为文化革命的经典，作为象征中国现代写作精神的一般符号，作为超越性的、有资格“乘桴浮于海”的中国知识和现代智慧，正日益从历史和当代“语境”中脱离出来，获得一种自足的普遍性。

国外的研究可以为理解植根于中国问题的鲁迅及其作品的经典形象提供一个参照。在我看来，日本竹内好、捷克普实克、美国李欧梵等人的工作是不同历史、文化及问题背景下的观点与普遍学术精神的结合和体现，无论作为反映东方伟大文化对于所谓“西方化”历史进程的挫折感和反抗性回应的“亚洲经典”，还是作为中国共产主义革命和中国现代文学具有欧洲渊源的民族文本，还是作为具有普遍意义的考察传统与现代的价值转换和文学创造力发挥的精微的学术典范，不同认识坐标的腾挪变化导致鲁迅及其作品的意义的不断丰富和复杂呈现。不过，20世纪80年代对于鲁迅小说的阐释，就观点的创造性和问题本质而言，可能莫过于美国学者弗·詹姆逊《跨国资本主义时代的第三世界文学》[1]中的观点富于启发和令

[1] 詹姆逊《跨国资本主义时代的第三世界文学》（“Third-world Literature in the Era of Multinational Capitalism”, *Social Text*, No.15, Fall 1986），中译文最早刊登于1989年第6期《当代电影》（张京媛译），1993年第4期《鲁迅研究月刊》亦刊有题为《鲁迅：一个中国文化的民族寓言——第三世界文本新解》（孙盛涛、徐良译）的节译并由1993年第9期《新华文摘》转载。另外，本文所引译文除特别声明外均引自张译。

人质疑了。

这篇曾产生了广泛影响的论文可以视为一种充满疑问的语境的产物。不管它是否感应着近年美国学界对“西方中心论”的学术传统进行反省的思潮，作者所持的美国式个人主义的马克思主义立场，他对美国大学基于西方经典而形成的人文规范和基于文艺复兴以来的个人主义的统一自我而形成的“中心主体”的文化传统的反思，对西方资本主义——第一世界的文化矛盾和分裂状况的严重焦虑，以及人文研究中建立世界文学的话题重新提出等等，这种种情况已足以构成其解读鲁迅小说——作为非（西方）准则形式的第三世界本文的语境的复杂性。在很大程度上，鲁迅及第三世界知识分子问题是被作为当代第一世界文化病症的反命题提出的。詹姆逊有感于以第一世界文化为中心的价值观无视第三世界文化的独立自主性，即它们以不同的方式与第一世界的文化帝国主义进行生死搏斗的事实，坚持阅读第三世界经典对于文化研究——在世界资本主义总制度里的旧文化基础上强有力地工作着的势力——的必要性和重要性。他认为第三世界的文化生产和文化形式自有其特征，“所有第三世界的本文均带有寓言性和特殊性：我们应该把这些本文当作民族寓言来阅读”，因为“第三世界的本文，甚至那些看起来好像是关于个人和利比多趋力的本文，总是以民族寓言的形式来投射一种政治：关于个人命运的故事包含着第三世界的大众文化和社会受到冲击的寓言。”鲁迅的小说被视为体现这种寓言化过程的最佳例子。

詹姆逊非常重视鲁迅小说表达力之文学与政治的“寓言式共振”的特殊效果，在他看来，尽管寓言形式在西方受到怀疑，而且曾是华兹华斯和柯勒律治浪漫主义革命的特殊目标，但它作为一种语言结构在当代西方文学理论中则经历着复苏。这是因为寓言的精神深刻而间歇地存在着，“它充满了分裂和异质，带有与梦幻一样的多种解释，而不是对符号的单一的表述”。其表意过程始终处于一种复杂的动态变化之中，尤其是第三世界的寓言结构还表明一种不同于第一世界的政治与利比多动力之间的关系。对于《狂人日记》，他认为“倘若体会不到本文中寓言式的共振，我们就很难适当地欣赏鲁迅本文中的表达力量”。毫无疑问，这个“吃人”寓言中的“吃人主义”——礼教等中国传统文化的价值机制——作为“寓意”显然比文本字面意义更有力和容易感受，因而“吃人”并非精神幻觉，在寓言的意义上它“是一个社会和历史的梦魇，是历史本身掌握的对生活的恐惧，这种恐惧的后果远远超出了较为局部的西方现实主义或自然主义对于残酷无情的资本家和市场竞争的描写，在达尔文自然选择的梦魇式或神话式的类似作品中找不到这种政治共振。”对于《药》，他适宜地强调了鲁迅因不满中医而学西医，最终选择文化生产——詹氏令人可疑地认为主要是进行政治文化的阐释——这种比政治药物更有效的形式的背景，把小说视为一个体现“第三世界本文中个人和社会经验里的利比多与政治因素之间的密切关系”的范例。在这类涉及利比多、医学、政治、国家暴力和民族愚昧的故事中，叙事的象征意义不能作一般化的理解（例如把性欲和政治对等起来），“在这里，叙事是相互联系和影响的一套环扣——医疗上的吃人主义、家庭背叛和政治倒退最终在贫民墓地上相遇。”而《阿Q正传》则被用来说明寓言的容纳力，“它能引起一连串的性质截然不同的意义和信息”。对读者而言，“阿Q是寓言式的中国本身”。然而那些“欺压他的人——那些喜欢戏弄像阿Q一样的可怜牺牲品，从中取乐的懒汉和恶霸——也在寓言的意义上是中国。”这种能够同时容纳多重解释的寓言结构与西方传统的寓言范畴——那种一系列复杂人物与典型以一对一的相应关系所达成的表意过程的一维见解大相径庭，表现出“寓言指涉的‘游离’或转移”的特性。鲁迅式的寓言结构与西方的寓言结构（如19世纪西班牙B. P. 卡多斯的小说）不同，在西方的民族寓言中，“寓言结构远远不使政治和个人或心理的特征戏剧化，而趋向于用绝对的方式从根本上分裂这些层次”，令人难以感到寓言的力量，除非人们相信政治和利比多之间存在深刻的分歧。在这种对鲁迅小说的“寓言式共振”的效果包括对故事中的利比多、寓言结构、由故事的双重结局所引发的对未来的看法及鲁迅作为第三世界文化生产者的作用的关注中，其实显示了作者对第三世界文化生产的本质——表现为作为文化动力的“个人和社会经验里的利比多与政治因素”的交互作用——的认识。不过问题在于，这种“寓言式（政治）共振”的艺术效果到底在多大程度上能由鲁迅创作的个人本质一跃而为第三世界文学及文化的本质呢？在鲁迅的其他作品或同时代其他作家的作品中，并不难找到不是以民族寓言形式而写的远离政治、充分个人化心理化的文本。在詹姆逊对鲁迅《呐喊·自序》这个“不仅是理解第三世界艺术家的状况的十分重要的史料，而且本身也同任何伟大的故事一样是一个充实的本文”的解读中，我强烈地感觉到他对第一世界知识分子把生活和工作的意识局限于专业或官僚术语的“铁屋子”而强化着政治与诗学的分裂状况的绝望，这或许是他强调鲁迅作为政治知识分子，在“文化革命”[1]的语境中理解其文学和实践的历史作用的一个原因。

前面曾提到，在很大程度上，鲁迅及第三世界知识分子问题是被作为当代第一世界文化病症的反命题来对待的，对所谓第三世界文化生产的本质及知识分子所起的作用同样也应该这样理解。在《政治潜意识》一书中，詹姆逊对于第一世界的文化矛盾和它在“公与私、诗学与政治、性欲和潜意识领域与阶级、经济、世俗政治权力的公共世界之间的严重分裂”状况，曾做过与这篇论文大同小异但更完整系统的表述，这其实可视为他理解作为第三世界文化生产者如鲁迅等人的作用的理论背景和分析坐标：

> 社会性和政治性的文化本文和与之相反的文化本文之间的最容易找到的功能性区别，就变成了一种比错误还要糟糕的东西；也就是说，成了当代生活的具体化和私有化的一个征兆以及对这一情况的强调。这样一种区别重新肯定了公与私之间、社会和心理（或政治和诗学）之间、历史（或社会）和“个人”之间在结构、存在和观念上的差异，而这一点——即资本主义统治下社会生活的倾向性法则，正如它必然使我们从自己的言语本身中异化那样，使我们作为单个主体的存在一蹶不振，使我们对于时间和变

[1] “文化革命”一词詹姆逊赋予专门含义：它并非指现代中国历史上的十年浩劫。列宁首次使用该词指涉扫盲运动和处理普通的学术和教育上的新问题，但其概念必须扩大，用以指称马克思主义传统中对于葛兰西所称的“臣属”（subalternity），即“在专制的情况下必然从结构上发展的智力卑下和顺从遵守的习惯和品质，尤其存在于受到殖民化的经验之中。”

化的思考麻痹瘫痪。[1]

这段文字可以质疑之处很多。比如，正如新历史主义批评家斯蒂芬·葛林伯雷所指出的[2]，非社会性和非政治性的文化文本——某种意义上代表一种有别于文化中的逻辑推理话语机制的审美领域——是否必然遭受当代资本主义生活的具体化和私有化的分割？为什么“私人的”会立即进入审美的和非审美的文本的功能性区别？倘若这一术语是指私有财产，亦即生产资料的所有制和消费形态的调节，这种经济组织形态与政治和诗学的功能性区别之间又有什么历史关系呢？倘若政治和诗学果真不分——例如中国文化革命中的那种情况，我们就会觉得它不那么逼人异化了吗？而且，从印刷业的历史看，私有制的结果似乎并非“私有化”，而是一切公共话语的极端公有化，空前庞大的观众读者群和组织的商业体系，使资本主义社会以前为组织公共话语所做的努力相形见绌。何况艺术性文化话语与社会性政治性文化话语的区别早在资本主义文化之前就存在了。为什么私有化能简单地等同于艺术性文化话语的个人化而强化公与私、社会与心理（或政治与诗学）、历史（或社会）和“个人”之间的分裂？我感到，尽管詹姆逊对当代资本主义文化病症的感受不无根据，但他的思想比如对私有制这种经济组织形态与政治和诗学的功能性区别之间的历史关系所持的激进想象和跳跃性说明却缺少必要的中

[1] 〔美〕弗·詹姆逊《政治潜意识：作为一种社会性象征行为的叙述》，康奈尔大学出版社，1981年，第20页。转引自〔美〕斯蒂芬·葛林伯雷《通向一种文化诗学》。

[2] 〔美〕斯·葛林伯雷《通向一种文化诗学》，张京媛编《新历史主义与文学批评》，北京大学出版社，1993年，第3页。

介，其关于审美与私人的、心理的、诗学的、个人的种种范畴的联系及其与公共的、社会的、政治的、历史的之间的对垒，似乎仅仅具有排列上的意义，缺乏对必然联系的发现。抛开这一切不论，只就它与鲁迅进行文化生产——尤其是小说创作——的启蒙主义语境和建构现代性的方向（即新文化的方向）来看，也存在着尖锐的紧张，造成理解鲁迅及其小说的两种不同历史和问题话语之间的隔膜。

这种“现代社会生活的倾向性法则”未必如詹姆逊那样可视为资本主义统治的必然性，在启蒙主义语境中其实倒是现代性的代名词之一。我们知道，社会和文化中不同话语领域的不断分化与重组统一性的辩证互动是文明发展的内在动力之一，“文明无不根旧迹而演来，亦以矫往事而生偏至”[1]，其每一次分化都意味着一次新的进步。无论西方还是中国，作为意识之源的整一而至上的上帝或“道”的分裂正是不同思想和文化最初的话语意志的表现，是根源于功能性差异的社会和文化分工的独立举动。其现代演进正如米兰·昆德拉在《被忽视的塞万提斯的遗产》中所说，“单一的神圣‘真理’被人们分解、分割成无数相对真理。这就化育了现代纪元的世界，以及随之而来的这个世界的想象和模型——小说。”[2]对于启蒙思想而言，传统社会的宗教性或道德性独白话语的统一性及其所享有的独断权力，只有通过建立和发展社会和文化中不同话语的功能性区别才能被消除，才能减轻它对所谓“私人的、心理的、诗学的、个人

---

[1] 《坟·文化偏至论》，见《鲁迅全集》第1卷，第49页。

[2] 〔法〕米兰·昆德拉《被忽视的塞万提斯的遗产》，《小说的艺术》，唐晓渡译，作家出版社，1993年。

的”内在本质的压迫，使“公共的、社会的、政治的、历史的”话语领域从宗教性和道德性独白话语中分离出来，真正获得独立形态和话语意志，从而组织一个迥异于传统的现代社会。倘若没有不同话语领域——包括它在结构、存在和观念上——的区分，如果不把康德“称之为范围、领地、领域的这些世界的共存状况”变成“词语世界中性质不同的（或不可比较的）期望值的界桩”[1]，所谓现代性的建构只能是一句空话。这不仅为西方第一世界的历史所证实，而且也是中国近现代史的主要实践，是从严复到鲁迅等“五四”知识分子毕生致力的工作。以文学与政治之间复杂的关系为例，尽管“除了俄国–苏联以外，（我）不知道近代还有没有第二个国家像中国这样进行过如此广泛的实践，出现过如此频繁的争论，积累着如此丰富的经验”，但这种局面之所以形成，却“只能归因于近代中国特定的社会条件和革命的独特途程”[2]。对于鲁迅这方面的实践和思想，我想只要看看1927年12月21日他在上海暨南大学的演讲《文艺与政治的歧途》，就会明白他对政治和文艺之间的辩证互动关系——如果把它视为文化生产的本质的话——持有与詹姆逊的想象完全不同的意见。鲁迅认为文艺和政治的冲突植根于各自独立的话语意志：它与革命虽有“不安于现状的同一”，“惟政治是要维持现状，自然和不安于现状的文艺处在不同的方向”。“政治想维系现状使它统一，文艺催促社会进化使它渐渐分离；文艺虽使社会分裂，但是社会这

[1] 〔法〕让–弗朗索瓦·利奥塔《辩论中的明智或马克思以后的康德》，见《表述的目的》，第37页。

[2] 严家炎《文学·政治·人民》，《求实集》，第57页。

样才进步起来。文艺既然是政治家的眼中钉，那就不免被挤出去。”[1]这里丝毫不存在詹姆逊那种对政治和诗学之统一状况和作为政治知识分子的憧憬。可以说，鲁迅等第三世界知识分子进行文化生产的政治本质是历史地决定的，并非一种理想的投射。实际上，除了如20世纪60年代的孤立主义和“文化大革命”等特殊时期，当代中国的历史运动始终存在不同社会和文化话语领域争取从政治意识形态的统一话语中分离的努力，直到改革开放的新时期，所谓公与私、社会与心理、政治与诗学等在结构、存在和观念上的差异才重新得到肯定。这一分离的历史效应及对文化生产的影响当然可能很复杂，但至少对当代中国人而言，它是获得较大程度的自由与社会文化进步的标志。

话题似乎扯远了，但这是詹姆逊之“鲁迅观”充满疑问的语境之一。鲁迅的文化生产——尤其是始于《新青年》提倡“文学革命”时期的小说创作——就其大目标而言，正是这一历史运动的组成部分。直到1933年3月他在《我怎么做起小说来》中仍强调自己“抱着十多年前的‘启蒙主义’，以为必须是‘为人生’，而且要改良这人生”的宗旨和写作背景。在鲁迅身上，导致詹姆逊关注其文化存在的原因，即第三世界知识分子“执着地希望回归到自己的民族环境之中”强调其“具备自己独有的特性”的民族主义是并不存在或以相反的方式存在的。例子很多，这里或许只需提及如《随感录·三十六》一类对“保存国粹”——捍卫民族文化特性——的文

[1] 《文学与政治的歧途》一文的观点为学界避讳多年，一般认为它反映了鲁迅接受马克思主义文艺观的曲折过程，因为其中有托洛茨基的影响在。但鲁迅接受成熟的马克思主义之后并未修正其中的观点。

化保守倾向的批评就足够了。我觉得，倒是在鲁迅进行文化生产的启蒙主义语境与詹姆逊处于后现代主义文化中对第三世界文化生产的民族主义语境的关注之间存在着尖锐的矛盾：启蒙主义执着于文化的普遍性，民族主义则执着于文化的特殊性，二者不仅互为问题，而且在价值取向、实践目标、话语意志等方面判若水火。虽然一种观点认为特殊性本身是西方文化逻辑的产物，“西方总是通过造出这种东方特性为自己的普遍性服务的”[1]，但我认为这种把东方与普遍性隔离的观点，其实混淆了事实与价值的区别，是把文化特性这种客观的存在扭曲为一种主观的价值，这不仅为启蒙主义所反对，而且恐怕更是为民族主义所无法同意的。由于詹姆逊把鲁迅及其小说置于“与第一世界的文化帝国主义进行搏斗”的“民族主义”语境而非置于旨在扬弃“难与种种人协同生长，挣得地位”之“太特别”的“粹”的“启蒙主义”语境中去解读，不仅造成其理解鲁迅“对中国‘文化’和‘文化特征’的批判具有强有力的革命效果”的困难——鲁迅之于“文化革命”的意义主要表现于建构现代性和批判“吃人”文化的启蒙主义层面——而且最终使他陷入误读和隔膜的尴尬境地，成为所谓“大写的异己读者”(the Other reader)。

应该说，把第三世界的文本当作民族寓言来阅读，对于认识第三世界文学中个人命运与民族命运的同一性，是极富启发性的，特别是当它涉及这些民族之通过被侵略和殖民化的“现代化”的痛苦经验及成为文化附庸的屈辱地位时，突出了作家或知识分子的自觉或不自觉的文化或民族代言人的意义，但是，这种同情性理解毕竟

[1] 〔美〕白培德《文化与文学：世纪之交的凝望》，国际文化出版公司，1993年，第86—87页。

因限于民族主义视野而无法充分顾及第三世界文本——比如鲁迅的小说——的文化内涵的复杂性和多元性。当詹姆逊基于民族主义语境而认定第三世界的文本在其形式发展"脱离占主导地位的西方表现形式的机制"时更具"民族寓言"的特征[1]，对于这种"寓言化过程"的最佳代表的《狂人日记》，鲁迅本人在《我怎么做起小说来》中的强调却几乎与之正好相反："大约所仰仗的全在先前看过的百来篇外国作品和一点医学上的知识，此外的准备，一点也没有。"这固然是属于启蒙主义语境的内容。与强调鲁迅文化生产的民族主义氛围相联系的是对其政治本质的关注及由此导致的"扭曲"现象。在解读《药》时，詹姆逊恰当地强调了鲁迅从学医到致力于文艺的经历，但把其文化生产却费解地称之为"对政治文化的详尽阐释"[2]——还是在《文化偏至论》中鲁迅就抨击过"辁才小慧之徒"之"竞言武事"和"制造商估立宪国会之说"。所谓"立宪国会之说"正是指梁启超等大力宣传的近代西方政治理论，是地道的政治文化成果。不过鲁迅认为梁启超等人"对西方政治文化的详尽阐释"并非"根本之图"，所以才最终选择了以文艺来改造国民精神的"立人"之路——一条强调从文化特殊性中挣脱出来的思想启蒙和思想革命的道路。鲁迅文化生产的本质显然应在这样的意义上规定。倘

[1] 这句话两种中文译文意思正好相反。张京媛译文为："我们应该把这些本文当作民族寓言来阅读，特别当它们的形式是从占主导地位的西方表达形式的机制——例如小说——上发展起来的。"孙盛涛、徐良译文为："它们将作为民族寓言（national allegories）被阅读，尤其是在它们的形式发展脱离占优势的西方描写方法时。"因未查找到原文，无法对证，笔者姑且择一而从。

[2] 这句话张译为："后来他选择了文化生产的对政治文化的详尽阐述是政治医药最有效的形式"，比较费解；孙译则相对清楚些："只是在后来，他才认定文化成果——我认为主要是政治文化成果——是比政治药物更有效的形式。"

若用政治性来规定，不但与事实存在距离，而且恐怕会造成漠视政治以外方面内容的缺憾。这曾是我国鲁迅研究史上的特殊教训之一。詹姆逊夸大鲁迅文化生产的政治性本质，最终导致他对《呐喊·自序》的理解错误。这是一个人所熟知的表述：当金心异（钱玄同）来到S会馆（绍兴会馆）要求鲁迅为《新青年》写稿，鲁迅便对他讲了一个戏剧化地表示其进退两难境地的寓言：

> 假如一间铁屋子，是绝无窗户而万难破毁的，里面有许多熟睡的人们，不久都要闷死了，然而是从昏睡入死灭，并不感到就死的悲哀。现在你大嚷起来，惊起了较为清醒的几个人，使这不幸的少数者来受无可挽救的临终的苦楚，你倒以为对得起他们么？

詹姆逊把这个寓言的历史背景和鲁迅处于两难境地的精神矛盾的性质都理解错了。他认为这个关于“铁屋子”的寓言表明了：

> 在这个对于第三世界知识分子来说似乎没有希望的历史阶段里（**中国共产党刚刚成立**，中产阶级革命的失败已露端倪）——找不到解决的办法和实践——这种局面同刚获得独立后的非洲知识分子的情况相同，在历史的地平线上失去了政治解决的视野。在文学上反映这种**政治彷徨**是叙事上的封闭……（着重号为引者所加）

我们知道，尽管《呐喊·自序》写于1922年12月，但使鲁迅产生进退两难的精神矛盾即钱玄同到绍兴会馆为《新青年》“邀阵”的时间不可能晚于《狂人日记》的发表时间——1918年5月，那时中国共产党尚未成立。由于注重鲁迅文化生产的政治性本质太过分，詹姆逊此处竟把鲁迅从事启蒙主义性质的小说写作的矛盾心理和对其后果的顾虑扭曲为一种“政治彷徨”，并把它与小说叙事上的封闭性相联系，这就显示了其“第三世界本文分析”的非历史性和演绎性：对鲁迅作为第三世界知识分子的文化实践的考察却脱离了鲁迅进行文化生产的真实历史。

无视鲁迅小说创作的启蒙主义语境在理解作品主题和小说艺术形式的普遍本质方面同样也造成一些问题。比如对于《狂人日记》中由双重结局引起的对未来的看法问题，詹姆逊偏重于“从作者本人对自己的社会作用的犹疑和焦虑方面来分析”和演绎，便会过分强调文言小序中“然已早愈，赴某地候补矣”的结局对于“救救孩子”的正文结局的颠覆作用：“在故事的开头便宣布了梦魇的无效，那个患妄想症的幻觉者透视表面而见到了可怖的现实，从而感激地回到了幻觉和遗忘的领域，重新在官僚势力和特权阶层里恢复了自己的席位。”国内一些年轻的研究者也多持此见。其实这种看法完全忽略了由两种不同语言——文言和白话表达的两种不同结局在启蒙主义语境中的意味：文言是陈腐的旧文化和社会秩序的价值的载体，白话则是新鲜的现代文化和进步思想的标志——二者的对立不仅表现为不同的结局而且反映了新旧文化、新旧道德冲突和斗争的本质。

鲁迅虽然用“短序的‘文言’来隐喻权力和意识形态机制将反

抗的个人最终吞没的悲剧”[1]，但这只是表现反抗的艰难和旧传统的强大，他还有更重要的一面，即用白话正文来传达启蒙主义思想和价值——“意在暴露家族制度和礼教的弊害”[2]的内容。脱离鲁迅从事文化生产的启蒙主义语境，仅仅注意到鲁迅“复杂地运用同时存在和对立的信息”以表现其“对自己的社会作用的犹疑和焦虑”及对未来的矛盾看法是不够的，因为它忽视了鲁迅思想的主导方向和“听将令”的内容，不能决定本文中新旧思想和价值的取舍。对于《阿Q正传》也是这样，既然它是“关于某种中国式态度和行为的寓言”，又“能引起一连串的性质截然不同的意义和信息”，在阿Q所代表的“受到外国人欺辱的中国”与“《狂人日记》中自相吞食的中国”等等之间体会鲁迅的认识差异和价值选择就显得非常重要：其实在传统思想和价值的视景内，阿Q的态度和行为由于缺乏对照并不显得特异——对“精神胜利法”的发现和观照本身就是启蒙主义的成果，是文化特殊性悖离启蒙主义的普遍价值的产物。詹姆逊所谓“语调或文类叙述话语的变化”不仅取决于小说形式的扩大，而且是启蒙主义的普遍价值与中国人的特殊行为之间进行文化与审美冲突的结晶，隐含着鲁迅本人寓沉痛于讽刺的复杂判断，并非从悲剧性的“因死亡和绝望而受难的静止和空虚”向“更为恰宜的卓别林式的喜剧材料”的简单转变（限于篇幅，此论点不再展开）。

忽视鲁迅文化生产的启蒙主义语境还不利于詹姆逊科学地把握第三世界文化生产的本质。在他的意识中，第三世界文化始终作

[1] 参见张颐武《第三世界文化：新的起点》，《读书》1990年第6期，该文有对詹姆逊观点的最早质疑。

[2] 《且介亭杂文二集·〈中国新文学大系〉小说二集序》，《鲁迅全集》第6卷，第239页。

为一种偏离西方捷足先登的普遍性——现代性——的独立运动被认识，由不同声音（包括启蒙主义和民族主义）和发展要求构成的第三世界文化生产的多元性、复杂性被大大简化了，第三世界文化生产的本质即“个人和社会经验里的利比多与政治因素之间”的相互作用或互渗关系被视为第一世界文化生产的“他者”而存在和观照。詹姆逊曾以鲁迅小说文本中的利比多体现的社会政治意义为例——如《狂人日记》中用“吃”来戏剧化地再现一个社会梦魇的意义——说明第三世界文化之不同于西方文本中政治参与和心理化的特征，即“心理学，或者更为确切地说利比多，应该主要从政治和社会方面来理解。”由于忽视了鲁迅小说的启蒙主义语境，他很不适当地谈及其不同于西方的古代中国的方法论原因[1]：

> 伟大中国古代帝王的宇宙论与我们西方人的分析方法不同：中国古代关于性知识的指南和政治力量的动力的本文是一致的，天文图同医学药理逻辑也是等同的。西方的两种原则之间的矛盾——特别是公与私（政治和个人）之间的矛盾——已经在古代中国被否定了。

这里，植根于对社会和文化不同话语领域的功能性区别的不同认识，詹姆逊与启蒙主义在理解古代中国的宇宙论与鲁迅文化生产中政治和利比多动力的统一关系上再度形成了对峙。詹姆逊认定当代

[1] 对于它，詹姆逊自己也感到没把握，故文章中有括孤内的说明：“我下面要谈的仅仅是推测，非常需要中国问题专家们的订正。我仅举一个方法论的例子，而不是提出关于中国文化的‘理论’”，但即使如此，他所举的例子也是很不恰当的。

资本主义文化在公与私、政治与诗学、社会与心理、历史与个人等方面的分裂已难以疗救，竭力从区分话语领域的虚伪性上来发现第一世界文化的本质，甚至不惜以中国“古代帝王的宇宙论”——接近林毓生所谓“整体观”（holistic）的思想模式——这类混科学与迷信为一谈的蒙昧思想作为支持，这就显出其严重性来。因为在诸如“天球河图，金人玉佛，祖传丸散，秘制膏丹”等文化糟粕背后显现的观念图式，是被鲁迅等启蒙主义者直指为“昏乱的心思”而欲以科学根除并视为“现代社会生活的倾向性法则”的对立物而被排斥的。所谓“西方两种原则之间的矛盾——特别是公与私（政治与个人）之间的矛盾”在中国古代不是被否定了，而是被“普天之下，莫非王土；率土之滨，莫非王臣”的“大公无私”观念统一着，鲁迅《文化偏至论》中所重的“个人”那时还是为普遍王权和伦理纲常所管束、镇压的对象，在思想或精神上尚未被发现，直到作为现代文化新纪元的“五四”新文化运动，“人的发现”才成为思想现实。另外，在鲁迅的文化生产中，其公与私、社会与个人之间的关系与詹姆逊的想象并不相同。林毓生曾指出过鲁迅对于传统文艺（如木刻）在意识形态和道德评价等公共方面拒绝但又在个人的、美学和学术方面感到兴趣和喜爱的“全盘性反传统主义”与“私人对美学的关心”之间的矛盾[1]；李欧梵也认为“鲁迅一生在公和私、社会和个人两方面存在了相当程度的差异和矛盾，如果说他在为公、为社会的这条思想路线上逐渐从启蒙式的呐喊走向左翼文学和革命运动的话，他在个人的内心深处，甚至个人的艺术爱好上，似乎并

---

[1] 林毓生《中国意识的危机——“五四”时期激烈的反传统主义》，第216、218页。

不见得那么积极那么入世，甚至有时带有悲观和颓废的色彩。”[1]这些矛盾及其内在张力正是构成其创作复杂性的重要因素，詹姆逊可能并没有注意到鲁迅不同文类的作品集在承担公与私、社会与个人等方面所表现的不同特征，如《呐喊》《彷徨》等多有社会和公共承担的内容，而《野草》等多有个人和心理方面的内容。可以说，在鲁迅从事文化生产的整个过程中，“现代社会生活的倾向性”和分离性——包括公与私、社会和个人等方面的矛盾——较之古代中国不是进一步否定了而是大大加强了。在上面的引文中，詹姆逊似乎完全忽略了鲁迅对于“古代中国帝王的宇宙论”和中医药理的厌恶，反而把这种非科学的混沌思维视为鲁迅小说叙事特性及其文化生产在政治和诗学、社会和心理等方面表现的统一性的方法论渊源，这就多少表明了其“第三世界文学理论”的第一世界话语性质；不只是由于对第三世界历史和文化价值个性的无知，第三世界文化的特殊性在其行文中往往被凝固化抽象化了，这种丧失了历史和文化具体性的特殊性只能注定成为由第一世界占据的普遍性的异己者，第三世界文化失去了共享普遍性的可能。

在鲁迅小说文本及其语境与詹姆逊的阐释文本及其语境之间存在的矛盾和启示是深刻的。姑且不提用本质上属于描述和分析战后20世纪六七十年代以来国际政治、经济和文化格局的“第三世界理论”来考察发生在20世纪初至30年代中期的鲁迅的文化存在在“方法论”上是否妥当，是否会导致混淆不同历史时期的“中国经验”和“中国问题”的问题，仅仅把视点定在对现代中国的经典性文

[1] 李欧梵《鲁迅与现代艺术意识》，《铁屋中的呐喊》，第222页。

本——鲁迅小说的阅读上，就足以令人顿悟经典文化在不同时空中存在的相对性。在某种程度上，其意义的再生产倒表现为一个所指不断丧失和能指不断增殖的过程。置身于经典文本和解读文本之间，精英文化和大众文化、本土文化和异域文化、“既往”文化和“现在”文化之间的话语机制一再更换，其隐含的话语权力也一再被接管、转移，经典文本以外的不同历史、文化、问题等理解因素是否会把其所批评的阅读概念的内部意义销蚀殆尽？鉴于此，我们似乎应对它日益获得的自足性和超然性保持足够警惕，在一个现代性秩序尚未完全建立的文化中，经典的权力的提前崩溃岂非意味着启蒙主义的组织工作半途而废？在这个意义上，强调“回到鲁迅”，强调关注其历史和问题语境对于解读其小说的重要性是很自然的。

鲁迅及其小说在现代中国文学中是区别性的存在。较之传统中国文学，其从思想到艺术形式的革命性标志着一个“和世界各国取得共同的思想语言的”“真正现代意义上的文学”[1]的开端和成熟；较之现代其他作家作品，其思想家和文学家的双重品格意味着一种“百科全书”式的文化结构，包括“为人生”而且“改良这人生”的写作动力（或称文化生产的动力）、启蒙主义的思想和价值取向、艺术精神的多元性和先锋性在内的超卓和特异构成了其作为某种经典的规范的魅力。无论对于过去还是未来，鲁迅式的写作都意味着一种与民族的历史、道德、文化和问题发生广泛而深刻的纠结的方式，它有别于当代文学的个人化主体化倾向，但又与之共有相近的写作

[1] 严家炎《鲁迅小说的历史地位——论〈呐喊〉〈彷徨〉对中国文学现代化的贡献》，《求实集》，第77页。

本质：书桌前充分觉醒的独立而富于创造精神的个人。虽然鲁迅的思想和作品之成为经典离不开群体的、学派的、利益不同的美学和政治的规范和塑造作用，并至今制约着我们的理解和阐释，但鲁迅的实践其实反倒拥有作为经典规范的反规范特性，这一悖论或许能令我们在理解鲁迅小说文本及其语境与解读文本及其语境之间的辩证关系及所谓经典的意义的相对性时产生顿悟。

1994年2月26日

（原载《鲁迅研究月刊》1994年第4期）

中国的还是第三世界的

——反思弗·詹姆逊鲁迅论的问题

王东东：高老师好。我发现咱们今天的讲座除了有山大的老师同学来参加之外，还有全国各地高校的老师和同学，现在还在不断进人，我在这里也对大家表示欢迎。高远东老师是现代文学学科领域内一位卓有成就的学者，我个人认为，高老师的研究尤其以思想的力度，甚至是以思想史的力度引人入胜。高老师自己也讲，他的研究范围更多是集中在“中国现代文学与现代思想发生关系的那部分历史”。最近几年，高老师在我们都熟悉的鲁迅研究和周作人研究之外，也有新作发表。

除了学者身份，我认为高老师还是一位有着公器之心的学术组织者、学术活动家和编辑者。

今天高老师要讲的主题是“反思詹姆逊的鲁迅论”，相信来听讲座的各位朋友们、老师们对相关话题都很熟悉，大家也都非常期待高老师可以对此有所展开。就我个人而言，也读过高老师的一些相关研究论著，相信高老师今天又能够有新的推进。我就做这样一个简单的开场白，下面我们还是把时间交给高老师。

高远东：各位朋友，大家好。东东好。王东东是诗人，他在北大读博时，把博士论文题目确定为“20世纪40年代的诗歌与民主”，我感觉特别不好做，但是完成之后再看他做出来的样子，又特别佩服，把一个我认为没有办法做成的题目做得头头是道，不仅结构严谨，符合规范，而且学术想象力、逻辑性都很好，让我印象特别深刻。

王东东：高老师还是我论文的开题、答辩这一整个流程的导师之一。相信大家从高老师刚才的开场白也可以看得出来他对青年学者的这种不遗余力的引荐。我觉得这也是在北大现当代老师的一种风格，没有门户之见。那我就废话少说了，还是请高老师随意来谈吧。

高远东：这次报告的题目是“中国的还是第三世界的”，主要是想谈一下我对弗·詹姆逊在1986年发表的《跨国资本主义时代的第三世界文学》所涉及的鲁迅和鲁迅作品的理解。所以，这个报告更恰当的题目可能应该叫作“跨国资本主义时代的鲁迅观”。在20世纪以来的跨国资本主义时代，鲁迅还有什么意义？追问鲁迅的意义，对于我们国内学者来讲，是很容易想到的。从20世纪四五十年代，一直到20世纪八九十年代，鲁迅研究的主流都是将鲁迅作为“经”，想要从他的思想、他的作品和他的文学介入方式当中发掘出一些东西来，在鲁迅所提供的思想可能性、价值可能性的基础之上，重新建构，去解决我们现实当中的一些疑惑。大家把鲁迅当成一个价值的母体，而不是将鲁迅研究作为一个纯客观的学术对象、知识对象，认为鲁迅的思想和文学，与我们自己的生活、我们自己的生存状态、我们自己所关注的社会问题都是发生关系的。以这样的方式研究鲁迅，不仅仅是在国内的鲁迅研究界，在国外其实也有类似倾向，即以鲁迅为方法做出某种发掘和建构，关注鲁迅思想与文学的意义和价值。詹姆逊这篇论文，实际上就体现了国外学者对于鲁迅文学的思想性关注。

詹姆逊在包括西方马克思主义理论脉络的整个文艺理论界，具有重要的地位，是最重要的代表之一吧。记得在20世纪80年代中期，他曾经来北京大学讲学，当时是乐黛云老师把他给请过来的。那个时候我即将硕士毕业，还去蹭过几次他的课。当时詹姆逊大概五十多岁了，但是看上去还很年轻，穿着牛仔裤、毛衣，在北大一教的教室里讲课。上课之前先发下复印的讲课提纲，我当时英语听力很不好，一堂课就记住一个关键词“Ideology（意识形态）”，但是课堂上的同学，比如张旭东、孟悦，后来都成了学界很有成绩的响当当的人物。

这篇论文写于1986年，当时还是处在冷战的对峙时期，而美国社会、美国学术界、美国文学界正处于发达资本主义的“后现代”阶段。“后现代”是个什么属性呢？就是说，困扰过我们整个现代世界的现代化问题、现代性问题，在那个时间都已经画上句号了。不管是思想、文化，还是知识、信仰，还是社会、制度，一切对现代性的追求，都画上句号了。那么，他们所面临的新的社会状态是什么、知识状态是什么、思想状态是什么、文学创作和批评的状态是什么，我们通过阅读詹姆逊《跨国资本主义时代的第三世界文学》开始部分的交代，可以看出，他借用了鲁迅“铁屋子”的说法，对完全受困于所谓发达资本主义的既有体制，包括教育体制、文化生产体制、社会体制等等的禁锢，开始他自己的突围。詹姆逊首先反思了美国大学体制内的文学教育问题，对于包括西方中心主义、文学经典怎样生成等一系列符合资本主义价值观建构的原则表示不满。“西方中心主义”当然是一个非常严重的问题，一直到20世纪90年代，美国的人文学界都在反省这一问题，汉学界的代表是柯文《在中国发现历史》一书。詹姆逊是其中更早意识其中问题的学者，他从马克思主义的角度，将鲁迅作为一种参照系，作为一种借鉴，甚至作为一种药方，引进到他对发达资本主义的社会状况和文化生产状况的批判性思考当中。詹姆逊对论文中提到的中国、古巴等第三世界文学家的“借用”是有他自己认可的功能的，这篇论文翻译到中国之后，同样也产生了一种新的变异，和在美国语境的意义有所不同。

这篇论文是在1989年6月，由张京媛首先翻译出来发表在《当代电影》，很快产生了影响。不过在论文全文翻译成中文发表之前，像中国社会科学院外文所的一些文章里也有过介绍，后来张颐武在《读书》上也写过，但都属于正面评价，并没有和这篇论文发生实质性的意义碰撞。后来在20世纪90年代，也有学者发文讨论过詹姆逊论文中的思想，但中国学界所有对于詹姆逊论文的关注重点都是第三世界文学、民族寓言问题，不太关注所涉鲁迅问题，不太关注他对鲁迅及其作品的解读如何。后来我自己因为要研究鲁迅，就从这个角度关注了一下。我在1994年写了《经典的意义——鲁迅及其小说兼及弗·詹姆逊对鲁迅的理解》一文，和这篇名文对鲁迅及其小说的理解展开商榷。这之后并没有其他人继续关注这个问题，直到近十年来韩国著名的文学批评家、首尔大学全炯俊教授，也是研究中国现代文学的资深学者，关注到了这个问题，其《弗雷德里克·詹姆逊的鲁迅解读在中国的接受》一文发表在首尔大学东亚文化研究所《东亚文化》2020年12月号上，论文对张京媛的误译、对我关于詹姆逊的观点以及中国接受詹姆逊理论的情况做出精辟的分析和深入的理解。那么，我们今天为什么还要再来思考詹姆逊这篇写在冷战时期、资本主义的新阶段，对发达资本主义世界进行内部批判的这样一篇文章？我觉得我们今天的社会、今天的思想、现在的学术体制里的问题，可能也和詹姆逊在20世纪80年代所感受到的美国社会、美国知识体制、美国文化生产体制那种窒息相类似。所有的问题都以原子化的方式，以专业性方式，由分门别类的知识、不同门类的专业把它解决。这样一来，我们作为一个思考者，作为一个学者，对社会、对学术的观照就被局限在大学知识和教育体制的"铁屋子"里，丧失了一个整体性的视野。所以，我们今天的学术思考里面，同样也面临由于现代性发展和体制化所带来的问题，因此从这样一个角度，我们可以再回过头来重新学习、重新领会詹姆逊那篇论文曾经深入思考过的内心问题。

所以说，这篇论文是以内部批判的角度，针对美国（西方）学界的问题而论的。我个人和詹姆逊的讨论有一个错位，我的论文是在20世纪90年代中期写的，当时我们中国正处在改革开放持续推进的时期。他的这篇论文是在1989年6月被翻译成中文后，到了20世纪90年代初，随着后现代主义文学批评的引进，包括詹姆逊的文学理论在内都得到了广泛传播和接受，开始产生特别大的影响。詹姆逊的文学批评理论也被"后现代化"了，很多人都把它看成后现代主义批评的一种，只不过代表“左翼”发言而已。因为有了这样一个错位，所以我写文章与詹姆逊论文主要讨论几个方面问题：其一是我强调了鲁迅文学创作、鲁迅文化生产的启蒙主义语境。启蒙主义假设全球一体，不处理地域性空间性的文化差异和文化冲突，其中国语境不是批判西方，而是强调向西方学习。詹姆逊毕竟不是汉学家，他对中国现代史、中国现代社会、中国现代文化，对鲁迅文学创作的前因后果都不是太了解，存在某种专业局限性。所以我在跟他商榷的时候，重点讲了在中国和启蒙主义这两个不同语境下，他对于鲁迅小说所产生的一些误解。比方说，他对鲁迅的《狂人日记》《药》《阿Q正传》的理解都不是在鲁迅文化生产的动机本意上进行，为了强调中国文化的整体性、中国文化的综合性，以及第三世界的中国文化与第一世界中发达资本主义文化的差异，他把鲁迅所批判的如中医、传统宇宙论等道教迷信都置于正面肯定的意义来理解。批判由现代化造成的知识分裂和现代世界的工具化、专业化，以及由此所导致的认识论的整体性视野的丧失，本来是必要的，但对于近代中国这样一个仍处于“前现代”或者说是现代前期，正在积极追求全面现代化的社会和文化，肯定那种“前现代”的整体性，留恋那种文化与政治的统一性，反而与鲁迅文化生产——进行“社会批评”和“文明批评”的宗旨南辕北辙了。那样一种状态，在鲁迅的启蒙思想那里其实是受批判的。但詹姆逊却把它当成可以用来克服第一世界发达资本主义问题的“他山之石”。这是不一样的，二者存在本质性的差异和矛盾，我就指出了这一点。鲁迅的本意里，并没有詹姆逊所赋予的意思，甚至与他的价值取向正好相反。另外一点，我指出了詹姆逊论文里一个硬伤，即他把鲁迅写作《呐喊》时的情况与中共建党混到一起来讲。而鲁迅写作《呐喊》的时候，中国还没有成立共产党。这是一个枝节性的小问题，它并不影响詹姆逊论文的立论。他论文所提出的问题本身是植根于发达资本主义世界、植根于美国社会现实的，是真实的反映。我以为，这篇论文最大的影响，就在于为我们的当代汉语学术界贡献了几个关键词——"跨国资本主义""民族寓言""第三世界文学"等等。这些来自詹姆逊《跨国资本主义时代的第三世界文学》的词，现在都已成为我们汉语学术界的常用词——这种"共名"是了不起的。毕竟一种理论、一种思想被人接受的标志之一，就是他使用的一些概念、术语是不是被其他人挪用、转用。

关于这篇论文，在思考其中所说的文学现代性问题的时候，我就把鲁迅放在"第三世界的文学现代性"的角度理解，来区分与欧洲文学、第一世界的现代文学的差异。要考察这种差异，还是要回到我们对整个文学现代性问题的宏观视野当中去看。说实在话，我们今天的世界之所以是现代的，就是和最早诞生于欧洲的现代性思想、现代性规划以及配合这样一种思想规划的现代资本主义的全球扩张有关系。这不涉及政治正确与否，而是事实确实如此。所以说，说到第三世界、第三世界文学，就涉及它与第一世界、整个世界的现代化和全球化的关联性。所谓"欧洲中心主义"的问题，我认为在欧美学术思想内部是可以反思、可以批判的，但是我们作为在欧洲之外的第三世界，该怎么样来看这种欧洲中心主义？一方面，欧洲中心主义对于非欧洲地区的文化知识会有很多建构性错误，这是我们需要通过自主的知识生产和知识批判来克服的。另外一方面，站在历史的角度来看，现代性的发生确实是欧洲中心主义的，它是起于欧洲再扩散到世界各地的一个过程。这里的现代性问题也包括了文学现代性。它一旦离开欧洲，就开始传播、复制自己或“征服”他者，就制约了我们所谓第三世界文化生产的属性。第三世界理论大家都很了解，这是20世纪六七十年代毛主席提出来的理论。这种划分理论提出后很快就被西方一些批判性的马克思主义者纳入他们的思考里边去了。假如把这样一种通过考察经济发展程度来决定国际政治力量的划分理论放在今天，就会发现，不管是殖民地国家的问题、文化生产的问题、文化反抗的问题，还是包括像日本明治维新以来的脱亚入欧、中国的改革开放等等，非欧洲国家的整个现代化的走向都是自觉向西方学习的过程，其中，第三世界的问题就是和欧美发达世界的关系问题。所以，我们如果要从第三世界文学、第三世界知识体制的建构这样一种角度来看的话，就需要和西方中心主义形成一种反抗性的共生关系。这也是第三世界文学现代性的一个特点。鲁迅跟西方现代文学的关系，就是反抗性的共生关系。我们的中国文学，包括第三世界其他殖民地文学，其实都是这样一种关系。其内容和形式之美恶，在以内部视角、外部视角进行思想批判时就会有很大差异，甚至南辕北辙，截然相反。

詹姆逊对于鲁迅小说的理解是有功有过的。我在20世纪90年代写文章时，还不能说完全理解了他的功绩，只是看到其中一些小错误。但是当我今天再回过头来看，觉得他的功劳还是非常大的。首先，它扩展了鲁迅小说的意义，也扩大了鲁迅文学的影响，他把鲁迅的作品作为第三世界文学经典来看，这体现了他对鲁迅的洞见。就像俞平伯研究《红楼梦》，一直是否定高鹗续书的，但是到他老年时，才认识到高鹗续的后四十回，无论如何，都是功大于过的。因为他完成了《红楼梦》，完成了宝黛悲剧，不管完成度如何，仅仅“完成”之功就足以超越其他研究《红楼梦》的人。詹姆逊对于鲁迅价值、鲁迅思想内容和形式的弘扬，是我们这些国内鲁迅研究者无论怎样都不可能做到的。其次，他对鲁迅文学作品的理解，特别是在“民族寓言”角度上，我认为也是非常富有启发性的。尤其是他对第三世界文学作为民族寓言背后所牵涉的文化生产机制，也即詹姆逊所谓的文学和政治的“寓言式共振”关系的发现，把第三世界现代性与第一世界现代性的差异深刻地揭示了出来。大家知道，文学和政治的关系是我们在鲁迅研究以及中国现代文学研究中特别关注的一个问题。面临发展和反抗双重目标的中国现代文学天生自带一种政治性，自有一种与政治的联系。这种复杂和多样甚至成为它与古代文学相异的主要特征。对于文学与政治，我们可以有很多种理解，像托洛茨基《文学与革命》的理解、“左联”无产阶级文学运动的理解、毛泽东《在延安文艺座谈会上的讲话》式的理解，还有像鲁迅《文艺与政治的歧途》对文学和政治的那种理解。这些都和詹姆逊所讲的文学和政治的“寓言式共振”关系不同。“寓言式共振”是一种什么样的关系呢？也许我们只有在文学和政治的现实社会场域以外站得更远、体会得更深，才能观察到、感受到所谓的“寓言式共振”关系。“共振”可以理解为文学和政治的正向互动，或者反向反应。但关键在于这种“共振”是“寓言式”的，这就使得它与机械的反映论、简单的镜子式日常生活映照，甚至社会性的能动反映模式不同，而是属于精神领域乃至幽微的心理内容的生产和再生产。这个理解对我来说是闻所未闻、特别受启发的。我也注意到，詹姆逊在对于第三世界文化生产的表述中特别强调“利比多”

作为内驱力所发挥的作用。他将西方精神分析学说糅合进了自己的马克思主义批评理论里，这也是特别富有启发性的。我们理解文学和政治的关系，一是可以从集团政治、宏观性的角度去理解，同时也还可以从个人与政治发生关系的角度理解。但詹姆逊的厉害之处在于，他所说的文学与政治的关系，不是体现在作家和某个政治团体，或者说个人和某种政治运动的直接可触摸的、可感受的现实社会结构角度，他是从个人的欲望、个人的心理角度来看，这是非常之深刻的，非常之现代主义乃至后现代主义的。我们理解鲁迅的小说，理解《阿Q正传》、理解《狂人日记》等，确实还到不了这种程度。这就是我所讲的，詹姆逊对于鲁迅小说价值发掘的贡献和功劳。这一点我觉得要去充分地肯定，我也是到今天才有这样一个觉悟。

如果说这篇论文有什么问题的话，我觉得主要就是詹姆逊无视了鲁迅小说生产的启蒙主义语境，即中国现代文学向西方文学学习的这一走向。实际上，在理解第三世界文学问题时，詹姆逊还是显得比较一厢情愿了。他能够站在第一世界的政治立场上，良心发现地从左翼政治正确的角度来看第三世界文学，但即便如此，我们仍然觉得不自在，因为事实并非如此。这是我们在阅读、理解詹姆逊《跨国资本主义时代的第三世界文学》时应该注意的。我们有我们自己的主体性，有我们自己的内部视角，有我们自己的自我批判，有我们自己向外追求现代性的立场存在。

此外，正如一开始所提到的，詹姆逊当年的写作语境与我们今天21世纪20年代所面临的问题又可以产生某种共鸣。从20世纪80年代改革开放一直到21世纪前十年的飞速发展，我国的社会政治、经济体制已然成为全球体系的一部分。虽然我们的政治制度是“异类”，但经济关系、文化关系其实都处在了当今全球化资本主义的问题当中，深受当代世界资本主义的生产关系和内在矛盾的制约。中国对现代化的追求，不管是在社会层面、知识层面还是思想文化层面，都可以说已经进入了一个新的阶段，我们今天所面临的问题，是比较接近1986年詹姆逊在美国所体会到的那些问题的。因为知识分工太细、太强调专业性，反而导致思想者丧失了整体性的视野，丧失了对社会、对文化、对历史发展的整体性关心。大家都钻进自己的“信息茧房”里，都在自己知识生产的“铁屋子”里边出不来。在完全陷入一个困境的时刻，我觉得詹姆逊对鲁迅意义的发掘和建构给我们很多启示。詹姆逊是西方马克思主义理论的主要代表人物之一，他在思考问题时从不是孤立来看，而是永远都以一个整体性的视野、带着整体性的思维来思考。这种整体性的视野不管是对于批判还是建设都是特别重要、不可或缺的，我觉得鲁迅的文化生产、鲁迅的文学创作，也同样是带有一种有关社会、文化、人的远景的整体性视野的工作。

关于詹姆逊的这篇论文，我就先讲这么多吧。我希望能够留多一点时间，大家交互讨论，关于这篇论文、关于詹姆逊的文学理论、关于鲁迅研究，都可以。

王东东：我觉得高老师讲得非常充分。虽然话题比较宏观，但是其中涉及了话语的多个层面，同时也打开了话语的多重褶皱。我们发现高老师在思想的推进过程当中还是有着很多非常精彩的表现。像高老师刚刚提到的一些概念，我觉得在他以前的文章当中也是没有涉及的，比如说，高老师谈到，第三世界文化生产机制应该与西方中心主义，或者说是与西方文化生产之间有一种反抗性的共生关系。在我看来，这是一个非常深刻的提法。当然，高老师在提这一概念时，是从鲁迅的思想位置来谈的。而演讲的后半部分也涉及了一些具体的讨论，尤其是在文学批评理论、文学批评方法方面。让我印象比较深的一点是，高老师谈到了精神层面上对于文学与政治关系的一种重视，这是中西马克思主义者的一致之处。的确，詹姆逊提出的“寓言式共振”关系，对于第三世界学者来说可能会带来一种冒犯。此外，高老师对于詹姆逊观点的判断也具有一定的启发性。同时，基于我个人的了解，我认为除了高老师谈到的韩国学者全炯俊以外，实际上，詹姆逊这一话题对于其他第三世界学者也有一种冒犯式的冲击，像我们都熟悉的印度学者阿吉兹·阿罕默德也曾经在他的后殖民理论著作《在理论内部：阶级、民族与文学》当中开了专章来回应詹姆逊。可见詹姆逊在冷战结束之前发起的站在第一世界位置上对第三世界文学文化的判断也引起了反向的批判与思考。

高老师今天谈到的话题当然不止我刚才所说的两点，在文学与政治的关系这方面，像高老师所说，詹姆逊是以一个西方马克思主义者的身份做出了一种具有方法论典范意义的批评。而对于他所提出的“寓言式共振”等观点，我个人认为这可能是与他处在第一世界的位置有关，比如说，第一世界的人会认为第三世界缺乏个人主义文化的中介，从而导致在文学形式层面无法达到“象征”，因为象征与寓言之间的分别在西方后现代理论当中都表达得比较充分了。詹姆逊在20世纪80年代用社会寓言对我们的文学做出了一个整体性解读，这其实在艺术成就上是对我们的一种贬低。高老师刚刚也谈到，对于詹姆逊的讨论的确也构成了第三世界学者都会来借力反驳的一个空间。我个人觉得，这个理论一方面是能够和后现代的理论媾和，而另外一方面，这种“寓言式共振”理论为什么会获得很多人心悦诚服的接受呢？可能是因为它比较符合马克思主义基本的文学批评方法，或者说按照卢卡奇的话来说，是一种总体性的批评。我们在进行这种总体性批评时，非常容易将“文学的总体性”导向“社会的总体性”，在这个意义上就必然会造成一种“社会寓言”的、高强度的、追求社会效率与社会价值的批评。但在文学内部的象征层面，寓言式批评可能就涉及不到，像鲁迅小说与文学中也会具有一定的象征色彩，但是它又和西方的象征主义有所不同，也超出了波德莱尔式的象征主义，从而构成了我们文学中的独特气质。所以我个人更倾向于高老师在20世纪90年代中期对于詹姆逊与启蒙主义语境之下的鲁迅二者之间差异性的判断。高老师也谈到，新的语境会在一定程度上使这种差异性减弱。

我认为高老师今天的讲座非常精彩，其中谈到的一些概念，如“反抗性的共生关系”，对于我们今天的中国文学、文化生产还具有一种指导性的意义。从学科意义上讲，高老师所展开的不同话语和理论层次，可能都意味着鲁迅思想与文学再一次被打开的可能。高老师在讲座的最后也谈到了这一点，詹姆逊并没有让鲁迅的意义减少，反而是扩大了鲁迅的意义。同时，高老师在演讲过程当中还谈到了一些语境的错位和新的生长，让我有一种类似于《桃花源记》中所说的“初极狭，才通人。复行数十步，豁然开朗”的感受，像他谈到我们现在对于鲁迅的思考，在经过20世纪90年代各种“后”的语境转换之后，可能会在某种程度上更为接近詹姆逊，也会发生一种隔世回望之感。我个人认为，高老师在20世纪90年代中期中国后现代的语境之下，特别强调了启蒙主义的鲁迅和鲁迅的启蒙主义，而今天他以更为开放的视角来看待詹姆逊。

那么我提一个问题，高老师，我认为您现在对詹姆逊这篇文章的态度是更为开放了，您个人是什么感觉呢？

高远东：当年写的时候确实是有一种论辩的意思，感觉对于中国事情中国问题，我们自己的内部视角是特别重要的，因为决定我们中国的文学、文化以及整个历史的走向还是由内部因素决定的，而不是由外在因素所决定。不过今天再回过头去看，对詹姆逊的视角也更加能够理解，他虽然做不到站在中国内部视角来看问题，但我们也做不到站在他的角度来发现鲁迅和第三世界文学。他把鲁迅文学抬举到第三世界文学经典的高度，将鲁迅作为一个参照，认为对鲁迅的引进可以用来冲击西方大学人文教育体制、西方知识生产与文化生产中的一些问题，我觉得这是很了不起的，因为现在以及未来的世界，无论第一世界还是第三世界，凡生产，一定是彼此互相参照、互为主体、互为镜像的关系，那才是一个真正平等的文化交汇的状态。

提问：高老师好，您在演讲中提到了詹姆逊论鲁迅在政治与文学关系的“寓言式共振”。鲁迅曾翻译过日本藏原惟人的《文学政策》，该译本似乎为毛泽东所赞赏。那么，根据今天的讲座内容，问题提出如下：如何理解詹姆逊“寓言式共振”对鲁迅政治与文学评价，与鲁迅此文本翻译直接涉及文学与政治，是否存在不一致的怀疑？

高远东：我觉得这个问题提得非常好，提到了鲁迅对文学与政治关系理论的思考来源。鲁迅是在革命文学论争时才关注到文学与政治之间的关系，将问题明确化。在当时，国民革命的发生使历史向文学提出了这样一个问题，即文学与历史变革、政治斗争、军事革命之间是否存在直接的关联性。鲁迅从中国的现代历史现实当中感受到了问题，于是去寻找答案：答案像是找到了，但文学与政治的关系无论顺逆都是复杂的，二者的差异性及其张力带给我们无尽的思考。詹姆逊讲鲁迅文学与政治的“寓言式共振”应该是对鲁迅的文学与政治观的一种当代解读或者发展吧，二者所指确有差异。我认为鲁迅对苏联文艺政策的了解，对托洛茨基《文学与革命》一书的接受是他对文学与政治关系理解的主要来源。至于后来毛又将鲁迅视为新文化的代表、“文化革命”的代表，甚至是中国革命的文化代表，但毛对文学与政治关系的理解与鲁迅对文学与政治关系的理解是不同的，完全是两回事情。毛对文学和政治关系的完整表述是《在延安文艺座谈会上的讲话》，大家将它和鲁迅《文艺与政治的歧途》进行对读可以发现，实际上毛所强调的文学与政治的关系是要求文学为政治服务，这是一个革命家、一个军事家对文学提出来的要求，是党对文学的要求。这跟鲁迅的理解是不一样的，鲁迅是一个文学家，他强调文学与政治可以有关系，甚至强调必须要有这样一种关系，但他还是文学本位的，认为文学不能完全变成政治，也反对把文学完全工具化，成为政治的工具。这一理解反映到20世纪40年代《讲话》发表的时期，其实就体现为胡风派的现实主义观点。

邓小燕：高老师，您好！我想问一个问题，您看是否合适。詹姆逊的著作中文翻译也不少，在国内，詹姆逊的弟子、弟子的弟子其实很不少，其中有不少在鲁迅研究，以及左翼文学批评领域都颇有影响。也就是说，詹姆逊在国内的影响其实很大。您站在反思的角度讨论詹姆逊的观点。我想向您请教，不知道您是否有关注到这些学者的研究，他们身上詹姆逊“民族寓言”的体现情况如何，想听听您怎么看。

高远东：詹姆逊有几个有名的中国弟子，如张旭东、李犁等，我对他们做的工作都非常尊敬。但据我所知，他们专搞批评理论的学术圈，对于詹姆逊《跨国资本主义时代的第三世界文学》里提出的“民族寓言”等观念并没有特别重视，对其中的鲁迅的解读也不甚关注。我们重视它是因为跟鲁迅相关，对鲁迅及中国现代文学作品具有解释的力量。马克思主义批评理论是一套整体性的思考方式，所连带的问题非常多，既能够连带到现实层面，也可以连带到国际、国内的政治经济。所以说，在那样一个非常复杂的、结构性的关怀里，“民族寓言”云云，可能问题太小了。这也是为什么其影响发生在鲁迅研究圈外，在他们学术思想嫡系这一脉得到的关注反而比较少。

王东东：我个人认为，詹姆逊的“民族寓言”理论有着很强的适用性，现在已经变成了一种漫无边际的批评模式。我们可以看到，在当代文学、电影等各个批评场域当中它甚至会被滥用，随便一本小说、一部电影都会被当作“民族寓言（national allegory）”，上升到历史症候来讨论。当然，我觉得这个概念不仅仅可以适用于第三世界文学，也适用于各个民族国家，包括欧美的发达资本主义国家。像欧美19世纪的小说，就特别适合做民族寓言式的解读，尤其是在他们还没有很充分地完成资本主义体制化、现代化的时候。这样一种话语模式，其实只是涉及了不同民族国家文学、文化生产的表层，而缺乏更多的艺术形式或文化的中介，比如说，东方国家有没有个人主义的成分呢？詹姆逊可能认为只有西方国家才可以有充分的个人主义文化。如果仅仅用“民族寓言”来看待中国的或者印度的社会文化，那的确只是涉及了民族文化的表层。其实，阿罕默德在他的后殖民理论当中也表达过类似观点。

提问：高老师好，今天的讲座从宏观层面抛出了诸多引领前沿的思想性及现代性问题，我觉得从现代化总体方向来看，鲁迅与左翼文化人士有相当大的一致性，甚至更为急切，请高老师围绕鲁迅《故事新编》中的相关文化清理谈谈这个问题。谢谢。

高远东：这是两个问题。我觉得“从现代化总体方向来看，鲁迅与左翼文化人士有相当大的一致性，甚至更为急切”，是一个问题；“《故事新编》中的相关文化清理”，是另一个问题。我先说一下第一个问题。从鲁迅的现代文化取向来看，我们今天当然可以说他和左翼文化人士是一致的，但是我的看法有点不一样。鲁迅与左翼文化人士的一致性，主要是体现在政治选择方面，而讲到文化价值观及具体的文化创造，鲁迅则始终是和新文化运动的同人更一致。比方说，鲁迅与胡适的关系后来因为两个人政治选择的不同而差异化了，但实际上，如果回溯两者的文化价值观，20世纪30年代作为中国左翼文化盟主的鲁迅，与作为中国自由主义知识分子领军的胡适，在关于语言、文化、人等方面的基本价值观都是相近甚至一致的。他们对于人的观念，对于语言的看法，关于中国社会的走向都没有太大的分歧，很可能比“四条汉子”这些左翼文化人士更相近。当代自由主义事后诸葛看中国现代史，认为我们不必把政治选择看得太重，政治选择类似于投票，这一次选了这个，如果觉得错了，那么下次投票再改投别的。可是文化价值观是相对稳定的，从追求中国的社会文化、追求文学的现代化角度来看，“鲁迅与左翼文化人士有相当大的一致性”只能够相对性地理解，鲁迅上海时期在左联内部的斗争，往往与他坚持新文化运动的基本价值观有关。至于《故事新编》中的文化清理问题，虽然鲁迅在小说中也讽刺像顾颉刚等古史辨派学者的工作，但从根本宗旨来看，其与“整理国故”没有不同，鲁迅的《故事新编》写作也是以小说方式来做国故整理工作。这种文化清理所依据的“文明批评”和“社会批评”的原则、所体现的人与文化的价值观，我认为存在一种“立人”思想的投影，还是属于新文化运动的价值观。

提问：高老师好。当代文学的底层非虚构写作以及80后东北作家文艺复兴书写东北往日集体主义思想的今日状况，加上社会阶层的差距正不断加大、新闻报道中儿童在基础教育阶段遇见的教育势利与贪腐、一部分成年人左翼思想的背叛与理想主义的逃离，我认为这是20世纪90年代以来市场化所遗留到现在的一种顽疾。陈晓明老师也说到，今天文学能做的很少，中国的很多问题仍然需要依靠制度的改善。那么文学如何能把与政治共振的声音进行更有力量的表达呢？年轻人去创作、去向长辈学者做底层的汇报交流时，还可以用文学再做什么？高老师可以谈谈吗？谢谢。

高远东：文学如何能把与政治共振的声音进行更有力量的表达，这个问题非常有意思，其中涉及的问题比较尖锐。我觉得文学创作，特别是当代文学、当代作家，在直面我们当代社会生活里的问题时，其文学的政治性不仅可以是一种“体现”，而且可以是有着自觉的政治意识的“干预”。但这种文学政治、文学情怀，倒不一定非得落实为写底层。无论人物生活阶层高低，只要作品写得真实、作家写得真诚，即使不写底层，作家的创作也会自带一种政治性。鲁迅式中国现代作家的感时忧国精神，对当代作家如何关注社会现实可以产生启示，但知识分子式的、具有明确的政治反抗与社会批判意识的良知，即使再具“高级感”，对于文学创作来讲也是不能被强迫的，因为文学创作这种生产权，需要绝对的自由。此外，你提出的问题，我认为还有两个相关点，一是如何写“灵魂”。新文学中能够达到写灵魂程度的作家真的不多，鲁迅、路翎等人的作品以外，少见能给人强烈灵魂震撼的作家。而其他的作家只能往别的诸如社会刻画、心理分析、文化风俗等方向走。写灵魂是体现文学政治性的一个非常重要且比较好的方法。第二，新文学出现不久就被发现存在一个问题，即新文学如何创造出伟大的作品？左联时期的作家就追求创造伟大文学这样一个目标了。抗战初期，胡风等人在《七月》上也专门组织过讨论。新中国成立以后，20世纪50年代也追求能够反映中国历史变革的伟大作品。到了“文革”之后，大家更在想，中华民族遭遇了如此重大灾难却没有相应的伟大作品出现，这到底是怎么一回事？与苏联文学相对比，苏联人民遭遇的苦难一点不比我们少，但苏联能够产生伟大的文学，在斯大林时期即使主旋律作品都可以有《静静的顿河》，我们中国为什么我们产生不了？也许我们的文学还没找到与政治“共振”和“反振”的复杂方式，那振动频率也无法体现为灵魂的多样性和生动形式；也许文学的积累还没有达到，虽然刚刚摆脱了政治却又沉沦于资本的当代文学承担着艰巨的创造责任，但伟大的文学是可遇而不可求的。我就讲这么多吧。

王东东：好的，谢谢高老师今天在疫情中非常辛苦的网上演讲，讲座的内容也给我们带来了很多启发，让我们得以借助于思想的力量继续前行。今天的讲座圆满结束，也感谢各位出席的朋友们。再见。

（2023年12月16日据山东大学讲座整理稿修改，
文字略有增删）

参考文献

一、著作

1. 〔美〕杜维明《人性与自我修养》，胡军、于民雄译，中国和平出版社，1988年。
2. 冯友兰《中国哲学简史》，涂又光译，北京大学出版社，1985年。
3. 郭沫若《十批判书》，群益出版社，1947年。
4. （清）郭庆藩撰《庄子集释》，中华书局，1961年。
5. 〔德〕康德《历史理性批判文集》，何兆武译，商务印书馆，1990年。
6. 〔美〕德雷福斯、〔美〕拉比诺《傅柯：超越结构主义和阐释学》，钱俊译，台湾桂冠图书公司，1992年。
7. 〔德〕马克斯·韦伯《新教伦理与资本主义精神》，黄晓京、彭强译，四川人民出版社，1986年。
8. 〔德〕马克斯·霍克海默、〔德〕特奥多·阿多诺《启蒙辩证法》，洪佩郁、蔺月峰译，重庆出版社，1990年。
9. 〔日〕木山英雄《文学复古与文学革命——木山英雄中国现代文学思想论集》，赵京华译，北京大学出版社，2004年。
10. 林毓生《中国意识的危机——“五四”时期激烈的反传统主义》，穆善培译，贵州人民出版社，1986年。
11. 林毓生《中国传统的创造性转化》，生活·读书·新知三联书店，1988年。
12. 李欧梵《铁屋中的呐喊》，尹慧珉译，香港三联书店，1991年。
13. 李泽厚《中国古代思想史论》，人民出版社，1986年。
14. 苏国勋《理性化及其限制——韦伯思想引论》，上海人民出版社，1988年。
15. 〔法〕路易·阿尔杜塞《保卫马克思》，顾良译，商务印书馆，1984年。
16. （清）孙诒让《墨子闲诂》，中华书局，1986年。
17. 王得后《鲁迅与中国文化精神》，花城出版社，1993年。
18. 汪晖《汪晖自选集》，广西师范大学出版社，1997年。
19. 王晓明主编《批评空间的开创——二十世纪中国文学研究》，东方出版中心，1998年。
20. 王瑶《鲁迅作品论集》，人民文学出版社，1984年。
21. 王岳川、尚水编《后现代主义文化与美学》，北京大学出版社，1992年。
22. 〔日〕丸山昇《鲁迅·革命·历史——丸山昇现代中国文学论集》，王俊文译，北京大学出版社，2005年。
23. 严家炎《求实集》，北京大学出版社，1983年。

24. 〔日〕伊藤虎丸《鲁迅、创造社与日本文学》，孙猛、徐江、李冬木译，北京大学出版社，2005年。
25. 乐黛云编《国外鲁迅研究论集（1960—1981）》，北京大学出版社，1981年。
26. 章太炎《诸子学略说》，《国粹学报》第二十、二十一期，1906年。《国学讲习会略说》，日本光社，1906年。
27. 郑家建《被照亮的世界——〈故事新编〉诗学研究》，福建教育出版社，2001年。
28. 〔日〕增田涉《鲁迅的印象》，北京师范大学中文系内部资料，1976年。
29. 〔日〕竹内好《近代的超克》，李冬木、赵京华、孙歌译，生活·读书·新知三联书店，2005年。
30. （宋）朱熹撰《四书章句集注》，中华书局，1983年。

二、论文

1. 〔法〕福柯《论何谓启蒙》，中译文见《思想》（联经思想集刊1），台北联经出版公司，1988年。
2. 〔美〕弗·詹姆逊《跨国资本主义时代的第三世界文学》，张京媛译，《当代电影》1989年第6期。
3. 郭沫若《庄子与鲁迅》，《中苏文化》（半月刊）第8卷3、4期合刊，1941年4月20日。
4. 任继愈《鲁迅同中国古代伟大思想家们的关系》，《科学通报》，1956年10月。

5. 王瑶《鲁迅〈故事新编〉散论》,《鲁迅研究》第6期，中国社会科学出版社，1982年6月。

6. 〔日〕竹内好《中国的近代与日本的近代——以鲁迅为线索》，见《现代中国论》，河出书房，1951年9月。

7. 〔日〕伊藤虎丸《早期鲁迅的宗教观——“迷信”与“科学”之关系》,《鲁迅研究月刊》1989年第11期。

后记

一些朋友跟我开玩笑，说我是“新道家”——我知道他们是在“杨朱无书”的意义上这么说的。实在惭愧，本论集算我的“书”了，却总觉得不如仍旧把它抹杀为好：一是因为我自己仍没弄清楚这个问题，即，真理如果不被说出，是否它就不存在？思想如果不表达出来，是否就等于子虚乌有？我总是恍惚觉得，即使全体人类消灭，宇宙的天道也会一仍旧轨，支配着它的运动。真理即使始终埋没，依然会在自然和人类社会发挥其决定性的作用和影响。思想即使没表达出来，或许会以语言之外的其他形式存在也说不定。何况自己所写，只是一己之得的“意见”，不仅够不着“真理”的级别，连次一级的“学问”的边儿也还差得远呢！此外，庄子说过，“大道默默，小道切切”——既然切切者为小道，纵是自己连微小道、细毛道都不及，但何妨也装个大道的样子，正事不作，整日默默，扮酷唬人呢？算计下来，这样做其实也并不吃亏。

只是朋友们跟我过不去，甚至连关心我的老师也加入进来，催促、询问、打探、焦虑、失望、变着法的警告、不得职称的威胁……没想到，出书没成为我自己的问题，反把师友们的心情、生活给搅乱了，这是既给我以感动和温暖，也更让我惶恐、怵惕和羞愧的。另外，自己似乎在学校也快混不下去了，于是想起鲁迅的教导，为了生存、温饱和发展，管他“是古是今，是人是鬼，是《三坟》《五典》，百宋千元，天球河图，金人玉佛，祖传丸散，秘制膏丹，全都踏倒他”，于是当机立断，再也不管什么真理在哪存在的玄想，什么天理不灭的信仰，以及守什么杨朱弟子的特操，先集成一册再说。

但困难也就从此出现，本论集的出版，因此经历了很多波折，错过了多次机会，同时也感受了许多人的友情，接受过更多人的帮助。我记得的，从2000年至今，不少师友为本书的出版提供过直接的帮助，按由近及远的时间顺序排列，他们是：钱理群、郜元宝、王得后、王富仁、陈平原、叶彤、孙郁、王培元、房向东。此外，长期以来，不少师友也给过我其他方面的帮助，或关心我的学业，或丰富我的趣味，或增广我的见闻，或提升我的精神，或真的帮助我“不断提高研究水平”……凡此种种，都令我铭记在心，谨在此一并深致谢忱！当然，我还要特别感谢本书的责任编辑孙晶女士，感谢她的宽容和认真，尤其是忍受我的散漫和拖拉——我觉得，其中所体现的，不仅是对人的理解和尊重，至少也是一种高度文明的教养吧。

2008年9月28日

再版后记

这一版新增的王得后先生序，实为二十年前旧写，本想用到另一本书的。但还是先用到这里吧，那本子虚乌有的书不知何时才能出现。另外，前年国庆期间和孙郁去泰康养老院看得后老师，他有点伤感地说：我脑子里存在的那些鲁迅，都快要没有了。

删掉了第一版解析《惜花四律》的部分。周作人不知出于什么心理，把“都六先生”的少作当鲁迅作品给了鲁迅《集外集拾遗·补编》的编者，害不少人把《惜花四律》当鲁迅作品解释半天。是姚锡佩老师查了周作人日记，才搞清楚《惜花四律》的作者为周作人。姚锡佩老师前年10月去世了，谨以此方式纪念。

新增两篇《鲁迅“相互主体性”意识的当代意义》《〈故事新编〉的读法》，及一篇讲演整理稿《中国的还是第三世界的——反思弗·詹姆逊鲁迅论的问题》，实际都仍在旧文的脉络里。对于鲁迅思想，除了关于其主体与屈从问题的一篇没有写出来，觉得其他都是枝节，不算根本，因此大概言尽于此也不以为憾了。

感谢高秀芹和于海冰，让这本书得以重印再版。感谢责任编辑李书雅，纠正文内多处错误，使本书质量能再有提高。

2024年8月9日